A esposa do londrino

CAROLINE LINDEN

A esposa do londrino

Procura-se um duque

TRADUÇÃO DE

THALITA UBA

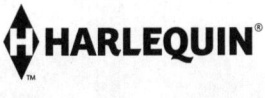

Rio de Janeiro, 2021

Título original: About a Rogue
Copyright © 2020 by Caroline Linden

A Harlequin é um selo da HarperCollins Brasil.

Contatos: Rua da Quitanda, 86, sala 218 — Centro — 20091-005
Rio de Janeiro — RJ
Tel.: (21) 3175-1030

Diretora editorial: *Raquel Cozer*

Editora: *Julia Barreto*

Copidesque: *Marina Góes*

Revisão: *Thaís Lima e Vanessa Sawada*

Design de capa: *Tulio Cerquize*

Imagem de capa: Bolero, *Mark Spain, óleo sobre tela, 46 x 56 cm. DeMontfort Fine Art Publisher.*

Diagramação: *Abreu's System*

CIP-Brasil. Catalogação na Publicação
Sindicato Nacional dos Editores de Livros, RJ

L723e

Linden, Caroline
    A esposa do Londrino / Caroline Linden ; tradução Thalita
Uba. – 1. ed. – Rio de Janeiro : Harlequin, 2021.
    320 p.   (Procura-se um Duque ; 1)

    Tradução de: About a rogue
    ISBN 978-65-5970-042-4

    1. Romance americano. I. Uba, Thalita. II. Título. III. Série.

21-71355   CDD: 813
                                            CDU: 82-31(73)

Leandra Felix da Cruz Candido – Bibliotecária – CRB-7/6135

Para Orion, meu parceiro de escrita.

Prólogo

1787

As NOTÍCIAS SOBRE o falecimento prematuro do vigário da paróquia de St. Mary, em Kittleston, se espalharam em uma onda de desalento, causando um luto sincero entre os paroquianos. Com apenas 45 anos, ele era uma figura querida, calma e alegre, que sempre tinha uma palavra gentil, uma mão amiga ou um ouvido empático a quem precisasse.

As moças da cidade se reuniram para consolar a noiva do falecido, a srta. Calvert, igualmente adorada por todos e cujos soluços devastados levaram mais de um vizinho às lágrimas. Todos murmuravam para si mesmos sobre como aquilo era terrivelmente triste para a pobre srta. Calvert e para a paróquia, pois como ambos poderiam ter qualquer esperança de encontrar outro homem como aquele?

A trinta quilômetros dali, no extenso esplendor do Castelo Carlyle, a notícia desencadeou outra espécie de tristeza, bem como um tremor de desespero que pareceu chacoalhar a enorme residência. Stephen St. James não era apenas o adorado vigário de St. Mary. Ele também era o irmão mais novo de Sua Graça, o duque de Carlyle.

— Foi uma ferida causada por uma foice velha — explicou o sr. Edwards, o advogado da família. Ele recebera a notícia sobre a piora na saúde de lorde Stephen dois dias antes e fora imediatamente ao castelo.

— Ele a estava usando no jardim, em umas vinhas nocivas, e cortou a perna acidentalmente. Quando mandaram chamar o médico, a ferida já estava gravemente infectada. Pelo que me disseram, o sofrimento dele foi breve — acrescentou ele baixinho.

Sua Graça, a duquesa de Carlyle, olhou pela janela. Seus olhos estavam secos e seu queixo, resolutamente imóvel, mas ela apertava forte um lenço com as mãos.

— Vamos dar graças a Deus por isso. Meu querido garoto... — disse ela baixinho. — Ele realmente adorava cuidar do jardim...

— A srta. Calvert estava com ele quando aconteceu. Ela recomendou que ele chamasse o cirurgião, mas lorde Stephens disse que não passava de um corte superficial.

O sr. Edwards compartilhou aquela informação com enorme relutância, mas tinha prometido fazê-lo. Emily Calvert ficara histérica, suplicando a ele que implorasse pelo perdão e pela misericórdia da duquesa. A noiva se julgava uma assassina por não ter insistido em chamar um médico na mesma hora.

— Pobrezinha — disse a duquesa, ainda olhando pela janela. — Ela não deve se culpar. Ninguém conseguia convencer Stephen a se preocupar. Não era da natureza dele. — Sua voz finalmente estremeceu e ela inspirou fundo. — Mande alguém até lá para verificar se a srta. Calvert precisa de algo que possamos prover.

O sr. Edwards pigarreou.

— Ela gostaria de visitar o túmulo dele.

A duquesa ficou calada por um momento.

— Precisamos colocá-lo lá primeiro — disse ela com um suspiro, e suas mãos se agitaram por um instante. — Mas é claro que ela pode. Eu jamais lhe negaria isso.

O sr. Edwards fez a anotação. O relógio de porcelana da mesa tiquetaqueava continuamente.

— A senhora tem algum desejo para o funeral, Vossa Graça?

— Heywood saberá o que fazer — respondeu ela, referindo-se ao augusto mordomo de Carlyle. — Como foi com... com lady Jessica.

Lady Jessica fora a única e adorada filha da duquesa. Eles a tinham enterrado havia apenas sete anos. A voz de Sua Graça ainda vacilava quando dizia o nome dela.

— Sim, senhora — afirmou o advogado, rabiscando mais algumas anotações. — Suponho que o duque tenha sido informado.

O rosto da duquesa se contorceu.

— Não. Contarei mais tarde. Ele não está se sentindo bem esta manhã.

— É claro — murmurou o advogado.

Por mais formidável que fosse, a duquesa também era uma mãe que acabara de perder o filho mais novo e, agora, precisava contar ao último filho vivo que reabririam a cripta da família para enterrar seu irmão. A conversa dificilmente seria breve ou fácil. A mente do duque não era veloz nem ágil, e seu entendimento sempre era incerto.

Não havia nada, contudo, que sr. Edwards pudesse fazer em relação àquilo. Ele hesitou, então colocou a caneta de volta no suporte.

— Há mais um assunto de que precisamos tratar...

— Sim, sim — disse ela, encarando a janela com olhos raivosos. — Eu sei.

O sr. Edwards esperou, mas, como ela não falou mais nada, ele relutantemente continuou. O assunto era urgente, como a própria duquesa apontaria se não estivesse tão abalada.

— Tomei a liberdade de examinar os registros... É sempre melhor ter informações demais, penso eu, embora lamente muitíssimo que tenha se tornado necessário...

— Lamenta?

A duquesa fez um esforço visível para se recompor. O sr. Edwards desviou o olhar, caso ela precisasse de um instante de privacidade.

— Fale de uma vez, então — ordenou ela rispidamente um momento depois. — Quem é ele?

Lorde Stephen não era apenas o irmão mais novo do duque; era também seu único herdeiro. Anos antes, um acidente deixara o duque com a mente de uma criança. Ele nunca se casara, nunca tivera filhos, nem jamais teria. A morte de lorde Stephen significava que o ducado deveria ser passado a um primo distante.

Todos haviam nutrido uma enorme esperança de que o casamento de lorde Stephen gerasse um herdeiro. A srta. Calvert não era uma mulher muito jovem, mas também não tinha, de forma alguma, passado da idade de ter um filho, e o afeto entre ela e lorde Stephen era genuíno. Agora aquelas esperanças estavam acabadas, e o presumível herdeiro estava por aí, completamente alheio ao título monumental que o aguardava.

O sr. Edwards tirou um papel de sua maleta. Trinta anos antes, o segundo herdeiro Carlyle, lorde William, fora morto nas colônias americanas, pouco tempo antes do acidente do atual duque, seu irmão mais velho. À medida que os anos se passaram sem um casamento da parte de lorde Stephen, a questão da sucessão tinha se tornado complicada. Discretamente e sem alardes, o sr. Edwards começara a investigar três homens, diante da possibilidade sombria de aquele dia chegar.

A despeito da urgência, no entanto, o assunto exigia delicadeza. Edwards era o advogado dos Carlyle havia mais de vinte e cinco anos, tempo suficiente para conhecer os segredos e as mazelas da família. Decidiu começar com o ponto mais fácil.

— Capitão Andrew St. James, das Guardas Escocesas de Sua Majestade. O avô dele era o irmão mais novo de Sua Graça, o quarto duque.

— Sim — disse ela, sua expressão ilegível diante da menção a seu falecido marido. — Eu me lembro. É o neto de Adam. O jovem tem alguma semelhança com o avô?

O sr. Edwards pigarreou. Lorde Adam era, afinal de contas, tanto sensato como bem-apessoado, mas aquilo não o poupara de um desentendimento com o irmão mais velho, o quarto duque, e lorde Adam deixara a propriedade da família havia décadas.

— Não faço ideia, Vossa Graça. Minhas fontes dizem que o capitão St. James é um homem honrado e respeitável.

A duquesa fez um muxoxo.

— Quantos anos? Casado?

— Por volta de 30 anos, Vossa Graça, e ele não é casado, até onde sei.

Ela suspirou.

— *Tinha* que ser um militar.

O segundo filho dela tinha se juntado ao Exército Britânico e nunca mais voltara. Ela não tinha uma opinião muito boa sobre as Forças Armadas.

Após um instante, a duquesa se recompôs.

— Suponho que devamos ficar gratos por ele ter durado tanto tempo. Talvez signifique que é muito esperto… ou extremamente estúpido. Não sei qual das opções eu prefiro. Quem mais?

Edwards pegou outra folha de papel.

— O sr. Maximilian St. James.

— Posso dizer pelo tom de sua voz que esse não é muito respeitável.

O advogado a encarou, mantendo uma expressão neutra.

— Ele é afeito ao jogo, Vossa Graça. Não tem qualquer outra fonte de renda que eu tenha conseguido descobrir, mas é bem-conhecido em antros de jogatina. É descendente do segundo duque, tem 27 anos de idade e também não tem esposa.

— Como são mundanos os jovens britânicos hoje em dia. — Ela franziu a testa com vontade. — Não há mais ninguém?

— Hã... Talvez. — O advogado hesitou. Estavam entrando no terreno mais delicado de todos. — Sua Graça, o quarto duque tinha dois irmãos mais novos.

— Ah, sim — confirmou ela após um instante, com um leve tom de surpresa na voz. — Minha nossa. Eu tinha me esquecido dele.

Quase todos tinham esquecido dele, visto que fazê-lo fora uma ordem do duque. Lorde Adam havia sido banido, mas seu nome ainda era mencionado no Castelo Carlyle. Lorde Thomas St. James, por outro lado, desaparecera aos 5 anos de idade, como se nunca tivesse existido. Era o filho preferido de sua mãe — tanto que ela o levara consigo quando fugiu do marido, o terceiro duque, e voltou para sua casa na França. Diziam que retornara para os braços do visconde francês que era seu amante e que lorde Thomas era filho dele.

Aquele fora um escândalo enorme, e o terceiro duque declarara que tanto a esposa como o filho estavam mortos para ele. Em uma ocasião notória, meia dúzia de criados fora açoitada por falar sobre ela. Depois disso, os nomes da duquesa fugitiva e de seu filho nunca mais foram mencionados por qualquer um dos criados ou funcionários dos Carlyle. O quarto duque também não fora complacente com a fuga da mãe e, com o tempo, Anne-Louise e seu filho Thomas acabaram esquecidos.

— Fiz algumas tentativas de localizar o garoto e a mãe, sem sucesso — disse o sr. Edwards antes de uma breve pausa. — Já se passaram muitas décadas. Quem sabe onde lorde Thomas pode estar?

A duquesa bufou.

— Os netos dele, você quer dizer. Ele teria 80 anos ou mais, se ainda estivesse vivo. Os homens da família Carlyle não vivem tanto assim.

— Um novo espasmo de dor contorceu o rosto dela por um instante antes de continuar: — E esses netos, se existissem, seriam *franceses*.

— Provavelmente — murmurou o sr. Edwards. — Eu precisaria começar buscas intensas para localizar lorde Thomas ou qualquer um de seus descendentes.

— Isso é necessário? — ralhou ela.

— Se um filho ou neto de lorde Thomas estiver vivo… A reivindicação dele seria proeminente, Vossa Graça.

Por um momento, a duquesa permaneceu imóvel, exalando desaprovação.

— Um militar, um apostador ou um francês.

A duquesa parecia amargurada. Ela levantou os olhos ao teto lindamente adornado do cômodo, passando pelas janelas altas, pela mobília graciosa e pelas pinturas em molduras douradas.

— E um deles ficará com Carlyle — disse, e então se voltou outra vez para Edwards. — Convoque-os. Todos, caso consiga encontrar o descendente de Thomas na França, mas quero os outros dois aqui assim que possível. Não permitirei que um tolo inexperiente ou um canalha sem coração assuma o lugar do meu filho.

— Sim, Vossa Graça.

— Venha me ver na semana que vem — continuou ela. — Terei algumas instruções a passar sobre esse bando decididamente medíocre de possíveis herdeiros, e há algumas questões urgentes com relação à propriedade que também precisam ser definidas.

O sr. Edwards suspirou.

— Vossa Graça, não posso cuidar de todas as questões da propriedade, mesmo que viesse morar no castelo. A senhora precisa permitir que eu contrate um novo administrador. O sr. Grimes me garantiu que é realmente impossível que ele retome o cargo, e receio que de fato será…

Irritada, ela abanou a mão.

— Está bem. Mas apenas como um teste — acrescentou a duquesa quando o advogado soltou um suspiro de alívio. — Grimes faz um ótimo trabalho e continuarei esperando que ele retorne.

O sr. Grimes tinha quase 70 anos de idade e sofria de uma doença pulmonar; ele não retornaria à função. O sr. Edwards já tinha organizado a pensão do homem e dependia apenas da aprovação da duquesa — e de achar um substituto. Enquanto isso, a responsabilidade recairá sobre o próprio sr. Edwards, e aqueles seis meses quase o fizeram solicitar a *sua* aposentadoria.

— Farei umas consultas assim que chegar a Londres, Vossa Graça.

— Humpf.

A duquesa lançou ao advogado um olhar sinistro e balançou o dedo em riste.

— Alguém sereno e confiável, sr. Edwards, com muita experiência em administrar uma propriedade como esta. Nada desses jovens famintos que querem fazer experimentos para aprimorar coisas que não precisam ser aprimoradas!

— É claro, Vossa Graça.

— Pode ir — decretou ela, ao que o advogado se levantou, juntou seus papéis, fez uma mesura e saiu.

Sophia Constance St. James, que um dia fora a herdeira mais desejável da Inglaterra, permaneceu sentada em sua poltrona de seda, apertando com os dedos cheios de anéis um lenço feito com o mais sofisticado linho irlandês, olhando distraidamente através da enorme janela para o extenso gramado, polvilhado de ovelhas pastando nos morros distantes. Carlyle, até onde a vista alcançava.

Quase sessenta anos antes, ela havia chegado ali como a jovem esposa de George Frederick, o quarto duque, um homem com o dobro de sua idade. No dia do casamento, sua mãe sussurrara em seu ouvido para que ela se impusesse logo de início, ou corria o risco de ser submissa pelo resto da vida. Sophia escolhera se impor; era a única filha e herdeira de um banqueiro abastado que incorporara uma imensa fortuna ao casamento, e ela exigira que o marido reconhecesse seu valor. Ele, embora tirânico e arrogante, obedecera, pois ela não lhe dera escolha.

Quando ele morreu, Sophia esperava ter uma vida mais tranquila e confortável, mas acabou sofrendo a devastadora perda de um filho, uma lesão quase fatal em seu primogênito e a morte de sua única filha. Mesmo assim, nunca deixara de cumprir suas obrigações. Por quase trinta anos, assumira o lugar do filho como guardiã de tudo que se podia avistar naquelas terras, resolutíssima de que Carlyle permaneceria preservada e intacta para a próxima geração.

Agora, tudo estava prestes a ir para as mãos do filho de outra pessoa, e ela enterraria o seu próprio — o afetuoso, charmoso e amado Stephen, o queridinho de seu coração. A tristeza fechava sua garganta. Três filhos seus estavam mortos; todos os seus sonhos e amores foram destruídos. Embora o primogênito ainda vivesse, ele não era mais o seu Johnny, não vivera a vida que ela sempre sonhara para ele. A paisagem vasta e verdejante de sua janela poderia muito bem ser uma miragem.

Um ruído em suas saias interrompeu seus pensamentos taciturnos.

— Ora, *francamente*, Percival — exclamou ela quando o gato ruivo pulou em seu colo.

— Sinto muito, Vossa Graça — disse Philippa Kirkpatrick, fechando a porta. — Ele estava deitado do lado de fora.

A duquesa sorriu, erguendo o gato até a altura do rosto.

— Você nunca gostou de ser excluído, não é mesmo, minha criatura amada?

Ela o soltou e ele se encolheu em seu colo, agitando o rabo diante do rosto.

— Devo colocá-lo para fora? — perguntou Pippa.

— Não, não, deixe-o aqui — respondeu a duquesa, alisando os pelos do bichano. — Ele é um alento.

Em silêncio, Pippa acomodou-se na poltrona ao lado dela, colocou as mãos sobre o colo e esperou.

A duquesa sentiu-se grata por isso. Embora fosse jovem, Pippa não era uma daquelas garotas modernas e alvoroçadas, ansiosa para dançar e flertar durante jogos de cartas, com uma pinta falsa na bochecha. Era gentil e sensata, com um coração afetuoso e leal. Sempre fora uma garota doce, desde o momento em que a duquesa a conhecera, no dia em que Jessica se casou com o pai de Pippa, Miles. Aninhada nos braços dele, a jovem Pippa a encarara com seus grandes olhos escuros e sorrira, e a duquesa fora instantaneamente cativada.

"Veja, mamãe", dissera Jessica na ocasião, com um sorriso luminoso, alisando o cabelo da garotinha. "Consegui um marido e uma filha numa tacada só!"

Jessica amava Pippa como se fosse sua filha, e a duquesa seguira seu exemplo. A garota tinha crescido e ficado muito parecida com Jessica, e, secretamente, Sophia desejava que Pippa *fosse* sua neta.

Ela suspirou, mais uma vez tomada pela dor. Agora jamais teria netos.

— A sra. Humphries trouxe o crepe?

— Sim, senhora. As criadas estão cobrindo os espelhos.

A duquesa olhou para ela, reparando na cor de seu vestido.

— Estou vendo que você se adiantou.

Pippa alisou a saia preta com as mãos.

— Lorde Stephen sempre foi muito gentil comigo, senhora. Não é certo que tenha partido tão jovem.

— Não — murmurou a duquesa. Não era nada certo. — Edwards queria conversar sobre o herdeiro.

A garota arregalou os olhos.

— Tão cedo? Ah, Vossa Graça, que falta de consideração!

Sophia sacudiu a mão, arrancando um miado de Percival.

— Não é cedo. Eu deveria ter feito isso antes, mas depositei todas as minhas esperanças em Stephen...

Sophia fechou os olhos diante da lembrança repentina da risada jovial de Stephen, sua voz lhe assegurando que ele conhecia suas obrigações para com Carlyle. "Não há nada a temer, mamãe", prometera ele quando fora lhe contar sobre seu noivado com a srta. Calvert. "Não irei decepcioná-la."

Com certa dificuldade, afastou as lembranças. Estava rodeada por fantasmas naquele dia.

— Agora, os prováveis candidatos são homens crescidos, certamente já com seus caminhos traçados, e com certeza inadequados para a responsabilidade que lhes cabe... — Ela fez uma pausa. — Mas não tenho intenção alguma de permitir que Carlyle acabe nas mãos de um tolo ignorante. Apesar de não poder determinar qual deles vai herdar o ducado, posso e vou usar toda a minha influência para *torná-lo* digno do título. Já mandei chamá-los.

— Sim, senhora — concordou Pippa, perplexa, após um momento.

— Gostaria de sua ajuda — continuou a duquesa. — Todos serão rápidos em tentar assumir meu lugar e, não tenho dúvidas, tentarão me bajular e agradar. Mas você... Eles não estarão tão ávidos para agradar a você. Você precisa ser meus olhos e ouvidos quanto aos sentimentos e às intenções reais deles.

— É claro, senhora. Se assim quiser.

A duquesa se virou para ela, sorrindo pesarosamente.

— Confio muito em você, Pippa.

Pippa retornou o sorriso.

— Farei o meu melhor, Vossa Graça.

— Eu sei que sim. É por isso que dependo tanto de você, pobrezinha.

— De forma alguma! Fico feliz em poder oferecer algum tipo de apoio.

A duquesa acariciou a mão da garota.

— Você sempre ofereceu, minha criança — disse Sophia, que voltou a olhar pela janela e ficou em silêncio por um tempo. — O herdeiro mais provável é um militar. Tenho esperanças para ele. Poucas, mas é o que temos. O sr. Edwards informou que se trata de um homem respeitável, seja lá o que isso signifique nas Forças Armadas. Já o outro... — Ela estalou a língua em desgosto. — Um apostador! E com um grau de parentesco bem distante. Então não tenho boas expectativas quanto a esse.

— Eles podem surpreendê-la, senhora — arriscou Pippa.

— E podem não surpreender! — retrucou a duquesa, ácida. — De todo modo, qualquer um deles é preferível a um francês, afinal de contas. Meu marido se reviraria no túmulo se soubesse que Carlyle pode acabar nas mãos de um francês. — A duquesa refletiu sobre isso por um instante antes de se recompor. — É bem provável que o apostador seja o caso mais difícil. Uma vez viciado em jogos, sempre viciado em jogos. É como uma infecção no sangue. Quanto ao francês... Espero que nem sequer exista ou, ao menos, que se recuse a ser encontrado. Precisamos torcer pelo melhor, e isso significa apostar nossas fichas no capitão St. James.

Capítulo 1

MAXIMILIAN ST. JAMES estava ciente de que sua reputação o precedia.

Estava óbvio no rosto austero e desaprovador do mordomo, adornado por uma peruca, enquanto o mesmo mandava levar a bagagem de Max para o quarto de hóspedes. Ele notara também no olhar fatigado e discriminatório que o advogado lhe lançara quando se encontraram, fazendo-o lembrar antigos tutores que, em vão, tentaram incutir em sua mente algumas noções de grego e teologia.

E ele reparou, mais descaradamente, no rosto da própria duquesa de Carlyle, que estava sentada em sua poltrona que mais parecia um trono e o encarava com um olhar fixo e penetrante, como se esperasse que ele fosse surrupiar algumas peças de prata e enfiá-las dentro das mangas.

Bem, Max estava acostumado com aquilo. E não se importava. Afinal de contas, se a duquesa não o quisesse ali, não deveria ter mandado uma carta que mais parecia um decreto real, demandando imperativamente a presença dele no Castelo Carlyle naquele dia, como se Max fosse um criado ou um cachorro a ser convocado com um estalar de dedos.

A carta tinha, infelizmente, despertado sua curiosidade o suficiente para fazê-lo responder em vez de apenas rasgá-la diante do criado sisudo que a entregara. Ele não conseguira ignorar a insinuação de algo vantajoso que percebera na missiva.

Max não ignorava coisa alguma que pudesse lhe conferir qualquer vantagem. E aquela convocação, a despeito do mistério e da condescendência, era muito promissora.

Até então, seus instintos pareciam corretos, tanto com relação ao mistério quanto à potencial vantagem. Após um café da manhã solitário, ele saíra para explorar. O castelo era um imenso amontoado de pedras, mas impecavelmente preservado, com tapeçarias antigas nas paredes e antiguidades inestimáveis nas cornijas das lareiras. Nada de aristocratas falidos ali, apenas riqueza e poder em abundância.

E, já que ele estava ali... Max aproveitara para procurar por alguém de quem havia ouvido falar a vida toda. Acompanhado por um lacaio impassível, perambulara pelos corredores do castelo até encontrar a galeria.

Lá estava, nos fundos do cômodo: o segundo duque de Carlyle, com sua longa peruca cacheada escorrendo pela armadura polida, de rosto estreito e quase delicado, salvo pelo bigode fino. Um lenço de linho ou renda refinada estava amarrado de maneira casual em seu pescoço, e morros e campos — Carlyle, supostamente — se estendiam atrás dele.

Max sempre soubera que havia um duque entre seus ancestrais. Era o motivo de maior orgulho de seu pai e a fonte de esperança de sua mãe. Ele próprio usava o fato para seu benefício sempre que possível, vez ou outra concedendo um pensamento afetuoso ao velho Frederick Augustus, quem quer que tenha sido. Invocar o nome dele e dar a entender que Max ainda era próximo da parte da família que conservava o ducado o tinha livrado de alguns apuros, mesmo que em nenhum momento tivesse efetivamente melhorado suas circunstâncias.

Ele analisou seu tataravô. Haveria alguma semelhança? Max duvidava. Aquele homem exalava uma autoridade arrogante, confiante na riqueza e no poder que detinha. Max, por outro lado... Muitos canalhas e tiranos, todos sem um tostão no bolso, haviam existido entre eles para haver qualquer similaridade.

— Saúde — disse ele baixinho à pintura, acenando brevemente com a cabeça para seu ancestral, então deu as costas e saiu da galeria.

Agora, ele aguardava sentado em um salão adornado, respondendo com um leve sorriso o olhar suspeito de sua anfitriã. A duquesa estava em uma poltrona primorosamente entalhada, que teria deixado a própria rainha com inveja. Era uma mulher velha e rechonchuda, com pelo menos 70 anos, o cabelo grisalho frisado e preso com elegância no alto da cabeça. Embora fosse manhã, usava um vestido preto de seda, e os anéis que ostentava poderiam bancar um jovem esbanjador por um ano inteiro. Max podia ver a ponta de seus sapatos, repousados sobre um suntuoso apoio de pés dourado, e os diamantes de suas fivelas brilharam para ele.

O advogado estava sentado ao seu lado, um homem sério, também de preto. O sol matinal cintilava no cabelo ralo do topo da cabeça dele. Agitado, o homem escrevia algo nos papéis à sua frente, e foi só quando ergueu um olhar avaliador que Max suspeitou que as anotações fossem sobre ele.

Outro convidado havia chegado, presumivelmente naquela manhã. Ele não estivera no café da manhã duas horas antes, e ainda havia poeira nas dobras de sua calça, como se as tivesse escovado com pressa enquanto ainda as usava. Era mais alto que Max e certamente pesava uns bons quilos a mais; um homem de aparência comum e rústica. Um soldado, pelo que Max podia supor, embora usasse roupas civis. A maneira como ele se acomodara na poltrona sugeria que estava acostumado a ter uma espada presa no quadril. Ele também devia ter sido convocado, pois sentou-se ao lado de Max e olhou para a duquesa.

Ninguém se deu ao trabalho de apresentá-los.

— Bom dia — disse a duquesa abruptamente, antes que os dois homens pudessem fazer qualquer coisa além de trocar acenos educados de cabeça. — Espero que sua viagem para cá tenha transcorrido sem incidentes.

A boca de Max se contraiu. Viera no bendito coche do correio, até conseguir seduzir a filha do dono de uma hospedaria e pegar um cavalo emprestado. As estradas eram atrozes, no primeiro dia chovera e, se não fosse pela moça bem-disposta, Max teria chegado a pé e enlameado, de bagagem na mão, como um mascate viajante.

— Sim, Vossa Graça — respondeu o soldado, polido.

— Perfeitamente agradável — disse Max, com sua voz arrastada.

Ele cruzou as pernas e apoiou o pulso no joelho, a perfeita imagem da insolência despreocupada.

A duquesa contraiu os lábios.

— Excelente. Os senhores decerto estão se perguntando por que eu os convoquei até Carlyle. — Ela se voltou para o advogado. — O sr. Edwards explicará.

O advogado ajustou os óculos.

— No último dia 14 de abril, lorde Stephen St. James, irmão mais novo de Sua Graça, o duque de Carlyle, ficou doente e faleceu.

O soldado tinha olhos verdes penetrantes, que se voltaram para a duquesa.

— Meus mais profundos sentimentos, Vossa Graça.

— Obrigada, capitão — respondeu ela. — É muito gentil de sua parte.

— Infelizmente — prosseguiu o advogado —, lorde Stephen era o herdeiro vivo mais próximo de Sua Graça. O duque não tem esposa ou filhos.

O soldado remexeu-se na poltrona, inspirando audivelmente. Max olhou para ele, mas o rosto permanecia inabalável.

Um pensamento estranho surgiu no fundo da mente de Max. Mas não, não podia ser. Ele e o duque eram primos muito distantes e, se alguém em Carlyle tinha um pingo de preocupação com relação a Max, nunca havia demonstrado. Muito tempo atrás, durante a infância dele, quando seu pai fugira com outra de suas amantes e os deixara sem dinheiro, sua mãe pedira ajuda a Carlyle. Ele ainda se lembrava da expressão desolada da mãe diante da resposta breve, acompanhada de míseras cinco libras. Quase morreram de fome naquele inverno, obrigados a ficar com a família de sua mãe. O pai de Max retornara para casa na primavera, bêbado, sem dinheiro e nem um pouco arrependido.

Ele olhou de novo para o soldado. O sujeito parecia saber o que estava acontecendo. Estava tão alerta quanto uma sentinela, praticamente tremendo, tamanha a avidez por agradar.

Max remexeu-se em sua poltrona. O capitão devia ser outro parente de St. James. Mas mais próximo ou mais distante? Pois só havia um motivo pelo qual ambos precisavam saber que o herdeiro do duque de Carlyle tinha morrido.

E, então, a duquesa confirmou suas suspeitas.

— Lorde Stephen também não deixou esposa ou filhos. Na falta desses, parece que o ducado será passado, quando meu filho falecer, a um de seus primos distantes. — O olhar decepcionado dela analisou os dois. — Em suma, um de vocês.

Benditos fossem Cristo e todos os anjos. O coração de Max palpitou violentamente antes que ele pudesse conter a reação. Um *ducado* — e não um ducado qualquer, mas um grande e próspero como Carlyle.

Max por fim acabou se contendo, porque as palavras que saíram da boca do soldado na sequência trucidaram seu momento de euforia.

— Essa é uma notícia totalmente inesperada, Vossa Graça — disse ele com sua voz intensa e grave. — Posso perguntar como...?

— Claro — respondeu ela. — O sr. St. James é tataraneto do segundo duque. — A duquesa ergueu as sobrancelhas para ele, e Max inclinou a cabeça em concordância. — E o senhor, capitão, é bisneto do terceiro duque.

O parentesco do soldado era mais próximo, então. Max soltou o ar silenciosamente. *Era* bom demais para ser verdade.

— São notícias desconcertantes para mim, Vossa Graça — afirmou o capitão, que, se ficara chocado com a notícia, recuperara-se rapidamente. — Mas não há ninguém...?

O advogado pigarreou e abriu a boca.

— Não — disse a duquesa, seca. — Não há parentes mais próximos.

Um olhar pesado foi trocado, e então o advogado assumiu as rédeas.

— Como os senhores devem saber, Sua Graça, o duque, sofreu um acidente trágico muitos anos atrás e ficou incapacitado de ter uma esposa e gerar herdeiros diretos. Ou seja, não há a menor chance de que qualquer um de vocês seja substituído por um novo herdeiro. — Ele tirou um papel largo de sob seu cotovelo e o estendeu sobre a mesa, de frente para eles. — Tomei a liberdade de documentar a família.

Max e o soldado se debruçaram ao mesmo tempo sobre a mesa, esticando o pescoço para ver.

— Esta documentação será inestimável quando chegar o momento de reivindicar o título, especialmente tendo em vista que nenhum de vocês é descendente direto do detentor atual ou prévio do ducado.

Pela primeira vez, os olhos de Max encontraram os do capitão. O homem parecia tão perplexo quanto Max. O duque de Carlyle não podia ter filhos. Seu único herdeiro estava morto. E ele estava... Max consultou a árvore genealógica belamente desenhada da família. O duque estava com quase 60 anos de idade.

Aquela... Aquela era uma questão urgente, ele percebeu.

— Estou vendo que esse fato é um tanto surpreendente para os senhores — comentou a duquesa, rompendo o silêncio. — Foi igualmente alarmante para mim.

Max se ouriçou. Ele entendeu direitinho o que a duquesa quis dizer. Talvez não fosse tão pavoroso para eles se tivessem demonstrado qualquer interesse por Max anos atrás.

— Eu não diria que é exatamente alarmante — retrucou ele. — Uma surpresa, com certeza.

A expressão da duquesa deveria tê-lo transformado em uma pilha de cinzas. O advogado suspirou, decepcionado. Até mesmo o capitão lhe lançou um olhar de desaprovação. Max apenas sorriu.

— As regras da sucessão de herança são rígidas — disse a duquesa, ainda o fitando com desgosto. — O título e as terras inerentes devem ser passados ao descendente homem mais próximo da linhagem St. James, e assim serão. Um dos senhores será o próximo duque. Muito provavelmente, o capitão St. James, ou o sr. St. James caso alguma tragédia ocorra ao capitão.

Pela expressão dela, Max pensou que, se ele acabasse herdando o título, ela consideraria esse fato uma calamidade equivalente ao apocalipse.

— A fortuna inerente à propriedade é, naturalmente, considerável — continuou ela. — Trata-se de uma responsabilidade imensa, e nenhum dos senhores tem o mínimo de preparo para assumi-la.

— Naturalmente — disse Max.

— Mandei investigá-los — prosseguiu ela, ignorando-o. — Os resultados não foram nada acalentadores, mas precisamos trabalhar com o que temos. Os senhores ainda não têm esposas.

— Não, senhora — respondeu o capitão.

Max mal conseguia alimentar a si mesmo em alguns meses, quiçá prover para uma esposa e os filhos que costumeiramente se seguiam. A duquesa, com suas joias e apoios de pé recobertos de seda, não sabia nada a respeito dele.

— Não uma minha — respondeu Max languidamente.

O silêncio foi como uma bolha de perplexidade. O advogado foi o primeiro a compreender o que ele disse, pressionando os lábios e olhando para baixo. O capitão pigarreou e a duquesa fulminou Max com um olhar.

— E também não se preocupou em se manter respeitável, senhor — retorquiu ela. — É isso o que me preocupa e o motivo pelo qual mandei chamá-los. O duque de Carlyle detém grande poder e deve assumi-lo com dignidade e decoro.

Max pensou no último duque que conhecera: o jovem duque de Umberton, que perdera onze mil libras em uma só noite e abaixara a calça para urinar na mesa de jogo em um ataque de raiva. Dignidade e decoro, claro.

— É uma responsabilidade imensa — concordou o capitão, sóbrio como um juiz, reiterando as palavras da duquesa como se fossem da escritura sagrada. — Espero me tornar digno dela.

Os modos dele — subservientes aos olhos desdenhosos de Max — estavam, todavia, degelando a conduta da duquesa, que anuiu.

— É o que espero do senhor, capitão. — O olhar que ela lançou a Max era novamente frio. — E do sr. St. James.

Ele baixou a cabeça, aquiescendo.

— Compreendo que esse talvez seja um pedido difícil — continuou ela. — Estou preparada para ajudá-los. O sr. Edwards pagará a cada um de vocês quinhentas libras imediatamente. Confio que os senhores as utilizarão com sabedoria e que, em seis meses retornarão a Carlyle mais sóbrios e refinados. Se eu estiver satisfeita com seu progresso, proverei uma quantia de mil e quinhentas libras por ano, continuamente, desde que os senhores permaneçam respeitáveis.

Minha nossa. Quinhentas libras imediatas, mil e quinhentas por ano. Por um instante, Max não conseguiu acreditar no que tinha ouvido.

Mas também ouvira o "se", e percebeu que a proposta não era tão incrível quanto parecia.

— E se a senhora não ficar satisfeita? — perguntou ele, polido.

Ela suspirou diante da pergunta de Max.

— Se não se mantiver respeitável, o senhor não receberá mais um centavo meu. O senhor é realmente tão estúpido a ponto de jogar uma chance dessas fora, sr. St. James?

Não, ele com certeza não era. Max inclinou a cabeça com deferência.

— Eu apenas queria saber.

— Irei supervisionar seu progresso durante os próximos seis meses — disse ela, lançando-lhe um olhar de alerta. — Eu não sou o inimigo.

A intenção da minha oferta é ajudá-los. Não se iludam pensando que Carlyle é comandada sozinha, ou que se pode contratar um administrador para cuidar de tudo. Os senhores são ambos homens jovens, que não foram criados com essa expectativa. Será um ajuste difícil, mas é necessário que se preparem para a ocasião. Peço encarecidamente que aceitem a proposta e a levem a sério.

O capitão pigarreou.

— Sim, é claro, Vossa Graça. É muita generosidade sua.

— Não se trata de generosidade — retrucou ela. — Não quero ver Carlyle ruir. Quero que seja passada para alguém que apreciará sua imponência, que cuidará daqueles que dela dependem e a preservará para as gerações futuras. Os senhores têm, portanto, seis meses para se provarem capazes de ser essa pessoa. E não precisam temer que os fundos deixarão de ser transferidos caso eu morra — acrescentou ela, com os olhos escuros novamente fixos em Max. — Deixarei instruções em meu testamento para que a anuidade continue sendo paga enquanto minhas condições forem cumpridas.

Max não sentia mais vontade alguma de provocá-la. Pelos céus, ele jamais imaginara ter uma chance como aquela. A duquesa falava sério. Quando a sorte de um homem muda, apenas o tolo a ignora.

— Quais seriam suas condições, Vossa Graça? — perguntou ele.

— Respeitabilidade — respondeu ela com vigor. — Nenhum comportamento escandaloso. Sobriedade. O duque de Carlyle há muito detém cargos de poder em Westminster e seria bom se os senhores se interessassem por política, assim estarão preparados para quando forem participar da Câmara dos Lordes. Caso contrário, outros estarão ansiosos para tirar vantagem dos senhores. — Ela fez uma pausa. — E eu sempre acreditei que uma esposa ancora o homem. O próximo duque precisará de um herdeiro legítimo. Uma esposa adequada é necessária, e aconselho que os senhores se empenhem em encontrar uma.

— Precisamos nos casar? — perguntou o capitão, franzindo sua testa em preocupação.

— O duque de Carlyle precisará de um herdeiro — repetiu ela. — Se o senhor não conseguir gerar um, capitão, o sr. St. James torna-se o próximo na linha sucessiva.

Max e o soldado trocaram um olhar rápido. *Pouquíssimo improvável*, pensou Max em relação às suas chances de se tornar herdeiro do ducado após aquele homem. O capitão era do tipo que fazia o que era esperado dele. Sem dúvida já estava pensando em uma mulher que agarraria a chance de se tornar a futura duquesa em um piscar de olhos.

Não que Max o pudesse culpar. Todos naquela sala sabiam que *ele* daria um péssimo duque.

— O sr. Edwards responderá quaisquer outras perguntas — anunciou a duquesa enquanto o relógio ressoava delicadamente.

Ela se levantou, e um grande gato ruivo saiu de debaixo de sua poltrona, bocejando e se espreguiçando.

— Se me permite, Vossa Graça...

O soldado se adiantou para ajudá-la, fazendo uma reverência solícita e lhe oferecendo o braço. Max conseguiu ouvir algumas palavras enquanto caminhavam em direção à porta e percebeu que o capitão estava particularmente preocupado com a questão do casamento. Max podia jurar que o homem estava pedindo para que a duquesa escolhesse uma mulher para ele.

Ainda bem que ele não teria esse problema. Virou-se para o advogado, que estava sentado com as mãos delicadas repousadas comportadamente sobre seus papéis.

— Uma anuidade por bom comportamento.

Os óculos de Edwards brilharam.

— É a vontade de Sua Graça.

— E você é o homem que vai julgar se as condições dela foram satisfeitas?

— Sim.

— Casamento — disse Max, refletindo. — Sobriedade. Esses pontos estão bem definidos; ou um homem é casado ou não é. Ou ele bebe ou não bebe. Respeitabilidade... — Ele fez um gesto incerto com uma mão. — Isso é menos objetivo.

— Compreendo sua preocupação. — O sr. Edwards tirou os óculos. — Meu conselho é pensar se você se sentiria confortável ou não em confessar suas ações em praça pública. Se as declamaria com orgulho, acredito que não terá muito o que temer quanto à duquesa.

Max discordava. Achava que ela ficaria horrorizada com pelo menos metade das coisas que ele já havia feito em praça pública, sem contar o que já fizera em antros de jogatina, camarotes de teatros e jardins. Por outro lado, Sua Graça não fazia ideia de como sua vida tinha sido.

— Entendo — respondeu educadamente.

O capitão ainda estava conversando com a duquesa, os ombros curvados enquanto inclinava a cabeça em sua direção. Max apoiou uma mão na cintura e tamborilou o dedos. O veludo de seu casaco estava desgastado naquele ponto por causa desse hábito nervoso. O que o capitão estava tão ávido por saber?

Max não conseguia afastar a sensação de que o sujeito estava tentando passar a perna nele de alguma forma. Mas como? O capitão, como a duquesa já havia apontado, estava mais próximo de herdar o ducado do que Max, e nada que qualquer um deles fizesse mudaria isso. O capitão já estava na melhor posição.

Por outro lado, se a duquesa aprovasse a esposa do capitão, talvez lhe mandasse uma quantia adicional. Era isso que aquele homem estava querendo? Mil e quinhentas libras por ano era um valor significativo — uma verdadeira fortuna, aos olhos de Max —, mas certamente uma ninharia para a senhora do Castelo Carlyle.

— Será que ela espera escolher nossas esposas? — murmurou ele, dirigindo-se apenas parcialmente ao advogado.

O rosto do sr. Edwards ficou tenso.

— É claro que não. Por certo... Por certo o senhor não estaria pensando em se casar com uma atriz ou uma cortesã?

— Não — respondeu Max, sorrindo de leve diante da confirmação de que o advogado esperava, de fato, que ele fizesse exatamente aquilo. — Nada nesse sentido.

O olhar dele se demorou no capitão. O homem desejava desesperadamente a aprovação da duquesa e não escondia aquilo.

Max repudiou a ideia instintivamente. A duquesa já pensava que ele era um patife completo, incapaz de tomar uma decisão correta. Se o capitão — que, estava óbvio, era visto por ela com muito mais apreço — permitisse que a duquesa mandasse e desmandasse nele, ela certamente pensaria que Max era digno do mesmo tratamento, senão de algo pior.

Mas Max não permitiria que a duquesa — ou qualquer outra pessoa — assumisse as rédeas de sua vida.

Embora talvez... talvez ela tivesse lhe dado a chance de se livrar dessas rédeas de uma vez por todas.

Capítulo 2

HAVIA QUASE SESSENTA anos, a família Tate produzia objetos de cerâmica em uma olaria na base do morro Marslip. Era, em todos os sentidos, um negócio familiar; cada nova geração de filhos era exposta a cada aspecto da produção, para ver em qual se encaixaria melhor. Os casamentos eram sempre com famílias da região, que sabiam o que esperar e se orgulhavam de se unir aos Tate.

Como muitos negócios familiares, cada geração de patriarca Tate desejava que seus filhos homens o auxiliassem e um dia assumissem a olaria. Durante três gerações, foi exatamente assim que aconteceu. Mas o atual dono, Samuel Tate, não tinha filhos homens, apenas duas filhas. E, embora ele as amasse tremendamente, nunca desejara tanto ter tido filhos homens quanto naquele dia, no meio de uma discussão colérica com não apenas uma, mas as duas filhas ao mesmo tempo.

— Papai! — Bianca estava completamente enfurecida. — Você enlouqueceu!

— De forma alguma — retorquiu ele. — É uma ideia brilhante e será nossa salvação.

— A *sua* salvação — retrucou ela. — Não a de Cathy! Você está tentando acabar com a vida dela!

Ambos se viraram na direção da irmã mais velha, que permanecera calada e taciturna durante toda a discussão. Lágrimas se acumulavam em seus grandes olhos azuis. Uma escorreu por sua bochecha rosada, como se traçada pelo pincel de um artista.

— Não, Bi — protestou ela, com a voz rouca do choro. — Você está indo longe demais...

Bianca se recusava a recuar.

— *Acabar* — repetiu ela com vigor. — Partir o coração dela e ignorar sua vontade!

O pai fez uma careta e gesticulou com uma mão.

— Poupe-me do drama. É uma união excelente! Ela mesma afirmou que não seria tão ruim assim.

Os dedos de Bianca estavam ávidos por arremessar alguma coisa nele, e havia uma compoteira convenientemente à mão, esperando por aprovação no canto da mesa. Infelizmente, era uma das novas, no formato de uma folha de morango côncava, com vinhas que se enrolavam para formar as alças, e belos cachinhos de frutas vermelhas na base. Tinha sido feita pelo melhor ceramista modelador deles, uma peça realmente linda — então, ela se conteve, com relutância.

— Cathy não deveria precisar dizer coisa alguma. *Ela* é quem devia ter procurado o *senhor* para conversar sobre casamento, e não o contrário.

— Ora, Bi — disse Samuel, estendendo as mãos em busca de uma conciliação. — Você preferiria que eu dispensasse uma grande oportunidade para qualquer uma de vocês? St. James é um cavalheiro... Mais do que isso, ele é o herdeiro de um duque. — Ele sacudiu um dedo repreensivo. — Sua irmã se tornaria duquesa! E você quer que eu fique aqui sentado e recuse a possibilidade sem sequer considerá-la?

Bianca cruzou os braços.

— Então o senhor está apenas considerando? E Cathy poderá decidir, com total liberdade?

Ele desviou o olhar.

— Eu irei aconselhá-la, é claro...

— Você já se decidiu!

Bianca caminhou de um lado para o outro, suas saias esvoaçando e colocando em risco uma fileira de suportes de ovos na prateleira mais próxima ao chão. Então, ela parou abruptamente diante da irmã.

— Cathy, você quer se casar com o sr. St. James? — perguntou ela, com o máximo de estabilidade e calma que conseguiu.

As lágrimas se acumularam novamente.

— É... É um casamento muito conveniente — respondeu a irmã, hesitante. — E é uma grande honra ser pedida...

— E você quer ser esposa dele? Viver ao lado dele, gerar os filhos dele, subjugar seus desejos aos dele, aguentar o temperamento dele e satisfazer as vaidades dele, até o dia em que morrer? — questionou Bianca.

— E eu é que sou acusado de influenciá-la! — ralhou seu pai, levantando-se de supetão.

Outra lágrima escorreu pelo rosto de Cathy.

— Bianca...

— Quer? — insistiu ela.

Os olhos de sua irmã se voltaram para o pai, que as fitava furioso do outro lado da sala.

— Eu... Eu não quero decepcionar o papai...

— Está vendo? — Samuel caminhou até elas e segurou a mão de Cathy. — Catherine, minha querida, eu só quero a sua felicidade... Bem como seu conforto e segurança, e um homem como St. James pode prover os dois.

— Não com dinheiro próprio — ponderou Bianca.

— Ele é primo do duque de Carlyle — continuou Samuel, fixando sua atenção na filha mais velha. — Imagine só! Você migraria para os melhores círculos sociais, com duquesas e condessas... Talvez até princesas. Ora, basta uma epidemia de sarampo e você mesma poderia se tornar duquesa.

— Talvez o senhor possa pedir ao vigário que acrescente isso no serviço matrimonial — comentou Bianca sarcasticamente. — Pai Amado, será que o Senhor poderia infectar as seguintes pessoas com sarampo e...

As orelhas de Samuel estavam vermelhas. Ele se manteve resolutamente de costas para ela.

— E ele é um rapaz bem-apessoado, não é? As garotas não paravam de falar sobre ele quando veio jantar aqui, no mês passado.

— Talvez ele fique com uma delas — murmurou Bianca. — Ou, mais provavelmente, com todas. Ele tem um ar tão mundano...

— Jovem, inteligente, bem-apessoado e adequado — finalizou Samuel com um grunhido, lançando um olhar furioso à filha mais nova, que apenas deu de ombros. — Se você o tivesse apresentado a mim como seu pretendente, eu daria minha bênção imediatamente. Importa tanto assim quem o apresentou a você?

— Importa tanto assim quem se deita na cama dele e se relaciona com ele? — perguntou Bianca, colocando o dedo no queixo, como se estivesse pensando.

— Basta! — rugiu Samuel, enfim perdendo a paciência. — Você já foi longe demais!

— Você é quem foi longe demais! — retrucou ela. — A mamãe ficaria horrorizada!

Aquela acusação reverberou no ar. Cathy arfou, assustada. Samuel arrancou a peruca e a jogou na mesa, parecendo se engasgar com alguma imprecação.

— Basta — ralhou ele. — Basta!

Ele deu a volta na mesa e colocou as mãos na cintura — o sinal de que não queria mais conversa e de que elas deveriam sair dali.

Ainda fungando, Cathy correu para a porta. Ali ela parou, segurando o avental. O rosto imaculado estava manchado de vermelho e os olhos, cheios d'água.

— Bianca — chamou ela baixinho. — Vamos, Bi.

Bianca titubeou, mas não havia escolha. O pai delas precisava compreender a barbaridade de suas ações. Não, realmente não havia escolha. Aquilo precisava ser feito. A compoteira atingiu a parede com um estrondo satisfatório e caro. Ignorando tanto a pontada de arrependimento por ter destruído a peça como o berro de incredulidade de seu pai, ela saiu como uma tempestade da sala, pegando a mão da irmã e a puxando para fora, descendo as escadas da loja e subindo o morro até sua casa.

— Como ele ousa? — Ela fervia de raiva, criando um alvoroço enquanto entrava na sala de visitas e fazendo Jane, a jovem criada, sair correndo com um gritinho de pânico. — Ele deve estar gravemente doente… Talvez tenha ficado perto demais das fornalhas e o cérebro tenha derretido…

— Você sabe que não é o caso — disse Cathy, que ainda ofegava após a corrida enfurecida morro acima, caminhou até o sofá e desabou sobre ele. — Um casamento vantajoso não é uma sugestão irracional vinda de um pai…

— Jamais diga isso! — Com as mãos apoiadas na cintura, Bianca se debruçou sobre a irmã cabisbaixa. — Ele está querendo vender você como um leitão no mercado, sem sequer pedir a sua opinião!

— Ora, Bianca. — Cathy meneou a cabeça em desaprovação. — Não foi assim que aconteceu.

— Por que você está defendendo essa situação? — Bianca estava perplexa. — Achei que você não gostasse nem um pouco do sr. St. James.

O homem que jogara aquela proposta indecorosa no meio da contente família Tate como alguém lançando uma granada não era totalmente desconhecido. Maximilian St. James conhecera o pai delas em Londres em um encontro filosófico, durante um jantar na casa de um dos sócios dos Tate. Samuel retornara para casa impressionado com o homem, elogiando sua inteligência e seus modos.

Bianca, que julgara se tratar de apenas mais um nobre desocupado se aproveitando da famosa hospitalidade de lorde Sherwood, não prestara muita atenção. Tinha coisas demais para cuidar em casa para se importar com um nobre desocupado qualquer — pois St. James era, claramente, um nobre, e não um trabalhador. A despeito do fascínio do pai, ele não mencionara qualquer atividade útil relacionada ao homem, ao contrário de lorde Sherwood, que havia fundado uma escola técnica para artesãos, ou o sr. Hopkins, que fabricava relógios maravilhosos quando não estava lendo a *Encyclopédie,* de Diderot.

Então, Samuel convidara o homem para ir a Staffordshire, sua casa. Jantares faziam parte das incumbências de Cathy — quais toalhas de mesa usar, como organizar a prataria do melhor modo para refletir as flores e as velas, se o ganso seria temperado com agrião ou recheado com sálvia e pão. Ela tinha herdado o talento da mãe para decorar a casa e receber convidados.

Daquela vez, Bianca reparou no sr. St. James. Era difícil não reparar, visto que ele chegou como um pavão desfilando em meio a um bando de tetrazes comuns e discretos. Alto e esguio, não usava pó no cabelo longo e escuro, e parecia não se importar que ele encaracolasse na altura dos ombros, como a *Madonna* de François Boucher. O bordado de seu casaco de veludo cor de vinho brilhava sob a luz das velas, e sua perspicácia e astúcia londrinas o diferenciavam dos cientistas e filósofos mais sérios que ocupavam a mesa.

Mesmo assim, a impressão que Bianca tivera dele na ocasião não tinha sido negativa. Apesar de ser extremamente atraente, ele era obviamente culto e, como seu pai apontara, inteligente. Se fosse uma peça de cerâmica, no entanto, seria uma terrina: bonita e luxuosa, chamando a atenção de todos os olhos da mesa, mas rasa e cuja utilidade se limitava a conter a humilde sopa. Bianca supôs que ele se cansaria dos filósofos e plebeus e não retornaria mais.

Em vez disso, ele aparecera novamente poucos meses depois — na véspera de toda aquela discussão, na verdade, por meio de uma carta —, pedindo a mão de Cathy, com quem ele mal trocara uma hora de conversa.

— Ele é um bom partido — respondeu Cathy. — É primo de um duque, você sabe.

— O que faz *dele* um nada — retrucou Bianca. — Embora faça com que ele tenha pretensões...

Cathy enrubesceu.

— Mas ele não é de Marslip, é de Londres. Ser pedida em casamento por um cavalheiro é uma honra, e você sabe que uma conexão com o duque de Carlyle significaria muito para o papai.

— Não sei qual o grande benefício que nosso pai espera ter dizendo que pode jantar com o primo distante de um duque. Deve haver mil pessoas nessa mesma situação em toda a Grã-Bretanha.

Pela primeira vez, a irmã franziu a testa, retornando, de certa forma, a seu estado natural.

— Você está sendo deliberadamente turrona.

O boca de Bianca se abriu. Ela se agachou e pegou a mão da irmã.

— Ah, Cathy... Você está considerando aceitar esse pedido insano, não está? Por quê? Eu estava errada com relação ao sr. Mayne?

Um tremor repentino passou pelo corpo de sua irmã diante da menção daquele nome.

— Eu acho... — Cathy parou e pigarreou. — Eu acho que, se eu não pensar nele, o plano do papai é muito... sensato.

Sensato. Não "excitante", ou "animador", ou mesmo "desejável". Seu pai ficaria contente, e Cathy, sempre ansiosa por satisfazê-lo, abriria mão do homem que de fato amava por outro qualquer. Bianca sentiu-se esquentar novamente.

— Tudo bem. Talvez seja — concordou ela baixinho, observando o rosto da irmã. — Suponho que você se casaria aqui, na igreja de Marslip. Você pediria ao sr. Mayne para ler os proclamas ou acha que o papai insistiria em uma licença? — Cathy não respondeu, mas seu queixo tremeu. — Nesse caso, poderíamos realizar o casamento aqui, nesta sala. Tenho certeza de que o sr. Wayne não se importará, e seria mais conveniente para a tia Frances. Depois disso, imagino que o sr. St. James preferirá viver em Londres.

A cor se esvaiu do rosto de Cathy.

Bianca prosseguiu:

— Uma cidade tão longe daqui... Eu realmente espero que você venha nos visitar de vez em quando. Não será o mesmo sem você. Como vou saber quais toalhas de mesa usar ou se o sr. Mayne deveria se sentar ao lado da sra. Arlington ou do sr. Soames, quando você não estiver aqui para...

— Chega! — Cathy se levantou de repente e se apoiou no canto de uma parede. Os ombros dela tremiam. — Chega, Bi!

— Não estou fazendo nada — alegou a irmã, e então esperou.

Ao contrário de Bianca, Cathy não tinha herdado a determinação ferrenha do pai; tinha puxado o desejo de agradar característico da mãe — especialmente de agradar a Samuel. Mas dessa vez o pai a tinha sobrecarregado, como um furacão repentino que a derrubara no chão antes que ela soubesse o que estava acontecendo.

Cathy, contudo, também era filha de Samuel. Assim que se recuperasse do choque da sugestão dele e percebesse o que aquilo significava, recomporia-se e encontraria sua voz.

Foi o que aconteceu. Após alguns minutos de silêncio chorando contra a parede, Cathy se endireitou, enxugou os olhos e se virou hesitantemente para Bianca.

— Você acha que sou uma tremenda covarde, não acha?

Bianca negou com a cabeça.

Cathy foi até a janela e abriu a cortina. Lá estava a olaria, na base do morro, com a fumaça saindo energicamente pelas chaminés das fornalhas.

— O papai acha que é um bom casamento — murmurou ela, quase que para si mesma. — Mas não pode querer que eu me mude para tão longe de Marslip...

Bianca não disse nada.

— Londres é uma cidade imensa — continuou Cathy; sua voz estava ficando cada vez mais forte e mais desesperada. — E tão distante! Talvez eu passe anos sem ver você ou o papai!

Bianca puxou um fio solto da barra de seu avental e esperou.

— E o sr. Mayne... — Cathy se interrompeu.

As articulações de seus dedos estavam esbranquiçadas tamanha a força com que apertava a cortina. Após um minuto pesado de silêncio, Bianca se moveu.

— Suponho que seria uma grande surpresa para ele.

Sua irmã emitiu um ruído parecido com um soluço.

— Seria.

— Sempre achei que ele gostava tanto de você — continuou a irmã mais nova com cautela. — E você, dele.

Silêncio.

Bianca se colocou de pé.

— Só você pode saber o que quer, Cathy. Você tem razão, o sr. St. James é muito adequado e talvez convença Carlyle a comprar um jogo de jantar enorme e caro do papai. Talvez ele o use para se exibir, como o sr. Wedgwood fez. A louça do duque! Papai iria gostar muito disso, tenho certeza, e também não seria ruim para a nossa fábrica que o mundo visse nosso trabalho na mesa de um nobre. E então papai ficaria mais contente do que nunca, e você teria um cavalheiro charmoso e inteligente como marido. — Cathy parecia mármore, de tão imóvel. O lado maligno dentro de Bianca a fez acrescentar: — E ele é incrivelmente bonito. Supera com facilidade todos os rapazes de Marslip, para falar a verdade, até o sr. Mayne...

Cathy se virou para encará-la em um redemoinho de saias.

— Não — grunhiu ela. — Não diga isso!

Bianca recuou. Ela sabia que sua flecha tinha atingido o alvo; bastava um pouco de tempo para tudo se encaixar.

— Já parei — prometeu ela, apertando as mãos da irmã. — A decisão é sua, afinal de contas. Estamos falando da sua vida, do seu casamento e do seu coração. Eu a apoiarei e a ajudarei, não importa o que você decida, desde que seja o que você deseja.

Pálida e sóbria, Cathy anuiu.

— Obrigada, Bianca.

Ela deu um beijo no rosto da irmã.

— É claro! Agora preciso voltar ao trabalho. Aquele esmalte vermelho não está tão brilhoso quanto eu gostaria e tem uma péssima tendência a formar bolhas se não for aplicado com perfeição. — Ela fez uma careta. — Já que nenhum estranho bonitão achou adequado aparecer por aqui para *me* pedir em casamento e me resgatar dos esmaltes, de vasos e de Marslip!

Cathy riu. Bianca sorriu. Ambas sabiam que ela jamais abandonaria sua bancada de trabalho, onde realizava suas experiências com esmaltes e minerais para aprimorar a cerâmica dos Tate. Além disso, as rejeições de Bianca aos rapazes que se aproximavam demais eram lendárias.

Ambas também sabiam que Cathy estava loucamente apaixonada pelo sr. Mayne, o pároco. Mayne ainda não tinha pedido sua mão em casamento apenas porque estava esperando sua avó enxerida falecer e lhe deixar uma pequena fortuna.

Tempo, pensou Bianca consigo mesma. Era tudo de que elas precisavam. Ela só teria que enrolar o pai por tempo suficiente para que Cathy percebesse o que ele estava pedindo dela.

Capítulo 3

DESSA VEZ, MAX foi até Marslip em seu próprio cavalo, o que lhe permitiu examinar a propriedade com mais calma.

Samuel Tate vinha de uma longa linhagem de oleiros, embora nenhum tivesse sua perspicácia comercial. Sob seu comando, a fábrica de cerâmica tinha crescido e prosperado, e ele construíra um pequeno império na base do morro Marslip, solenemente batizado de Perúsia. Tate produzia louças muito bonitas, com vernizes brilhantes e gravuras e padrões lindamente desenhados. Diversas famílias abastadas da aristocracia britânica tinham pratos e travessas dos Tate. Por um golpe de sorte, quando a febre por canais eclodira pelo país, o cunhado de Tate era um dos engenheiros responsáveis, então um canal secundário passava bem perto de Perúsia, de modo que a mercadoria podia ser enviada a Liverpool e Londres com rapidez e eficiência.

Com louça de qualidade e um sistema de envio confiável, Tate devia ser o oleiro mais rico do país. Era um homem esperto e ambicioso. Max ficara impressionado quando eles se encontraram na casa de um conhecido em comum, lorde Sherwood.

Tate, no entanto, também tinha uns pontos cegos curiosos. Sherwood lhe confidenciara que o homem havia tido dificuldades em receber o pagamento de alguns aristocratas, embora os mesmos exibissem sua louça personalizada com orgulho.

Max não se surpreendia. O que *realmente* o surpreendia era o fato de que Tate parecia aceitar a situação, mesmo que aquilo lhe fosse bastante custoso. Max conseguia ver uma dúzia de maneiras de aumentar a lucratividade da empresa, e quando mencionara aquilo — por acaso, quase sem pensar — a Tate, o homem parecera perplexo com a ideia. Aquilo levara a um convite para conhecer Perúsia, que Max aceitara, embora a propriedade ficasse no interior de Staffordshire.

Max via exatamente quão ampla e próspera era Perúsia. A fábrica ocupava quatro prédios compridos de tijolo, ordenados como um E, a uma curta distância do canal. As fornalhas em formato de garrafa ficavam aglomeradas de um lado, a fumaça saindo continuamente de suas chaminés. Os funcionários eram organizados e dedicados, sempre focados no serviço. Um fluxo contínuo de barcaças ia e vinha na doca da fábrica.

Era uma oportunidade, e Max estava sempre pronto para aproveitar uma oportunidade. Ele enxergava possibilidades incríveis naquela parceria: Tate administrando a fábrica como já vinha fazendo, enquanto Max assumia a tarefa de promover e comercializar os produtos, não apenas em Londres e Liverpool, mas em toda a Europa, e até mesmo na América.

Infelizmente, naquele jantar, Max sentira que Tate não se encantara tanto quanto ele com a ideia de uma parceria. Tudo relacionado ao negócio de Perúsia parecia ser gerido pela família — um primo fazia as visitas ao depósito em Liverpool, um sobrinho cuidava da parte financeira, o cunhado era o engenheiro. Parecera mais uma oportunidade longe de seu alcance, outra chance que, impotente, Max veria escapar por seus dedos, até a duquesa de Carlyle colocar a chave em sua mão. Talvez não fosse a intenção dela que ele a usasse daquela forma, mas, secretamente, Max estava convencido de duas coisas.

Em primeiro lugar, de que jamais seria duque de Carlyle. O capitão St. James tinha passado toda a sua visita ao Castelo Carlyle bajulando a duquesa. Durante o jantar, falara sobre se instalar em uma casa perto do castelo para poder estudar melhor o funcionamento da propriedade com o sr. Edwards e sobre sua esperança de encontrar uma mulher respeitável e se casar assim que possível. O soldado praticamente exalava sinceridade pura e determinação persistente. Era quase engraçado, para falar a verdade, como a solicitude dele era transparente. Só faltou ele beijar os pés da duquesa, além de ter praticamente implorado a ela que escolhesse uma esposa para ele, tudo para lhe agradar.

Mas tudo aquilo tinha funcionado — a duquesa parecia mais satisfeita do que perplexa com a adulação dele e prometera apresentar o capitão a damas que ela julgava condizentes e apropriadas. Max pensava que a duquesa o faria se casar antes mesmo do período de colheita, e teria o homem na palma de sua mão nesse ínterim também.

O capitão seria o próximo duque, mas Max ainda tinha uma fonte de renda prometida. No entanto, não gostava da ideia de ter que se provar digno dela todo ano e não queria conceder à duquesa qualquer nível de controle sobre sua vida, mesmo que não fosse bem o vagabundo que ela claramente pensava que ele era.

Aquela tinha sido a semente de seu plano. Tate requeria um olhar mais aguçado, mais implacável; Max tinha isso, mas lhe faltava a oportunidade de colocá-lo em prática. E, por uma feliz coincidência, Tate também tinha uma filha solteira linda, que sabia como dar um jantar e havia ficado encantadoramente corada diante dos elogios de Max durante sua visita a Perúsia.

Então, em segundo lugar, Max pretendia aproveitar a chance para definir o próprio casamento e assegurar sua fortuna. Com quinhentas libras no bolso — menos as duzentas que precisou empregar para quitar algumas dívidas urgentes e outros gastos, como um cavalo e novas peças para seu guarda-roupa — e a promessa de uma renda de mil e quinhentas libras, além de um relacionamento próximo com os Carlyle, ele estava na posição perfeita para arrebatar uma moça do interior, bonita e resguardada.

Especialmente se tal moça não tivesse irmãos e fosse filha de um pai abastado que já estava propenso a gostar dele.

Max sentia que sua proposta apeteceria a Tate. Não apenas como um parceiro de negócios, mas como genro, que cuidaria de sua família depois que ele morresse. Não um caçador de fortunas, mas um cavalheiro com uma fonte de renda independente, ou melhor, dependente apenas dos caprichos da duquesa. Não apenas um cavalheiro de Londres, mas alguém com conexões com um duque, o que elevaria o *status* da família Tate naquele momento e também dos futuros descendentes.

Além disso, a srta. Tate era uma beldade, pequenina e delicada. Ela batia no ombro de Max, com cachos negros e grandes olhos azuis. Sua voz era suave e melódica, e ela comandara o jantar com graça e um charme doce e inocente.

Max não conseguiu evitar um sorriso de expectativa enquanto descia do cavalo diante da bela casa de tijolos. Era nova, construída havia menos de uma década, quando a fortuna de Tate estava começando a crescer. Max tinha vivido em casas velhas demais, com chaminés fumacentas, paredes descascadas e telhados com goteiras, para apreciá-las. Ele aprovava muitíssimo aquela casa nova e confortável, bem como a esposa linda e abastada que viria com ela.

Samuel Tate saiu para encontrá-lo com um sorriso amplo no rosto quadrado.

— St. James! Bem-vindo a Perúsia.

— É um prazer imenso ter sido novamente convidado.

Ele entregou as rédeas ao rapaz que se aproximou para cuidar de seu cavalo e tirou o chapéu tricórnio para se curvar em uma reverência.

— Entre, entre! Eu estava começando a temer que as chuvas acabassem enlameando a estrada e atrasando sua chegada.

Max sorriu.

— De fato a estrada estava em péssimas condições. Talvez eu deva sugerir a Carlyle que proponha um projeto para estender a rodovia até Marslip.

Os olhos de Tate se iluminaram.

— Ideia excelente, senhor! Eu e os outros oleiros já fizemos essa requisição, mas tenho certeza de que a aprovação de Sua Graça seria de imensa ajuda.

— Sem dúvidas — concordou Max, ainda sorrindo.

O duque atual provavelmente ignoraria seu pedido, mas o soldado parecia ser um homem prático, e Max suspeitava que fosse do tipo que se sentia responsável pela família. Uma apresentação bem-feita e um pouquinho de chantagem emocional talvez o convencessem.

Ele não pretendia ser um parasita para os Tate. Pelo contrário: queria transformar Perúsia na olaria mais bem-sucedida de toda a Inglaterra — talvez da Europa.

Juntos, desceram o morro até a fábrica, conversando sobre Londres. Tate era fascinado por todas as notícias da cidade, especialmente aquelas relacionadas à sua antiga paixão: antiguidades de Roma e Atenas. Max respondeu de pronto, deduzindo que o homem estava pensando em novos itens para suas fábricas. Aquela era, afinal, sua especialidade. Max passara a vida toda em meio a pessoas mais sofisticadas, mesmo que ele próprio não pudesse bancar aquela vida para si.

— Bem... — disse Tate, unindo as mãos quando chegaram ao escritório, de onde era possível observar as oficinas zumbindo lá embaixo. — Imagino que esteja ansioso para ouvir minha resposta quanto à questão sobre a qual me escreveu.

Max inclinou a cabeça.

— Estou, sim.

Samuel remexeu-se na cadeira.

— Você chegou bem na hora. Sua pergunta não tem saído da minha cabeça ultimamente. — Ele parou, analisando Max. — Você não é de Marslip, mas tem uma cabeça inteligente em cima do pescoço e admito que fiquei admirado com nossas conversas sobre melhorar e ampliar a reputação de nossas louças. Mas uma coisa me preocupa tremendamente: quão interessado você de fato está.

— No negócio — perguntou Max — ou na sua filha?

— Em ambos — respondeu Samuel sem rodeios.

— É claro. — Max cruzou as pernas. — Eu diria que meu interesse é sincero e extremamente profundo por ambas. Estou muito impressionado com o que o senhor construiu aqui. Depois de nossa conversa na casa de lorde Sherwood, considerei propor apenas um acordo comercial no qual eu administraria salões de exposição em Londres e outras cidades e dividiríamos o lucro por esse trabalho. Uma parceria justa e igualitária. Mas, então, fui convidado para vir a Perúsia e conheci a srta. Tate. — Ele se inclinou para a frente e apoiou um cotovelo na mesa. — Percebi então que o senhor é um homem devotado a duas coisas na vida: esta olaria e sua família, o que só fez minha admiração pelo senhor aumentar. Podemos não ter sido criados em circunstâncias similares, mas eu o invejo nos dois sentidos.

Tate bufou.

— Você é primo de um duque.

Max abriu as mãos de maneira quase penitente.

— Nós não nos impusemos sobre os St. James do Castelo Carlyle. Minha mãe preferiu que eu crescesse sem me julgar superior, com humildade e senso de autoconfiança. O que foi bom para mim — acrescentou ele em tom modesto.

Não era mentira. Max meramente omitira o fato de que não houvera alternativa ou vontade de se humilhar implorando qualquer coisa aos Carlyle após o envio das insensíveis cinco libras.

— Mas, recentemente, nossas relações se tornaram mais cordiais — continuou ele. — Passei alguns dias no Castelo Carlyle, conhecendo Sua Graça, a duquesa, bem como meu outro primo St. James. Talvez não seja de conhecimento geral, mas o irmão mais novo de Sua Graça, o duque, ficou doente e faleceu, deixando o ducado sem herdeiro direto. Meu primo é o provável herdeiro, mas até que se case e gere um filho, eu sou o herdeiro *dele*. Isso renovou o sentido de "família" para mim, e me fez apreciar sua devoção ainda mais.

— Admirável — concordou Tate.

— Um homem como o senhor há de querer garantir não apenas que sua fortuna seja preservada, mas também, e acima de tudo, que suas filhas sejam bem cuidadas com os frutos dessa fortuna. — Max abriu um leve sorriso. — Também confesso que a beleza e a natureza doce da srta. Tate me impressionaram imensamente.

Tate balançava a cabeça de leve em concordância.

— É uma grande honra que concede a ela.

— A honra — disse Max em um tom grave — seria toda minha, se o senhor abençoasse meu pedido.

— Bem — disse Tate, parecendo bastante satisfeito e batendo com as mãos nos joelhos —, preciso dizer que me convenceu. As ideias sobre um salão de exposição são bastante grandiosas, mas com um cavalheiro como você no comando, acho que talvez possamos fazer isso dar certo e criar uma bela reputação. — Tate pausou e algo lampejou em seu rosto. — Mas é claro que você precisará conquistar a aprovação da minha filha também.

Max sorriu.

— Eu não desejaria que fosse diferente.

Tate riu.

— Você terá muitas oportunidades esta noite, no jantar! Como sabe, é ela quem comanda a casa no lugar de minha falecida esposa. Tudo é feito de acordo com as ordens dela, das flores à disposição da mesa. Você não encontrará qualquer defeito em suas habilidades ou em sua personalidade.

— Não tenho dúvidas — respondeu Max, que já tinha tomado sua decisão semanas antes.

Bianca vestiu-se para o jantar aquela noite como se estivesse se preparando para uma batalha.

Seu pai havia convidado Aquele Homem para uma visita. Ele chegara mais cedo e fora acomodado no quarto da frente antes de desaparecer no escritório com seu pai. Ela ouvira Jane comentar com a cozinheira sobre como suas roupas eram elegantes, como seus modos eram cativantes, como ele era tremendamente bonito. A criadagem já havia concluído que ele estava cortejando a srta. Cathy — não apenas porque todos os homens solteiros que apareciam em casa queriam cortejar a srta. Cathy, mas também porque Samuel tratava o camarada como se ele já fosse da família.

E, nesse caso, pensou Bianca sinistramente enquanto colocava o colar de pérolas de sua mãe, *ele será tratado como tal... na alegria e na tristeza.*

Ela desceu até a sala. Tia Frances já estava lá, parecendo tão irada quanto Bianca. Para falar a verdade, tia Frances sempre parecia irada, mas, naquela noite, Bianca ficou feliz em ver aquela expressão.

— A chaminé da minha sala de estar está obstruída — disse ela, à guisa de saudação. — Diga para Samuel mandar um homem para limpá-la.

Seu pai havia construído uma casa para Frances quando erguera Perúsia, alegando que não poderia nem mandá-la embora nem viver sob o mesmo teto. A casa dela ficava na base do morro, longe da fábrica.

— É claro.

Bianca abaixou-se para acariciar Trevor, o buldogue branco e gordo que seguia Frances por todos os lados. Como de costume, o animal grunhiu guturalmente enquanto sucumbia aos carinhos. Trevor agia como um cão feroz, mas virava um cachorrinho de madame quando tratado da forma correta. Bianca acariciou entre as orelhas dele, até suas perninhas curvas cederem e ele desabar de costas no chão, oferecendo a barriga para mais carícias.

— Trevor — ralhou Frances. — Levante-se! Nada de queijo para você.

Bianca deu ao cachorro um pedacinho de queijo que havia escondido no lenço. Trevor o abocanhou em silêncio, como se conspirassem para burlar a ira de Frances. Depois de ter conseguido o que queria, o cão voltou a se levantar e foi examinar o canto do sofá.

— O papai contou sobre o nosso convidado?

Bianca levantou-se e alisou as saias. Seu pai havia decretado que elas deveriam vestir suas melhores roupas, e ela obedecera. Estava usando seu vestido mais novo, de um vinho intenso, com babados de renda e detalhes de veludo no corpete, e permitira até que sua aia arrumasse seu cabelo em cachos suaves.

Frances bufou.

— Um cavalheiro, ele disse! Que bobagem! Um inútil, um vagabundo, apenas de olho na fortuna de Samuel.

— Ah, não, tia — respondeu Bianca, séria, embora concordasse com cada palavra. — Papai gosta muito dele.

Frances estalou a língua com irritação.

— Uma tolice ainda maior.

Cathy entrou na sala. Estava maravilhosa, radiante em seu vestido de brocado cor-de-rosa com laços de seda e grampos prateados cintilando em seu cabelo escuro. Seus olhos, contudo, estavam vermelhos, e a boca formava um arco entristecido.

— Boa noite, tia — murmurou ela.

Frances não era realmente tia delas; era tia de Samuel, irmã mais nova do avô delas. Quando jovem, Frances fora considerada uma garota bonita, mas a ambição de seu pai a impedira de se unir ao próspero fazendeiro por quem se apaixonara. Ele insistira para que ela se casasse com o homem que cuidava das finanças da família, com o intuito de assegurar a lealdade do rapaz aos negócios. Frances casara-se obedientemente com o administrador, mas em retaliação tornou a vida de todos ao seu redor um inferno pelos quarenta anos seguintes.

Agora, ela estava analisando Cathy de cima a baixo.

— Vamos a um jantar ou a um funeral?

Cathy lhe lançou um olhar de reprovação.

— Um jantar para o convidado do papai. A senhora me ajudou a definir o cardápio.

Frances a fitou com olhos furiosos e tomou um gole de seu vinho do Porto. Ela sempre tomava vinho do Porto antes do jantar, alegando que a bebida acalmava seu estômago.

— O cafajeste de Londres.

Um gritinho estrangulado escapou dos lábios de Cathy. Ela abaixou a cabeça e ficou mexendo em um dos laços do vestido.

— Por que a senhora diz isso, tia? — perguntou Bianca.

Ela estava deliberadamente cutucando um urso faminto. Ninguém pisava nos calos de Frances havia semanas. Samuel tinha passado quase um mês em Liverpool e só retornara recentemente, e Ned, o primo que administrava o escritório da fábrica, tinha aprendido a evitá-la. Durante a ausência de Samuel, eles não tinham recebido visita alguma. Frances considerava abaixo de sua classe intimidar a criadagem e, a despeito de seus modos extravagantes, ela gostava tanto de Bianca como de Cathy. O sr. St. James era carne fresca, no fim das contas; a presa ideal.

A tia-avó arqueou as sobrancelhas.

— Existe algum outro tipo? Meu pai costumava dizer que Londres é a fonte de todos os vícios. — Ela bebericou o vinho do Porto. — Eu reconheci a estirpe dele na última vez que esteve aqui. Muito seguro de si. Não tão esperto quanto imagina ser. Bonito demais para o meu gosto. Fico me perguntando por que é que ele saiu de Londres para se misturar à gente ordinária de Staffordshire.

— Ordinária? De forma alguma — disse uma voz da porta.

Todas se viraram e avistaram o sr. St. James, ofuscante em seu traje de cetim verde com bordados dourados. Seu cabelo estava sem um fio fora do lugar, e ele fez uma mesura muito elegante.

— Há pessoas extraordinárias aqui, em Staffordshire, a julgar pelas presenças nesta sala — acrescentou galantemente.

Tia Frances jogou os ombros para trás e ergueu o queixo, só para poder demonstrar melhor o seu desprezo.

— Que afronta fazer tal afirmação. Não nos conhecemos o suficiente para o senhor saber disso.

Ele sorriu.

— Eu pude afirmar com honestidade baseado somente em suas aparências. O sr. Tate não me informou que haveria três belas damas no jantar desta noite.

Frances o encarou por mais um instante, fungou mais uma vez, reiterando seu ponto, e deu as costas para ele.

— Coloque um pouquinho mais, minha querida. — Ela estendeu o cálice, e Bianca obedientemente lhe serviu mais vinho do Porto.

— Então por que o senhor veio até aqui, se não esperava ansiosamente por nossa companhia?

O sr. St. James sorriu. Ele tinha uma covinha profunda em uma bochecha, um talho muito masculino que decerto não merecia o delicado termo "covinha".

— Um homem sempre tem esperanças, senhora.

— Uma tolice ainda maior — murmurou Frances.

Bianca sorriu, contente.

— Bem-vindo a Perúsia, sr. St. James. — Pálida mas serena, Cathy aproximou-se para cumprimentá-lo. — Por que não entra? Espero que se lembre da tia de meu pai, a sra. Bentley, e de minha irmã, a srta. Bianca Tate. Estamos bastante informais por aqui, com apenas a família esta noite.

— Obrigado, srta. Tate.

Max fez uma linda reverência, segurando a mão de Cathy. Bianca relutantemente admitiu que os modos dele eram perfeitos.

— Se estão informais esta noite, juro que eu desmaiaria à mera visão da senhorita em uma ocasião formal. Sei que ofuscaria qualquer dama de Londres ou Paris.

— Trevor, querido, não urine no sapato do nosso convidado — disse Frances, fazendo a repulsa secreta de Bianca se transformar em alegria novamente.

O sr. St. James virou-se com uma expressão assustada para o buldogue rabugento que inspecionava seu sapato e deu um passo para trás.

Mas, então, ele se ajoelhou e deixou que Trevor cheirasse sua mão, e — para surpresa de todas na sala — o buldogue se sentou e aninhou a cabeça nela.

— Bom garoto — disse Max em sua voz grave e intensa, acariciando a cabeça e as costas do cachorro.

A língua de Trevor pendeu para fora da boca até ele se deitar no chão e soltar um gemido gutural de felicidade.

Traidor, pensou Bianca, ressentida. Ainda mais depois de ela ter lhe dado queijo escondido.

Samuel Tate surgiu, parecendo bastante satisfeito consigo mesmo.

— Peço desculpas, St. James. Cathy, minha querida, você deu as boas-vindas a nosso convidado?

— Sim, papai.

— Essa é a minha garota — disse ele, assentindo com a cabeça, antes de elogiar seu vestido e seu cabelo.

Cathy corou tremendamente com aquele enaltecimento inesperado; Cathy, que era tão linda que ficaria adorável até mesmo com um avental de linho grosso e nunca esperava ouvir elogios.

Bianca revirou os olhos com a adulação ostensiva. O pai amava as duas filhas, mas não era do tipo de ficar rasgando elogios a ninguém — muito menos a elas. Na oficina, Bianca e o pai eram conhecidos por discutir furiosamente sobre novos desenhos e técnicas, e o sr. Tate via os cuidados de Cathy como costumava ver os da falecida esposa: como uma obrigação e nada além do normal.

Para o desgosto dela, seu olhar recaiu por acaso no sr. St. James. Seu pai estava enaltecendo as presilhas ornamentadas de cabelo de Cathy, herdadas da mãe, e o abominável homem que queria se casar com ela observava Bianca.

Por um breve instante, seus olhos se encontraram — os dele, escuros e examinadores; os dela, provavelmente chocados e hostis. Era assim que Bianca se sentia, de toda forma, e fez questão de desviar o olhar e fingir um enorme interesse no fecho de seu bracelete. Que cafajeste mais *impertinente*!

Saíram todos para o jantar, tia Frances de braço dado ao sr. Tate, Cathy com St. James. Bianca seguiu em silêncio atrás deles, pensando em como conseguir o que queria.

Ela planejara convidar várias pessoas para o jantar, inclusive o sr. Mayne, o pároco, para poder contrastá-lo melhor com o sr. St. James, mas o pai batera o pé.

"A família", rosnara ele, "e mais ninguém."

O que significava que, agora, estava tudo nas mãos de tia Frances. E, por sorte, a tia parecia estar ansiando por aquela oportunidade.

— Diga-me, quem é sua família, senhor? — perguntou ela enquanto eles comiam o peixe. — Eu esqueci.

Ele sorriu.

— Esqueceu? Tenho certeza de que nunca mencionei.

Frances exibiu os dentes para ele.

— Isso explica! Minha memória raramente falha. Conte-nos, para que todos saibamos.

— Meu pai — começou ele tranquilamente — era, como a senhora sabe, um St. James, parente do duque de Carlyle.

— Muito distante? — perguntou Bianca, fingindo inocência. — Minha nossa, o senhor por acaso foi criado em meio ao esplendor do Castelo Carlyle?

Cathy lançou um olhar de censura em sua direção, e seu pai grunhiu baixinho. Bianca apenas piscou os olhos para o convidado, que permaneceu sorrindo com o autocontrole de uma pantera, sem se apressar.

— Não, srta. Tate — respondeu ele. — Sou apenas um primo distante e não tive o privilégio de visitar o castelo com frequência.

— Ah — disse ela. — Apenas nos dias de visita, suponho?

Os dias de visita, quando qualquer estranho que estivesse na região tinha permissão para caminhar pelo terreno do castelo e ver a casa.

Ele continuou sorrindo, como se soubesse exatamente o que ela estava tramando.

— Nem mesmo nesses dias, receio. Moro em Londres há um bom tempo. É longe demais para vir tomar uma xícara de chá ou mesmo aparecer em um dia de visitação aberta.

Bianca apertou os lábios. Por sorte, Frances aproveitou a brecha.

— Sim, sim, Carlyle. — Ela largou um pedaço de peixe no tapete e Trevor o devorou ruidosamente. — Quem é a família de sua mãe?

— Duvido que a senhora os conheça. Meus avós vieram de Hanôver.

— Alemães — disse Frances com desdém.

St. James apenas anuiu com a cabeça.

— Meus bisavôs foram serviçais de Sua Majestade, Jorge I, quando ele veio de Hanôver.

Frances o fitou com olhos frígidos por mencionar que os últimos reis eram mais alemães do que ingleses.

— Funcionários! De que tipo? Cuidadores de fezes, talvez?

Bianca quase cuspiu o vinho. Lançou um olhar de admiração para sua tia-avó por sugerir que o ancestral de St. James era o responsável por cuidar do penico real.

— De modo algum — respondeu ele sem se abalar. — Acho que meu bisavô era falcoeiro.

— Falcoaria! — O sr. Tate assumiu as rédeas. — Um esporte muito nobre, não é? Digno de um rei.

— Ouso dizer que é significativamente menos nobre quando se precisa limpar as gaiolas — disse tia Frances, ácida.

St. James riu.

— Talvez tenha sido por isso que desistiram e foram se dedicar à agricultura, senhora.

A boca de Frances se contraiu. Ela considerava a agricultura uma ocupação digna e honesta.

— Chega de falar de avós e fazendeiros — decretou o pai. — St. James, o senhor vive em Londres. Conte-nos sobre todas as atrações da cidade. Cathy estava há pouco lendo na *Lady's Magazine* sobre uma disputa de esgrima na Casa Carlton, entre um francês e uma mulher, imaginem só! Coisas assim são comuns por lá?

— Quem dera fossem — sussurrou Bianca, imaginando poder enfiar um florete no cafajeste sentado a sua frente.

Ele, rudemente, a ouviu.

— Eu não diria que é comum, srta. Tate, mas fascinante, de todo modo.

— Tendo sido na Casa Carlton, tenho certeza de que tudo foi feito da forma mais adequada possível — comentou Cathy, lançando um olhar de advertência a Bianca. — É a residência do príncipe de Gales.

— Mesmo assim, já vimos que até os mais nobres dos cavalheiros, como Sua Alteza, podem apresentar comportamentos de natureza selvagem e escandalosa — respondeu Bianca, dando um sorriso afetado. — Não concorda, sr. St. James?

Ele a fitou com olhos ardentes.

— Concordo, srta. Tate — respondeu ele com um sorrisinho. — No caso do príncipe.

— Não façamos fofocas sobre Sua Alteza — alertou o sr. Tate, antes de direcionar a conversa para tópicos inócuos, como o clima e o estado das estradas próximas a Marslip.

Bianca comeu em silêncio e torceu para que o sr. St. James ficasse tão entediado com a conversa excessivamente educada quanto ela.

Quando tia Frances liderou o caminho até a sala de visitas após o jantar, Bianca estava fervendo de ódio. Graças à conversa insossa de seu pai, St. James passara a impressão de um homem impecavelmente gentil, capaz de discutir a respeito de estradas e rodovias até todos os presentes pegarem no sono. Aquele era um dos assuntos preferidos do pai, contudo, e até mesmo tia Frances reconhecera a improbabilidade de interrompê-lo. As mulheres haviam se retirado para a sala de visitas para evitar pegarem no sono e caírem de cara no pudim.

— Ele é mesmo um verdadeiro cavalheiro londrino. — Bianca retomou seu plano inicial de convencer Cathy de que St. James era esnobe e elegante demais para ser um bom marido. — Não é de se admirar que tenha concordado com tanto entusiasmo com a tagarelice do papai sobre as estradas. Deve ser uma empreitada terrível para ele fazer a viagem para o Norte.

Cathy olhou para ela com tristeza e não disse nada.

— Ele parece ser bastante honesto — disse Frances, bebendo mais vinho do Porto. — De uma sólida família de agricultores.

— Sim, muito impressionante! Eu jamais teria imaginado, pela quantidade de rendas em seu casaco.

— Não menospreze os fazendeiros — reprimiu Frances com severidade. — O cultivo da terra torna um homem forte e firme, enraizado em suas paixões e propósitos.

— Estremeço só de imaginar quais são as paixões do sr. St. James — declarou Bianca antes que pudesse se conter.

Soltando um som de desespero, Cathy se levantou de supetão e saiu da sala.

— O que deu nela? — perguntou Frances, de sobrancelhas erguidas e já meio mole com o segundo cálice de vinho do Porto. — Estou dizendo, essa menina precisa de um marido. Anda muito emotiva ultimamente. Um jantar com um homem, e ela já está aos prantos!

Bianca fez uma careta. Para a sua surpresa, tia Frances parecia o pai delas falando.

— A senhora sabe que St. James quer se casar com Cathy, não sabe? — perguntou Bianca.

As sobrancelhas de Frances se ergueram subitamente.

— Como é? Com Cathy?

— Ele já pediu a mão dela ao papai — confirmou Bianca. — É por isso que ele veio a Marslip, para conseguir uma esposa e garantir a bela renda de Perúsia, certamente. E papai aprova — continuou, dando de ombros. — Não acho, contudo, que Cathy seja a favor dessa ideia.

— Garota boba — afirmou Frances com veemência. — Ela certamente poderia estar em uma situação pior.

— Sim, é claro — disse Bianca, sarcástica. — O bisneto de um cuidador de fezes! Ou não, perdoe-me, de um *falcoeiro*. Quanta honra! Quanto prestígio! Seremos superiores a todos em Staffordshire.

A idosa a fitou com reprovação.

— Já entendi o que você está tramando. Você não aprova e quer que eu atrapalhe. Bem, saiba que não farei isso! Concretizar casamentos estúpidos é uma tradição da família Tate.

Bianca corou ao ser flagrada.

— Mas Cathy e o sr. Mayne… — começou ela acaloradamente.

Frances levantou-se e apontou um dedo crítico para ela.

— Pfff… Se fosse para acontecer, Mayne estaria aqui, de joelhos, implorando a Samuel pela mão dela. Ele sequer fez o pedido?

Bianca fez uma carranca, reconhecendo furiosa que o pároco não fizera pedido algum.

— E nem fará — concluiu Frances, com uma frieza cruel. — Entre esses dois, nada jamais será decidido, muito menos concretizado. Eu nunca conheci duas pessoas tão dóceis e agradáveis na vida! Ambos requerem parceiros com mais determinação. Ao menos aquele rapaz St. James tem isso. Ele não permitiu que *você* pisasse nele, não é mesmo?

Bianca se ergueu de supetão.

— Por que duas pessoas que têm o temperamento parecido não podem ter um casamento feliz? Por que é preciso uma pessoa de fibra e outra que cede? Arrisco dizer que duas pessoas gentis e flexíveis resolveriam tudo de forma bastante satisfatória, se tivessem liberdade de escolha.

Frances se aproximou, seus olhos azuis intensos exalando pena.

— Ah é? Então por que Mayne não procurou seu pai, mesmo ciente de um rival determinado? Por que sua irmã continua quieta, aceitando os elogios e as bajulações de St. James? Você sempre acha que sabe de tudo, mocinha, mas esse problema não é seu — disse a tia, erguendo a mão. — Não se pode salvar as pessoas do destino que elas merecem!

E então saiu apressadamente da sala, com Trevor saltitando logo atrás, após um latido de surpresa.

Bianca estava em chamas. Será que ninguém percebia que seu pai estava deslumbrado a ponto de se tornar um imbecil diante dos modos e da elegância londrinos? Será que ninguém percebia que Cathy estava quieta porque fora intimidada, não convencida? Ela se absteve de passar julgamento sobre o sr. Mayne. Ele certamente *poderia* demonstrar mais determinação, mas o sujeito merecia uma chance de se provar, e aquela corrida desvairada para levar Cathy ao altar parecia ter o exato propósito de impedir que ele tivesse essa oportunidade.

Bianca subiu as escadas correndo e bateu à porta da irmã antes de abri-la.

— Cathy, eu...

Ela congelou. Sua irmã, que estivera debruçada sobre a gaveta aberta da cômoda, com os olhos vermelhos e uma anágua nos braços, endireitou-se subitamente. Uma mala aberta jazia no chão.

— Não tente me impedir, Bi — disse ela com a voz trêmula. — Não ouse!

Bianca fechou a porta.

— De fazer o quê?

Os olhos tempestuosos de sua irmã se voltaram para a porta, e então para a janela.

— Vou fugir para me casar com Richard.

Cathy pegou um papel amassado do bolso da saia e o jogou em direção à irmã, quase desafiadoramente.

Bianca leu a primeira frase do bilhete do sr. Mayne — *Minha querida, se você me ama apenas metade do que eu a amo, vamos para Manchester esta noite antes que sejamos separados para sempre...* — e sorriu.

— É claro que não vou impedir — disse ela baixinho. — Vim para ajudá-la.

Capítulo 4

O PLANO DE Max corria perfeitamente, em todos os sentidos.

O empreendimento era tão sólido quanto ele pensava, com ainda mais potencial de crescimento do que imaginara. Tate tinha lhe trazido algumas amostras espetaculares de um esmalte cerúleo brilhante, diferente de tudo que ele já havia visto. Max não queria louças pintadas com cenas bucólicas do interior, mas com réplicas de grandes obras de arte — não apenas Fragonard e Rubens, mas o teto da Capela Sistina de Michelangelo. Max tinha certeza de que os pintores empregados por Tate eram talentosos o suficiente para fazê-lo, pelo que tinha visto até então. Seria um verdadeiro furor em Londres.

Seu pedido de casamento havia sido aceito. Samuel Tate dera sua bênção, e a srta. Tate tinha ficado vermelha e gaguejado em gratidão quando ele conversara com ela. Max ficou apenas uma noite em Marslip antes de retornar a Londres para agilizar seus negócios, ansioso por concretizar tudo.

Em duas semanas, estava tudo acertado. Tate recebera o acordo de casamento com euforia. Era mais elegante casar-se por meio de uma licença, então Max fez o esforço de visitar a Sociedade dos Advogados para consegui-la. Avisou o locatário de sua partida, arrumou as malas e contratou o criado de um amigo que recentemente sofrera uma perda desastrosa nas mesas de jogos.

Dessa vez, a jornada até Staffordshire pareceu fácil e familiar, como se ele estivesse indo para casa. Na verdade, refletiu com satisfação, ele estava — não apenas para uma casa nova e uma esposa, mas para a primeira moradia fixa e a primeira família de verdade que tinha em anos. Tate lhe oferecera a antiga residência da família, do outro lado do morro, longe da olaria. Não era tão boa quanto a de cima do morro, mas era robusta e confortável, permitindo que a srta. Tate tivesse fácil acesso à família enquanto Max estivesse viajando, divulgando as louças pelo país.

Max passou um tempo considerável refletindo sobre a melhor forma de transformar Perúsia na fonte mais proeminente de louças de cerâmica finas. Precisava estabelecer contatos em Edimburgo, Antuérpia, Calais, eventualmente Paris... Agora que a guerra na América havia acabado, o comércio com Boston e Charleston também estava sendo retomado. Os colonos deviam estar ávidos por qualquer coisa elegante após tantos anos de bloqueio. Sim, os americanos representavam um potencial enorme, ainda mais se Max agisse rápido e com ousadia para abocanhar esse mercado.

Ele disse isso a Tate na noite em que compartilharam um jantar rápido na nova casa de Max. Tate o encontrara na porta para lhe entregar as chaves. As filhas, ele explicara, haviam pedido licença para se prepararem. Max se casaria com Catherine na manhã seguinte, e ela havia se encarregado de mobiliar e abastecer a casa. Só de passar pela porta, já foi tomado por uma sensação tamanha de contentamento que soube, bem lá no fundo, que aquele era seu destino.

— Agradeço a Deus por nossos caminhos terem se cruzado — disse Tate ao final daquela noite. — Você é um homem raro, St. James.

Max não podia concordar mais.

— Sr. Tate — respondeu ele —, eu poderia dizer exatamente o mesmo do senhor.

Naquele exato instante, parecia que tudo que ele sempre quisera estava na palma de sua mão. E de fato estava...

Até a manhã seguinte, na igreja.

O plano de Bianca correu quase com perfeição, modéstia à parte.

Cathy nunca fora de quebrar as regras. A noite em que ela declarara, em meio a lágrimas, que fugiria com o sr. Mayne provara isso. Seu plano — se é que se podia chamar assim — era arrumar a mala, arrastá-la morro abaixo até a igreja depois que todos estivessem na cama e contar ao sr. Mayne que estava pronta para fugir e se casar. No meio da noite. Sem qualquer preparação.

"Não seja burra", fora a resposta de Bianca à ideia.

Não havia necessidade de fugir no meio da noite; St. James retornaria a Londres pela manhã. Elas tinham dias, semanas quem sabe, para se preparar, e, quanto mais preparação, melhor seria para Cathy e seu pároco.

Em primeiro lugar, as duas foram à paróquia. Quaisquer dúvidas que Bianca tivesse com relação à firmeza de Mayne se esvaíram quando ele puxou Cathy e a arrebatou em um beijo apaixonado. O beijo demorou tanto, para falar a verdade, que ela precisou virar a cabeça e pigarrear duas vezes para recuperar a atenção da irmã.

Dessa vez, Mayne mostrou-se à altura do desafio. Longe de ser o tolo hesitante que tia Frances julgara, ele arranjou uma carruagem e planejou uma viagem até a casa da irmã mais velha dele, onde poderiam se casar em paz e com decoro. Mayne aceitou o dinheiro que Bianca ofereceu sem pestanejar ou protestar. Olhou para Cathy com devoção extasiada e jurou protegê-la com a própria vida. Cathy voltou para casa com estrelas brilhando nos olhos e as bochechas rosadas.

Uma semana depois, o pai anunciou que recebera um acordo de casamento do sr. St. James. Cathy ficou cada vez mais quieta e nervosa, mas arriscou corajosamente um protesto, alegando que talvez fosse cedo demais para se casar com alguém que mal conhecia. Ela falou com afeição do sr. Mayne e de como se sentia mais reconfortada ao lado dele. Enganar o pai não agradava a Cathy, e ela aproveitou aquela última chance para tentar fazê-lo mudar de ideia.

Até então, as irmãs esperavam que ele ainda pudesse recobrar a razão. O pai estava fascinado com St. James, mas ainda podia recuperar a sensatez e reconhecer a infelicidade de Cathy e o valor de Mayne. Cathy, em especial, torcia para que ele reconsiderasse, independentemente do que aquilo fosse custar aos negócios. Ela era gentil e atenciosa por natureza, detestava magoar os sentimentos de qualquer pessoa, especialmente do amado pai.

Ele ignorou os pedidos, afirmando com firmeza que Mayne não passava de um pároco do interior, ao passo que St. James era um cavalheiro — primo de um duque, caso ela tivesse esquecido —, e que ela teria anos para se acostumar com ele. Era um casamento muito vantajoso, e ele tinha certeza de que Cathy o agradeceria um dia.

Depois disso, Cathy parou de se preocupar com quão chateado o pai ficaria quando ela partisse.

Já Bianca teve uma discussão tão feia com o pai por ele estar impondo aquele casamento cruel a Cathy que Samuel passou uma semana sem falar com ela. Esse afastamento fora útil para Bianca, que conseguiu ajudar Cathy a contrabandear seu baú até a paróquia e planejar a fuga de casa na véspera do casamento. Cathy teve a chance de escrever uma longa carta para o pai explicando tudo; ela se recusava a partir sem fazê-lo, mas Bianca ficou aliviada em ver que os olhos de sua irmã estavam secos quando terminou. Havia certa justiça poética em pensar em seu pai jantando com o intruso St. James de um lado do morro enquanto Cathy escapulia pelo outro para se encontrar com seu amor verdadeiro.

Então, a manhã do casamento tinha chegado. Seu pai convidara metade da cidade para celebrar a união de sua filha com um cavalheiro. Bianca também protestara contra isso, mas fora novamente subjugada. Mayne, é claro, havia desaparecido, embora o sr. Tate não tivesse sido frio a ponto de pedir que ele celebrasse a cerimônia. O sr. Filpot, da igreja de St. Anne's, em Waddleston Grange, tinha vindo cumprir o papel e estava descansando no salão matinal, limpando as unhas com um canivete.

Tia Frances, como que sentindo que havia algo no ar, tinha ido até a casa deles aquela manhã e estava acomodada no salão matinal com Trevor, pedindo por uma fatia de bacon e mais conservas para rechear um sanduíche.

Maximilian St. James, Bianca presumia, devia estar em algum lugar admirando o próprio reflexo, orgulhando-se de como havia enganado um oleiro ambicioso do interior e suas humildes filhas e listando todas as maneiras como poderia gastar a herança de Cathy.

Bianca também tinha levantado cedo para monitorar as aias e impedi-las de contar a seu pai sobre a ausência de Cathy pelo máximo de tempo possível. Ela mandara Jennie e Ellen buscarem água, o ferro, as pinças de encaracolar, mais água, então uma xícara de chocolate, até ambas as aias a encararem com ressentimento e Ellen finalmente declarar que precisava atender à srta. Cathy, que era, afinal de contas, a noiva — condenando o comportamento incomumente exigente de Bianca com um olhar severo.

E, assim, foi o grito de Ellen que anunciou a toda Perúsia que Cathy não estava em seu quarto se arrumando para o casamento. Samuel subiu as escadas voando, alarmado, até Bianca calmamente lhe entregar a carta que a irmã tinha escrito. A preocupação no rosto do pai, no entanto, não durou muito.

— Fugiu para se casar! — Samuel agitou a carta, então a levou novamente ao rosto, como se as palavras talvez fossem mudar se vistas mais de perto. — Com Mayne! — Ele se virou para Bianca antes mesmo de ler o segundo parágrafo, muito menos as duas páginas seguintes. — Você sabia disso?

— Sim.

Por um instante, o rosto dele ficou tão vermelho que Bianca temeu que ele fosse sofrer uma apoplexia. O avô dela morrera assim, e o pai tinha um temperamento…

— Bianca — disse ele em um sussurro desesperado —, venha comigo.

Ele segurou o braço dela com força e a arrastou até o quarto de Cathy, batendo a porta.

— O que foi que você fez?

— *Eu* não fiz coisa alguma.

Ele segurou a peruca com as duas mãos, mas não a tirou.

— Eu conheço você — rosnou ele. — E conheço Cathy. Ela jamais faria algo assim por conta própria.

— É aí que o senhor se engana, papai — respondeu ela. — A ideia de fugir para se casar com o sr. Mayne foi toda de Cathy, porque ela o ama e ele a pediu em casamento. Ela tentou contar ao senhor! Quando o senhor disse que havia recebido o acordo de casamento de St. James, ela *disse* que gostava do sr. Mayne, mas o senhor não deu ouvidos!

— Um pároco do interior! — O pai a encarava, incrédulo. — Ela não pode querer se casar com um pároco do interior quando poderia ter um cavalheiro de Londres, um cavalheiro adequado e elegante, com laços de parentesco com um…

— Um duque, sim — completou Bianca com desdém. — Eu sei. Ela sabe. *Todos* sabem, papai. Mas um marido precisa ter muito mais que laços de parentesco importantes, e Cathy não queria St. James.

— E você a encorajou a me enganar!

— Eu apoiei que ela seguisse o coração!

— Fale baixo! — sussurrou ele muito sério, embora sua voz estivesse tão alta quanto a dela. — Alguém pode escutar!

As sobrancelhas de Bianca se arquearam.

— Alguém que não tenha ouvido o grito de Ellen?

Samuel praguejou, assustando a filha. Ela o ouvira usar tal linguajar com outras pessoas, funcionários que quebravam uma caixa cheia de louças ou um ceramista que aparecia bêbado para trabalhar, mas nunca com ela ou Cathy.

Pela primeira vez, ocorreu a Bianca que o pai não estava apenas chateado, mas realmente furioso. Ele ficou parado com as mãos na cintura, olhando fixo para o chão, batendo o pé nervosamente. Em vez de seu usual terno cinza, vestia seu melhor terno de cetim azul-escuro, com fivelas de prata nos sapatos. Tinha se esforçado muito para organizar aquele casamento, e agora seria humilhado quando tivesse de contar a St. James que a noiva preferira fugir a se casar com ele…

No entanto, a culpa era dele mesmo. Deveria ter dado ouvidos a Cathy.

— Não é uma brincadeira de menina, é? — perguntou ele após um instante, com a voz mais controlada. — Cathy não está escondida em algum lugar, talvez na casa de Frances, esperando para sair quando eu prometer um novo guarda-roupa ou uma carruagem se ela vier?

Bianca ficou chocada.

— Não! Cathy nunca fez algo assim.

— Mas você já — disse Samuel, levantando a cabeça. Seus olhos brilhavam. — Você fugiu e passou a noite na floresta quando eu não permiti que você se tornasse aprendiz de ceramista.

— E veja como o senhor estava errado — devolveu ela, enrubescendo de raiva por ele trazer aquilo à tona quase quinze anos depois de ter acontecido. — Sou uma ótima modeladora e uma esmaltadora ainda melhor.

O pai assentiu com a cabeça.

— Sim. E conseguiu o que queria. Assim como quando eu me recusei a permitir que você me acompanhasse a Liverpool.

Ela estremeceu por dentro — só um pouquinho — ao ouvir aquilo. Era verdade. Seu pai tinha planos de visitar um homem para conversar sobre gravações nas louças. Bianca tinha 18 anos e algumas dúvidas sobre o processo. Não era uma técnica nova, mas uma versão aprimorada que permitia mais flexibilidade e cores, sujeita apenas ao talento do gravador. Ela quisera ver aquilo pessoalmente e liderara uma campanha ferrenha para persuadir o pai a levá-la, até ele por fim erguer as mãos para o céu e concordar.

— Aquilo foi diferente — disse, antes de complementar: —, embora minha ida também tenha sido muito proveitosa.

Bianca tornara-se amiga da esposa do gravador e, por causa disso, tinha conseguido exclusividade dos serviços do homem por dois anos. Até mesmo Samuel admitira ser um negócio melhor do que ele poderia ter conseguido.

— Foi? E como você pretende melhorar as circunstâncias atuais? — Ele estendeu um braço. — Eu assinei um acordo de casamento. St. James pode me processar por quebra de contrato porque você ajudou sua irmã a fugir com um pároco pobre e bobalhão.

— Eu o alertei para não fazer isso.

— Mas eu fiz — disse ele, aproximando-se. — E digo mais: faria de novo. St. James tem o olho bom para os negócios, Bianca. Também tem conexões na alta sociedade londrina e sabe como as pessoas de lá pensam. Ele é um homem espero, independentemente do que você pense, e dei a ele uma parte de Perúsia.

A notícia abalou Bianca.

— Como é? Por quê?

— Porque ele seria meu genro! — respondeu o pai.

Tarde demais, Bianca percebeu que o temperamento dele não havia abrandado, estivera apenas em fogo baixo, em uma fúria morna ainda mais perigosa por estar sendo contida e abafada.

— Quanto? — quis saber ela.

— Um quarto — foi a terrível resposta dele.

Bianca sentiu-se incandescer de raiva. Tinha esperado que ela e Cathy ficassem com metade cada uma. Era verdade que torcia para que Cathy se casasse com alguém amigável e maleável como Mayne, deixando-a efetivamente no comando de Perúsia, mas agora seu pai dera um quarto da fábrica àquele *invasor*, a um caçador de fortunas usurpador, ganancioso...

— E se você quiser ter qualquer esperança de salvar Perúsia e aplacar St. James para que ele não nos leve à justiça e acabe conseguindo *metade* de tudo — acrescentou seu pai no mesmo tom ameaçador —, talvez deva colocar o vestido de noiva da sua irmã e cumprir o acordo.

Por um instante, Bianca pensou que *ela* sofreria uma apoplexia; mal conseguia respirar, de tão furiosa que estava. O chapéu delicado de Cathy, decorado com rosas-damascenas, estava perto da cômoda, ao lado do fichu que fora de sua mãe. Sabendo que fugiria com o homem que amava, Cathy dera sequência tranquilamente aos preparativos para o casamento. Com mãos trêmulas, Bianca enfiou o chapéu na cabeça e jogou o fichu nos ombros.

— Está bem — disse ela friamente. — Se é só isso com que o senhor se importa, e é o que preciso fazer para salvar Perúsia, eu me caso.

Ela abriu a porta e saiu do quarto, derrubando Ellen, que estava agachada ouvindo pelo buraco da porta.

— Levante-se, Ellen, ou vamos nos atrasar para o casamento.

Bianca marchou escada abaixo, com as mãos cerradas em punhos e a cabeça erguida. Tia Frances surgiu da sala de jantar, contorcendo o nariz em expectativa e com Trevor latindo a seus pés, mas Bianca passou direto por ela e saiu pela porta da frente. Samuel berrava com os criados no pavimento superior, mas saiu como um furacão a tempo de alcançá-la no portão, arrastando o confuso sr. Filpot atrás dele.

Por um instante, os dois pararam. Aquele era o momento, Bianca perceberia mais tarde, em que deveria ter falado alguma coisa. Não necessariamente um pedido de desculpas — ela jamais se desculparia por ter ajudado Cathy a se casar com o homem que amava, em vez de com um homem que não conhecia —, mas alguma palavra de compreensão, para que o pai soubesse que ela realmente se arrependia de algumas consequências de suas ações.

Ela lamentava, *sim*, o fato de que a fuga de Cathy, na noite anterior a um casamento muito comentado, seria humilhante para o pai, especialmente considerando que toda Marslip, bem como o rejeitado noivo, testemunhariam a cena. Ela *não* queria que seu temperamento a dominasse e a fizesse cometer um erro gigantesco pelo qual todos passariam o resto da vida lamentando. Ela *não* gostava de brigar com o pai. Suas personalidades muito parecidas os tornavam extremamente próximos... quando não estavam brigando feito inimigos mortais.

Mas antes que Bianca pudesse se obrigar a dizer alguma coisa, Samuel abriu o portão e, embalada pela fúria e pela indignação, ela saiu.

Ironicamente, o dia estava maravilhoso. O céu era de um azul incomparável, pontilhado por nuvens do mais puro branco. As madressilvas haviam florescido e seu aroma doce veio ao encontro de Bianca enquanto ela descia a viela até a pequena igreja de pedras. Irritada, torceu para que as estradas para Wolverhampton estivessem secas, para que a irmã ao menos se lembrasse daquele dia com alegria.

Os convidados aglomeravam-se do lado de fora da igreja — sem dúvidas à espera da noiva. Bianca cortou caminho por entre eles como uma foice, ignorando os olhares escandalizados e perplexos, até alguém tocar em seu braço.

— Bom dia, Bianca — cumprimentou sua amiga Amelia em um tom travesso. — Está com tanta pressa assim para ver sua irmã se casar?

Bianca abriu a boca, mas se conteve.

— Foi muita delicadeza do seu pai nos convidar para a celebração do casamento. Minha mãe está em êxtase. Descosturou seu melhor vestido e o reformou para a ocasião. — Amelia torceu o nariz para esse desperdício de energia. — Onde está Cathy? — perguntou, esticando o pescoço. — Ela já é uma moça moderna de Londres, que se atrasa para tudo?

Bianca pegou a mão dela.

— Amelia, vá para casa — sussurrou ela. — Conte a todos... Leve todos daqui...

— Bianca!

Ela olhou para trás. Samuel a seguira e mal cumprimentou uma Amelia perplexa com um aceno de cabeça antes de segurar o braço de Bianca e levá-la com firmeza para a sacristia.

— Um momento — latiu para o sr. Filpot, que tentava colocar suas vestes.

Assustado, o homem saiu às pressas, com o clérgima nas mãos, e Samuel fechou a porta.

Tarde demais, Bianca percebeu que o sr. St. James também se encontrava na sala. Ele estava magnífico, usava um paletó marfim e calça verde-esmeralda, o cabelo preto feito carvão reluzindo como os pelos de uma foca. Quando entraram, ele ergueu os olhos do livro que tinha em mãos, levantando as sobrancelhas em inquisição.

— St. James — disse o pai com alegria deliberada. — Bom dia, senhor.

— Senhor. Srta. Tate.

O homem fez uma reverência lânguida. Ele era tão elegante, tão bonito, que Bianca o encarou furiosamente, sentindo um desgosto fulminante. Em resposta, ele ofereceu um sorriso íntimo e pecaminoso. Não o tipo de sorriso que um homem decente daria para qualquer mulher além da noiva, no dia do próprio casamento.

Então, Bianca se lembrou de que talvez *ela* fosse a noiva. Não que St. James soubesse, o que o enquadrava com firmeza na categoria "cafajeste".

— Tenho más notícias — disse Samuel. — Parece que minha filha Catherine… se foi.

As sobrancelhas de St. James se uniram.

— Se foi?

— Fugiu para se casar com outra pessoa — esclareceu Bianca antes que o pai pudesse responder. — Um homem por quem ela está loucamente apaixonada. Sem dúvidas estão trocando votos neste exato momento.

St. James não moveu um músculo sequer, mas a sacristia pareceu ficar ao mesmo tempo menor e mais quente.

— Não posso garantir isso — disse o pai, erguendo a palma da mão na direção de Bianca, como que para segregá-la fisicamente da conversa. — Mas é verdade que Cathy fugiu com o rapaz.

— Senhor, nosso acordo… — começou St. James.

— Tenho outra filha — lembrou Samuel, em um tom quase desafiador. — Se você a aceitar.

St. James piscou e então voltou-se para Bianca, como se só naquele momento, com atraso, se desse conta da presença dela.

— Bianca já concordou — continuou o pai, que se virou na direção da filha com um brilho teimoso cintilando no olhar. — Não é?

Raivosamente, ela deu de ombros.

Se tivessem lhe perguntado, naquele instante, Bianca teria dito que esperava totalmente que St. James desistisse. Haveria gritaria, talvez; no mínimo, uma discussão acalorada. Não porque ele gostasse de Cathy, a quem havia encontrado duas vezes na vida, mas porque Cathy era bonita, gentil e ávida por agradar. Só um louco aceitaria trocá-la por Bianca. Bianca, aliás, tinha plena convicção de que, àquela altura, St. James já a analisara pelo menos um pouco, o bastante para saber que ela o desprezava e estava ciente de que ele era uma fraude tentando ludibriar seu pai.

Lentamente, o olhar dele, frio como gelo, desceu pelo corpo dela, e então subiu de volta ao seu rosto. Bianca começou a ferver.

— Está bem — respondeu St. James com indiferença, como se ele e Samuel tivessem acabado de acordar o preço de venda de outro cavalo.

O pai assentiu uma vez com a cabeça.

— Excelente. Bianca, venha comigo.

E ele a puxou para fora da sala antes que ela pudesse dizer qualquer coisa.

Cathy já estaria em prantos, louca de desespero. Marchando pela trilha com o pai, Bianca era pura ira. Para o pai, só importava que *alguém* se casasse com St. James. Preocupava-se tanto com os contatos e a proposta comercial de St. James que casaria qualquer filha que tivesse com aquele homem, fosse como fosse.

Tudo bem. Samuel teria seu genro primo-distante-de-um-duque. Teria seu elegante administrador londrino bajulando condessas lascivas, convencendo-as a comprar algumas peças. Poderia então se gabar de suas terrinas de sopa figurando nas mesas da aristocracia. Ele se livraria de ambas as filhas solteiras, e Bianca esperava que ele aproveitasse bem aquela casa enorme e vazia só para si.

Quanto a St. James, ele teria sua parcela de Perúsia e uma noiva abastada. Mas Bianca pretendia garantir que ele sangrasse por cada centavo obtido. Se ele podia considerar um casamento um mero acordo de negócios, ela também podia.

A única coisa que a consolava era saber que Cathy seria abençoadamente feliz como a sra. Mayne.

Seu pai abriu a porta da igreja. Amelia estava parada, segurando o buquê de flores que prometera montar, esticando o pescoço à procura de Cathy.

Bianca arrancou as flores das mãos dela e começou a atravessar o corredor da igreja. Os convidados que aguardavam do lado de fora, ao verem que Cathy não aparecia, começaram a cochichar, confusos. Do lado de dentro, tia Frances estava praticamente caindo do banco, com o rosto rubro de curiosidade. Bianca ignorou todos e fixou os olhos no cafajeste mercenário no altar.

E ele, de todas as pessoas, nem sequer olhava para ela.

Capítulo 5

HAVIA UMA POSSIBILIDADE genuína — e cada vez maior — de que Max tivesse enlouquecido.

Nem dez minutos haviam se passado desde que ele concordara em trocar de noiva e se casar não com a bela e adorável Catherine Tate, mas com sua impetuosa irmã, Bianca.

Você se lembra dela, Max debochou de si mesmo mentalmente. *Aquela que te odeia.*

Ele se perguntou se aquele não teria sido o plano de Tate desde o princípio. Talvez, Max tivesse sido presa *e* caçador. Talvez tivesse sido enganado, coagido a se casar com a irmã megera para que Tate pudesse conseguir um partido melhor para a filha mais atraente, livrando-se, assim, de ambas em uma única e bela tacada. Max pensou vagamente que havia um caso similar na própria Bíblia. Tate podia ter tido a ideia ali mesmo, na igreja.

Não que Bianca também não fosse uma beldade à sua maneira, Max admitia. Seu cabelo era de um tom entre o louro e o castanho, os olhos oscilavam entre cinza e azul. Ela era mais alta que a irmã, e também mais curvilínea. Max não tinha deixado de perceber que Bianca tinha um busto espetacular. Movia-se não com uma graciosidade delicada, mas com propósito e energia, e sua perspicácia era afiada como um espadim.

Ela também a empunhava da mesma forma que um espadachim faria.

Se tivesse tido mais tempo para refletir, ele teria concordado com a troca? Max ponderou a questão em alguma parte remota e analítica de seu cérebro enquanto assumia seu posto na igreja, diante de uma porção de convidados aos cochichos e do ministro, que ainda se atrapalhava com seu livro de orações para a cerimônia do casamento.

Ele gostaria de saber se alguma das moças — ou ambas — estaria envolvida no esquema desde o princípio. A srta. Tate jamais rejeitara a corte de Max; pelo contrário, parecera lisonjeada, com seus rubores acanhados e agradecimentos murmurados. Ele não chegou a acreditar que aquilo significava que ela estava cativada por ele, e, sendo sincero, não esperava que assim fosse.

Naturalmente, agora era óbvio que ela *estava* cativada... só não por Max.

Quanto a Bianca, o que a caçula sentia por ele estava claro como água desde o princípio: desdém, nojo e desgosto sendo os principais sentimentos. Ele achara aquilo divertido. Presumira que Bianca talvez estivesse com inveja da irmã mais velha, que finalmente estava noiva enquanto ela continuava solteira.

Bem feito para você, disse a si mesmo. Talvez Max devesse ter reconhecido a chance ofertada na sacristia de rejeitar aquele plano maluco, livrando-se do problema.

Mas Max tinha aprendido a agarrar uma oportunidade quando ela cruzava seu caminho. A Senhora Sorte não havia sorrido para ele muitas vezes na vida e raramente lhe permitia o luxo de refletir e debater sobre suas oferendas. Parte dele ainda esperava que a duquesa de Carlyle suspendesse o auxílio e deixasse de bancá-lo sem aviso prévio — motivo pelo qual ele se apressara tanto em fazer a proposta a Tate.

Não, refletiu, não achava que ter mais tempo o teria feito mudar de ideia. Ele estava acostumado a tirar o melhor das situações, e, no fim das contas, aquele ajuste de última hora não mudava em nada seus planos.

Um murmúrio de surpresa anunciou a entrada da noiva. Max manteve o olhar fixo na cruz do altar, atrás do ministro, enquanto ela parava ao seu lado. Não precisava olhar no rosto dela para sentir sua fúria; a raiva emanava de Bianca como o calor de uma fogueira. *Mas raiva de quem?*, perguntou-se ele preguiçosamente. Do pai? De si mesma? Ela podia ter rejeitado o acordo, mas não o tinha feito.

De toda forma, quando o ministro chegou à parte em que perguntava se alguém gostaria de protestar contra o casamento, Max ficou tenso. Ela só precisava dizer uma única palavra e tudo estaria arruinado.

Nada. O silêncio na igreja foi absoluto.

O ministro, Filpot, pigarreou e se virou para Max.

— Aceitas esta mulher como tua legítima esposa?

Max mal ouviu o restante dos votos enquanto Filpot dava sequência. Ele aceitava. Aceitava Bianca e ficaria com ela, e seria um marido tão bom para ela quanto pretendia ser para sua irmã — ou seja, provavelmente um marido não muito bom, embora tivesse a intenção de compensá-la por aquilo ficando longe de casa o máximo possível. Os melhores casamentos, no fim das contas, eram conduzidos a certa distância. As únicas vezes em que seus pais pareciam afeiçoados um ao outro era quando estavam distantes — bem, bem distantes. Como Max planejava passar a maior parte do tempo longe de Marslip, não importava muito qual esposa deixaria para trás.

— Aceito — respondeu ele com uma convicção tranquila.

Filpot anuiu uma vez, lançou um olhar nervoso para o sr. Tate e se virou para a noiva.

— Aceitas este homem como teu legítimo esposo?

À exceção do grunhido baixo de escárnio quando Filpot leu: "Tu o obedecerás e servirás?", Bianca não protestou. Quando Filpot, receoso, ergueu as sobrancelhas ao final, Bianca disse, baixinho, mas com clareza:

— Aceito.

Pareceu, aos ouvidos de Max, uma ameaça.

Ele estava sorrindo, levemente divertido, quando pegou a mão dela da mão de Tate. Bianca ainda não o havia encarado mantendo o olhar impetuoso fixo no ministro.

— Eu, Augustus Crispin Maximilian St. James, aceito Bianca Charlotte Tate como minha legítima esposa — recitou ele. Ao ouvir o nome dele, ela enfim o fitou, o horror estampado em seu rosto diante daquele nome horrível. O sorriso de Max cresceu e ele apertou a mão dela com mais força. — Conforme a ordenação sagrada de Deus, prometo, deste momento em diante, fidelidade a ti.

Ela puxou a mão quando ele disse as últimas palavras, e só segurou a mão dele novamente quando foi solicitada. Seca, repetiu o mesmo voto. Max colocou a aliança sobre o livro do ministro e ouviu, com o mesmo deleite incrédulo, enquanto Filpot a abençoava.

No último segundo, ficou com medo de que o anel não servisse. A aliança tinha, afinal de contas, sido escolhida para a irmã, e Max passara algum tempo refletindo a respeito de sua escolha; as mulheres gostavam de joias, e Max gostava de causar boa impressão. Mas, quando ele pegou a mão de Bianca e experimentou, a aliança deslizou suavemente pelo dedo. Ela cerrou a mão, fazendo com que o ouro brilhasse sob a luz do sol, e ele não resistiu a outro sorriso.

— Aqueles que Deus une, homem nenhum pode separar — declamou Filpot.

Bianca o encarou. *Nenhum homem e nenhuma mulher*, prometeu Max silenciosamente a ela. Ele não tinha ilusão alguma de que ela havia ficado contente em aceitar o trato, mas Bianca se dispusera a fazê-lo, e aquilo era tudo o que importava. Estavam casados, e aquilo era algo que ela não podia desfazer.

Quando a cerimônia terminou, o ministro os levou à capela. Tate seguiu logo atrás, novamente jovial, apertando a mão do sr. Filpot e dando um tapinha no ombro de Max como se aquele resultado fosse o maior desejo de todos os envolvidos. Aquilo só aumentou a desconfiança de Max em relação à possibilidade de Tate ter planejado impor Bianca a ele desde o início. De toda forma, aceitou as felicitações com um sorriso. O que estava feito, estava feito e, se ele tinha sido ludibriado, haveria tempo para retificações mais tarde.

Depois que o casamento foi devidamente registrado, um registro de vínculo legal nas atas paroquiais, Filpot e Tate saíram. O ministro parecia muito aliviado por tudo ter corrido de forma tão pacífica e tagarelava, embora em sussurros, com Tate. Max viu as moedas que Tate deixou na mão do clérigo. Quase como uma propina para que não fizesse reclamações.

Entretanto, foi o primeiro momento em que se viu sozinho com sua legítima esposa. Max cruzou os braços e apoiou as costas para observá-la.

Agora que prestava atenção de verdade, pôde reforçar a ideia de que Bianca era bastante bonita. Não da mesma forma que a irmã, que era como uma bonequinha de porcelana delicada, com todos os fios de cabelo no lugar... Mesmo assim, havia um belo rubor cor-de-rosa em suas bochechas, e aquele busto esplêndido inflava e desinflava de maneira tentadora. Ela não era a esposa que ele esperava, mas Max percebeu que aquilo não havia abalado seu desejo pelo casamento.

Havia uma chance real de que, na verdade, o efeito tivesse sido oposto.

Bianca percebeu que ele a analisava. Seus olhos estavam turbulentos como uma tempestade de verão enquanto ela avançava em sua direção.

— Que nome horrível você tem.

Ele sorriu.

— É a minha cruz desde o nascimento.

— Não é de se admirar que você atenda por "Maximilian" — continuou ela. — Augustus Crispin!

A mãe havia escolhido aquele nome em alusão ao pai e ao avô de seu pai, esperando que aquilo estimulasse a família paterna a ajudar em sua criação. Não funcionou, e Max só reconhecia tais nomes quando era obrigado.

— Maximilian era o nome do pai da minha mãe — explicou ele.

O velho Maxim era um sujeito silencioso e austero, que se recusava a falar qualquer outro idioma que não fosse o alemão, embora tivesse vivido por vinte anos na Grã-Bretanha. Max o preferia infinitamente a qualquer pessoa da família paterna.

Ela fungou.

— Como você sabia meu nome?

Max ergueu uma sobrancelha.

— Fomos apresentados mais de uma vez, minha querida.

— Meu nome completo — disse ela, ácida.

— Seu pai me mostrou a árvore genealógica da família — explicou ele após uma pausa.

Tate havia mostrado as linhagens, inclusive os espaços deixados em branco para os maridos das filhas. Novamente, Max se perguntou se Tate esperava, já na época, escrever *Maximilian* ao lado de *Bianca Charlotte* em vez de *Catherine Louisa*.

Os olhos de sua esposa lampejaram. Era estranho como ele já estava se acostumando a pensar nela como sua.

— Mostrou, é? — perguntou Bianca, se afastando. Suas saias amarelas se balançavam, agitadas. — Você precisa tirar de sua cabeça algumas noções que meu pai lhe passou. Em primeiro lugar...

— Em primeiro lugar — interrompeu ele —, nós iremos para o café da manhã do casamento. Estão todos esperando por nós.

O rubor subiu pelas bochechas dela novamente.

— Que peguem varíola, todos eles.

— Como quiser.

Ele ajeitou o punho das mangas e se encaminhou para a porta.

— Não ouse me deixar falando sozinha!

Com a mão na maçaneta, ele se virou e arqueou uma sobrancelha.

— Minha querida, temos o resto da vida para acabarmos com noções errôneas um do outro. Hoje, neste momento, vizinhos e familiares estão aguardando para celebrar nossa união no sagrado matrimônio. Todos vão estranhar se passarmos a próxima hora trancafiados na capela gritando um com o outro.

— Ah? — disse ela, arregalando os olhos. — Você pretendia gritar?

Max não havia tomado a trilha até aquele casamento às escuras. Passara um bom tempo estudando como a fábrica de Tate funcionava, quais empregados eram espertos e trabalhadores, quais habilidades eram vitais. Bancar algumas rodadas de cerveja na taberna local lhe ensinara muita coisa.

Algumas das histórias mais interessantes eram sobre Bianca. Na época, Max as ouvira com interesse despreocupado, visto que não esperava vê-la com muita frequência. Agora, no entanto, aquele conhecimento era muito mais valioso. Bianca não ficava em casa, arrumando as flores e sendo doméstica, como sua irmã. Tinha uma sala na fábrica e era quase tão exigente quanto o próprio Tate em busca de qualidade. Muitos dos homens não gostavam de ter uma mulher trabalhando na olaria, mas a toleravam. Sentiam, no entanto, raro prazer nas vezes que Bianca e o pai entravam em discussões acaloradas, que toda a fábrica conseguia ouvir. Max não tinha dúvidas de que *ela* começaria a gritar com ele se tivesse a chance.

Ele riu.

— Não. Eu raramente grito. Em geral é uma perda enorme de fôlego.

Diante dessa resposta, ela ergueu o queixo.

— Eu também — afirmou ela em um tom congelante, porém baixo.

— Quando as pessoas são racionais. Se você conseguir ser racional, não brigaremos.

Max sorriu mais uma vez.

— Sempre sou absolutamente racional, senhora.

Ele estava falando sério: racional, sensato, friamente lógico. Aprendera, do jeito mais difícil, a não confiar em mais nada. Mas sentia que Bianca era mais guiada por seus sentimentos, pelo instinto e pela paixão. Seria um casamento entre óleo e água, mas Max pretendia torná-lo bem-sucedido, de um jeito ou de outro.

Ao menos o que *ele* entendia por "bem-sucedido".

Ela caminhou em sua direção, erguendo o rosto. De perto, Max conseguia ver que seus olhos eram mais cinza do que azuis e o nariz tinha algumas sardas. Também havia uma pinta em seu busto, pouco visível sob o fichu de renda que envolvia seus ombros. Ele precisou lutar contra a vontade de olhar para a marca e tentou não pensar em arrancar o vestido de seda amarelo para explorar a pele por inteiro.

— Espero que isso seja verdade — disse ela —, pelo bem de nós dois. Como nem eu nem você queríamos esse casamento, precisaremos ser, de fato, muito racionais, ou *haverá* muita gritaria. A primeira coisa que você precisa ter em mente é que esta olaria é *minha*. Meu pai pode ter dado uma parte a você, mas tenho vinte anos de experiência e conhecimento a mais. Além disso, nós dois sabemos que o que você quer não é a fábrica. É o dinheiro — disse Bianca, dando um sorrisinho condescendente. — Não há problema algum nisso. Você terá uma mesada razoável para ficar fora do meu caminho.

— Hum — respondeu ele, dividido entre rir de incredulidade e se sentir profundamente ofendido. — Uma mesada.

— Você não sabe absolutamente nada sobre uma olaria — observou ela no mesmo tom condescendente. Bianca se virou e retornou à mesa, onde havia deixado seu chapéu de palha emperiquitado enquanto assinava o livro de registros. — Sendo assim, só vai me atrapalhar. Pegue seu dinheiro e divirta-se, não me importo como, e vamos nos entender às mil maravilhas.

Ele suspirou.

— Minha cara sra. St. James. — Ela pulou com o nome. — Este não é um bom começo. Em primeiro lugar, sou dono de um quarto de Perúsia e pretendo participar do negócio. Não moldando jarros ou atiçando o forno, todas as coisas em que você certamente é especialista

— acrescentou ele, apenas para ver aquele rubor furioso em seu rosto de novo. — Mas da minha própria e inestimável maneira. E eu lhe agradeceria se não me dissesse o que fazer. Afinal de contas, não fui eu quem jurou *obedecer e servir*.

O rubor desceu pelo pescoço dela, na direção daquela pinta intrigante.

— Você... Como ousa... Este casamento não é de verdade!

Ele se afastou da porta, diminuindo a distância entre os dois com tanta rapidez que ela arfou.

— Não é de verdade? — disse ele, ríspido. — Certamente é, senhora. Solenizado diante de toda população de Marslip e consagrado pelas leis da Igreja. *Jamais* repita que não é de verdade. — Durante a pausa, seu olhar desceu novamente pelo corpo dela. Maldita fosse aquela pinta. — Se tem medo de que eu vá forçá-la a cumprir suas obrigações matrimoniais na cama, pode ficar tranquila. Eu jamais forçaria uma mulher.

— Então você aceita que este será um casamento casto? — perguntou ela quando ele voltou à porta.

Mais uma vez ele parou, voltando a fitá-la. Alguns grampos haviam se soltado do cabelo, deixando cair um longo cacho louro queimado pelo pescoço desnudo. Ele ainda podia ver o sinal, escuro e tentador, na curva protuberante da carne.

Bem, ele não era idiota. Ele desejava aquela mulher, embora ela o desprezasse.

— É claro que não será — respondeu ele. — Um dia, você virá me procurar...

Ela arfou, furiosa.

— E quando vier, será em busca de prazeres com os quais a maioria das mulheres apenas sonha.

Max deu outro sorriso libidinoso e abriu a porta, deixando-a boquiaberta de indignação.

Capítulo 6

BIANCA DECIDIU, ANTES do meio-dia do dia de seu casamento, que odiaria e desprezaria seu marido pelo resto da vida.

Ela agora entendia por que Frances tinha dedicado a vida a infernizar as pessoas responsáveis por seu casamento infeliz. St. James, pensou Bianca, fervendo de raiva, merecia a roda da tortura. Seu pai merecia ser esnobado pelas duas filhas por toda a eternidade. Ela mesmo merecia um tapa forte na cara, por permitir que seu temperamento a dominasse, e Cathy…

Sua raiva amainou. Cathy merecia ser feliz. Ela imaginou a irmã, envolta nos braços do sr. Mayne, seu rosto reluzindo de alegria, e disse a si mesma que tudo tinha valido a pena. Cathy praticamente criara Bianca desde a morte de sua mãe, treze anos antes. Se Bianca tinha qualquer graciosidade ou bons modos, devia isso a Cathy, que, de alguma forma, absorvia a feminilidade sem qualquer esforço. Quando tinha 18 anos, seu pai sugerira levar Cathy para Londres para procurar um marido, mas a irmã se recusara.

"Não sem Bianca", dissera ela, embora a irmã mais nova tivesse apenas 14 anos na época e seria, independentemente da idade, um desastre completo em Londres.

Desde então, Cathy fora leal ao apoiá-la em todas as suas peculiaridades e esquisitices, ajudando a convencer seu pai de que Bianca deveria ter permissão para desenvolver seu interesse pela olaria e, depois, para criar novos esmaltes. Cathy a apoiara, inclusive, quando Bianca recusara propostas de casamento, mesmo que o pai tivesse arrancado os cabelos e brigado com ela por sua teimosia.

Não que Bianca não pudesse se defender sozinha, mas Cathy apaziguava as coisas e abrandava as violentas discussões que teriam acontecido — que *de fato* aconteciam — sem ela para manter a paz entre os dois. Se aquela era a forma que Bianca tinha de retribuir à irmã, ficava feliz por poder fazê-lo.

Mas aquela noção não tornou o café da manhã do casamento menos infernal. St. James cumprimentou todos os convidados cordialmente, já agindo como dono da propriedade. Ao olhar para ele, ninguém jamais diria que não tinha se casado com a mulher que seu coração desejava aquela manhã. *Cafajeste mentiroso*, pensou Bianca, enojada.

Samuel também havia recobrado a bonomia e agradecia a todos pela presença, aceitando as felicitações com um sorriso. Bianca decidiu ignorá-lo, visto que não estava mais falando com ele.

Quanto a ela própria, estava agindo com o máximo de normalidade possível, lembrando a si mesma de que não estava envergonhada ou arrependida, de que aquele casamento teria pouquíssimo impacto em sua vida e de que era tudo em prol de um bem maior, de toda forma, permitindo que Cathy ficasse com seu amado e Bianca continuasse trabalhando livremente. Afinal de contas, se St. James queria continuar recebendo sua parte de rendimentos da fábrica, não poderia arrancá-la dela, uma vez que era o trabalho dela que ajudava a tornar a louça de Perúsia singularmente bela. E, agora que Bianca tinha cedido à proposta insana do pai, ela não apenas era uma senhora casada, que não lhe devia mais obediência, mas seu pai estava em uma dívida gigantesca com ela.

Tia Frances, afiada como uma agulha, precisava se manifestar, é claro.

— Agora vejo por que você estava tão decidida a juntar Cathy e o pároco — sussurrou ela, passando os olhos por St. James.

Ele estava parado do outro lado do salão, estampando um leve sorriso diante de algo que o sr. Murdoch, o principal modelador de seu pai, dizia.

— Sua danadinha — acrescentou a velha em um tom suave, quase desdenhosamente satisfeito. — Que bela presa você abocanhou.

— A senhora acha que eu queria St. James para mim?

Bianca lançou um olhar mordaz na direção do homem. Era um verdadeiro pavão, com sua calça de cetim esmeralda e o paletó de veludo marfim. A renda de sua roupa era mais refinada do que qualquer peça usada pelas mulheres presentes. Fazia com que o belo vestido de seda dela, de um tom rosado vivo e alegre, parecesse comum e simples.

— Pois eu garanto que não. Esse é um casamento de conveniência, pura e simplesmente — garantiu ela à tia. — Vejo pouca diferença entre ele e o sr. Murdoch.

Frances ergueu a sobrancelha.

— Não vê diferença alguma?

O sr. Murdoch tinha 50 anos, seu cabelo claro já estava esbranquiçado e as mãos eram repletas de calos causados pela argila. Era um modelador talentoso, inestimável para o negócio, mas ninguém jamais o confundiria com Maximilian St. James, que era bem mais atraente e bem menos útil.

— Nenhuma — mentiu Bianca. — Se me der licença, tia, vejo que Amelia está me esperando.

Amelia estava ansiosa, e Bianca foi forçada a embelezar alguns detalhes da história. O caso de amor de Cathy se tornou um pouco mais passional, o cortejo de St. James muito mais mercenário, e os motivos de Samuel muito mais paternais do que comerciais. Quanto às atitudes de Bianca...

— Você realmente precisava se casar com ele para salvar a olaria? — sussurrou Amelia, escandalizada.

— Era a única escolha.

Bianca comeu uma pedaço de bolo. Cathy tinha mandado fazer, e Bianca adorava bolo. Seria burrice desperdiçá-lo.

— Mas Cathy...! — Amelia cobriu a boca com a mão. — Cathy sabe disso?

Bianca parou um momento.

— Não — respondeu ela com cautela. — Eu não tive tempo para refletir sobre o assunto ou para escrever para ela. Precisei decidir na hora.

Não era totalmente verdade. Ela tivera uma boa meia hora desde o momento em que seu pai descobrira tudo e dissera que Bianca talvez devesse assumir o lugar da irmã e se casar com St. James até o instante em que o sr. Filpot pigarreara e recitara os votos para ela. Não era suficiente para consultar a irmã, que deveria estar na metade do caminho para Wolverhampton àquela altura, mas era tempo o bastante para refrear a situação.

— Bianca, Cathy vai ficar aborrecida! Ela certamente jamais sonhou que você tivesse que chegar a esse ponto por causa dela!

— Ela vai entender — respondeu Bianca com firmeza. — E ela será feliz. É só o que quero. Eu mesma pretendo tirar o melhor da situação. Além do mais... — Ela baixou o tom de voz. — Não é como se St. James quisesse um casamento de verdade.

Amélia arregalou os olhos.

— Não? Um homem como ele?

Bianca olhou para o tal homem, seu marido, o cafajeste manipulador. Ele parecia perfeitamente tranquilo, conversando com vizinhos e amigos dela como se os conhecesse desde sempre.

Ele também era atraente demais para expressar em palavras — e para Bianca. Ela não tinha passado muito tempo da vida pensando em casamento, que não lhe parecia um prospecto muito interessante. Mas, quando pressionada, sempre se imaginava, se um dia se casasse, com alguém tranquilo, um pouco mais velho, muito mais amigável. Em sua cabeça, ele não seria nem bonito nem feio, mas sereno e de bom coração.

Em vez disso, ela estava unida àquela cobra espetacularmente bela, porém desalmada, que se embrenhara em Marslip com a intenção de usurpar a empresa de seu pai e roubar sua herança.

— Olhe só para ele — disse ela baixinho para a amiga, sem tirar os olhos de St. James. — Um dândi londrino, bonito, sofisticado e tão escorregadio quanto óleo para cortar vidro. O que ele poderia querer aqui em Staffordshire? Ele é oleiro? É modelador? Entende alguma coisa de cerâmica? Não. Ele enxergou uma oportunidade e aproveitou, não foi? Não importava, para ele, se ele se casaria com Cathy ou comigo.

Enquanto ela falava, St. James olhou em sua direção; seus olhos escuros brilhando. Quando viu que Bianca o observava, ele sorriu — aquele sorriso perverso e perspicaz — e fez uma bela mesura.

— Tem certeza? — perguntou Amélia, retribuindo com uma breve reverência. Ela depois se aproximou para sussurrar no ouvido de Bianca: — Esse homem não parece tratar tão levianamente aquilo que lhe pertence.

Bianca enrijeceu.

— Eu não *pertenço* a ele — sibilou ela.

— Pertence, sim — disse Amelia, balançando a cabeça empaticamente. — Você é esposa dele, propriedade dele por lei. Mesmo que pense que ele não se importa com *você*, isso não significa que ele não seja possessivo com relação ao que é dele.

Aquela certamente seria a primeira noção que Bianca lhe tiraria da cabeça. Ela olhou para St. James procurando manter a expressão neutra, cada vez mais determinada. Ela e o sr. St. James teriam uma conversa muito franca.

Conseguiu evitá-lo o resto do dia. Depois que os convidados se foram, ele desapareceu, uma circunstância que lhe agradou imensamente, até ela ouvir Ellen dizer à cozinheira que o sr. Tate queria um cesto grande para ele e o sr. St. James nos escritórios. Bianca franziu a testa ao pensar Naquele Homem invadindo sua oficina, mas não podia se ausentar. Na ausência de Cathy, ela precisava supervisionar a limpeza, a distribuição dos restos de comida às famílias dos empregados e a mudança de suas coisas para a Casa Poplar.

Aquela última tarefa a conscientizou do que havia feito. A Casa Poplar costumava ser seu lar antes de seu pai construir a grandiosa Mansão Perúsia. Foi na Casa Poplar que Bianca nasceu e passou a infância. Quando sua mãe faleceu, poucas semanas antes de a Mansão Perúsia ficar pronta, seu pai as fizera mudar para a mansão em cima do morro, a despeito de seu estado inacabado, e cedera a Casa Poplar prontamente a seu primo.

Nenhum deles havia retornado à pequena e pitoresca casa desde então. Seu pai preferia a imponente mansão, e a esposa do primo era uma mulher doente, que não recebia visitas.

Naquele dia, Bianca desceu o morro até a Casa Poplar como sua senhora; não uma criança, mas uma mulher casada. Aproximando-se da familiar porta azul sob o telhado recém-recoberto com sapé, ela se sentia distante, como se a situação não estivesse acontecendo com ela. O primo a havia desocupado seis semanas antes, tendo guardado dinheiro suficiente para levar sua esposa para Bath em uma tentativa de melhorar sua saúde. Diante da proposta de St. James, seu pai mandara limpar e fazer reparos na casa, deixando-a pronta para a filha e o novo genro.

Ninguém esperava que seria Bianca quem entraria por aquela porta, com as chaves presas à cintura para explorar sua nova — antiga — casa.

Cathy havia mobiliado tudo de modo a deixá-la muito confortável. Ainda bem que o fizera, pensou Bianca, passeando em silêncio pelos cômodos, tão familiares e, ao mesmo tempo, tão estranhos. Cathy tinha bom gosto para arrumação e decoração, enquanto Bianca teria ficado tentada a pintar a suíte principal de preto, inclusive cada vidraça das janelas.

Em vez disso, tudo estava em um tom aconchegante de sálvia, que complementava os novos reposteiros de linho azul-escuro da cama. Os móveis tinham sido polidos até brilharem, e a grelha da lareira recebera uma nova demão de tinta preta. Um buquê de margaridas recém-colhidas decorava um vaso de alças duplas no peitoril da janela.

Bianca ficou parada à porta por um instante. Seu olhar se demorou na cama enorme. *Prazeres com que a maioria das mulheres apenas sonha*, ecoou a voz arrogante dele em sua cabeça.

Ela riu em escárnio para o cômodo vazio e fechou a porta.

O quarto dela era muito mais de seu agrado, embora fosse anexo ao dele. Costumava ser o quarto de sua mãe, e bastou Bianca pisar ali para que seu passo ficasse mais leve. Tantas lembranças felizes naquele cômodo, ouvindo histórias aos pés da mãe, estudando enquanto a mãe bordava, mostrando a ela seu próprio bordado, imensamente orgulhosa de seu trabalho, embora detestasse bordar.

Bianca sempre tentava ignorar as lembranças mais tristes. O fato de ter passado muito tempo ali ao lado da mãe porque a saúde dela nunca fora muito boa. Os incontáveis vasos de flores quando a mãe não podia mais sair de casa. A quantidade de lenços espalhados pelo cômodo, para garantir que houvesse um à mão quando uma crise de tosse a assolasse.

Estava claro que Cathy também quisera eliminar aquelas lembranças. Ela escolhera um tom amarelado para as paredes, com colchas verde-claras e estofados de brocado. As janelas eram voltadas para o oeste, e o sol da tarde fazia com que o cômodo reluzisse como um dia de primavera depois da chuva.

Jennie já tinha desencaixotado seus pertences. Bianca trocou o vestido de festa por um de linho de rotina, amarrando-o sozinha e colocando um avental extremamente remendado. Ela, então, escovou os cachos e prendeu os cabeços em seu coque torcido de costume, observando-se no pequeno espelho chanfrado enquanto o fazia.

Sorriu para o reflexo. Pronto, bem melhor.

Uma enxurrada de criados chegou com mais coisas de Perúsia. Ela supervisionou, organizou e ajeitou o restante da casa. Foi difícil não pensar em sua mãe ali, enquanto os conduzia para que colocassem o sofá próximo às janelas da frente, onde a mãe costumava se sentar no verão com seu bordado.

Aquele era o *seu* lar, ela decidiu naquele momento. Fora seu lar quando era criança e abrigava todas as suas lembranças. Ela poderia ter que dividi-la com St. James, mas aquela casa jamais seria dele.

Capítulo 7

MAX FOI PARA casa no escuro, com uma lamparina na mão. Uma bela trilha de cascalho guiava o caminho morro abaixo, a uma curta distância de Perúsia, até a casinha parcialmente de madeira. A Casa Poplar não era tão grandiosa quanto a Mansão Perúsia, mas era a melhor casa que ele jamais pôde chamar de sua — a melhor e a primeira. Tate a entregara naquela tarde, com a escritura, como um presente de casamento.

Ele não era, via de regra, afeiçoado a casas antigas, mas, naquelas circunstâncias, estava preparado para abrir uma exceção.

A porta pesada era de um azul alegre, um toque colorido surpreendente em contraste com as tábuas escuras e as paredes brancas emplastradas. Havia um banco comprido de madeira ao lado da porta, seu assento abaulado remetia a gerações anteriores, pessoas que se sentaram ali antes, fumando cachimbos e observando crianças correrem atrás de bambolês pela grama. Max entrou, deliciando-se com a perspectiva.

A porta abriu-se em um corredor central, longo e estreito. À sua direita, havia uma parede de pedras, com uma lareira no meio. Um braseiro meio aceso ardia, espantando o friozinho do ar noturno de fim de primavera. Por uma porta semiaberta no final do corredor, Max podia ouvir vozes e risos abafados misturados aos ruídos da louça sendo lavada. O cheiro de pão recém-assado pairava no ar. Tudo era tão… acolhedor.

Lentamente, Max colocou a lamparina sobre a cornija da lareira.

Ele abriu a porta à sua esquerda e encontrou a sala de estar — era confortável e usada demais para ser chamada de sala de visitas. Uma série de janelas que ficavam no alto da parede exibiam o morro que ele acabara de descer. As velas nas arandelas estavam apagadas, mas as cortinas de linho ainda abertas permitiam que entrasse luar o suficiente para enxergar. Havia um par de poltronas com encosto amplo diante da lareira, bem como um longo sofá debaixo das janelas, repleto de almofadas vistosas. Havia uma mesa redonda em um lado, e nela, um vaso transbordando de flores.

Max observou a sala em silêncio. Como era fácil se imaginar lendo diante daquela lareira, com o pé sobre o guarda-fogo e uma taça de clarete na mesinha ao lado. Ele não sabia se o vento assobiava pelas janelas ou se a chaminé sugava a fumaça — até onde ele sabia, aquela sala era terrivelmente quente no verão e uma câmara fria no inverno —, mas era *dele*. Com reverência, ele fechou a porta.

Não foi até o final do corredor, onde os criados ainda se movimentavam na sala de jantar e na cozinha. Em vez disso, subiu a escada sinuosa atrás da porta principal. Tate o havia alertado de que a casa era antiga; Max quase bateu a cabeça no teto baixo enquanto subia os degraus.

Um corredor amplo se estendia diante dele, duas portas à esquerda e duas à direita. Havia um baú enorme no chão entre as portas da esquerda, debaixo de um grande retrato de uma família que parecia já ter algumas décadas. Enquanto Max o observava, uma criada saiu de uma porta oculta no final do corredor, com um jarro nas mãos. Ela arfou, assustada, e fez uma reverência breve ao vê-lo. Max acenou uma vez com a cabeça, e ela entrou apressada na primeira porta à direita.

A luz de velas brilhava pelas tábuas escuras do chão do corredor, reluzindo das arandelas da parede. Vozes femininas chegaram até ele, inclusive uma que Max identificou imediatamente como sendo de Bianca.

Como tinha tanta certeza, ele não sabia. Nunca tinha ouvido a criada falar antes. Mas, de alguma forma, sabia que não era ela, e sim Bianca no quarto dela, preparando-se para dormir. Seus pés o levaram até lá sem que seu cérebro tivesse tomado qualquer decisão nesse sentido.

Ela estava sentada diante de uma penteadeira, de costas para ele, escovando o cabelo. A criada despejava o conteúdo do jarro na bacia no canto, contando algo sobre um porco em uma voz animada.

Max cruzou os braços e apoiou o ombro no batente da porta. Bianca estava sorrindo enquanto escovava e trançava o cabelo, ouvindo a história boba da criada. Ele podia ver no pequeno espelho diante dela. Sob a luz da lamparina na penteadeira, o cabelo dela brilhava com nuances âmbar. Cada movimento da escova fazia os cachos longos e soltos saltitarem.

Outro momento caseiro. A casa dele. A esposa dele.

Bianca se virou na direção da criada e notou a presença dele, estourando o devaneio de Max imediatamente, como se fosse uma bolha de sabão errante. Enrijecendo no banco, ela lhe lançou um olhar gélido e perguntou:

— Quer alguma coisa, sr. St. James?

— Vim desejar uma boa noite, querida esposa — respondeu ele.

A criada, boquiaberta, virou-se para encará-lo, apertando o jarro com as duas mãos.

— Pode ir — instruiu ele.

Max deu um passo para o lado enquanto ela saía às pressas do quarto. Ele fechou a porta e se virou para sua esposa.

Tinha passado o dia com Tate nos escritórios da olaria, revisando o acordo do casamento e concluindo todos os assuntos relacionados a isso. Um pedaço de seu cérebro, no entanto, passara o dia todo ponderando a questão de Bianca. As coisas não tinham começado com o pé direito entre eles, e Max tinha bastante certeza de que precisaria dar o primeiro passo se quisesse que o relacionamento melhorasse. Por outro lado, também tinha a sensação de que qualquer tentativa de cair nas graças dela apenas inspiraria desprezo, e não a estima amigável que ele desejava.

Nem, verdade fosse dita, o desejo carnal que ansiava. Ele a desejava e queria que ela o desejasse.

Bianca enrolou uma faixa de linho na ponta da trança e amarrou.

— Não precisava assustar Jennie.

— Eu a assustei? — perguntou Max, fingindo surpresa. — Se for o caso, ela se assusta com muita facilidade. Suponho que seja melhor que supere isso logo.

— Nenhum de nós aqui o conhece — respondeu Bianca, levantando-se e apertando ainda mais os laços da camisola. — Assim como você não nos conhece.

— Ah. Sim. Isso vai mudar.

Max uniu as mãos às costas e caminhou na direção dela. Ela o observou, com uma expressão calma, embora um pouquinho condescendente.

— Somos casados, afinal de contas, até que a morte nos separe.

— Bem... — Bianca sorriu docemente, parecendo tímida e travessa ao mesmo tempo. O sangue frio de Max vacilou. Daquele jeito, ela ficava bastante... fascinante. — Ao menos há um final em vista.

Ele riu.

— É mesmo? Eu estava contando com uns quarenta anos ou mais.

— E eu já comecei a contagem regressiva! — respondeu ela, como se tivesse se regozijado com a coincidência. — O que você quer?

Ele baixou o olhar diante daquela pergunta.

— O que qualquer marido poderia querer de sua nova esposa. — Em um gesto casual, Max pegou um dos potinhos delicados da penteadeira dela e abriu. — Conhecê-la melhor.

Ela emitiu um ruído como uma bufada fraca.

— Não será necessário muito esforço, visto que não sabemos nada um do outro.

— E, no entanto, também não somos totalmente estranhos.

O potinho tinha o formato de uma ameixa madura, um tom roxo--rosado intenso, com duas folhinhas no talo que formava a alça da tampa. Era uma peça muito bem-feita, e Max retirou a tampa. O verde translúcido brilhava diante da vela. O potinho em si era de uma porcelana delicada e continha uma espécie de pomada perfumada. Ele inalou o aroma de amêndoas doces, mel, talvez lavanda.

— O que é isto?

— Um remédio para coceira em locais sensíveis — respondeu ela, seca. — Está precisando?

Max ergueu os olhos de supetão, perplexo.

— Um creme para as mãos — esclareceu ela com um sorriso maroto nos lábios, contente por tê-lo enganado, aquela insolente. — A argila pode ser bastante abrasiva.

— Certo.

Ele analisou o potinho. Era tão delicado e leve quanto uma casca de ovo. Continha a marca dos Tate na parte debaixo — ou melhor, uma variante dela. Não o costumeiro e majestoso TATE numa fonte romana, circundado pela coroa de louros, mas o nome em letras cursivas envolto por uma roseta. Se fosse supor, diria que era a marca pessoal de Bianca. Ele devolveu o objeto à penteadeira.

— Você trabalha no escritório do seu pai.

Os lábios dela se estreitaram.

— Eu trabalho em minha própria oficina. Também sou uma Tate, sabia?

Max inclinou a cabeça.

— Não mais.

Ao ouvir aquilo, a raiva flamejou em seus olhos e ela passou por ele como um raio.

— Não tenha tanta certeza disso.

Ele apenas sorriu.

— Já que você está aqui, é melhor se sentar. — disse Bianca, acomodando-se na poltrona diante da janela e apontando para o assento à sua frente. — Há muitas coisas que você precisa aprender.

Eu poderia dizer o mesmo, pensou ele enquanto aceitava o convite.

— Devo pegar papel e pena, para tomar nota?

— Só se você for idiota demais para se lembrar — retrucou ela, e o fitou com olhos desconfiados. — Pensando bem, talvez seja bom.

— Por que você me acha idiota?

Ele se recostou na poltrona e cruzou as pernas. Max era ridiculamente vaidoso com relação às próprias pernas e sorriu quando o olhar dela focou por um instante em suas panturrilhas, encobertas pelas meias de seda.

— Vejamos… — Bianca inclinou a cabeça e tamborilou os dedos. — Você propôs friamente um casamento a uma mulher que não conhecia. Casou-se com uma mulher que conhecia ainda menos, depois de refletir sobre a questão por apenas alguns minutos. Você…

— E, me diga, por quanto tempo *você* refletiu sobre a questão? — perguntou ele.

Ela entendeu a intenção dele imediatamente. Seus olhos acinzentados ficaram duros.

— Está insinuando que eu *planejei* me casar com você?

Max deu de ombros.

— Bem, é algo a se considerar. Talvez aquela parte sobre sua irmã ter fugido com outro rapaz fosse uma história conveniente. Talvez você a invejasse. Talvez tenha planejado tudo isso.

— Meu Deus, por que eu faria isso? — exclamou ela, horrorizada.

Max abriu os braços, como que para exibir a si mesmo, e deu um sorriso cativante.

Ele não achava que Bianca havia arquitetado o casamento. Também não achava realmente que Tate o fizera, não depois de ver quão agitado o homem havia ficado a tarde toda. A troca de noivas, contudo, fora feita com uma rapidez tremenda e exigiu uma propina generosa para encorajar o pároco a ler o nome certo da noiva e emendar a licença. Tudo era muito suspeito e, embora Max não se arrependesse de nada — ele raramente perdia tempo com arrependimentos —, estava curioso com relação ao que ela pensava sobre tudo aquilo.

A boca de Bianca se abriu e sua sobrancelha se arqueou em indignação.

— Você! — exclamou ela. — Você? Você acha que eu queria *você*?

— É preciso ressaltar — disse ele em um tom grave e sedutor — que *você* me laçou, quando tantas outras não conseguiram.

Um rubor intenso subiu pelo pescoço dela.

— Quem dera qualquer uma tivesse!

Max deu de ombros.

— Para seu imenso benefício, não foi o caso.

Max não tinha certeza de por que se sentia compelido a alfinetá-la. Talvez fosse um erro gravíssimo. Às vezes, era melhor deixar a pessoa extravasar a raiva, dar uns berros, e então trabalhar furtivamente para conquistar sua afeição.

Mas ele não conseguia, não daquela vez, não com ela. Independentemente de como e por quê, Bianca era sua esposa, a suposta mulher de sua vida. Ele a achava intrigante, ainda que desafiadora, e havia aquela inconveniente faísca de atração que se acendia nele toda vez que a via.

E, mais importante, Max sentia que, se permitisse que Bianca pisasse nele, ele nunca, jamais conquistaria seu respeito. Aquele seria o maior erro que ele poderia cometer, e Max não seria tolo assim.

— Meu benefício! — Ela o encarou como se ele tivesse enlouquecido. — De todas as...

— Sabe, eu me empenhei bastante em descobrir que tipo de esposa sua irmã seria — comentou ele, despreocupado. — Ninguém disse coisa alguma sobre você. Talvez você mesma pudesse me elucidar?

— Não faz diferença — respondeu ela no mesmo tom, após uma breve pausa. — Não somos exatamente marido e mulher, não é mesmo?

— Aí é que você se engana — disse Max, cruzando as mãos em cima da barriga e permitindo que seu olhar se voltasse para a cama dela por um instante. — Nós com certeza somos marido e mulher.

Um rubor delicado coloriu o rosto dela novamente.

— Que idiotice.

As sobrancelhas dele se ergueram, meio atônitas, meio admiradas.

— Eu que o diga, senhora!

— Você que o diga... — Bianca se levantou de supetão, a camisola se enroscando em torno de suas pernas. — *Você* que o diga! Todo esse tempo, tudo se resume ao que você diz e ao que você quer. Preciso alertá-lo, senhor, de que isso não continuará assim.

Andando de um lado para o outro diante da lareira, ela estreitou os olhos ao fitá-lo.

— É melhor que vá se acostumando com algumas verdades, sr. St. James. Posso ser sua esposa perante a lei, mas não pertenço a você. Este casamento foi, e é, um mero um acordo comercial. Meu pai, tolo como é, fez de você sócio da olaria, mas ouso dizer que ele não contou quanto do sucesso da empresa se deve aos meus esforços, esforços que pretendo continuar empregando. E, se você tiver meio cérebro nessa sua cabeça, não vai discutir.

— Entendo — murmurou ele.

— Além disso, estes são os meus aposentos pessoais, e eu agradeceria se você não entrasse e saísse como se fossem sua propriedade.

Mas eles eram sua propriedade... Max não disse coisa alguma, entretido demais para isso.

— E, por último... — disse Bianca, sentando-se na poltrona novamente, dessa vez inclinada para a frente, o olhar fixo nele. — Quando minha irmã retornar a Marslip, você não dirá uma única palavra a ela sobre nossa discussão na igreja.

— Nossa discussão na igreja... — Max fingiu considerar. — Não me lembro de termos tido qualquer discussão. Seu pai disse que ela tinha partido, você declarou que ela fugiu com o grande amor da vida, e foi isso.

— Houve, também, a sua disposição calculista em se casar com uma estranha completa na mesma hora — lembrou Bianca.

Duas manchinhas cor-de-rosa ardiam intensamente nas bochechas dela.

Devagar, Max inclinou-se para a frente até seus rostos estarem a poucos centímetros de distância. Ele podia ver os respingos de azul nos olhos dela, e a maldita pinta no busto. A camisola havia saído do lugar enquanto ela andava de um lado para o outro, exibindo pele o suficiente para que ele conseguisse ver o ponto tentador.

— Foi? — perguntou ele baixinho.

Uma ruga de confusão surgiu entre as sobrancelhas dela.

— Foi... Foi o quê?

Dessa vez, ele a admirou abertamente, sem esconder a descarada apreciação por sua pele corada, pelo busto cheio, as pernas longas, as poucas vestimentas. Deus do céu, por que ele achava tenacidade e paixão em uma mulher tão fascinantes? Ele tinha tentado escolher uma esposa modesta e calma, que não o provocasse, que faria com que fosse fácil, para ele, não prestar muita atenção nela.

Em vez disso...

— *Foi* calculista? — sussurrou ele. — Tem certeza, sra. St. James?

Ela piscou.

— Obviamente...

Max estalou a língua.

— Não tenha tanta certeza assim. Não sou tão idiota quanto você gostaria que eu fosse. — Enquanto ela o encarava perplexa, ele se levantou e fez uma reverência majestosa para manter o rosto perto dela. — Até amanhã.

Max se endireitou sem qualquer pressa. Havia uma porta ao lado da cama dela, que não levaria ao corredor ou à escadaria dos fundos rumo ao quarto infantil. Tate tinha lhe mostrado a casa, e Max se lembrava vagamente de que aquela porta levava à suíte principal. Ele não tinha prestado muita atenção na hora, pensando que não a usaria com frequência.

— Isto nos conecta, presumo? — Ele abriu a porta e lançou um último sorriso preguiçoso na direção dela. — Que conveniente.

— Vá embora!

Ela pegou uma almofada da poltrona e arremessou na direção dele. Max a pegou e jogou na cama, então saiu. Fez uma pausa, esperando, e logo ouviu a exclamação de desgosto quando Bianca percebeu que a porta não tinha tranca.

— Boa noite, querida — gritou ele.

Sua única resposta foi o silêncio. Levando tudo em consideração, no entanto, Max achava que as coisas entre eles já começavam a melhorar.

Capítulo 8

BIANCA FOI PARA a cama furiosa, mas ao despertar, na manhã seguinte, tinha recobrado sua calma e praticidade.

Então o sr. St. James não cederia pacificamente; ela tinha sido tola de achar que talvez fosse o caso. Aquele homem era sinônimo de encrenca e, pior ainda, era esperto e astuto. Pelo que havia dito na noite anterior, estava apostando a longo prazo.

— Mais quarenta anos, de fato — murmurou ela enquanto amarrava a anágua.

Com seus sorrisos dissimulados e a sugestão descarada de que ela deveria querê-lo por ele ser incrivelmente atraente, Max teria sorte se ela não o envenenasse dentro de quarenta dias.

Uma vez calçados os sapatos, sentiu-se tentada a sair pisando duro para perturbar o descanso dele. O outro quarto permanecia em silêncio, e ela o imaginou segurando um travesseiro sobre a cabeça para abafar os barulhos vindos da arrumação dela. No fim, Bianca decidiu não o fazer, concluindo que seria melhor não dar qualquer indicação de que sequer pensava nele. Ela lançou um último olhar funesto na direção da porta do quarto de St. James enquanto saía. Talvez um dos homens da oficina pudesse vir fechá-la a pregos.

Ela desceu as escadas, erguendo distraidamente o braço para encostar as juntas dos dedos no teto baixo onde a escadaria fazia a curva. Quando ela e Cathy eram pequenas, ela costumava pular do degrau do topo para tentar tocar naquele pedacinho de teto. Certa vez, saltara com força demais e caíra de cabeça, rolando até o corredor. Cathy saíra correndo, chamando a mãe aos berros. A mãe, por sua vez, a abraçara, beijara e obrigara a filha a passar três dias de cama para assentar o cérebro e esperar os hematomas sumirem — mas ficara ao lado da cama de Bianca durante os três dias, contando histórias e cantando.

A casa era tão feliz naquela época...

Ela entrou na saleta de refeições. O cômodo era adjunto à cozinha e era informal demais para ser chamado de sala de jantar. Ao contrário da sala de jantar da casa de seu pai, com janelas altas e candelabro de prata, aquela saleta era tão usada e aconchegante quanto o restante da casa, com seu piso inclinado, as parede caiadas irregulares e uma lareira permanentemente enegrecida pelos muitos anos de uso. A mobília ainda era a mesma da infância de Bianca. Nenhum móvel era sofisticado o suficiente para a grandiosa Mansão Perúsia, nem o aparador e a prateleira marrons, nem a mesa oval simples e as cadeiras de pernas finas, nem — e especialmente — o sofá preto de encosto alto que ficava ao lado do fogo. Quando explorou a casa no dia anterior, tudo estava exatamente como Bianca se lembrava.

Naquele dia, contudo, ela abriu a porta do conhecido cômodo e parou de repente. Aquele Homem estava sentado à mesa e, ao que tudo indicava, já estava ali havia algum tempo.

Diante de sua chegada, ele ergueu os olhos dos papéis que segurava, olhando por cima dos óculos redondos empoleirados em seu nariz.

— Bom dia, querida — disse ele com um sorrisinho. — Mary, traga o chocolate da sra. St. James.

A criada fitou Bianca com olhos nervosos, mas assentiu e saiu da saleta.

Bianca lembrou a si mesma de respirar fundo, pois não importava, para ela, o que ele dissesse ou fizesse. Sentou-se o mais longe possível dele, mas a mesa, infelizmente, era pequena demais — bem menor do que ela se lembrava.

— Você acorda cedo — comentou ela com frieza quando ele continuou a observando com aquele sorriso contido e perspicaz.

— Desde sempre.

Ele bebericou o café. Pela louça diante dele, já havia comido um belo desjejum. Bianca não ouvira um único ruído no quarto dele, o que a fez se perguntar, com desagradável perplexidade, se ele teria descido antes mesmo de ela acordar.

— Que incrível termos isso em comum — acrescentou ele.

— Nem tão incrível assim — respondeu ela. — Meu pai ressoa a trombeta para os trabalhadores começarem às sete. Todos em Marslip acordam cedo.

— Ah, então eu me misturarei sem dificuldade.

— Como uma doninha em meio aos cordeiros.

Bianca sorriu diante da contração irritada das sobrancelhas dele e passou manteiga fresca em um pão macio e gordinho. Mary trouxe o pequeno jarro de chocolate, que soltava uma fumaça delicada, e o colocou diante de Bianca, que inspirou gulosamente. Ela vivia por aquele chocolate matinal.

Ainda mais naquele dia.

St. James tinha retomado a leitura. Bianca fez sua refeição em silêncio, tentando aproveitar o chocolate sem olhar para ele. Em vez dos costumeiros trajes sofisticados, naquele dia St. James vestia roupas comuns: um casaco azul-escuro sobre um colete cinza, calça marrom-escura. Também eram de um tecido comum, linho e lã, em vez de cetim e veludo. Aquilo *deveria* deixá-lo mais ordinário, mas, para o imenso desgosto dela, não funcionou.

O cabelo escuro estava penteado com esmero, embora não tão imaculado quanto no dia anterior; levemente bagunçado, como se ele o tivesse ajeitado com pressa usando apenas uma mão. Uma mecha solta se encaracolava logo atrás da orelha. Bianca a fitou com raiva, tanto por estar fora do lugar como por ser tão hipnotizante.

Enquanto se servia das últimas gotas de seu chocolate, ele virou a página do documento que segurava, e Bianca conseguiu ler o que estava escrito. Ela largou o jarro de chocolate com um baque.

— O que você está lendo?

— O contrato com Albert Brimley.

A boca dela se contraiu. O sr. Brimley era dono do armazém em Londres para onde o pai dela enviava alguma das melhores peças da olaria.

— Por quê?

St. James olhou para ela por cima dos óculos.

— Alguém precisa fazê-lo. É padrão, essa multa por avarias?

— Algumas avarias são inevitáveis dada a condição das estradas, então, sim, suponho que seja.

— Supõe — repetiu ele baixinho. — As estradas são mesmo péssimas, mas este contrato permite que Brimley possa reivindicar um quinto de todo carregamento que chegar avariado.

Um quinto? Parecia excessivo. Mas Bianca foi forçada a admitir — ao menos para si mesma, se não para ele — que não sabia se aquilo era razoável ou não. Ela nunca se interessara muito pelas particularidades de qualquer contrato, apenas pela escolha do comerciante com quem decidiam trabalhar. O sr. Brimley, pelo que ela achava, era um homem honrado.

— Por que decidiu ler um contrato? — perguntou ela.

Certamente, Maximilian St. James, dândi londrino, não poderia entender mais de despacho de artigos de cerâmica e de porcelana do que ela.

— Eu estou lendo todos — respondeu ele, largando os papéis e tirando os óculos. — Tem algum que você gostaria que eu lesse com mais atenção?

— Não — disse ela, soltando uma risada atônita. — Por que teria?

Ele sorriu, os olhos escuros fixos nela.

— Por que não teria? — retrucou ele, o sorriso desaparecendo da voz. — A olaria de Perúsia é importante para você, não é?

— É claro.

— Então você deveria saber o que dizem os seus contratos.

— Eu sei, em sua maioria…

Ele arqueou uma sobrancelha.

— E você faz a *maioria* das suas peças com boa qualidade?

Bianca enrubesceu.

— Leia todos, se quiser. Mas todos já foram assinados, e meu pai vai honrar sua palavra. Além de parceiros comerciais, esses homens são amigos dele.

Ele sorriu novamente. Maldita fosse aquele covinha, marcando sua bochecha.

— Eu nunca disse que ele não deveria honrar sua palavra. Nada que eu vi até agora é terrível demais.

— Então por que a preocupação? — perguntou ela, bebendo o restante do chocolate. — Você é perito em contratos de remessa? Não consigo ver como.

— Eu estudei direito por um ano — respondeu ele, para imensa surpresa de Bianca. — Não sou perito, mas também não sou ignorante.

— Então você é advogado?

Finalmente, ele baixou os olhos. St. James dobrou os óculos e os colocou no bolso do colete.

— Não.

Bianca ficou curiosa, mas não disse mais nada e se recusou a demonstrar interesse com relação a qualquer coisa sobre ele.

A trombeta ressoou ao longe, e ela pegou um pão do cesto na mesa.

— Tenha um ótimo dia lendo contratos — disse ela, levantando-se e se encaminhando para a porta.

Ela disse aquilo para provocá-lo; ele ficaria sentado em casa lendo, enquanto ela faria algo realmente importante na fábrica.

Para sua surpresa, ele também se levantou, juntando os papéis com uma mão enquanto virava a xícara de café com um só movimento da outra.

— Vamos juntos?

Ele deu outro de seus sorrisos perversos.

— Não há necessidade de você ir à fábrica — afirmou ela, mas St. James já estava à porta, esperando por ela e lhe oferecendo o braço.

Ela não aceitou. Saiu pela porta, enfiando o pão no bolso para mais tarde. St. James veio atrás sem dizer uma palavra.

Capítulo 9

ELES CONTORNARAM O morro e desceram a encosta em total silêncio. O sol já tocava as árvores, bem de leve, e o orvalho da manhã umedecia as saias e a anágua de Bianca durante a caminhada. Ela fez uma anotação mental para pedir ao pai para ampliar aquela trilha, a fim de evitar que ela chegasse encharcada até os joelhos.

Como sempre, quando Bianca chegava no topo do cume e via Perúsia se estendendo à frente, o orgulho e a felicidade inflavam seu peito. Não era nenhum palácio ou solar ducal, e não impressionaria ninguém que esperasse tamanha grandeza. Na verdade, era um pequeno vilarejo industrial, com os prédios da fábrica transbordando de trabalhadores, o canal reluzindo sob o sol nascente, pontilhado por barqueiros trazendo carvão e preparando outras embarcações para receberem caixas de louças de Perúsia.

Os pátios da fábrica também fervilhavam de atividade, com funcionários transportando carrinhos de mão cheios de peças ainda cruas para as fornalhas, para as oficinas de esmaltação e pintura, para o salão de secagem. Algumas poucas pessoas ainda atravessavam às pressas o bosque de vidoeiros, vindas das cabanas dos trabalhadores e das pensões até a fábrica. Tudo era organizado, bem-cuidado e próspero, vigiado do alto do morro pela Mansão Perúsia.

Ela devia ter soltado algum suspiro de contentamento, pois St. James parou ao seu lado.

— Cansada da caminhada?

Bianca bufou.

— Esse passeiozinho? É claro que não. Se *você* estiver — acrescentou ela rapidamente —, pode fazer uma pausa na Mansão Perúsia. A sra. Hickson, a governanta, lhe servirá.

A boca dele se curvou.

— Terei isso em mente.

E ele permaneceu ao seu lado enquanto ela descia o morro.

No portão da fábrica, Bianca virou à direita, na direção de sua oficina. Ficava na ala sudeste, onde a luz era melhor, perto dos esmaltadores e dos pintores. Para sua surpresa, St. James a acompanhou.

— O escritório do meu pai fica por ali — informou ela, indicando a entrada para o bloco central.

Samuel gostava de ficar no meio de tudo, e de lá ele podia observar a oficina principal, onde as peças eram feitas.

— Eu sei — foi a resposta calma de St. James.

Bianca parou.

— É para lá que deve ir, senhor. Para o escritório, ler seus contratos e discutir negócios com meu pai.

— Fizemos isso ontem — disse ele. — Eu gostaria de ver o restante da fábrica. Você me guiaria em uma visita?

Os olhos dela se estreitaram.

— Não tenho tempo para isso. Se você entrar ali, encontrará o escritório de Ned. É ele quem supervisiona a fábrica e ficará contente em lhe mostrar tudo.

Seu primo reviraria os olhos por ter que cumprir uma tarefa tão tediosa, sendo que tinha outras — e mais importantes — coisas para fazer, mas Bianca o sacrificou sem pestanejar.

— Sim, ele é um ótimo camarada, mas eu odiaria ter de afastá-lo de suas obrigações tão cedo pela manhã.

Olhando para os escritórios, St. James sorriu subitamente e fez uma breve reverência. Bianca ergueu os olhos e viu o pai os observando. Samuel ergueu uma mão, e ela deu as costas. Ainda não o perdoara pela cena na sacristia.

Sem dizer mais nada, ela marchou até sua oficina. Tinha trabalho a fazer. Destrancou a porta com a chave que trazia em uma corrente fina em torno do pescoço e entrou.

Ali dentro, Bianca respirou fundo, sentindo-se em casa pela primeira vez em uma semana. O ambiente rescendia a metanol e esmalte, com uma leve pitada de aguarrás, mas era seu cantinho, exatamente como ela o deixara antes de ter se dedicar aos preparativos para o casamento.

Mas então, Aquele Homem entrou na sala atrás dela, e seu momento de paz se extinguiu como uma vela soprada.

— Sua oficina, suponho?

— Obviamente — disse Bianca, pegando o avental grosso de trabalho que estava pendurado e o amarrando em torno de si. — Prefiro trabalhar em silêncio.

Ele sorriu.

— É claro. Não a atrapalharei.

Ele estava decidido a permanecer com ela. Muito bem; que ficasse. Podia observar Bianca o ignorando o dia todo. Com um pouco de sorte, o tédio o venceria dentro de uma hora e ele iria embora.

Em vez disso, ele se sentou na cadeira ao lado do banco dela e voltou para seus contratos. Bianca puxou o ar para protestar e, então, soltou lentamente. Ela não se importava. Ela o ignoraria, não importava onde ele se sentasse.

E ela tentou. Tentou de verdade. Sentou-se em seu banco e abriu seu caderno, lendo as anotações para relembrar o progresso que fizera alguns dias antes. O esmalte rubi estava intratável, saindo escuro demais para seu gosto. Ela queria que fosse do tom de morangos maduros, não de vinho da Borgonha.

St. James virou uma página. Em meio ao silêncio gélido, o barulho pareceu alto. Bianca emitiu um ruído gutural impaciente.

— Perdoe-me, querida — murmurou ele.

Ela tentou fixar a atenção em sua fórmula. Estava muito perto. Talvez um pouco mais de potassa? Um pouco menos de alume? Ela pegou o almofariz e o pilão para moer outra leva dos minerais da prateleira que ficava logo acima da cabeça.

Um tapa à porta ressoou, e Billy colocou a cabeça para dentro.

— Mais amostras para a senhora.

Bianca largou o almofariz.

— Pode trazer! O vermelho abrandou?

Billy deu de ombros enquanto entrava com a bandeja de ladrilhos.

— Um pouco.

Eles tinham sido queimados três dias antes, e só agora estavam frios o suficiente para serem examinados.

Bianca se debruçou sobre eles, analisando um a um.

— Este aqui está bom… Mas esse outro está quase alaranjado. O que aconteceu? Todos tinham a mesma amostra aplicada.

— Talvez seja da ponta da fornalha, senhora — disse Billy, pigarreando.

— Bom dia, senhor.

— Bom dia — respondeu St. James amigavelmente. — Billy, correto?

— Sim, senhor. — Billy olhou nervoso para Bianca. — Billy Tucker, senhor. Meu pai trabalha com o torno.

— Acho que o conheci ontem. Um homem alto, de cabelo claro? — perguntou Aquele Homem, como se já tivesse conhecido e memorizado todas as pessoas de Perúsia.

Billy empertigou-se.

— Sim, senhor! Bastante alto. Minha mãe diz que eu vou ficar alto que nem ele… — disse Billy, com a voz fraquejando quando Bianca ergueu os olhos das amostras. — Não estão corretas, então?

— Estão quase — respondeu ela. — Como está seu pai, Billy? As mãos ainda doem?

— Não, senhora, aquele bálsamo que a senhora mandou ajudou.

Ela sorriu, satisfeita.

— Ótimo! Espero que isso facilite as coisas para sua mãe.

A sra. Tucker tinha um bebê de poucos meses. Se as mãos do marido estivessem enrijecidas demais para trabalhar, eles ficariam sem renda alguma.

Billy assentiu.

— Sim, senhora.

— Estes estão bons. O resto é lixo.

Bianca pegou os ladrilhos escolhidos e os virou para ver o que havia marcado no verso, para ter certeza de que usara a fórmula correta. Billy pegou a bandeja e saiu, fechando a porta.

Fez umas anotações em silêncio durante alguns minutos, até sentir um arrepio no pescoço. Aquele Homem a estava observando.

— O quê? — ralhou ela.

— Como você formula os esmaltes?

— Estudando de perto as propriedades dos minerais, um pouco de intuição química e incansáveis testes — respondeu ela sem erguer os olhos.

— Muito impressionante — foi tudo o que ele disse.

Bianca arriscou dar uma olhada de soslaio para ele e o encontrou segurando um de seus ladrilhos. Ele a viu observando e o largou.

— Incrivelmente impressionante.

Bianca voltou a trabalhar, relembrando a si mesma de odiá-lo. Ele não tinha a menor ideia do que ela fazia. Vindo dele, "impressionante" era um elogio vazio.

Quando o fitou de novo, St. James estava mais uma vez absorto nos contratos, virando as páginas em silêncio.

— Certamente seria mais confortável ler no escritório do meu pai — murmurou Bianca, sem conseguir evitar.

— Nem tanto — respondeu ele. — O barulho das oficinas atrapalha.

— Você poderia pedir a ele para fechar as janelas.

Samuel gostava de poder observar toda a oficina de seu escritório, mas até mesmo ele reconhecia que podia ficar barulhento, com os torneiros e as rodas dos oleiros. Havia janelas bandeira para amenizar o barulho.

— Estou bastante confortável aqui — respondeu St. James. — Mas fico muito grato por você se preocupar com o meu conforto.

— E eu não deveria me preocupar? — perguntou Bianca, consultando suas anotações e acrescentando um grama de soda à sua mistura. — Como sua esposa, insisto que você se transfira para um local mais refinado, mais adequado a um cavalheiro que já estudou direito. — Ela cuspiu a palavra "esposa" com ênfase.

— Querida, eu não me separaria de você nem se um batalhão inteiro de homens estivesse martelando aqui ao lado — disse ele, afável.

Bianca se imaginou correndo atrás dele pela sala com um tenaz nas mãos, o instrumento enorme com o qual se retiravam as peças da fornalha. Aquele pensamento a divertiu o suficiente para que continuasse, mas não o bastante para fazê-la esquecer a presença do homem.

E era aquilo que Bianca desejava. Aquele homem já tinha tomado demais de sua atenção e agora atrapalhava sua concentração apenas por permanecer sentado ali, com as pernas elegantemente cruzadas e aqueles óculos mais uma vez empoleirados no nariz. Como um homem podia ficar ainda mais atraente usando óculos em vez de parecer um bobalhão míope?

Pior ainda: ela podia ver a perna dele com o canto do olho. St. James tinha panturrilhas muito torneadas. Bianca não era imune a reparar em uma perna masculina lindamente musculosa, mas sempre fora uma curiosidade fugaz. Nunca antes houvera a menor chance de ela fazer qualquer coisa além de olhar.

Mas aquele homem... O mundo esperava que ela fosse para a cama com *aquele* homem.

Na noite anterior, ela tentara evitar olhar para as pernas dele — ou para qualquer outra parte —, mas St. James parecia decidido a capturar seu olhar. Até mesmo naquelas roupas simples e sóbrias, usando óculos de grau e lendo um contrato empoeirado. Obviamente, ele sabia que era bonito. Bianca sentia-se terrivelmente irritada por também ter consciência disso.

Ela fez um esforço e tanto, mas era demais. Passada hora, ela desistiu, largou o pilão e saltou do banco.

— Está bem, vou levar você para uma visita. Depois, espero ter a oficina só para mim.

Ele tirou os óculos e a estudou.

— Eu a incomodo?

— Prefiro trabalhar sozinha — disse Bianca, enfatizando a última palavra. — Você me incomoda tanto quanto qualquer outra pessoa que estivesse aqui. Há um motivo para minha oficina ficar nesta ala, silenciosa e reclusa. Vamos?

— É claro.

St. James guardou os óculos e enfiou os contratos debaixo do braço, então a seguiu porta afora.

— Fechadura robusta — observou ele enquanto ela girava a chave.

— Bastante. Meu trabalho seria de bastante valia para os concorrentes.

Bianca enfiou a chave de volta no corpete, enrubescendo quando o olhar dele seguiu o movimento e se demorou em seu busto.

— Por aqui — disse ela bruscamente, arrumando o fichu assim que deu as costas para ele.

Lá fora, no pátio sudeste, ela se virou para ele.

— Você sabe como a louça de cerâmica é produzida?

Ele sorriu diante da pergunta direta.

— Em termos gerais.

Bianca meneou a cabeça, enojada.

— Tão bem quanto sei tocar harpa! Em outras palavras, você não faz ideia. Por aqui.

Ela o levou primeiro ao armazém de argila, com suas rampas inclinadas que levavam ao canal e à estrada, dando acesso para que barris e carroças pudessem ser empurrados até a porta.

— Aqui é o primeiro passo — informou ela, entrando e apontando enquanto caminhava. — A argila é trazida para ser inspecionada e pesada. Precisa ser limpa e pura, caso contrário, as louças saem uma porcaria. Charles aqui é o responsável por garantir a qualidade.

Ela acenou com a cabeça para o primo distante, que observava ela e St. James com um interesse descarado.

O rosto de Bianca ardeu. Naquele dia, ela ressentia profundamente o fato de toda a família ser envolvida no trabalho da olaria. Todos haviam sido convidados para o casamento no dia anterior e a viram sair da igreja no braço de St. James, em vez de Cathy. Ela sabia o que todos eles deviam estar pensando: Bianca, a solteirona assumida, tinha, de alguma forma, acabado com o marido escolhido para a irmã! *Pobre coitado*, ela supunha que pensassem quando olhavam para St. James, o homem que quase conquistara a doce e adorável Cathy, mas acabara com Bianca.

Ela esperava que Amelia estivesse se ocupando de espalhar a notícia de que Cathy tinha fugido com seu verdadeiro amor e que por isso Bianca agira pensando no futuro da olaria, casando-se por razões puramente comerciais. Se havia uma coisa que Bianca não conseguia tolerar era que as pessoas ficassem olhando para ela. E, embora seu casamento pudesse ser um escândalo, não havia nada de interessante em relação a ele.

— Daqui a argila é levada para ser misturada — disse enquanto atravessava uma porta e descia uma rampa larga. — Cerâmicas diferentes requerem misturas diferentes de argila, tudo medido com precisão.

St. James se adiantou e olhou dentro de um latão.

— Qual foi a medida para fazer seu potinho de ameixa?

Ela enrubesceu ao se lembrar dele em seu quarto, inspecionando seus pertences.

— Aquilo é outra coisa. Porcelana, não cerâmica. Há uma oficina diferente para isso.

— Ah? Diferente em quais aspectos?

— É totalmente diferente — respondeu Bianca com rispidez.

E não disse mais nada, porque a oficina de porcelana era um assunto delicado, que ela não queria discutir com ele.

Dos armazéns de argila, seguiram para o salão de produção, que se resumia a uma série de oficinas separadas por divisórias na altura do ombro. Um corredor percorria toda a extensão, com escadarias aqui e ali, e não era incomum ver seu pai descendo raivoso por uma delas depois de ter visto algum funcionário negligenciando o trabalho ou demonstrando comportamentos imprudentes ou proibidos.

Ela conduziu o marido pelo salão, apontando e explicando sobre os oleiros e torneiros, que produziam peças nas rodas; os modeladores, que esculpiam a argila; os amoladores e polidores, que alisavam a superfície de peças inacabadas; os decoradores, que faziam ornamentos delicados com uma argila diluída em água.

— Toda esta oficina é para bicos de bules de chá.

Bianca apontou para uma porta. Bandejas de bicos muito bem-feitos lotavam as prateleiras, como pequenos rabichos de porcos virados de cabeça para baixo.

— Coisinhas esquisitas, não? — disse St. James, analisando-os com um leve sorriso. — Nunca pensei que os bicos fossem feitos separadamente.

— Assim como as alças — contou ela. — E as tampas.

Ele a fitou com diversão.

— É mesmo? Quem diria…

Bianca revirou os olhos.

— Por favor, me conte — continuou ele — onde as tampas são feitas e quando são coladas?

— Elas não são… — começou ela, antes de se conter.

St. James estava tirando sarro dela.

— O corpo do bule é feito nas salas anteriores, ao passo que os bicos e as alças são feitos aqui, e então tudo é unido antes de ser queimado.

Você confessou que não sabia nada sobre a fabricação de peças de cerâmica. Eu estava tentando ajudar e explicar.

— Ah — disse ele, com seus olhos escuros brilhando. — Agora eu sei que as tampas não são coladas nos bules. Um mistério sobre o qual ponderei por toda a vida, enfim solucionado.

Ela sorriu docemente de volta para ele.

— Tenho certeza de que existem inúmeros outros para lhe desconcertar.

Ele lançou um olhar escaldante e perspicaz em sua direção, medindo-a de cima abaixo.

— Talvez, mas pretendo desvendar todos.

Ou seja, ela. A pulsação de Bianca ecoou em seus ouvidos, e ela precisou apertar o tecido do avental para manter a calma.

— Bem, isso deve mantê-lo ocupado por uma eternidade.

Aquele Homem se aproximou. Suas mãos estavam unidas às costas, e ele não tocou nela, mas Bianca ficou tensa mesmo assim.

— Se for necessário — disse ele baixinho. — Não sou de desistir, querida.

Ela inspirou, trêmula. Se ele fosse qualquer outra pessoa ou se estivessem em qualquer outro lugar do mundo, ela lhe passaria um sermão. Mas a última coisa da qual precisava — menos ainda do que a companhia de St. James, sobretudo de seus olhares escaldantes — era incitar rumores de que já estavam brigando dentro da oficina.

— Palavras que poderiam ter sido ditas pelo próprio Pirro, de tão idiotas — retrucou ela, marchando para longe.

Capítulo 10

MAX SABIA EXATAMENTE o que Bianca tramava e estava achando divertidíssimo.

Ela o manteria a certa distância; não perderia nenhuma oportunidade de colocá-lo em seu devido lugar e informá-lo de que não botava fé alguma em sua inteligência e habilidade.

Max estava acostumado a ser subestimado: por locatários e comerciantes, pela duquesa de Carlyle e seu advogado, por seu próprio pai. Nenhum deles achava que ele tinha qualquer resquício de cérebro nem uma ambição além de acumular dívidas e ser o mais languidamente elegante possível. Então não ficou surpreso, nem mesmo chateado, por Bianca pensar o mesmo. Como os demais, ela via o que queria ver e, como os demais, ficaria perplexa quando, em algum momento, percebesse a verdade. Ele ansiava por esse dia.

Além disso, ele havia reparado na maneira como ela o olhava de canto de olho, em especial para suas pernas. Max não deixaria de se exibir, na esperança de atiçar o interesse dela, e, a menos que tivesse perdido completamente o jeito, sentia que ela estava mais interessada — e atraída — do que queria admitir.

Ele a seguiu pela fábrica, dócil como um cordeirinho. Samuel Tate tinha lhe mostrado tudo antes e Max tinha lido uma série de livretos sobre manufatura e produção de cerâmicas. Deixou passar a alfinetada dela com relação aos inúmeros enigmas que lhe deixariam desconcertado, bem como a resposta espertalhona sobre Pirro. Nada do que ele tinha visto até então o fazia achar que o custo era grande demais para os benefícios da vitória. Pelo contrário — tudo que vira e aprendera sobre Bianca o fazia pensar que formariam um time inigualável... assim que ele a convencesse de que deveriam *ser* um.

No setor de empacotamento, não conseguiu se conter e fez perguntas. A questão da multa por avarias martelava sua cabeça. Se Brimley e outros comerciantes insistiam em poder invalidar um quinto de toda a louça no ato do recebimento, havia uma oportunidade significativa para melhorias. Max imaginava que haveria muitas outras, mas aquela parecia ser a escolha óbvia para remediar primeiro.

Então, ele observou os empregados colocarem xícaras e pratos em caixas repletas de palha e questionou cada passo da operação.

— Que tipo de palha?

— Do tipo "seca" — retrucou Bianca. — É palha.

Max pegou um punhado e esmagou na mão.

— Não exatamente. Algumas palhas não passam de grama seca. Algumas são firmes como madeira. Depois de todo o esforço empregado para produzir essa bela louça — disse ele, erguendo de uma prateleira próxima um belo bule forjado que aguardava para ser empacotado —, você a enfiaria em uma caixa cheia de nada? — Ele balançou a cabeça e recolocou o bule de chá no lugar. — Mas talvez essa não seja uma área do negócio que lhe interesse.

Ela estava boquiaberta.

— Como... O que... É claro que eu me interesso! — esbravejou ela. — Como você sabe tanto assim sobre palha?

Das muitas noites que passei procurando um lugar para dormir, sem nunca ter torcido o nariz para qualquer estábulo seguro, quente e cheio de palha, pensou ele.

— Sei de muitas coisas que talvez a surpreendam — foi tudo o que respondeu.

Indignada, Bianca chamou um empregado que passava por perto.

— William, que tipo de palha é usada na embalagem das louças?

— Quase sempre usamos de trigo e cevada — respondeu o homem, praticamente sem parar de andar.

— Palha de trigo e cevada — repetiu Bianca, agressiva, afastando-se em seguida.

Max analisou a palha em sua mão e deixou que caísse de volta na caixa.

— Usem mais palha para embalar qualquer coisa que vá por terra — ordenou ele ao empregado que estava parado ali por perto, tomado pela curiosidade. — Um quarto a mais, ordens do sr. St. James.

O rapaz anuiu e se afastou às pressas. Max foi atrás da esposa.

Ela o guiou até os escritórios principais e subiu a escada para escancarar uma porta e entrar batendo os pés. Ele a seguiu, sem pressa.

— E aqui está um lugar do qual você deve se lembrar bem — disse Bianca quando ele entrou. — Imagino que queira fazer algumas perguntas sobre contratos ao meu pai?

Samuel Tate deu a volta em sua mesa com os olhos penetrantes e curiosos.

— Ora, ora, eu não esperava ver nenhum dos dois na fábrica hoje. Vocês se casaram ontem! Tire o dia de folga, homem, para recuperar as forças.

— Sim — reiterou Bianca calorosamente.

E então deu um sorriso que Max ainda não tinha visto; um sorriso que fez seu coração palpitar de surpresa. Os olhos dela brilhavam, e os lábios se curvaram em um prazer genuíno.

— Faça isso, sr. St. James. Tudo isso é muito novo e exaustivo! Deve estar querendo pelo menos uma semana de descanso.

Max sorriu de volta para ela, exibindo toda a sua apreciação.

— Novo e fascinante, minha querida. Estou encantado e totalmente estupefato.

Tate riu.

— Eu sabia! Eu disse — exclamou ele em um tom triunfante para a filha, cujo rosto estava cor-de-rosa. — Sabia que tudo acabaria da melhor forma possível. Eu não estava certo?

Bianca o ignorou. Max só podia supor o que se passava em sua mente quando ela fez uma mesura breve e graciosa.

— Se o senhor está contente e entretido, vou deixá-lo aqui e voltar ao trabalho.

— É claro.

Max fez uma reverência e, quando Bianca tentou passar por ele às pressas, pegou sua mão e a levou aos lábios.

— Eu jamais sonharia em interromper o seu trabalho, sabendo como ele é importante para você e para Perúsia. — A boca de Bianca se apertou. Max soltou sua mão. — Até mais tarde, minha querida.

Retorcendo as saias e lhe lançando um olhar de pura ira, Bianca saiu da sala intempestivamente. Com um largo sorriso, Tate fechou a porta.

— Bem! Parece ser um começo promissor, sim?

No dia anterior, o homem tinha alternado entre surtar, pedir desculpas e sentir raiva pelo temperamento e pela obstinação da filha. Max não sabia ao certo se Tate se arrependia do que fizera na igreja ou se meramente queria a garantia de Max de que tudo estava bem. Ele não pôde deixar de notar que a esposa não havia dirigido uma única palavra ao pai no dia anterior, no café da manhã do casamento, ou mesmo naquele momento, tendo se mantido de costas para Samuel durante todo o tempo em que estivera no escritório dele.

Bianca tinha, contudo, entrado no escritório e, aparentemente, aquilo era reconciliação o suficiente para o pai. Na cabeça dele, o pior havia passado, e ele estava pronto para retomar o curso.

Max tinha a impressão de que Bianca puxara ao pai nesse sentido. Na primeira vez que ele fora convidado para jantar em Perúsia, alguns meses antes, reparou que Catherine Tate ouvia com educação qualquer um que tagarelasse, pelo tempo que fosse. Bianca, não; ela restringira uma longa discussão filosófica à sua essência, e deixara os dois filósofos piscando, atordoados. Tinha uma perspicácia aguçada, sem paciência para conversas vazias. Caminhava com vigor, falava com ousadia e era deliciosamente fácil de atiçar.

Max admirava a confiança dela — e a invejava. Ele, no entanto, tinha aprendido que havia hora para ser ousado e hora para segurar a língua e ouvir. Hora de explodir em fúria e hora de engolir o orgulho, até mesmo se rebaixando. Hora de agir e hora de observar, esperar e aprender, até chegar o momento certo para conquistar o que ele queria.

Então sorriu diante da pergunta esperançosa de Tate.

— Foi tudo muito repentino para nós dois. É claro que vai levar um tempo para nos conhecermos enquanto marido e mulher... Mas creio que seja um início extremamente auspicioso.

Quando o sino ressoou, às seis da tarde, Max esperava no portão principal. Tinha passado o dia no escritório, como Bianca mandara, mas havia chegado a hora de dar à esposa um pouco de atenção.

Depois de alguns minutos, Bianca saiu da oficina mais afastada. Estava com a cabeça baixa; o chapéu de palha escondia o rosto enquanto vestia as luvas. De repente, ela ergueu a cabeça, e Max viu o lampejo de seu sorriso largo quando Bianca ergueu a mão para cumprimentar a mulher que a chamara.

Max observou aquele sorriso por um tempo. Só o tinha visto algumas vezes — sincero e despreocupado em vez de tenso e sisudo. Era um sorriso que transformava o rosto de Bianca, iluminando seus olhos para um tom mais azul e acentuando sua boca carnuda.

Durante todo o dia, Max se mantivera de ouvidos atentos, ávido por capturar qualquer coisa a respeito daquela mulher intrigante e irritante que era sua esposa. Max achava que eram bastante parecidos; ela o provocara falando sobre a rapidez com que ele aceitara trocar de noiva, mas não teve resposta quando ele lhe lançara a mesma pergunta. Ele suspeitava que ambos tinham agido por impulso, mesmo que o impulso dela viesse de paixão e fúria, ao passo que o dele vinha da ferrenha determinação de não deixar aquela oportunidade escapar.

Talvez, pensou ele distraidamente, observando o movimento da saia dela enquanto ela atravessava o pátio na direção dele, Bianca sentisse o mesmo. *Esta olaria é minha*, dissera ela na igreja. Tate tinha repassado a ele um quarto do negócio em virtude do casamento — visto que o negócio, é claro, era de Tate, e não de Bianca, não ainda. Max cutucara Tate, e o sogro admitira que sempre pensou em deixar Perúsia para as filhas.

Tate se apressara em acrescentar que estava postergando bater o martelo em relação àquilo até que as duas se casassem, pois não pretendia deixar o trabalho de uma vida inteira nas mãos de algum genro indolente que fosse esfacelar tudo. Aquela última frase fora acompanhada de um olhar elogioso. Sério, Max concordara que era uma precaução inteligente e o comentário pareceu satisfazer Tate, que logo passou a falar de suas dúvidas com relação ao antigo pároco, que, ao que tudo indicava, era o outro genro.

Quando Bianca ergueu os olhos e percebeu que ele a observava, parou de sorrir imediatamente. Ela passou reto por ele, mas Max apressou o passo.

— Boa noite — cumprimentou ele.

— Boa noite, senhor — respondeu ela, fria.

— Agora é — disse ele com um sorriso.

— É? — perguntou ela, arregalando os olhos inocentemente. — Senti um calafrio repentino.

— Permita-me emprestar meu casaco.

Bianca entreabriu a boca e olhou para ele perplexa, até Max começar a tirar o casaco.

— Não, por favor. Não faça isso!

Max parou no meio do movimento.

— Não me importo — afirmou ele em um tom grave, fitando-a. — Eu fiquei bastante acalorado e alvoroçado quando você se aproximou.

Bianca corou e recolheu a mão que havia erguido para detê-lo.

— Deve estar com febre. É melhor ficar com o casaco, para não piorar.

— Nunca me senti mais saudável — garantiu ele, recolocando o casaco.

Bufando, ela voltou a caminhar; os laços de seu chapéu esvoaçavam.

— Teve progresso com o esmalte escarlate?

Ela o olhou de canto de olho.

— Um pouco.

Max assentiu com a cabeça.

— Fico contente em saber.

Se Bianca era tão dedicada assim ao trabalho, ele a encorajaria a continuar. Max já havia notado que aquela era uma forma fácil de agradar aos dois: ela continuaria com seus experimentos de esmaltação sem ser incomodada, enquanto ele ficaria livre para aprimorar o restante do negócio.

Após alguns passos em silêncio, com o ar de alguém que está se forçando a manter um diálogo, Bianca disse:

— Imagino que tenha tido um dia agradável lendo contratos.

— Ah, sim — confirmou ele.

Ela o fitou com receio, mas St. James não disse mais nada. Ela que especulasse. Ela que viesse até ele, querendo mais.

— Você não precisa mais voltar à fábrica — disse ela, voltando a olhar para a frente.

— Por que você está tão decidida a me manter longe daqui? — perguntou ele. — Um quarto da fábrica é propriedade minha.

— Acredito que a intenção de meu pai era de que você fosse um sócio passivo.

— Não foi isso que ele me disse.

— Eu disse — respondeu ela docemente — que essa era a *intenção* dele.

Max deu um sorriso sombrio. Ele sabia que ela estava errada — sabia que aquilo era o que *ela* preferia e que aquilo não tinha relação alguma com os desejos de Samuel —, mas a insistência afundava a faca cada vez mais em seu orgulho.

— Era? Infelizmente, essa não era a *minha* intenção quando aceitei a proposta.

— Sem dúvidas você aprenderá a interpretar as palavras dele... — afirmou ela com uma sinceridade fingida —... com o tempo.

— O que ele diz requer assim tanta interpretação? — Max fingiu pensar. — Estranho, não me pareceu que fosse assim. Achei que Samuel fosse um homem honesto e aberto.

— *É claro* que meu pai é honesto — ralhou ela. — Suponho que isso seja incomum no seu mundo.

Max riu.

— Meu mundo é Perúsia — disse. E, só porque não conseguia resistir ao diabo em seu ombro, acrescentou em tom mais baixo: — E você, minha queridíssima esposa.

Bianca lhe lançou um olhar hostil.

— Esse tipo de baboseira seduz as mulheres de Londres? Porque eu acho que só o faz parecer um idiota.

Ele sorriu para ocultar seu lampejo de irritação.

— Nunca tentei seduzir nenhuma londrina me casando com ela! Quem diria que era esse o segredo? Pena que seja tarde demais.

— Sim, tarde demais — disse Bianca com um sorriso perigoso. — E, de qualquer forma, não funcionou. Deveria ter pensado nisso antes de desperdiçar sua chance em um casamento casto e por negócios.

— Você vive dizendo essa palavra, "casto" — comentou ele. — Não sei bem ao certo o que quer dizer com isso.

Ela abriu a boca, corou e a fechou novamente.

— É quando marido e esposa vivem vidas separadas. Bem separadas. *Extremamente* separadas, na verdade. — Bianca ergueu as mãos e as afastou mais de meio metro. Ela olhou para a distância que indicava e aumentou para toda a extensão de sua envergadura. — De preferência, uns cinco quilômetros ou mais.

— Bem, não é assim que vivemos — disse Max sem hesitar. — Mal ficamos a duzentos metros um do outro o dia todo!

— Sim, mal. Amanhã, precisaremos nos esforçar mais.

Estavam percorrendo a trilha de volta para a Casa Poplar, contornando o morro da Mansão Perúsia e passando pelas árvores. Àquela altura, estavam longe do alcance da fábrica e dos funcionários indo embora, assim como escondidos da vista da Mansão Perúsia — e da Casa Poplar. Max desacelerou o passo.

— Você passa bastante tempo pensando na nossa situação matrimonial — observou ele.

Bianca revirou os olhos, mas ele reparou que ela também desacelerou.

— Tempo demais. Quem dera eu conseguisse parar de pensar totalmente ou, melhor ainda, esquecer que aconteceu.

Ele riu.

— Talvez você não devesse parar de pensar no casamento, mas mudar a *maneira* como pensa nele.

Ela arqueou as sobrancelhas.

— E me tornar uma esposa afetada e boba, sem nunca protestar nada do que você diz? *Tsc*, sr. St. James... — Bianca balançou a cabeça — Não acharia isso absurdamente tedioso?

— Acharia — concordou ele. — Gosto de mulheres de vigor e paixão.

— Mas não para se casar, obviamente — disse ela, seus olhos cheios de astúcia.

— Talvez não a princípio, mas o Destino parece ter me guiado nessa direção — disse ele, dando outro sorriso. — Assim como fez com você.

Max já havia se perguntado se Bianca tivera outro pretendente, ou alguém que ela gostaria de ter como pretendente. Essa era uma das perguntas que tinha no fundo da mente enquanto mantinha os ouvidos atentos a qualquer informação a respeito da nova esposa. Se Bianca nutria sentimentos por alguma outra pessoa, aquilo aniquilaria qualquer suspeita de que ela havia tramado para se casar com ele.

Claro, também afetaria a estratégia dele. Max não gostava de imaginar a esposa ansiando por outro homem.

— Eu nunca pensei em me casar — confessou ela.

— Nunca?

Max não esperava aquela resposta e não tinha certeza se ela estava falando a verdade.

— É claro que não — reiterou Bianca com firmeza, curvando os lábios para cima. — Certamente não com alguém como você.

— Entendo — respondeu ele com falsa gravidade. — A maioria das mulheres jamais ousaria sequer sonhar com *isso*.

Ela parou.

— Seu... Seu cafajeste presunçoso!

— Estou longe de ser um cafajeste. Sou um homem casado e feliz. Por que você não queria se casar?

Ela revirou os olhos.

— Uma mulher casada não tem direito a nada, nem sequer ao que era dela antes do casamento. Seu dinheiro, suas terras, seus negócios, até mesmo as roupas que ela usa são do marido. Se ela gerar uma criança, colocando a própria saúde em risco, a criança é dele, e ele pode tirá-la dela a seu bel-prazer — disse Bianca, e o encarou. — Você abriria mão de todas essas coisas numa troca?

— Hum... — disse Max pensativamente. — Quando um homem se casa, ele se torna o guardião legal da esposa, responsável por abrigá-la e alimentá-la, bem como por suas dívidas. Muitos homens já foram para a prisão por causa das dívidas das esposas. Se ela gerar uma criança, qualquer criança, enquanto estiver casada, o marido é obrigado a prover para essa criança como se fosse dele, mesmo que metade da cidade saiba que ela foi infiel e que o filho é de outro homem.

— Uau — comentou ela, rindo um pouco. — Parece um péssimo negócio para ambas as partes. Não consigo imaginar qualquer um ansiando por algo assim.

Max sorriu.

— Há... certos prazeres que compensam tudo isso.

A caminhada havia provocado um rubor muito atraente nas bochechas dela, e o fichu tinha deslizado um pouco sobre seus ombros. Os seios se avolumavam sobre o corpete, arrebatadoramente tentadores.

Ainda achando graça, ela gesticulou com uma mão.

— Não para nós. Eu já disse que este é um casamento casto.

— E está começando a magoar meus delicados sentimentos masculinos — afirmou ele.

Bianca riu — uma risada sincera e profunda que Max não tinha ouvido antes. O sorriso de determinação que ele ostentava vacilou; a mulher era fascinante. Não era uma boneca de porcelana, era uma deusa terrena, o tipo de mulher que manteria um homem alerta, mas seria uma parceira digna, no jantar, no salão de baile... na cama.

A princípio, Max não tivera esperanças muito boas nesse aspecto do casamento. Catherine dera poucos sinais de se sentir atraída por ele, até mesmo para uma mulher reservada, e Max presumira que eles encontrariam seus próprios parceiros de cama.

Mas Bianca... Por Deus, as faíscas de atração o queimavam por todos os lados.

— Sabe — disse ela, achando graça, mesmo que de maneira relutante, enquanto Max tentava assimilar aquela nova descoberta sobre sua esposa —, talvez eu gostasse de você, se não fôssemos casados.

— Ah, mas você não deve usar isso contra mim.

— Mas esse é, de longe, seu maior defeito, e um que eu não posso relevar. Ela soltou um suspiro de arrependimento. — Precisamos nos resignar a sermos adversários ou, na melhor das hipóteses, colegas de casa indiferentes.

Max inclinou-se na direção dela.

— Certamente não. Consigo imaginar coisas muito, muito melhores do que... — Max se interrompeu, o olhar indo mais uma vez, quase contra sua vontade, para o decote dela —... castidade e indiferença.

Ela bateu os cílios e engoliu em seco.

— Que desperdício tremendo de imaginação.

Max sorriu para ela. Deus, ele gostava de verdade daquela mulher. Pela primeira vez, sentiu-se realmente feliz por sua pretendida noiva ter fugido com outro homem.

— A imaginação nunca é desperdiçada — murmurou ele. — Por sorte, sou um homem que sabe esperar o momento certo... E minha imaginação vai me manter aquecido enquanto isso.

Bianca deu um sorriso largo.

— Pelo seu próprio bem, espero que sim — disse ela. — Porque *eu* com certeza não manterei.

Ela o deixou para trás, e coube a Max seguir atrás dela, com o sangue quente e a cabeça cheia de pensamentos felizes sobre como seria quando por fim a conquistasse.

Capítulo 11

DURANTE MAIS DE duas semanas, as coisas correram como naquele primeiro dia.

Não importava quão cedo Bianca se levantasse, Aquele Homem sempre estava à mesa antes dela. Irritada, pediu a Jennie que a despertasse cada vez mais cedo, e, mesmo quando descia as escadas cambaleando, bocejando em meio à escuridão antes do alvorecer, ele estava esperando. E então se levantava de seu lugar à mesa, sem um fio de cabelo fora do lugar e sem parecer nem um pouco cansado, para desejar bom-dia.

Enojada, Bianca desistiu. Ele podia vencer aquela batalha; ela iria dormir.

Havia muitas outras para lutar, é claro. Durante aqueles cafés da manhã, St. James sempre tinha um livro, panfleto ou contrato nas mãos. Certa vez, ela vislumbrara desenhos esquemáticos de uma fornalha e algum dispositivo que ela desconhecia, rabiscado em uma caligrafia que ela também não reconheceu. Bianca conhecia a letra do pai, bem como a de Mick e de George, responsáveis pelo pessoal das fornalhas. Como preferia arrancar a própria mão a pedir Àquele Homem para explicar do que se tratava, ela ficou limitada a perguntar a Billy o que estava sendo construído perto das fornalhas. Garotos de 12 anos de idade, infelizmente, não eram espiões confiáveis; ele não sabia, e ela foi forçada e engolir a curiosidade.

E seu marido insistia em caminhar com ela até a fábrica e de volta para casa. Em alguns dias, caminhavam em silêncio, a menos que Bianca fosse forçada a agradecê-lo por alguma gentileza, como tirar um galho caído da trilha. Em outros, discutiam o caminho todo até o portão de Perúsia. Certo dia, Amelia, que a encontrou no pátio depois que Aquele Homem havia se afastado, comentou que ela parecia incomumente bem aquela manhã.

— Você está com um ar de vitória — provocou a amiga. — Corada e com os olhos brilhando. Que problema você solucionou?

Bianca forçou um sorriso e inventou algo inofensivo, mas fervilhou por dentro ao pensar que não havia qualquer motivo real além da conversa com Max. Ele a instigara a falar e quase a fizera rir. Ela precisava ficar mais atenta com ele.

E, talvez, consigo mesma. Guardar tantos rancores estava começando a ficar pesado.

Ela ainda não estava falando com o pai. Algumas vezes, flagrara Samuel observando-a da fábrica, quando ela descia para inspecionar alguma peça recém-queimada e esmaltada com seu novo — e agora aperfeiçoado — tom escarlate. Para sua alegria, elas brilhavam como morangos de junho, um vermelho-rubi reluzente, sem qualquer subtom alaranjado ou roxo. Exatamente como ela queria.

Normalmente, Bianca teria levado a louça vermelha para o escritório do pai, para compartilhar aquele triunfo com ele. Samuel ficara exultante quando ela lhe mostrara o esmalte verde delicado que a mantivera ocupada por vários meses e que agora decorava diversos jogos de chá em um estilo chinês muito em alta. Na época, ele dissera que ela era mais esperta que metade da fábrica reunida e mais determinada do que todos eles. Bianca sentira enorme prazer com o entusiasmo da aprovação dele.

Daquela vez, teve de ouvir de outras pessoas que o pai ficara satisfeito com o esmalte escarlate. Aquilo tirou o brilho do triunfo, especialmente porque Aquele Homem era uma das pessoas dizendo como o resultado estava esplêndido.

— É incomparável — dissera St. James enquanto caminhavam para casa certa noite. — Vermelho como o sangue dos mártires.

Ela não conseguiu conter um sorriso.

— Obrigada — disse. E então, lembrando-se da raiva que sentira quando ele menosprezara seu trabalho antes: — Talvez agora você entenda por que eu vou à oficina todos os dias.

— Certamente vejo o benefício que isso traz a Perúsia — disse ele, sorrindo daquele jeito que fazia Bianca, muito a contragosto, querer sorrir de volta. — Fiquei surpreso ao ver sua determinação na busca pela fórmula certa.

Ela parou.

— Por que isso é tão surpreendente para você?

Ele também parou e se virou para ela. Bianca precisava dar o braço a torcer naquele ponto: quando falava com ele, St. James voltava toda a sua atenção para ela. Muitos homens não faziam isso.

— A maioria das mulheres que conheço não é dada a ocupações sérias como essa.

Mulheres londrinas, pensou ela, com uma pitada de irritação. Mulheres que não precisavam trabalhar, ou fazer qualquer coisa prática.

— Aqui nós somos — respondeu ela. — Mais de um quarto dos empregados de Perúsia são mulheres.

— Sim — reconheceu ele. — E algumas são artesãs extremamente talentosas. Mas essas mulheres trabalham porque precisam, você não.

Bianca colocou as mãos na cintura.

— Não? Isso sugere que meu trabalho não tem impacto em Perúsia, que os pedidos estariam chegando aos montes mesmo que não fizéssemos xícaras que parecem esculpidas em jade. — Ela balançou a cabeça. — Qualquer ceramista pode produzir um vaso de alças duplas ou um bule decente. Há dúzias de fábricas produzindo louças teoricamente idênticas às nossas. É um negócio feroz, você sabe…

— Sei mesmo — murmurou ele.

—… no qual todos copiam os desenhos específicos de um concorrente, e Perúsia precisa se destacar. Nós fazemos isso na delicadeza de nossas decorações, dos esmaltes coloridos únicos às pinturas detalhadas e aos pequenos toques singulares que outros fabricantes não se dão ao trabalho de criar. Meu pai sempre se esforçou ao máximo para contratar os melhores artistas e treinar os funcionários para que atinjam os padrões que desejamos, e é por isso que somos bem-sucedidos. A esmaltação é só uma parte, mas é uma parte importante, já que quase sempre é o primeiro aspecto de uma peça que chama a atenção das pessoas. Então, se eu passasse o dia inteiro sentada na sala de visitas — concluiu ela, com um dedo em riste —, certamente nossa renda diminuiria. E nós precisamos dessa renda para bancar não apenas nossos empregados, mas nossa família.

Bianca arqueou uma sobrancelha para ele.

— Até mesmo você.

Durante o discurso, a expressão dele tinha mudado de uma seriedade sóbria para uma admiração descarada. Ele riu e fez uma reverência majestosa.

— Minha nossa, mulher! Minha intenção não era ofender. É só... — St. James se interrompeu, inclinando a cabeça, a expressão ainda risonha e relaxada. — Você tem sido uma grande surpresa para mim. Todos os dias eu fico embasbacado outra vez.

— Isso não é surpresa para *mim* — respondeu ela. — Desde o começo suspeitei que você nunca conheceu mulheres inteligentes e ambiciosas.

— Ah, aí é que você se engana. As mulheres de Londres têm ambições próprias, e inteligência e astúcia não lhes faltam.

— Ah, é? E o que é que elas buscam, então?

Bianca já tinha lido algumas revistas populares vindas Londres. Artigos sobre bordado, tocar cravo e dançar. Tudo lhe parecera bastante inútil.

— Influência — respondeu ele após um instante. — Seja na moda ou na política.

— Bem, suponho que devamos ir atrás de poder onde possível, certo?

Ele a encarou por um momento.

— Vocês têm bem mais ao alcance do que pensam.

Bianca bufou.

— Enquanto esposa ou filha, você diz? Obrigada, mas não. Prefiro deixar minha própria marca.

Ele franziu a testa.

— Não tenho dúvidas.

— Admiro o senhor por reconhecer isso.

Embora tentasse esconder dele, Bianca estava um pouco maravilhada. Até mesmo Samuel, que valorizava suas contribuições para Perúsia e lhe dava o devido crédito, tinha certeza de que ela abandonaria tudo para ser esposa e mãe.

Diante daquilo, St. James deu aquele seu sorriso lento e caloroso de cafajeste.

— Talvez eu não seja o que você imaginou.

A resposta perspicaz podou sua língua. Era verdade, e ela não sabia o que pensar disso. Bianca se resignou a baixar a cabeça e apertar o passo. E St. James, enlouquecedoramente, não a aborreceu insistindo no assunto.

Quando chegaram à Poplar, Mary estava aguardando com uma carta.

— Da srta. Cathy — informou.

Mas a elucidação nem era necessária, pois Bianca arfou de contentamento ao ver a caligrafia da irmã.

— Obrigada, Mary!

Ela pegou a carta e arrancou o casaco e o xale, largando-os nas mãos da criada antes de levar seu prêmio para a sala.

Bianca não se arrependia de ter ajudado a irmã a fugir, mas agora percebia quanto estava ansiosa para ter notícias de que tudo correra bem, para saber que ela estava casada com o sr. Mayne, que estava feliz. Só de ver a carta, livre de manchas de lágrimas — ela examinou de perto para procurá-las enquanto abria —, a pressão em seu peito diminuiu.

Bianca sentou-se no canapé perto da janela e rompeu o selo.

Queridíssima Bi,

Estou casada! E mais feliz do que posso expressar em tinta e papel.

Chegamos a Wolverhampton a tempo, devido, primeiramente, à sua imensa assistência em nos ajudar a fugir de Marslip sem sermos vistos. A viagem não foi fácil, mas Richard foi tão carinhoso e se preocupou tanto com meu conforto que o tempo passou voando. A irmã de Richard, a sra. Taylor, ficou surpresa em nos ver, mas ouviu nossa história e concordou imediatamente em nos ajudar. Onde estaríamos, perguntei a Richard, se não fosse por nossas irmãs? Ele concordou que nós dois fomos especialmente abençoados com você e Maria.

Tivemos alguns problemas com a licença e levamos vários dias para arrumar tudo. Richard precisou ir até Lichfield, o que nos atrasou, mas agora está tudo bem. Sou a sra. Mayne faz um dia e nunca estive tão feliz. Sei que devo tudo isso a você, querida Bianca.

Sinto muito por não ter escrito antes, mas achei que seria melhor não inflamar ainda mais qualquer transtorno que possa ter ocorrido entre você e o papai. Espero que ele não tenha ficado absurdamente chateado com você por nos ajudar. Escreva assim que puder e me conte se ele tem sido horrível com você, ou se o sr. St. James criou algum alvoroço.

Bianca se remexeu, desconfortável. Ainda não fazia ideia de como contar à irmã o que tinha acontecido com St. James, muito menos por que ela havia concordado com a sugestão enlouquecida do pai. Samuel certamente argumentaria que havia sido pego de surpresa, ao passo que Bianca sabia havia muitos e muitos dias que a irmã não se encontraria com St. James na igreja. Devia, portanto, ter estado mais preparada para a explosão de fúria dele e não ter se deixado envolver pela situação.

O que Cathy diria sobre tudo aquilo?

— Espero que ela esteja bem.

A voz de St. James a assustou. Ele estava parado à porta da sala de estar, com os braços cruzados e o ombro apoiado no batente.

Bianca pigarreou e moveu a carta para que ele não visse.

— Está.

— Casada e feliz?

— Sim... Muito.

St. James continuou a fitá-la até que Bianca, desconfortavelmente ciente de que tinha arquitetado para que ele não se casasse com Cathy, murmurou:

— Posso ajudá-lo?

— Você parece inquieta. Não é o que se esperaria, depois de ter recebido uma carta animada de sua amada irmã.

— Você é especialista em irmãs? — rosnou ela.

— De forma alguma — respondeu ele, sorrindo de leve. — Não tive nenhuma. Mas tenho bastante experiência com decepção e aflição, e você parece estar se sentindo assim.

Bianca refletiu, mas ficou com medo de perguntar de onde vinha tanta experiência no assunto e acabar estimulando mais questionamentos.

— Ela perguntou como meu pai encarou a fuga dela — disse Bianca, mordendo o lábio inferior, então rapidamente acrescentou: — E se você causou alvoroço.

Ele entrou na sala e se sentou à mesa.

— Pretende tranquilizá-la?

— Digo que tudo está bem ou sou sincera? — perguntou, remexendo na carta. — Não sei.

— Neste caso, recomendo a sinceridade.

Bianca o fitou com olhos raivosos, e ele ergueu um ombro.

— Você não vai conseguir esconder para sempre. É melhor dar a notícia de uma vez.

— Suponho que sim.

St. James tinha razão, embora ela odiasse admitir.

— Ela está mais preocupada com como nosso pai reagiu ao sumiço dela.

— Acha que ele irá perdoá-la logo?

Bianca olhou para o chão. Samuel sempre idolatrara Cathy, que o fazia lembrar da esposa. Qualquer súplica de Cathy, feita com seus grandes olhos azuis cheios d'água, o faria ceder e aninhá-la nos braços. Bianca, por outro lado… *Ela* era a filha cabeça-dura, a que discutia com o pai, a que o enfrentava. *Ela* era a filha com quem ele não falava havia três semanas, apesar de vê-la todos os dias.

— Talvez não de imediato, mas perdoará.

— Ele é afeiçoado a ela, então.

— Muito.

Bianca dobrou a carta. Cathy tinha escrito mais coisas, mas ela leria depois. A perspectiva de contar à irmã o que tinha acontecido, com todos os detalhes sórdidos e inacreditáveis, havia estragado o prazer de recebê-la.

Não era com prazer que contaria à irmã que ela, Bianca, agora estava casada com o homem que havia cortejado Cathy. Mesmo sem discutir as enormes parcelas de culpa de Samuel e do próprio St. James, mesmo explicando como ela ficara com raiva e como o pai dissera que poderiam perder Perúsia, a notícia ainda assim chocaria a irmã. Cathy ficaria perplexa e horrorizada por Bianca ter concordado.

— Um pai misericordioso é uma bênção — observou St. James.

Bianca piscou, afastando os pensamentos.

— Sim.

St. James se remexeu na cadeira, inclinando-se de leve em sua direção.

— Ele sente sua falta, sabia? Ele não tinha ninguém com quem compartilhar seu sucesso do esmalte escarlate, então tive que ouvir a história duas vezes.

Bianca enrubesceu. Ela sempre soube que o pai ficaria imensamente satisfeito com o vermelho.

— Seu pai é bondoso? — perguntou ela por impulso.

Houve um segundo de hesitação.

— Ele morreu já faz muito tempo — respondeu ele tranquilamente.

— Ah.

Bianca já suspeitava, mas sentiu, pela primeira vez, um lampejo de curiosidade a respeito da família dele e uma pontada de vergonha por nunca ter pensado sobre eles até agora, quando já era tarde demais para perguntar sem constrangimento.

— Sinto muito.

— Obrigado — respondeu ele com educação, mas sem dar margem para mais perguntas, e então se levantou. — Transmita minhas felicitações à sua irmã pelo casamento.

O queixo de Bianca caiu.

— Suas… felicitações?

— É claro. Ela é minha cunhada. Fico contente que esteja casada e feliz.

Com os olhos brilhando, St. James fez uma breve reverência e saiu, os sapatos tamborilando no piso de madeira desgastado. A despeito das roupas sóbrias, ele ainda usava os sapatos de salto de um cavalheiro londrino.

Bianca percebeu que estava apertando a carta de Cathy. Soltou o ar e alisou o papel sobre o colo. St. James obviamente não sofria de arrependimento algum quanto ao casamento deles — ao menos nenhum arrependimento relevante.

Bianca tentou se convencer de que nada havia mudado, que ele só se preocupava com sua parte de Perúsia e que não importava com qual irmã Tate ele precisara se casar para consegui-la. St. James não tinha dificuldade em se sentir feliz por Cathy porque conseguira ficar com a outra irmã e atingira seu objetivo de toda forma.

Mas, no fundo, Bianca começava a suspeitar de que ele era muito, muito mais do profundo que aquilo.

O passo de Max permaneceu tranquilo e sem pressa durante todo o trajeto nas escadas até seu quarto. Ele conseguiu até fechar a porta normalmente em vez de batê-la com força.

Não foi capaz, no entanto, de conter os impropérios, e suas mãos tremiam quando ele pressionou as palmas contra as têmporas.

— Maldição — sussurrou ele no quarto silencioso.

Um barulho do outro lado da porta o deixou tenso, até que ouviu o ruído dos passos de um criada desaparecer, acompanhado de um cantarolar desafinado.

Max expirou. A cabeça pendeu pesadamente. De olhos fechados, ele enfiou a mão no bolso do casaco e pegou uma carta. Mary a tinha entregado depois que Bianca deixara a sala levando consigo a correspondência da irmã. Max sorrira e agradecera, escondendo o envelope rapidamente no bolso — não depressa o suficiente para evitar ver o remetente na frente, indicado com a caligrafia que sempre lhe causava arrepios, mas esperava ter agido com tranquilidade suficiente para que a criada não desse muita importância à correspondência.

Por um instante, cogitou queimá-la sem ler. Nunca uma carta daquelas lhe trouxera boas notícias; as melhores o provocavam e caçoavam dele, as piores o faziam pensar em cometer um assassinato. O mundo certamente seria melhor sem o homem que as enviava, e Max já fantasiara muito sobre eliminá-lo de vez.

Mesmo assim, após um instante, odiando a si mesmo, Max rompeu o selo. Sempre havia uma pequena chance de…

Mas não.

Dinheiro, pensou ele sombriamente enquanto lia a mensagem curta. Sempre se resumia àquilo. No ano anterior, a pobreza fora o escudo de Max, mas, agora, a notícia de seu casamento parecia ter chegado aos ouvidos daquela víbora venenosa, que nunca perdia uma chance de extorquir qualquer um que se aproximasse dele. Max tinha torcido para que Staffordshire fosse longe o bastante para evitar chamar a atenção, mas a víbora o tinha encontrado e decidido que ele estava maduro o suficiente para um novo ataque.

Outro barulho assustou Max. O som abafado da voz de Bianca passou pela porta. Ele devia estar se arrumando para o jantar.

Ela ficou olhando para a porta por um bom tempo. Àquela altura, ele já sabia discernir o humor dela pelo tom de voz e, naquela noite, ela estava feliz. A carta de sua irmã devia ter trazido notícias muito reconfortantes. A voz de Jennie respondeu, e então as duas riram. Bianca tinha uma risada muito calorosa e vibrante.

Distraído com a voz dela, leve e cadenciada, permeada por um deleite despreocupado, Max se lembrou de respirar. Ela ainda o mantinha a certa distância, mas seu comportamento gélido estava começando a derreter — devagar, porém constantemente. Ele encorajara aquele degelo a cada passo do caminho, mantendo a calma mesmo quando ela o provocava e dando respostas bem-humoradas para qualquer comentário espertinho da parte dela. Naquele dia, poucos minutos antes, na sala de estar, ela o fitara com olhos curiosos, quase atordoados, os lábios relaxados, e Max sentira uma onda de euforia. A maré estava mudando a seu favor.

E ele não permitiria que nada interferisse.

Ele fitou a carta. A víbora preferia sangrar suas vítimas de longe; nunca tinha contatado Max em pessoa. Talvez ele sentisse que era mais seguro assim. Max prometera matá-lo na próxima vez em que o visse, afinal de contas.

Com mãos firmes, bateu a pederneira e acendeu a lamparina, então encostou a ponta da carta na chama e a observou queimar até o calor chamuscar sua mão. Largou o papel para que se desfizesse em cinzas.

Capítulo 12

Max estava aprendendo muito mais sobre olaria e cerâmica do que poderia ter imaginado. Embora tivesse prometido se dedicar e aprender tudo a respeito, o assunto lhe interessava mais do que ele previra.

Tate havia criado um sistema impressionante na fábrica. Treinava funcionários em um número limitado de habilidades até que se tornassem peritos. A tática não apenas acelerava a produção como também padronizava a qualidade das louças.

Tate tinha imenso orgulho daquilo.

— Cada uma é tão perfeita quanto a anterior! — disse ele a Max, apontando para as longas prateleiras repletas de vasos em uma visita à oficina. — As pessoas trabalham melhor quando podem desenvolver determinada habilidade ao máximo, em vez de ter que aprender o processo todo.

Max analisou a fileira de vasos de alças duplas. Era impressionante, de fato, como cada um havia sido produzido individualmente. Ele não saberia diferenciá-los.

— Deve ter exigido um treinamento exaustivo.

Tate gesticulou com uma mão, diminuindo a questão.

— Alguns funcionários não gostavam muito no início, mas quem tem mais habilidade pode receber salários melhores, não é mesmo? E todos gostam de receber mais — disse, contraindo os lábios de irritação.

— E eu preciso pagar, senão o maldito Mannox, do outro lado da rua, os rouba de mim. Foram dez homens só no ano passado, sr. St. James.

Ele os afanou bem debaixo do meu nariz! Consegui oito de volta, e isso ensinará Henry Mannox a não pensar que pode roubar meus homens e arrancar deles meus projetos e minhas fórmulas. As louças dele são inferiores em todos os aspectos, e todos sabem disso.

Max ergueu as sobrancelhas.

— Como o senhor conseguiu os funcionários de volta?

Se a resposta fosse "salários mais altos" novamente, Max previa um problema; todos os funcionários dali trabalhariam para Mannox por alguns meses, e então se permitiriam ser "conseguidos" de volta por Tate por um aumento na remuneração. Um trabalhador poderia trocar de fábrica duas vezes ao ano, fazendo os donos guerrearem entre si.

Seu sogro bufou.

— Mannox trata os funcionários como cachorros. A maioria percebeu isso e retornou. E… — Ele hesitou por um momento. — Seis deles queriam a escola.

— Que escola?

— Para as crianças… Bianca montou na antiga oficina, depois de construirmos os novos prédios.

Tate saiu da sala de braços cruzados. Max já havia reparado, àquela altura, que o gesto indicava algum desgosto ou relutância, muito provavelmente devido à menção de Bianca. Ele foi atrás do sogro.

— Imagino que Mannox não tenha escolas…

Tate fez um som de escárnio.

— Mannox tem fábricas nojentas e métodos ruins. Algo que todos percebem depois de trabalhar para ele por alguns meses.

— Sim — concordou Max sem hesitar —, mas esses meses de trabalho são perdidos para Perúsia. Fico pensando em como conseguiríamos persuadir os trabalhadores a ficar em primeiro lugar.

— Isso seria o ideal — aquiesceu Tate. — Posso dizer que dei o meu melhor. Quando construí Perúsia, precisamos nos mudar para um lugar bastante afastado das antigas oficinas e não havia moradias suficientes disponíveis. Não contrato homens sem que eles possam abrigar a própria família, então construímos a vila.

Samuel apontou para as organizadas fileiras de cabanas e casas visíveis além do bosque.

— Mannox não tem isso. Mas Bianca insistiu que não era suficiente e criou uma escola para os pequeninos — disse ele, dando de ombros.

— Suponho que ajude.

— Os filhos dos empregados não acabam se tornando aprendizes?

Max estava surpreso. As crianças não apenas teriam um bom emprego garantido quando fossem mais velhas, como também era bom para a olaria ter uma nova geração de trabalhadores sendo treinada desde cedo.

— Sim, muitos deles — disse Samuel, sorrindo. — As pessoas sentem orgulho de trabalhar para Perúsia, senhor. Orgulho! Eu pago bons salários, mando chamar um médico uma vez por mês e cobro um aluguel mínimo pelas cabanas. Mas Bianca... — Ele se interrompeu, desviando o olhar. — Ela tem ideias singulares.

— Entendo — disse Max, baixinho, perguntando-se quais seriam tais ideias.

Pela maneira com que Bianca conspirara para ajudar a irmã a fugir, ele já sabia que a esposa tinha uma veia romântica. Será que também tinha uma veia igualitária?

Tate mudou de assunto.

— O projeto é dela, não meu. E se isso persuadir alguns homens a voltar, melhor ainda! Qual o mal em permitir que ela dê vazão a suas paixõezinhas, não é? — perguntou ele, dando uma piscadinha para Max. — Este é um bom conselho para qualquer marido, se quer saber minha opinião! Mantém a esposa feliz e fora do caminho.

Aquela visão de Bianca como uma mulher ociosa, que precisava de algo inofensivo e feminino para mantê-la ocupada, era tão alheia a ela que Max não conseguiu reprimir um olhar perplexo na direção do sogro. Tate balançou a cabeça, com as sobrancelhas erguidas encorajadoramente, como se estivesse esperando que Max concordasse com ele.

Ah. Tate *queria* que sua filha fosse mais ociosa e mais feminina, que cuidasse das crianças mesmo que tivesse uma visão erudita demais daquela iniciativa. Bianca, entretanto, queria ser útil. Como ela descrevera o próprio trabalho? *Estudando de perto as propriedades dos minerais, um pouco de intuição química e incansáveis testes*, foi o que dissera. Ela se preocupava com seus esmaltes, e aquilo o fazia pensar que ela também se preocupava com a escola.

Então, St. James apenas sorriu e baixou a cabeça, sem concordar nem discordar.

— Tem algo que ainda não vi. Onde são produzidos os itens menores? — perguntou ele, lembrando-se do potinho em formato de ameixa.

— Minha esposa tem algumas peças lindas em sua penteadeira.

Tate abanou a mão.

— Aqueles pedaços de massa — respondeu ele. — Quinquilharias.

— Ah?

Max tinha visto muitas penteadeiras de damas elegantes com pequenos potinhos de prata cheios de pomadas e pós. Podiam ser quinquilharias, mas estavam na moda.

— Mais do que isso, penso eu.

Tate revirou os olhos.

— Bianca queria fazer experimentos com porcelana. Não há mal algum nisso, mas a cerâmica é mais durável. Mais forte, também.

Samuel voltou para a oficina, parando vez ou outra para examinar uma peça. Em uma bancada, pegou um vaso e o virou de um lado para o outro. Max, que acompanhara todo a ação, estava procurando pelo defeito que provocara uma carranca do sogro. Não conseguiu encontrar, mas imaginava que logo ficaria sabendo.

Então, para sua surpresa, o homem arremessou o vaso, quebrando-o com um estrondo violento.

— Quem foi que fez isso? — rugiu ele. — Craddock!

Um rapaz parrudo e ruivo apareceu correndo.

— Quem é o responsável por isso? — perguntou Tate, apontando para os cacos do vaso esparramados pelo chão.

— Foi Martin, sr. Tate — respondeu Craddock, inquieto.

Tate jogou as mãos para o alto.

— Não é bom o suficiente para Perúsia! Será que ele precisa ser mandado de volta para o setor de pratos? Não permita que isso aconteça novamente.

— Certo, senhor. Jamais.

Craddock abaixou a cabeça e gesticulou para que um garoto varresse os cacos.

Max observou o vaso estilhaçado. O defeito era pequeno, imperceptível para um observador comum, mas Tate o localizara e por isso o vaso fora destruído.

Parecia uma desperdício de argila, de trabalho, de renda. A alça lisa do vaso estava intacta, uma curva sinuosa marrom-clara. Já havia sido queimada uma vez, mas ainda não continha o esmalte cintilante de Bianca. Parecia tão perfeita quanto o restante das peças. Tate tinha um alto padrão de qualidade, e isso era totalmente admirável. Mas destruir um vaso que parecia perfeito aos olhos não treinados — ou seja, para a maioria da população — era de partir o coração. Max, que por muito tempo tivera quase nada, detestava desperdício.

Depois de um olhar demorado para o garoto agachado com a vassoura, para as fileiras de cabeças baixas na oficina silenciosa e as prateleiras de vasos indistinguíveis, Max foi atrás de Tate.

Capítulo 13

BIANCA JAMAIS ADMITIRIA para si mesma, muito menos para qualquer outra pessoa, mas estava começando a gostar do marido.

Ela não o entendia e ainda achava que havia algo mais por trás de sua decisão de se casar com ela. Contudo, cada dia que se passava parecia lhe mostrar algo cativante nele, e estava ficando cada vez mais difícil mantê-lo afastado.

Apesar de a resposta de St. James à carta de Cathy ser o mais surpreendente, estava longe de ser o único sinal de que talvez Bianca estivesse um pouquinho enganada com relação a ele. O fato de que St. James esperava por ela no portão da fábrica todos os dias e parecia sentir pelo humor dela se deveria puxar assunto ou ficar quieto. Os modos impecáveis que sempre exibia a todos, de Bianca à mais humilde criada da copa. A maneira como nunca perdia a paciência com ela, nem uma única vez, desde aquela advertência severa na sacristia. Tendo em vista que Bianca era culpada, às vezes, de tentar provocá-lo a entrar em uma discussão, aquela última característica a impressionava imensamente.

Estava óbvio que Max não era um mero cafajeste vazio, caçador de fortunas de que ela rotulara, e tentar adivinhar suas verdadeiras intenções a estava deixando louca.

Tentando aliviar um pouco a tensão, Bianca decidiu se reconciliar com o pai. Entrou marchando em seu escritório, exibiu a carta de Cathy e anunciou:

— Minha irmã gostaria que o senhor soubesse que ela está bem, casada com o sr. Mayne e feliz.

Ela fez uma reverência breve para o pai e estava quase fora da sala quando ele pareceu se recuperar do estupor.

— Bianca, espere! — Samuel segurou seu braço. — Você teve notícias dela?

Ela tensionou o maxilar.

— O senhor certamente já sabia, não?

Ela referia-se a St. James, que passava quase o dia inteiro com ele. St. James devia ter contado sobre a carta de Cathy. Mesmo que não tivesse, havia uma boa chance de que Mary ou outro criado tivesse contado a alguém da Mansão Perúsia sobre a chegada de uma carta. A governanta, a sra. Hickson, era mãe de sua aia, Jennie, e não havia muitas novidades que não viajassem de uma casa para a outra.

— Juro pela minha alma, eu não sabia! — disse Samuel, sem conseguir esconder a ansiedade em sua voz. — Me diga como ela está.

Bianca se virou para ele. O pai a soltou, fazendo um carinho suave em seu braço. Então pigarreou e apontou com a cabeça para a carta em sua mão:

— Ela está feliz, então?

Bianca confirmou.

— Muito.

Samuel apertou os lábios.

— Suponho que eu deveria ficar aliviado pelo pároco ter agido com decência.

— Essa sempre foi a intenção dele — respondeu Bianca em um tom seco. — Era óbvio para todos em Marslip que ele queria se casar com Cathy.

— E não teria custado nada a ele pedir a mão dela e minha bênção — retorquiu Samuel, que ergueu as mãos quando ela puxou o ar, irada. — Que seja! Está feito e não ganharemos nada discutindo sobre isso agora.

— Não mesmo — concordou Bianca, séria.

— E você? — perguntou ele com cuidado. — Está... feliz?

Bianca inspirou novamente para se controlar.

— Estou satisfeita com as escolhas que tomei.

Ele não pareceu gostar da resposta.

— Satisfeita.

— Bem, como o senhor esperava que eu estivesse? — perguntou ela, arqueando as sobrancelhas. — Condenada por ajudar minha irmã a buscar a felicidade dela e...

— Condenada! — grunhiu ele, indignado.

—... informada de que o que era meu por direito foi dado a um estranho, e então informada de que eu só poderia reivindicar isso se me casasse com esse estranho — disse Bianca, dando de ombros. — Fiz o que precisava fazer.

O rosto de seu pai se contraiu. Ela se preparou para uma onda de fúria; aquela era a primeira vez que conversava com ele desde o desastroso dia do casamento, e seu pai raramente perdia uma chance de dizer o que pensava.

Mas, em vez disso, mediante um esforço visível, Samuel engoliu as palavras, quaisquer que fossem, e disse com a voz rouca:

— Espero que você se afeiçoe ao rapaz. Ele é um bom homem.

O fato de que Bianca estava começando a concordar, mesmo que relutantemente, não era o suficiente para fazê-la admitir naquele momento.

— Não tenho muita escolha além de tirar o melhor proveito da situação — respondeu ela. — E assim o farei.

— É um começo. Sua mãe e eu fizemos o mesmo — disse Samuel, e seu rosto se iluminou.

Bianca piscou.

— Como é?

Ela sempre pensara que seus pais amavam um ao outro tremendamente. Mas antes que Samuel pudesse responder, Ned bateu à porta.

— Perdoe-me, tio Tate, mas o sr. St. James solicita sua presença na sala de secagem.

— Sim, é claro.

Ned assentiu com a cabeça e saiu.

Bianca fitou o pai com olhos questionadores, mas ele deu de ombros.

— Não faço ideia do que ele está tramando. Você... pode vir comigo e conferir.

Ela assentiu com um movimento rígido. Era uma trégua, e provavelmente a primeira vez que chegavam a uma sem dar um único grito.

E o que Max poderia querer? Bianca tinha, pouco a pouco, se acostumado a vê-lo em todos os cantos da fábrica. Ele passou um tempo com cada uma das equipes, aprendendo algo sobre seu ofício. Ele não apenas estava lá todos os dias, em um dos escritórios ou uma das oficinas, como também havia adquirido o hábito de conversar com todos os funcionários, das mulheres que pintavam as louças personalizadas aos douradores que aplicavam delicadas folhas de ouro nas bordas das xícaras, até os homens que tiravam a argila das barcaças. Nem todos retribuíam a atenção, mas todos admitiam que St. James era educado e demonstrava profundo interesse em cada uma das funções.

Ela sabia que ele havia ajudado a descarregar argila e a inspecioná-la. Ele tinha até mesmo ido à casa de queima, os salões escaldantes das fornalhas, e arriscado tirar peças lá de dentro.

Bianca sabia disso tudo porque o irmão de Amelia trabalhava na casa de queima e lhe contara que Max havia derrubado uma peça. Uma fruteira, apenas, mas a peça se espatifara e Max surpreendera a todos pedindo desculpas. O pai dela jamais teria feito aquilo.

Tudo isso já era surpreendente o bastante. Mas todos os dias, quando ela descia para jantar, ele estava esperando, não mais em seus humildes trajes de lã e linho, mas novamente como o cafajeste elegante e sofisticado, de veludo e renda, sorrindo para ela com atenção e interesse inabaláveis.

Ele estava provocando a curiosidade dela ao limite.

Com o pai logo atrás, Bianca desceu as escadas e atravessou a fábrica até a sala de secagem. Havia incontáveis prateleiras de louças recém-esculpidas, cuidadosamente separadas para secar por completo. Depois, algumas seriam queimadas e então esmaltadas, pintadas e queimadas novamente, enquanto outras seriam apenas queimadas, mantendo a cor natural. As cerâmicas coloridas e não esmaltadas rendiam peças incríveis.

Nos fundos da sala, Max examinava um bule de chá. Ele ergueu os olhos quando Bianca e Samuel entraram e largou a peça. Um sorriso caloroso iluminou seu rosto enquanto olhava para os dois.

— Obrigado por terem vindo.

— Ora, ora, um convite tão misterioso! Quem poderia resistir? O que está aprontando, St. James? — O pai dela cruzou os braços e esperou ansiosamente.

Max assentiu.

— Como sabem, eu tenho me dedicado a entender como Perúsia opera, dos poços de argila aos depósitos de produtos finalizados. Alguns pontos de interesse chamaram minha atenção. Em primeiro lugar, Perúsia determina que um percentual alto de toda a louça pode quebrar até a chegada aos depósitos. Isso é dinheiro perdido.

— A culpa é das estradas — afirmou Samuel. — São péssimas.

— Sim — concordou Max —, mas o canal não é. Mais caixas de louça estão sendo escoadas pelo canal, mas o contrato ainda permite que Brimley declare um quinto das peças como avariadas. E ele o faz, quase no limite.

— O quê? — perguntou ele, parecendo atônito.

Max ergueu as mãos.

— Eu gostaria de ver com meus próprios olhos. Pretendo fazer uma visita aos escritórios do sr. Brimley e inspecionar as caixas quando chegarem.

O pai franziu a testa.

— Brimley administra nosso depósito há anos.

— Só quero conferir se é verdade que vinte por cento da louça chega avariada. Se isso for verdade, precisamos melhorar nossas embalagens, para reduzir tanta perda de produtos. Não concorda?

Ainda com a testa franzida, Samuel concordou.

— Mas se não chegar... — disse Bianca, sem terminar a frase.

St. James não sorriu, mas ela sentiu que ele ficou contente por ela o ter incentivado.

— Então, deveríamos rever nosso contrato.

— Brimley não mentiria — garantiu Samuel, recuperando-se. — Pode ir inspecionar a chegada das caixas.

Max fez uma reverência de agradecimento. Bianca virou-se para analisar um dos vasos em uma prateleira ao seu lado, para ocultar seu espanto. Ele estava falando sério quando perguntara sobre a palha, as embalagens e aquela multa no contrato. Ela tinha achado que ele estava tentando irritá-la — e, como ela *de fato* ficara irritada, não prestara a devida atenção ao que ele estava realmente dizendo.

— Em segundo lugar — continuou Max —, tenho uma proposta.

Ele estendeu o bule que estava analisando antes, e Bianca o pegou. Com a peça em mãos, ela percebeu que o bico estava levemente torto e que havia um talho na alça.

— Este bule foi feito por um jovem ceramista que ainda está aprendendo a acoplar as alças e os bicos. Normalmente, seria descartado.

— Como deveria! — exclamou Samuel. — Não é bom o suficiente para Perúsia!

— Não podemos vender louças de qualidade tão inferior — reiterou Bianca, horrorizada por ele sugerir aquilo. — Você ficou maluco? Nossas louças são as melhores, sem exceção! Eu não colocaria nossa marca nesta peça por nada neste mundo!

— É claro que não — concordou Max com tranquilidade.

Para seu espanto ainda maior, ele pegou o bule de sua mão, ergueu-o e o espatifou no piso de laje. Tanto Bianca quanto Samuel se assustaram com o barulho.

— Não é boa o suficiente para ser vendida como louça de Perúsia, mas produzi-la custa à Perúsia argila e horas de trabalho do ceramista, e agora não temos nada para justificar o gasto. Na verdade, ainda nos custará o trabalho de alguém para varrer os cacos e levá-los à pilha de lixo. E amanhã, esse ceramista virá trabalhar e usará ainda mais argila, e produzirá outro bule que ainda não é perfeito, pois não passa de um aprendiz, e, assim, teremos desperdiçado mais argila, tempo e dinheiro.

— Os aprendizes precisam aprender — ponderou Bianca. — A única forma é colocando a mão na massa. Você tem alguma ideia de como treiná-los sem que eles moldem até terem experiência suficiente?

Ele sorriu.

— Ainda não. Mas tenho uma ideia que pode reduzir o custo do treinamento.

Bianca olhou para o pai, que ainda estava franzindo a testa. Parte dela queria relembrá-lo de que ela o alertara quanto a St. James não entender coisa alguma do negócio, mas, ciente dos pontos válidos em relação às avarias e à palha, ela perguntou:

— Bem, qual é?

— Em vez de colocá-los para trabalhar nas louças de Perúsia, daremos a eles tarefas mais simples.

Max pegou um bule cilíndrico comum da prateleira. O bico era reto, e não curvo, e a alça não tinha adornos. Era uma peça simples, mas Bianca sabia que seria esmaltada e pintada. A superfície lisa exibiria melhor a paisagem que seria desenhada.

— Um bule como este, por exemplo, ou até mais simples, seria um item ideal para um ceramista novato.

Samuel bufou.

— Nós já fazemos isso, St. James! Você não acha que nós damos o trabalho mais difícil aos aprendizes, acha?

— Não, mas estou pensando em um novo nível de simplicidade. As louças de Perúsia se destacam pela beleza do formato e pelo brilho dos esmaltes — disse ele, e por uma fração de segundo seu olhar encontrou o de Bianca. — O desenho delicado e bonito é a marca registrada de Perúsia. Quero criar um novo padrão, ainda com qualidade, mas de desenho mais simples, menos caro para produzir, e vendido por um valor menor.

— Mercadoria barata! — disse Samuel, irritado. — Nunca, St. James! Você não vai colocar a marca de Perúsia em qualquer coisa que não seja a melhor...

— Uma nova marca — esclareceu Max rapidamente. — Não Perúsia, que seguirá sendo a principal. A nova marca, no entanto, será uma que advogados, bancários e militares poderão comprar para suas mesas.

— Você quer colocar os empregados menos experientes para fazer isso — disse Bianca devagar. — Para treiná-los até que estejam preparados para fazer as louças de Perúsia com qualidade, mas, enquanto isso, produzindo itens que também possamos vender.

Max voltou todo o esplendor de seu sorriso para ela.

— Exatamente.

— Ridículo — declarou Samuel. — Você faz ideia de quanto tempo leva para treinar um bom ceramista?

— Anos — reconheceu Max. — E a maioria das coisas que eles produzem no primeiro ano é estilhaçada. Imagine se passassem esse ano produzindo itens simples e corriqueiros, trabalhando em tigelas e bules comuns até conseguirem atingir a perfeição. Então estariam prontos para migrar para os bicos curvos, as bordas onduladas, louça prensada e, eventualmente, as oficinas de Perúsia.

Samuel cruzou os braços e não disse nada. Bianca umedeceu os lábios.

— Acho uma boa ideia... — Seu pai a olhou perplexo. — Acho que vale uma tentativa, ao menos — continuou ela. — Não acha, papai?

— Não vendo louça de baixa qualidade — repetiu ele. — Não vou manchar a reputação de Perúsia.

— Nada disso vai interferir nas vendas da louça de Perúsia — insistiu Max. — Quero criar uma nova linha inteira de jogos de jantar — disse ele, olhando para Bianca. — E outros itens para clientes de certo poder aquisitivo, que aspiram certo nível de bom gosto e estilo, mas que ainda não podem bancar uma peça da marca Perúsia.

Samuel permanecia carrancudo.

— Já estamos com poucos empregados. Se eu rebaixar funcionários para fazer essa nova linha, eles irão trabalhar com Mannox.

— Ninguém seria rebaixado, nem teria salário reduzido. Seria uma espécie de departamento de teste, após o término do período de aprendizagem. A renda da nova linha seria um ganho, mesmo sem considerar as futuras perdas que poderiam ser evitadas — explicou St. James, ansioso, e acrescentou: — O senhor pode considerar a ideia?

— Sim — respondeu Bianca antes que Samuel pudesse refutar. — Talvez você possa preparar uma descrição dessa nova linha, onde planeja vendê-la, bem como uma lista dos empregados de que precisaria. Não há mal algum em estudar a proposta, certo, papai?

Samuel pigarreou.

— Suponho que eu poderia ler um plano. Mas nada está definido — alertou ele, sacudindo o dedo para ela.

— É claro que não — garantiu Bianca. — Mas só um tolo não consideraria um possível plano de criar uma nova linha com o mínimo de perturbação na fábrica. O senhor sabe quanto tempo leva para treinar esses homens.

Samuel grunhiu.

— Apenas um tolo, é? — perguntou ele, meneando a cabeça e se virando para ir. — Faça seu plano, St. James, e entregue a Bianca. Ela me avisará se aprovar.

Ele foi pelo corredor, parando vez ou outra para examinar uma peça nas prateleiras.

Bianca ficou a sós com o marido.

— Obrigado — disse ele, com um sorriso brincando em sua boca.

— Por ouvir uma ideia sobre como melhorar nosso negócio? Sempre estarei disposta a isso — respondeu ela em um tom insolente. Com certa relutância, acrescentou: — Parece muito promissor.

Ela não esperava aquilo de St. James. Ele estava em Marslip havia apenas um mês... Como podia ter pensado em algo que nunca passara pela cabeça dela? Um pouco envergonhada, ela percebeu que *aquela* era a resposta. Ela passara a vida toda ao lado do pai, imersa na filosofia Tate de produção. Perúsia prosperara seguindo aquelas diretrizes, então Bianca nunca passara muito tempo considerando fazer algo radicalmente diferente.

Mas St. James tinha vivido em outro lugar e visto mais do mundo do que ela; ele havia dito que não era tão idiota quanto ela achava. Bianca admitiu que era apenas uma questão de tempo até que ele a surpreendesse como fazia naquele momento. *Bem feito para mim.*

Diante do elogio dela, St. James fez uma breve mesura.

— Fico extremamente feliz por você concordar.

— O que o fez pensar nisso? — perguntou ela.

Ele baixou o olhar para os cacos do bule que quebrara.

— Detesto desperdício.

— Sim — concordou ela —, mas parte dele é inevitável...

— Você sabe quantos itens são considerados impróprios para venda como produtos de Perúsia? — interrompeu ele. — Em determinados meses, o número se aproxima de um a cada dez. Acho louvável a devoção de seu pai à qualidade, mas as oficinas estão produzindo uma quantidade excessiva de produtos inferiores.

— Então você quer criar um programa ampliado de aprendizes.

— Algo assim — disse ele, observando-a com atenção. — Você apoiou a ideia só para ir contra o seu pai?

Finalmente, Bianca sorriu, com certo pesar.

— Você me acha tão do contra assim? Não, claro que não. Garanto que eu jamais apoiaria uma ideia ruim. Pode ser que essa não se prove vantajosa, mas é promissora o suficiente para que eu ache que meu pai deveria considerá-la. — Ela abriu um sorriso travesso. — Mas adianto que você precisa redigir uma proposta persuasiva se quiser que essa ideia vá além desta conversa.

Ele sorriu.

— É isso que farei, além de montar uma lista de lojas em Londres que poderiam vender uma linha de louças como essa — disse St. James e, depois de uma pausa, pediu: — Venha comigo.

Bianca piscou.

— Oi? Para... Para Londres?

— Isso.

Ele parecia sério, para a surpresa dela.

— Mas eu tenho trabalho a fazer aqui... — protestou ela.

— Você acabou de aperfeiçoar o esmalte escarlate — ponderou ele.
— Um trabalho de meses, finalizado e bem-sucedido depois de repetidos testes. Os esmaltadores têm a fórmula e podem reproduzi-la com precisão. Temos que mostrar a nova cor aos clientes, alimentar neles o desejo de vê-la em suas mesas. Venha comigo a Londres para exibi-la.

Bianca mordeu o lábio. O que ele estava dizendo era verdade. Depois de conseguir o esmalte vermelho, ela estava passando menos tempo em sua oficina. E nunca tinha ido a Londres.

Por outro lado, teria que ir com ele, seu marido, que ainda era um estranho a despeito da deterioração gradual de sua antipatia. Ali, Bianca tinha Amelia, o pai e tia Frances para distraí-la; ali, ela estava em sua casa, e St. James era o intruso, ao passo que, em Londres, seria o oposto. Ele estaria novamente em meio a seus amigos elegantes e arrogantes, e ela seria a esposa humilde do interior com quem ele se casara por dinheiro.

— Eu também queria visitar alguns locais próprios para um salão de exposição e gostaria muito da sua opinião quanto às opções — acrescentou ele quando Bianca não respondeu. — Um lugar para exibir as melhores louças de Perúsia e um agente para receber os pedidos. Vamos levar as peças vermelhas mais bonitas e podemos mostrá-las em exibições particulares, anunciar o que está por vir.

— Você quer a minha opinião?

Ela não podia permitir que aquilo a tentasse, não podia, e, no entanto...

— Eu hesitaria em escolher qualquer local sem ouvir alguém que conheça Perúsia intimamente — disse ele, abrindo um leve sorriso. — E eu preferiria muito mais a sua companhia à de Samuel.

St. James era um malandro astuto. Mesmo assim, Bianca não conseguiu evitar o rubor de satisfação ao ouvir aquelas palavras, indicando que a opinião dela era equivalente à do pai. E ela *de fato* gostaria de visitar Londres.

— Está bem — disse ela, alisando o avental com as mãos, que tinham ficado úmidas de repente. — Vamos.

O rosto dele se iluminou.

— Excelente! — exclamou ele, sem jamais desviar o olhar do rosto dela. — Obrigado.

E aquele "obrigado", mais do que qualquer outra coisa, fez Bianca pensar que talvez ela acabasse gostando do marido, no final das contas.

Capítulo 14

MAX TINHA CONVIDADO Bianca para acompanhá-lo a Londres por impulso, mas, no momento em que fez o convite, percebeu que a expectativa da resposta dela o deixava tenso.

Não deveria importar, para ele, se ela iria ou não. Ele tinha uma lista longa de coisas para fazer na cidade, afinal de contas, o bastante para ocupar seu tempo. Na verdade, pensando racionalmente, seria mais fácil se fosse sozinho e pudesse se alojar em uma hospedaria simples e ficar na rua até de madrugada sem sentir culpa por estar negligenciando Bianca.

No entanto, quando ela o fitou com aqueles olhos claros acesos de surpresa, ele prendeu a respiração torcendo para que ela dissesse sim.

Ele não tinha imaginado que passaria tanto tempo com a esposa. Não tinha imaginado que se importaria em procurar amantes. Se tivesse se casado com Catherine, jamais a teria convidado para ir a Londres, onde ele muito provavelmente cruzaria com alguma antiga amante, e uma esposa a tiracolo seria tremendamente inconveniente. Mas, ao olhar para Bianca, Max não conseguia se lembrar de ter ficado tão empolgado com qualquer outra mulher.

Ele admirava a inteligência dela, mesmo conhecendo muitas mulheres inteligentes. Maravilhava-se com sua ousadia; encontrara moças mais ousadas e impetuosas, mas nenhuma exatamente igual a Bianca. Ele sabia que a resistência dela era um desafio, e ele sempre se saíra bem em desafios. Aquela, no entanto, era a primeira vez em que Max sentia o medo do fracasso pairando sobre sua cabeça. Fracassar com

Bianca não seria algo do qual conseguiria se safar e que lhe permitisse recomeçar em outro lugar; ela era sua esposa, até que a morte os separasse. E ele queria...

Deus do céu, como ele a queria. Queria que ela sorrisse para ele, risse com ele, se aninhasse em seu abraço, passasse as mãos pelo seus cabelo e o puxasse para perto, empurrando-o no colchão e montando nele. Queria a boca dela em seu corpo, macia e provocante, faminta, voraz. Ele a queria debaixo dele, entrelaçada nele, dormindo tranquilamente ao seu lado, com a cabeça em seu ombro.

Max jamais esperara aquilo de qualquer outra mulher. Chocava-se ao perceber quão desesperadamente desejava aquela esposa inesperada. Querer tanto assim alguma coisa era apenas um presságio do tamanho da dor que sentiria se não a conquistasse. Se tivesse um pouco de bom senso, Max recuaria, sem jamais permitir que ela soubesse como ele se sentia, esperaria que ela o procurasse, mas...

Em vez disso, ele observou cada bater de cílios, a maneira como Bianca inspirou o ar com um pouquinho mais de força, o modo com que abriu os punhos e alisou a saia.

— Está bem — disse ela, com a voz um pouquinho mais rouca que de costume, e ele não conseguiu esconder o prazer que aquilo lhe causou.

Max estivera planejando aquela viagem para Londres havia um mês, então a maioria das providências já estava tomada. Agora que a convencera de ir, contudo, mandou uma série de novas instruções para seu assistente na cidade. Precisavam de uma acomodação melhor, uma carruagem alugada, mais criados, sobretudo uma cozinheira. Novas possibilidades se abriram também; poderiam receber pessoas, socializar, ir ao teatro. Ele parecia um garoto, ansioso para se exibir e lhe agradar, pensou, franzindo a testa para o próprio comportamento.

Os dias até a partida foram tomados por planejamentos e pela arrumação da bagagem.

— O que devo levar? — perguntou Bianca sem rodeios, abrindo a porta que separava os quartos e o encarando com as mãos na cintura.
— O que faremos em Londres?

Max apoiou-se em uma das colunas da cama.
— O que você gostaria de fazer?

— Nunca estive lá — disse ela. — Ouvi dizer que é elegantíssima e um nojo de tão suja. Você morou lá. Para que devo me preparar?

Ele sorriu.

— Um pouco de tudo, suponho.

Bianca apertou os lábios em frustração.

— Você não está ajudando muito. — Ela se virou para sair.

— Está bem, está bem. — Max atravessou o quarto em três passos, colocando a mão na porta antes que ela pudesse fechá-la. — Eu só ando com muita coisa na cabeça. Desculpe.

— Se nós só vamos visitar lojas e depósitos, não preciso levar nada além de roupas comuns. Mas se vamos a algum outro lugar ou receber pessoas, preciso levar vestidos mais elegantes. Mas quais?

Ela franziu a testa para a quantidade de roupas espalhadas por cada superfície de seu quarto. Jennie, a criada, estava parada ao lado do baú vazio, encabulada.

Max olhou para Bianca de canto de olho. Ela mordia o lábio inferior e havia uma ruga fina entre suas sobrancelhas. Ele estava tão acostumado a vê-la agindo com ousadia e confiança que foi com certo espanto que notou Bianca completamente atordoada com a perspectiva da viagem.

Ele tomou fôlego para dizer algumas palavras de encorajamento, trivialidades, mas então mudou de ideia.

— Aqueles vestidos — disse ele, apontando. — E esses. Uma boa capa e seus chapéus preferidos. Sapatos resistentes e sapatos de baile. Compraremos o resto na cidade.

O alívio evidente dela se dissolveu em espanto diante daquela última frase.

— O resto? Eu tenho roupas o suficiente. Por que compraríamos...

— Como você disse, eu tenho experiência em matéria de Londres. Você vai querer fazer compras — disse ele, dando uma piscadinha.

— Não preciso de mais roupas — murmurou ela enquanto ele voltava para arrumar a própria bagagem.

Max parou à porta e olhou para ela.

— Permita que seja esse meu presente de casamento, minha querida. Você pode escolher tudo, é claro, mas eu gostaria de fazer isso por você dessa vez.

E então Max teve o prazer de vê-la com os olhos arregalados e boquiaberta antes de fazer uma reverência e fechar a porta.

Bianca se recuperou da indecisão a respeito do que levar. Depois do que Max dissera, ela ponderou que, independentemente do que escolhesse, não faria muita diferença, então disse a Jennie para colocar as roupas de costume, inclusive o vestido vinho e o que ela usara no casamento. Dois vestidos de festa bastariam, não importava o que Max pensava.

Matthew os levaria até Stoke-on-Trent, onde alugariam uma carruagem para ir até Londres. Bianca achou uma extravagância, mas Max disse que seria econômico, visto que estavam em três, com Jennie e toda a bagagem. O assistente de Max, um rapaz chamado Lawrence, tinha partido vários dias antes para esperá-los na cidade.

O pai dela apareceu para lhes desejar boa viagem. Ele e Max tinham passado dias trancados no escritório, discutindo Questões Importantes, como Bianca se referia aos assuntos dos dois em sua cabeça — importantes demais para discuti-las na frente dela. Ela e o pai tinham feito as pazes, mas ainda não haviam retornado às discussões de igual para igual que tinham antes de...

Antes de Max.

Bianca observava da janela de casa enquanto Max instruía Matthew sobre como amarrar os baús na carroça. Jennie movimentava-se a esmo, entusiasmadíssima com a oportunidade de ir a Londres. Ellen, da Mansão Perúsia, ficara amuada quando soube que Jennie, cinco anos mais nova, seria a acompanhante de Bianca, embora nunca tivesse sido aia dela. Ellen fora aia de Cathy e, desde a partida dela, ficara irritadiça com relação à sua função.

Max disse algo a Jennie, que assentiu e se encaminhou para a casa, quase tropeçando em um ganso que passava. O ganso voou, grasnindo alto, e Jennie se assustou e gritou. Max riu.

Bianca apoiou-se na janela, olhando fixamente para o marido. Era raro ter a chance de observá-lo sem que ele soubesse. Max ainda era uma incógnita, aquele homem que realizava trabalhos braçais, mas usava cetim e veludo no jantar. Ele lia contratos e interrogava os trabalhadores, mas a lembrava de que era dono de um quarto da fábrica.

E ele a olhava com uma gama tão vasta de expressões que Bianca não conseguia nem começar a imaginar o que se passava por sua cabeça.

Como que sentindo seu olhar, Max jogou a cabeça para trás e olhou diretamente para a janela dela. Será que conseguia enxergá-la de lá? Bianca ficou tensa, mas não se moveu.

Max tirou o tricórnio e fez uma reverência majestosa. Quando se endireitou, sorria abertamente para ela. Constrangida, Bianca ergueu a mão, percebendo, para sua surpresa, que sorria sem pensar.

Enrubescendo, ela largou a cortina e deu um grande passo para trás. Deus do céu. O que estava acontecendo com ela?

Sem fôlego e afobada, Jennie entrou no quarto.

— Ah, senhora, está pronta? O sr. St. James disse que já está tudo preparado e que só estão esperando pela senhora.

— Sim — respondeu Bianca, calçando as luvas e ajeitando os punhos da roupa. — Já levaram tudo para baixo?

— Sim, senhora!

Jennie praticamente dançava.

— Então, vamos.

Bianca fechou a janela e a trancou.

No quintal, a carroça, já carregada com as bagagens, a aguardava. Jennie se acomodou no assento ao lado de Matthew, acenando para os criados que permaneceriam. Ellen ergueu a mão lentamente, mas Mary sacudiu o braço com vigor, e Timmy, dos estábulos, balançou o chapéu para ela. Com um solavanco, Matthew pôs os cavalos para andar e eles partiram pela estrada irregular.

De testa franzida, Bianca virou-se para o marido.

— Pensei que Matthew viria conosco.

— Pensou? Eu não gosto de ir de carroça nem daqui até Marslip Green, quem dirá até Stoke-on-Trent.

— Tenho certeza de que não é tão ruim assim — disse ela, mas algo lampejou no rosto dele.

— É pior — garantiu Max em um tom grave, inclinando a cabeça e sorrindo logo em seguida. — Não é uma boa maneira para uma dama viajar. Tenho outros planos.

Enquanto ele falava, o cavalariço trouxe o trole.

Bianca inspirou, tensa. O trole era o veículo que usavam para os trajetos curtos, até Marslip ou até Burslem, uma cidade um pouquinho maior e mais distante. O assento era acolchoado, porém pequeno; ela e Cathy cabiam perfeitamente, mas Max era maior do que as duas e Bianca vestia a saia de lã grossa que costumava usar em viagens. Seus corpos ficariam pressionados um no outro durante todo o caminho até Stoke-on-Trent.

— O trole não é adequado para essa distância — argumentou ela.

— Vai servir.

O cavalariço saltou do veículo e Max foi checar o arreio.

Bianca mordeu o lábio e refletiu. O trole seria mais confortável do que a carroça. Mesmo que fossem de carroça, ela e Max provavelmente ficariam apertados em meio aos baús. Ela estava sendo tola, só porque não queria tocá-lo.

Tocá-lo era o limite que prometera a si mesma não ultrapassar. Era ridículo fingir que poderia sobreviver àquele casamento sem falar com o homem e, como já estavam se falando, não custava nada ser cordial. Bianca podia admitir que Max era inteligente e que talvez tivesse algumas boas ideias para Perúsia. Era até aceitável achá-lo divertido, de vez em quando.

Mas a beleza absurda dele não havia diminuído, nem mesmo quando estava usando seus óculos de aro de metal e deixava os cachos soltos caindo sobre as têmporas. Bianca tinha plena consciência de que ele era a beldade do casal. Sempre que sorria para ela daquele jeito lento e sedutor, toda vez que ela flagrava seus olhos escuros se demorando nela, lembrava a si mesma de que, se cedesse e permitisse ser seduzida, Max teria conquistado tudo: a aprovação de Samuel, uma parte do negócio da família, a própria Bianca. Um casamento casto e cordial era o melhor que ela podia esperar, era o limite que deveria manter.

Ele virou-se para ela, ansioso. A carroça já estava longe do alcance de suas vistas. Se quisesse ir a Londres — e Bianca podia admitir que tinha passado a gostar bastante da ideia —, precisaria ir com ele no trole.

— É uma extravagância — afirmou ela, dando um passo adiante. — Agora, Matthew precisará trazer a carroça e o trole para casa, sem contar a inconveniência que tia Frances enfrentará se precisar de um meio de transporte… Mas, como já está feito, suponho que não tenho escolha.

— Que gentil da sua parte dizer isso — respondeu ele em um tom divertido, oferecendo-lhe a mão.

Bianca aceitou a ajuda para subir. Ela ajeitou as saias, discretamente puxando a maior parte do tecido para o lado bem quando Max se acomodou a seu lado.

— Pronta? — perguntou ele, segurando as rédeas do cavalo inquieto com uma mão.

Bianca olhou para ele, sentindo-se alvoroçada com a proximidade. Ela podia ver as leves marquinhas de expressão ao redor de seus olhos e como sua bochecha havia sido bem barbeada.

— Sim — respondeu.

Bianca apertou o banco com a mão, pronta e plenamente consciente de que precisaria manter-se atenta o tempo todo.

E não apenas durante o trajeto até Stoke-on-Trent.

Capítulo 15

FOI, DE LONGE, a viagem mais fácil que Max já havia feito. Que diferença o dinheiro fazia.

Ele suspeitava que Bianca pensasse que ele havia solicitado o trole para ir até Stoke-on-Trent sozinho com ela. Reconhecia que essa era uma feliz coincidência, mas a verdade era que já havia viajado vezes demais em carroças sujas e sacolejantes para querer fazer aquilo de novo. Bianca obviamente nunca havia viajado em condições precárias, como ele tinha feito por quase toda a vida, se achava uma extravagância optar pelo trole. Para Max, era profundamente significativo.

Lawrence, seu criado, tinha feito um bom trabalho, e os aposentos que os aguardavam em cada hospedaria eram confortáveis. Na primeira noite, Max notou a expressão tensa de Bianca antes de ele mencionar casualmente que o quarto dela ficava de frente para o dele e se colocar à disposição caso ela precisasse de qualquer coisa. Teve o prazer de vê-la agradecê-lo ao mesmo tempo que ela tentava esconder o alívio que sentia.

Max sentira-se tentado a solicitar um quarto só. Estava tendo a mesma dificuldade em lutar contra a atração que sentia que Bianca tinha em reprimir a própria. Claro, ele não estava tentando abafar seu desejo, mas sua intenção era jogar um jogo longo, e isso significava esperar até que ela não conseguisse mais resistir. Ele queria a esposa — tanto que até doía, às vezes —, mas também queria que ela o procurasse, não apenas submissa, não apenas disposta, mas febril de desejo. Como ele dissera no dia do casamento.

Max estava acostumado a ter seus desejos negados, mas aquele era seu maior teste até então.

De Stoke-on-Trent em diante, viajaram em um cabriolé confortavelmente estabilizado. Quanto mais se afastavam de Marslip, mais interessada Bianca ficava no cenário. Ela se debruçou para fora quando a carruagem precisou parar para permitir que o coche do correio passasse, buzinando, e arfou de admiração diante da mansão que Max apontou em um morro distante. Quando atravessaram um canal, ela quis parar e ver se havia algum carregamento vindo de Marslip, mas Max a convenceu de que não havia.

— Como você pode ter certeza? — perguntou ela, ainda observando os barqueiros que passavam pelo aqueduto.

— Eu conheço as rotas de todos os carregamentos de Perúsia.

Ela se virou, os olhos arregalados.

— Não conhece nada!

— Pode me testar — disse ele sem pestanejar.

Os anos passados treinando a mente para contar cartas e desvendar probabilidades haviam criado uma memória prodigiosa, ao menos de curto prazo. Max conseguiu responder todas as perguntas de Bianca até ela finalmente apertar os lábios e voltar a olhar pela janela.

— Será possível? — perguntou ele, incapaz de resistir à provocação. — Será que aprendi mais sobre um pequeno aspecto de Perúsia que um Tate?

— Tenho certeza de que meu pai também conhece todas as rotas — respondeu ela sem olhar para ele.

Max riu, concedendo aquela vitória. Bastava que ambos soubessem que ele provara o ponto, independentemente de quão desimportante fosse aquele detalhe.

— Tenho certeza de que sabe.

— Você decorou isso tudo só para contar vantagem?

— É claro que não.

Ela esperou, então explodiu:

— Então por que fez isso? Por que decoraria as rotas exatas em vez dos destinos, ou de como as louças serão transportadas?

— Quando conversei com Samuel pela primeira vez — disse ele —, ele me questionou quanto ao meu interesse por Perúsia. Eu não menti quando garanti a ele que era um interesse genuíno e duradouro. Aprender as rotas de transporte é simplesmente uma informação útil que eu estava disposto a assimilar.

Ela estreitou os lábios.

— Parece mesmo um interesse genuíno. Mas o que você ganhou com essa informação?

Eu surpreendi você.

— Nada além da satisfação de saber — respondeu ele com tranquilidade. — Quem sabe quando poderá ser útil?

— Você é um homem estranho — afirmou ela, voltando-se mais uma vez para a janela, a fim de esconder sua admiração, supôs Max, achando graça daquilo.

— Minha querida — disse ele —, você ainda não viu nada.

Se qualquer um tivesse dito a Bianca que uma viagem longa, presa em um trole com o marido, seria agradável, ela teria dito que essa pessoa era uma mentirosa sem-vergonha.

E, no entanto, não foi péssimo. O bom humor de Max nunca vacilava. Ele nunca perdia a chance de dizer algo levemente galanteador, mas nem sequer propôs dividir um quarto na hospedaria. Falaram de negócios, de Londres ou das paisagens pelas quais passaram. Foi… agradável.

Chegaram tarde a Londres. As estradas de terra rurais deram lugar aos paralelepípedos urbanos, e Bianca pressionou o rosto na janela da carruagem outra vez, inegavelmente curiosa. Estava boquiaberta de fascínio.

Ela havia visto gravuras de Londres, com prédios tão altos e tão aglomerados que o sol não chegava às calçadas das ruas ladeadas de lojas e repletas de carruagens, mas nada se comparava a estar no meio de tudo aquilo pessoalmente. Gravuras não transmitiam a movimentação fervilhante, mesmo àquela hora do dia. Para todas as direções que olhava, havia pessoas: ambulantes anunciando seus produtos aos gritos, garotos com vassouras correndo para limpar as ruas para os pedestres, liteiras carregando pessoas bem-vestidas, mulheres caminhando nas calçadas com seus serventes a tiracolo, criados uniformizados cumprindo seus afazeres, jovens rapazes jogando dados em um barril do lado de fora de um pub. E, a leste, acima de tudo, avistava-se um domo dourado que Max lhe disse ser a Catedral de São Paulo. Era um espetáculo que ela jamais imaginara.

A carruagem seguiu em frente antes de entrar em uma rua mais calma. Havia postes altos a cada três casas e parapeitos de ferro ladeando a calçada. Eles pararam no meio, diante de uma casa estreita, porém graciosa, de tijolos claros. A porta era de um azul convidativo, como a da Casa Poplar, com uma luz cintilante acima.

— É aqui que vamos ficar?

Bianca olhou para ele para ter certeza.

Max assentiu enquanto abria a porta da carruagem.

— Pelo próximo mês.

Ela mal sentiu a mão dele enquanto ele a ajudava a descer. Uma altura vertiginosa de quatro andares erguia-se diante dela. Mesmo a Mansão Perúsia, que era grandiosa, tinha apenas três andares.

Quando chegaram à entrada, a porta se abriu.

— Bem-vindo à cidade, senhor — cumprimentou Lawrence, o criado de Max.

Bianca supunha que deveria considerá-lo um valete, mas Lawrence parecia fazer muito mais coisas que um valete. Mais do que a maioria dos criados, para falar a verdade.

Enquanto Max conversava com ele, Bianca atravessou o saguão para ver a sala da frente. Era bonita, embora com pouca mobília. Com Jennie em seu encalço, ela subiu as escadas e encontrou a sala de jantar, com uma elegante sala de visitas logo atrás. Subiu mais um lance e finalmente chegou a um quarto grande, dominado por uma cama imensa com cortinas adamascadas. Jennie, cujo entusiasmo fora revivido após tantos dias de viagem, desapareceu por trás de uma porta contígua. Bianca a seguiu e descobriu um pequeno cômodo, mobiliado com uma escrivaninha e prateleiras. Atrás dele havia outro quarto, menor e mais aconchegante que o primeiro.

Ela ficou olhando para a cama. Bianca tinha imaginado alguns quartos, não uma casa inteira, muito menos uma tão elegante. Estivera preparada para uma discussão sobre a divisão de um quarto e uma cama, mas percebeu que, talvez, estivesse ansiando pelas tentativas de Max de persuadi-la.

Não que Bianca pretendesse ceder. Mas, em algum lugar entre Stoke-
-on-Trent e Londres, o flerte dele havia ficado mais lisonjeiro. Ela ainda
não acreditava piamente que ele dizia aquelas coisas com sinceridade,
mas, como água mole em pedra dura, sua atenção e suas palavras su-
gestivas estavam desgastando a resistência de Bianca.

O som de passos a assustou.

— O que achou? — perguntou Max, chegando por trás e apoiando
o ombro no batente da porta.

— É muito grande — respondeu ela.

Ele sorriu.

— Confortável, eu diria — disse ele, entrando no cômodo e dando
a volta na cama para espiar pela janela. — Gostou desse quarto ou
prefere o outro?

Bianca piscou e não disse nada.

— Tem vista para o jardim — disse ele, ainda olhando pela janela —,
mas a outra cama é maior.

Grande o suficiente para duas pessoas. Bianca enrubesceu dos pés à
cabeça e disse a primeira coisa que lhe veio à mente.

— Este está bom, obrigada.

Max olhou para ela, como se entendesse o que ela estava querendo
dizer, mas apenas assentiu com a cabeça.

— Direi a Lawrence para trazer seus baús.

— Como ele conseguiu encontrar um lugar como este com tão pouca
antecedência? — quis saber ela.

— O locatário anterior quis deixar a cidade mais cedo do que o
período de aluguel permitia — respondeu Max. — Foi um valor bastante justo.

— Quanto? — perguntou ela.

Max arqueou uma sobrancelha, e ela corou.

— Um valor justo — repetiu ele. — Você precisa confiar em mim
para essas coisas. Qualquer aluguel em Londres pareceria absurdamente
caro para você, mas para alguém habituado com os preços da cidade,
foi um valor bom.

Max apontou com a cabeça para as janelas.

— Eu não hospedaria minha esposa em quartos alugados xexelentos.

Bianca corou ainda mais. Ela acabaria com o rosto vermelho como seu esmalte depois de um mês tão perto dele.

— Tenho certeza de que eu não pedi tamanho luxo...

Ele sorriu aquele sorriso lento de cafajeste que tanto a deixava alerta como fazia algo dentro dela derreter perigosamente.

— Mas eu queria proporcionar isso a você, minha querida.

Ele se virou e saiu do quarto, chamando por Lawrence.

Ao mesmo tempo aborrecida e emocionada, Bianca soltou os laços do chapéu e o entregou a Jennie, que acabara de voltar de sua excursão pela casa e estava sem fôlego.

— É linda, não é, senhora? — exclamou a garota em um tom eufórico.

— Sim.

— E tão próxima das lojas! Confesso que torço para que a senhora queira visitá-las. Desde pequena eu sonho em conhecer a Bond Street.

Jennie guardou o chapéu e abriu totalmente as cortinas.

— Veja, senhorita... Digo, senhora, que jardim mais bonito!

Relutante, Bianca sorriu diante do entusiasmo da criada. Talvez ela devesse seguir o exemplo de Jennie.

— Suponho que visitaremos muitos lugares.

Aquela aventura londrina havia começado estranhamente excitante.

Max fechou as duas portas que separavam o quarto dele e o de Bianca.

— Bom trabalho — disse ele a Lawrence. — Ficou ótimo após a limpeza.

O assistente sorriu.

— Sim, depois de quatro dias esfregando tudo freneticamente. Precisei pagar a mais para as faxineiras, mas creio que esteja aceitável.

Max abanou a mão para encerrar o assunto.

— Como ele está?

— Bem de saúde.

— Então ela não o matou — disse ele, e o homem ergueu um dedo em continência.

A casa estava alugada para lorde Cathcart, que, em certas ocasiões, era um dos melhores amigos de Max. Eles, outras vezes, também discutiam e passavam meses sem se falar, mas naquela primavera, quando Max ficara sabendo de sua imensa onda de sorte, Cathcart fora o primeiro amigo para quem ele contou as novidades. O visconde tinha achado tudo incrivelmente divertido.

A moradora anterior da casa era a amante de Cathcart, uma mulher roliça, de olhos de corça, bochechas de porcelana e covinhas que ocultavam o coração e a alma de uma harpia ardilosa. Max, como a maioria dos outros amigos de Cathcart, tinha apostado quanto tempo levaria até a sra. Robbins ser passado. Era uma tradição entre eles, visto que Cathcart mudava de amante como se fossem casacos trocados a cada estação. Max ganhara a aposta com seu palpite de sete meses e uma semana, errando a data do rompimento final por poucos dias.

E tinha ganhado ainda mais ao se lembrar de que Cathcart ainda tinha dois meses de aluguel da casa para pagar. O amigo ficara mais do que contente em desocupar o imóvel por uma mixaria. "Certifique-se de checar os armários para garantir que não há animais mortos presos nas tábuas", escrevera ele em um *postscriptum*.

A casa em si era um achado, especialmente àquela altura da temporada. O fato de que fora praticamente de graça tornava tudo ainda melhor.

— Ainda precisa de uns reparos — continuou Lawrence. — Recomendo que a sra. St. James não erga os tapetes.

Max estivera em algumas festas ali. Ele sabia a que Lawrence se referia.

— Ficaremos aqui apenas um mês, ou um mês e meio, talvez.

— Como quiser, senhor. — O valete fez uma pausa. — Devo mandar as coisas da sra. St. James para o quarto dos fundos?

Certo. Max confirmou com a cabeça enquanto seu olhar se demorava na cama ampla. Era grande o suficiente para dois — ou três, ou quatro, como Cathcart certa vez afirmara, pavoneando-se.

Max nunca se permitira chegar àquele ponto. Raramente tinha recursos para bancar uma amante e preferia que seus casos fossem exclusivos e discretos, ao contrário de Cathcart, que não conseguia resistir a qualquer mulher com grandes olhos escuros e uma personalidade malévola. Quanto mais transtorno a amante prometia causar a ele, mais desesperado Cathcart ficava para tê-la.

Era fácil caçoar e provocar o amigo com relação àquilo. Cathcart dava de ombros, abria um sorriso torto e dizia que cada um tinha suas preferências. Max sempre lhe disse que ele era tão desequilibrado quanto as diabas que levava para a cama.

Bianca não era nada parecida com aquelas mulheres. No entanto, Max estava começando a perceber que Cathcart tinha razão quanto a uma coisa: cada homem tem seus gostos. E os dele eram bastante voltados para mulheres confiantes e inteligentes, que não levavam desaforo para casa e falavam o que pensavam. Mulheres que tinham um propósito além de adquirir o máximo de vestidos novos e joias que seu protetor pudesse comprar. Mulheres que tinham uma abordagem prática e clara em relação ao mundo em geral. Mulheres que pareciam não perceber o quanto podiam ser sedutoras simplesmente por corar.

Era apenas uma cama; Lawrence havia trocado todos os colchões e lençóis, por ordens dele. Mas Max olhou aquela cama grande e elegante e prometeu a si mesmo que seduziria e conquistaria sua esposa ali, em Londres, antes que enlouquecesse de desejo por ela.

Capítulo 16

A VIDA EM Londres se desenrolava em ritmo mais veloz do que em Marslip.

Para a felicidade de Jennie, elas foram às compras — mais compras do que Bianca tinha paciência para aturar. A mobília da casa era bastante simples, mas eles só iriam ficar ali por algumas semanas. Ela havia levado roupas suficientes para aquele período. Não havia necessidade de comprar muitas coisas.

Max, no entanto, insistiu. Ele a levou a uma modista e disse à mulher que queria três vestidos de noite, vários vestidos para o dia, além de todos os chapéus, luvas e roupas de baixo necessários. Bianca protestara, até a costureira lhe mostrar o primeiro vestido, um *robe a l'anglaise* marfim cintilante bordado com linha dourada e pérolas pequenas.

— Caiu como uma luva na senhora — disse a modista.

— Eu... É lindo — admitiu Bianca.

Era mais do que lindo. E diferente de tudo que ela já tinha tido antes.

Com os olhos brilhando, a modista o levou embora e indicou que a assistente trouxesse o vestido seguinte. Era de um azul-acinzentado brilhante, com lantejoulas douradas na barra e grandes babados de renda nas mangas e no decote.

— Perfeito — disse Max atrás de Bianca, que se sobressaltou.

— O que você está fazendo aqui?

Ela pegou o vestido, segurando-o na frente do corpo.

— Essa cor fica muito bem em você, minha querida — afirmou ele antes de ir embora, obediente.

— É verdade — concordou a modista em um tom caloroso, enquanto a assistente ajudava Bianca a colocar o vestido, ajustando as mangas em seus braços com alfinetes. — Com uma anágua da mesma cor, ficará soberbo.

— Bem... — disse Bianca, nervosa. — Suponho que...

— O *monsieur* insistiu — interrompeu a mulher impertinentemente. — Marie o ajustará e a senhora poderá pegá-lo amanhã.

Ela saiu do cômodo, chamando outra assistente.

Mesmo que aqueles lindos vestidos fossem mais tentadores e fascinantes do que ela queria admitir, a melhor parte da visita a Londres tinha sido a busca pelo salão de exposição. Max, aparentemente, tinha ideias mais grandiosas do que Bianca.

Ela imaginava uma sala aconchegante, repleta de prateleiras exibindo seus bules e terrinas reluzentes, maior do que a de Marslip, mas tão pitoresca quanto. Max a levou a uma galeria imensa e caminhou por ela, desenhando com as mãos os mostruários que eles poderiam criar.

— Mostruários? — perguntou Bianca, imaginando suas belas prateleiras cheias de fruteiras. — Como assim "mostruários"? Nós vamos expor as louças para as pessoas examinarem, é claro...

Ele meneou a cabeça, segurando o braço dela e a levando até as janelas altas com vista para a rua.

— Imagine uma mesa de café da manhã aqui, montada para uma família. Os porta-ovos brilhando sob a luz, o bule repleto de chocolate perfumando o ar, uma tigela de frutas frescas para deixar os clientes tentados a se sentar e aproveitar a refeição.

Max a puxou para as janelas do outro lado da porta.

— E aqui, uma mesa de jantar, com as louças mais elegantes que Perúsia pode oferecer, totalmente posta. Qualquer um pode empilhar pratos em uma prateleira. Eu quero mostrar às pessoas como suas mesas ficarão deslumbrantes com o jogo completo.

Bianca olhou em volta. Um lugar como aquele era sinônimo de um aluguel caro.

— É bem ambicioso. Talvez se começássemos com um salão menor...

Ele a interrompeu com um gesto impaciente.

— Salão menor, menos encomendas. Eu conheço a sociedade. Sabe como as coisas se transformam em tendências? Uma pessoa demonstra a sofisticação de determinada coisa, sejam botões feitos de pedras preciosas, uma carruagem elevada ou o ângulo de um chapéu, e a sociedade toda imita em um piscar de olhos. Seremos criativos, inovadores, e as pessoas vão se amontoar para ver os estilos que criarmos.

Bianca o fitou, ainda em dúvida.

— É uma aposta alta.

— Todas as apostas têm um custo — ponderou ele. — Eu nunca faço uma sem esperar que o retorno seja excelente.

Sem qualquer bom motivo, Bianca pensou no casamento deles e em como ele a olhara de cima a baixo na sacristia antes de dizer: "Está bem". Concordar em trocar de noiva praticamente no altar era, com certeza, uma aposta...

Mas aquilo era diferente. Ela balançou a cabeça de leve. Max estava falando de negócios, de libras e xelins. E, se aquilo se aplicasse ao casamento deles, ele o fizera apenas porque se casar com ela lhe garantira a mesma renda e a mesma cota de Perúsia que o casamento com Cathy teria garantido.

— Organizar o salão dessa forma será muito mais trabalhoso — observou ela, voltando ao que era importante. — Teremos de contratar um assistente apenas para manter os mostruários em ordem. Quantos você pensa em ter? Este lugar é enorme.

— Nem tanto. Vamos colocar uma parede aqui e expor as peças maiores nela. Atrás, ficarão um depósito e escritórios, onde as encomendas podem ser armazenadas. Se entregarmos as peças aqui, elas podem ser checadas e reempacotadas, entregues em caixas de veludo e desembrulhadas como as obras de arte que são.

— Caixas de veludo! — Bianca jogou as mãos para o alto. — O custo...!

— O custo vai compensar — interrompeu ele. — Por que um joalheiro exibe suas peças sobre um pano de seda preto? Porque ele valoriza as melhores características dos diamantes e sugere que os itens são dignos de serem guardados em embalagens finas. O mesmo vale para nossas louças. São peças impagáveis, valiosas, são uma afirmação de riqueza e dignidade, custam caro porque os filhos e os netos de quem as comprar usufruirão e se encantarão com elas.

— Seria muito melhor se os filhos e netos decidissem comprar as próprias louças — retorquiu ela.

— Quando comprarem, eles se lembrarão de como as louças de Perúsia são feitas com esmero — retrucou ele.

Ela soltou o ar pesadamente.

— Não é assim que essas coisas são feitas — disse ela, tentando permanecer calma e racional. — Meu pai já tem um homem em Londres que recebe e entrega os pedidos. Não há necessidade de alugar este espaço enorme...

— Não é tão grande assim — murmurou ele.

—... e gastar horrores em mostruários com bules de chocolate de verdade e caixas de veludo — continuou ela, erguendo o tom de voz. — Se não der certo, nós perderemos uma quantia enorme de dinheiro!

— Samuel concorda comigo.

— Bem, meu pai já esteve redondamente enganado antes! — rugiu ela.

Por um instante, o rosto dele ficou completamente imóvel e inexpressivo. Tarde demais, ela entendeu o que ele deveria estar pensando: em sua proposta de casamento e nas ações de Perúsia como presente de Samuel.

E, naquele momento, Bianca sentiu uma pontada de horror. Ela não tinha dito com aquele sentido, embora, algumas semanas antes, certamente pudesse ser. Constrangida, ela pigarreou.

— Meu pai tem uma tendência a ideias grandiosas — explicou ela. — Quanto maior e mais chamativo, melhor. Ele ficaria inclinado a aprovar qualquer coisa que sugerisse um avanço, mesmo que não tivesse qualquer base concreta...

Que Deus a ajudasse, ela estava só piorando as coisas.

— Não estou convencida — soltou ela, sentindo-se frustrada e impotente. — Acho arriscado demais.

De braços cruzados e com uma expressão cada vez mais fria, Max a observava. Diante daquilo, no entanto, ele relaxou a boca. Max atravessou o salão, seus passos deliberadamente barulhentos no cômodo vazio. Ele parou bem diante dela, o que não ajudou em nada a acalmar o tumulto interno que Bianca sentia.

— Você me daria uma chance? — perguntou ele com delicadeza.

Preguiçosamente, ele ergueu a mão e endireitou o broche que mantinha o fichu dela no lugar. O broche estava preso bem em cima da concavidade entre seus seios.

— De persuadi-la de que essa pode, na verdade, ser uma ideia brilhante?

Bianca não conseguia parar de pensar que aquela conversa se tratava mais do casamento deles do que do salão. Max estivera tentando persuadi-la durante todas aquelas semanas? Ela achava que ele estava tentando provocá-la ao se mostrar tão calmo, ou enraivecê-la ao se mostrar tão solícito. Mas, talvez...

— Peço três meses — prosseguiu ele, sua voz ficando cada vez mais suave e sedutora.

O broche soltou-se de seu vestido; ele havia aberto o fecho.

— Três meses para lhe mostrar como pode ser lindo... — Os dedos dele alisaram o tecido fino de seu fichu, colocando-o no lugar. — Como pode ser elegante. Como fará com que as pessoas desejem o que verão aqui.

Os olhos escuros a encaravam fixamente. Bianca sentia-se cativada, imobilizada por aquele olhar. Um tremor passou por seu corpo quando Max deslizou um dedo por dentro de seu corpete e recolocou o broche no lugar.

— Você me permitiria? — sussurrou ele. — Você me permitiria tentar? Se ao final desse período você ainda estiver... insatisfeita, prometo acatar todas as suas sugestões.

Ele não estava falando do salão de exposição, e Bianca também não estava pensando nisso. Sua pele parecia queimar onde ele a havia tocado, por mais breve que tivesse sido, e seus mamilos enrijeceram debaixo do corpete. Ela não conseguia parar de pensar nas mãos dele em seu corpo e no que ele poderia fazer. *Prazeres com que a maioria das mulheres apenas sonha*, ecoou a promessa impetuosa dele em sua memória. O que isso significava? Com o que as outras mulheres sonhavam? Já era ruim o suficiente contemplar fazer as coisas que sua própria imaginação conjurava.

Com o corpo revoltando-se contra sua sensatez e sua lógica, Bianca buscou desesperadamente uma saída. Ela desviou o olhar, encarando as dobras muito mais seguras do lenço no pescoço dele.

— Talvez — disse em uma voz rouca e hesitante, e então pigarreou.
— Suponho que um trimestre seja um período de testes justo. Se você conseguir garantir um aluguel razoável.

Max sorriu lentamente.

— Obrigado, minha querida. Prometo dar o meu melhor.

Ele pegou a mão dela, com tanta delicadeza que Bianca mal sentiu os dedos dele, e a levou aos lábios.

E o beijo ela sentiu. A respiração dele era quente, e embora a boca de Max mal tenha encostado nos nós dos dedos, o toque reverberou por seu corpo como um estrondo.

Ela cometeu o erro de olhar para ele de novo. Os olhos de Max fumegavam, e um cacho de seu cabelo havia caído sobre a têmpora. Ele estava magnífico, arrebatador e totalmente focado nela.

Dessa vez, não havia dúvidas: Max estava falando dela. Ele pretendia persuadi-la de que poderia lhe mostrar prazeres incomparáveis.

E ela receava que ele talvez fosse conseguir.

Bianca levou quatro dias para entender exatamente por que Max queria que ela comprasse tantos vestidos novos. Diversas caixas chegaram na casa enquanto ela escrevia uma carta para o pai sobre a busca por um salão de exposição.

Estava levando mais tempo que de costume porque queria ser diplomática. Ela concordara em permitir que Max seguisse adiante com suas ideias grandiosas, mas ainda receava que fossem grandiosas *demais*, e não queria passar ao pai uma perspectiva excessivamente otimista.

A entrega, contudo, causou uma comoção, e ela abandonou a carta para ver do que se tratava.

— O que é isso?

Homens carregavam caixas para dentro da casa, algumas tão grandes que mal passavam pela porta.

— O sr. St. James nos instruir a trazê-las, senhora — respondeu um dos rapazes, tirando o chapéu e fazendo uma mesura.

Max apareceu quando os homens estavam indo embora, e Bianca se voltou para ele.

— O que você comprou?

Como resposta, ele tirou a tampa da caixa de cima e pegou um prato. Pareceu familiar a Bianca, visto que era uma das mais belas louças creme de Samuel, com borda azul-real, um fio dourado na margem e uma cena bucólica gravada no centro. Era um pedido personalizado que acabara atrasando por causa de um problema com a laminação dourada e que fora enviado a Londres poucos dias antes de eles partirem.

— Essa é a encomenda de sir Bartholomew Markham…

— Ele não pagou. Receberemos convidados para o jantar amanhã à noite.

— Como? Por quê? — perguntou ela, arfando.

Max colocou o prato de volta no lugar, com os olhos fixos nela.

— Para fazer Londres se extasiar com o melhor trabalho de Perúsia. Para insinuar que teremos peças ainda melhores por vir — disse ele, sorrindo. — E para nos divertirmos um pouco. Não posso pedir que minha esposa fique ociosa em casa todas as noites.

— Quem você convidou?

Bianca ficou com o coração apertado. Não tinha talento algum para receber pessoas. Aquele era território de Cathy.

— Amigos. Conhecidos. Pessoas que podem bancar louças de Perúsia em sua mesa de jantar.

— Não… Espere, eu… — Ela saiu correndo atrás dele quando Max começou a subir as escadas. — Você deveria ter me avisado!

Ele parou, olhando para ela com as sobrancelhas arqueadas.

— Peço desculpas por isso, mas só ficaremos um mês aqui. Eu organizei tudo há duas semanas.

— Ah.

Por mais que Bianca se preocupasse com a organização de um jantar, o fato de Max já ter preparado tudo era um tanto desconcertante. Mesmo assim, ela correu atrás dele até o topo da escada. Ele queria oferecer um jantar, então organizara um.

— Você deveria ter me falado antes.

— Deveria — disse ele, com um sorriso envergonhado. — Peço desculpas, querida.

— Não podemos usar a louça de sir Bartholomew — continuou ela, obstinada.

Max deu de ombros.

— Até ele pagar, a louça é nossa.

Bianca mordeu o lábio. Às vezes, os clientes nunca pagavam, e Samuel se desesperava com a conta e o trabalho desperdiçado.

— Ele foi cobrado?

— Duas vezes — respondeu Max. — Ambas as vezes, ele insistiu para que entregássemos a mercadoria e disse que enviaria o pagamento no início do próximo trimestre.

— Qual é o valor da conta?

— Novecentas libras — disse ele. — E se um homem precisa aguardar o recebimento dos rendimentos trimestrais para pagar, provavelmente pedirá por mais tempo depois disso e nunca pagará. Darei o tempo que ele pediu, mas, até lá, ele não terá a louça.

— Está bem — concordou Bianca após um momento.

Ela era pouco familiarizada com a parte financeira, já que Ned lidava com a maioria das contas, sob a supervisão de Samuel. Ela ficava sabendo sobre encomendas não pagas quando o pai tinha um acesso de raiva por causa de alguma situação particularmente desagradável.

— Faz sentido.

— Eu disse a você que podia ser sensato — respondeu ele, sorrindo. — Quanto ao jantar, confie em mim. Escolhi os convidados com cuidado, por seu nível de influência e por sua habilidade em espalhar notícias.

Bianca assentiu lentamente. Aquele era o mundo dele, afinal de contas, e o motivo pelo qual o pai o quisera como sócio. Samuel trocara a mão da filha pelos contatos daquele homem na alta sociedade. Ela deveria ficar contente por ele estar fazendo a parte dele.

— Obrigado, querida — disse Max, fitando-a com olhos brilhantes e fazendo uma mesura. — Espero sanar todas as suas dúvidas e receios e reafirmar minha completa devoção.

E, assistindo a Max subir a escada, o salto do sapato tamborilando nos degraus, Bianca pensou consigo mesma: *É disso que tenho medo.*

Capítulo 17

TUDO DEPENDIA DAQUELE jantar, e Max não deixaria absolutamente nada ao acaso.

A lista de convidados havia sido escolhida após muita deliberação. Ele colocara Lawrence na missão de descobrir todos os últimos rumores e boatos, e planejara o evento ideal com todo o cuidado. Ninguém que tivesse dívidas; ninguém envolvido em escândalos. Ninguém que tivesse caído em desgraça perante a sociedade, ou se afastado dela.

Para a sorte de Max, ele conhecia pessoas que se encaixavam em todos os critérios. Também conhecia várias que violavam alguns — ou todos, mas as cortou de sua lista mental. Ele conquistara Samuel Tate com a promessa de usar seus contatos. Não importava o que tinha aprendido, não importava quantas melhorias contratuais sugerisse, não importava se o salão de exposição fosse um verdadeiro sucesso, Max sabia que *aquela* era sua oportunidade de conquistar a estima do sogro.

De sua esposa, ele não tinha certeza. Ela não argumentou contra o jantar e fizera, para falar a verdade, diversas sugestões de cardápio para uma melhor exibição do jogo de jantar de sir Bartholomew. Bianca arqueou as sobrancelhas quando as caixas de cristais e pratarias foram entregues, mas Max lhe garantiu que eram apenas emprestadas, e ela não protestou.

Aquilo o surpreendeu um pouco, o fato de a filha de um homem tão rico quanto Tate se importar em gastar dinheiro com prataria. Eles podiam comprar um jogo inteiro de cada estilo para levar para Marslip sem lesar os cofres da família.

Max se vestiu com cuidado naquela noite, sabendo que seu traje causaria a primeira e mais vital impressão em seus convidados quanto à sua mudança de vida. Um casaco de veludo azul-escuro, forrado com cetim marfim e reluzindo com botões dourados. Um colete de listras azul-claras, bordado com linha preta. Elegante, o ápice da moda, de qualidade inquestionável. Ele deslizou as mãos pelo torso, analisando o próprio reflexo.

Como estava diferente de alguns meses antes, quando jantara pela última vez com Dalway e Carswell, com uma camisa esfarrapada e um colete de segunda mão. Na época, tinha apenas um par de sapatos, já arranhados e partindo na sola. Ele ganhara trezentas libras de Carswell naquela noite, e Harry proclamara orgulhosamente que havia perdido de propósito, para ajudar Max a escapar da cadeia.

Ele não queria a pena de ninguém naquela noite.

Lawrence penteou seu cabelo, mas Max se recusava a usar pó. Ainda era algo em voga na Corte, mas não mais na maioria dos outros lugares; ele nunca tinha conseguido bancar uma peruca e, àquela altura, preferia o próprio cabelo. A última coisa que queria era parecer um dândi, de bochechas vermelhas e a boca pintada.

Desceu para esperar os convidados e inspecionar a sala de jantar. Tudo estava em ordem. O lugar reluzia e cintilava. Ele tinha conseguido que várias peças esmaltadas com o novo vermelho chegassem a Londres e, à luz das velas, tudo brilhava como se tivesse sido feito de rubis.

— Minha nossa — disse uma voz atrás dele.

Bianca estava parada à porta com uma mão no busto e os lábios entreabertos de surpresa. Trajava o vestido de seda creme, com uma anágua pêssego por baixo. O cabelo estava arrumado em uma pilha de cachos, não frisados como era a última moda, mas com um longo cacho muito atraente escorrendo pelo ombro, e empoados com um levíssimo tom cor-de-rosa.

O chão pareceu se abrir debaixo dele.

— Meu Deus... Você é uma visão e tanto, sra. St. James.

Ela corou.

— Jennie estava muito entusiasmada para arrumar meu cabelo... — disse ela, puxando a ponta do cacho que descia por seu ombro. — É tão estranho. Nada parecido com Marslip.

— Não — concordou ele, fascinado por ela. — Não estamos em Marslip.

E ele nunca se sentira tão contente por isso.

Bianca estava mais do que um pouquinho curiosa para saber quem eram os convidados.

Quem Max havia chamado? Ela o rotulara como um canalha, um cafajeste, um libertino que provavelmente se relacionava com outros canalhas, cafajestes e libertinos. Jamais esperara conhecer qualquer um deles, é claro, muito menos como parte do plano para disseminar a boa reputação de Perúsia.

No entanto, as pessoas que chegaram não lhe pareceram dissolutas ou depravadas. Cumprimentaram-na com mesuras, parabenizaram ela e Max pelo casamento e conversaram sobre diversos assuntos. Bianca esperava ouvir fofocas sobre a saúde do rei ou as memórias recém-publicadas da sra. Baddeley, uma famosa cortesã. Ficou levemente surpresa ao ouvir, em vez disso, sobre uma viagem à Austrália, a nova sociedade abolicionista criada pelo sr. Clarkson e o sr. Sharp e as dificuldades dos americanos após a guerra.

— Impostos — afirmou lorde Dalway, maravilhado. — Eles estão brigando entre si por causa de impostos!

— De novo? — indagou o sr. Farquhar.

— Sempre — respondeu Dalway.

— Acho muito mais divertido agora — interpôs lady Dalway.

— Me pergunto quanto tempo levará até escolherem um rei — comentou sir Henry Carswell. — Ou melhor ainda: pedir o *nosso* rei de volta e admitir que estavam errados o tempo todo!

Todos riram.

— Duvido muito que o façam — disse Bianca, e os convidados se voltaram para ela.

— O que quer dizer com isso, senhora? — perguntou Farquhar educadamente.

— Eles jamais recuarão agora — respondeu ela. — Depois de chegarem a uma decisão histórica e de darem o próprio sangue por ela, creio que jamais voltarão atrás. Eles podem até se atrapalhar, mas esse foi o caminho que escolheram e acho que permanecerão nele, seguindo em frente da melhor maneira que conseguirem.

Quando ela terminou, seus olhos encontraram os de Max, que estava na outra ponta da mesa, pensativo e atento. Bianca enrubesceu, mas o encarou com ousadia. *Sim*, disse silenciosamente a ele. *Eu também sou assim.*

Dalway arqueou as sobrancelhas.

— Acredito que esteja correta, sra. St. James. Os americanos certamente são um povo teimoso!

Ele ergueu a taça para ela.

Todos se juntaram a ele, mas Bianca ainda conseguiu ouvir lady Dalway murmurar para Max:

— Ah, Maxim, eu realmente gostei dela!

Quando o jantar terminou, Bianca levou lady Dalway, a sra. Farquhar e lady Carswell para a sala de visitas. O murmúrio das vozes dos cavalheiros silenciou quando Bianca fechou a porta. Ela ressoou o sino para chamar Martha, a criada.

— Pois bem! — disse lady Dalway desabando no sofá, e mesmo assim conseguindo se posicionar com elegância sobre as almofadas. — Você é mesmo um tesouro, sra. St. James!

Bianca sorriu educadamente.

— Receio não saber do que está falando.

— Sabe, sim — afirmou a sra. Farquhar com um sorriso perspicaz. — Nunca vi Maxim tão feliz!

— Ou tão civilizado — complementou lady Carswell em um tom malicioso, para os ouvidos de Bianca.

Lady Dalway soltou uma gargalhada. Como todo o restante dela, seu riso era leve e bonito. Ela se endireitou e estendeu a mão.

— Meu Deus, preciso agradecê-la por isso! Ele sempre foi um patife, mas agora está elegante e tão sofisticado! Nunca o vi tão bem.

— Nunca? — murmurou a sra. Farquhar, mas lady Dalway a ignorou.

— E tão focado! Eu juro que não achava que ele estivesse falando sério quando escreveu para contar da louça, mas devo confessar que fiquei muito impressionada. Você não ficou, Louisa?

— Fiquei, sim — confirmou lady Carswell.

— Obrigada — disse Bianca. — Fico muito feliz que tenham gostado.

— Ah, sim, certamente. Sabe — comentou lady Dalway em um tom sonhador, olhando por cima da cabeça da sra. Farquhar —, sempre pensei que Maxim deveria se casar.

Bianca piscou.

— Por quê?

— Serafina é uma romântica — respondeu a sra. Farquhar, rindo.

Lady Dalway fez uma careta para ela.

— Nada disso, Clara! Alguns homens melhoram depois de casar, enquanto outros pioram bastante, e é claro que sentimos muito pelas esposas *desses*, mas Maxim certamente é do primeiro tipo — disse ela, dando um sorriso encantador e sincero para Bianca. — Eu realmente a aplaudo, minha querida, por levá-lo ao altar. Ele está bem ajustado, posso ver.

Bianca deu um sorriso contido e murmurou algo educado. Ela achava que sabia do que lady Dalway estava falando.

— Preciso perguntar — disse ela antes que pudesse se conter —, por que a senhora o chama de Maxim?

Lady Dalway piscou os grandes olhos azuis.

— Você não sabe?

Bianca meneou a cabeça.

— Ele não me falou muito sobre a vida dele em Londres.

Ela também não tinha perguntado.

— Bem… — começou a sra. Farquhar, mas lady Dalway pigarreou e a sra. Farquhar se calou.

— O avô dele se chamava Maxim — explicou lady Dalway. — Até onde sei, ele e Max eram bastante próximos.

Bianca reparou na mudança de tom da última frase e teve um lampejo de lembrança sobre o que ele havia lhe contado no dia do casamento.

— Ah. O pai da mãe dele.

— Ele mesmo — confirmou a sra. Farquhar. — Quando a mãe dele…

Novamente, lady Dalway emitiu um ruído, e novamente a sra. Farquhar se calou.

— Se eu tivesse sido amaldiçoada com os nomes de batismo dele, também preferiria Maxim — comentou lady Carswell, instigando uma onda de concordância das outras mulheres.

Era muito estranho, pensou Bianca quando seguiram conversando sobre assuntos mais amenos, sentir-se uma estranha em sua suposta casa. Ela estava ali havia tempo suficiente para começar a ter uma familiaridade com aquele lugar, e supunha que Max sentisse o mesmo. Max, marido dela. Ele estava começando a parecer *dela*, e o fato de que aquelas mulheres o conheciam melhor do que ela própria, sabiam de coisas sobre ele que Bianca desconhecia, era estranhamente perturbador.

Foi um alívio quando os cavalheiros entraram e uma mesa de carteado foi montada. Lady Carswell pediu para ser sua parceira, e Bianca concordou antes de perceber o marido vindo em sua direção. Ele estivera em uma conversa intensa com lorde Dalway, e agora se juntava a ela.

— Está tendo uma noite agradável, querida?

Bianca percebeu o alívio que se espalhava por seu corpo. Ela estava feliz por ele estar ao seu lado, conversando com ela. Max ainda era seu.

Ela afastou aquele pensamento.

— Sim. Lady Dalway ficou encantada com a louça, bem como lady Carswell.

— Eu sabia que ficariam. Dalway planeja fazer uma encomenda grande amanhã. Talvez Carswell faça o mesmo.

Max lhe lançou um olhar conspiratório, seus olhos escuros dançando.

— Carswell segue os passos de Dalway, embora a uma distância suficiente para poder alegar que *não* o faz e sempre parecer que chegou ao mesmo destino por escolha própria.

Bianca sorriu.

— Espero que todos sigam os passos de lorde Dalway e comprem jogos completos.

Ele piscou para ela.

— Ainda temos tempo. Quer ser minha parceira no jogo?

— Ah, veja... — Ela tentou não ranger os dentes. — Lady Carswell já me chamou.

— Está certo — disse ele despreocupado, após uma brevíssima pausa. — Marido e esposa nunca devem fazer dupla no uíste. Boa sorte. — Depois de uma pausa, acrescentou: — Lady Carswell nunca consegue se lembrar do trunfo. Faça seu melhor para ajudá-la, se quiser ganhar.

Bianca só conseguiu observar, decepcionada, enquanto ele se afastava, conversando com os convidados com naturalidade. Sentia-se inexplicavelmente irritada por lady Carswell tê-la chamado antes que Max pudesse fazê-lo. Aquilo era irracional e a desorientava, embora gostasse de jogar cartas e sempre gostasse de ganhar. Em vez disso, Bianca precisou assistir a lady Dalway enganchar o braço no de Max, trocar cartas com ele e bater palmas jubilosas enquanto ganhavam uma mão após a outra. Nem o prazer de ouvir as exclamações de admiração diante do jogo de café, esmaltado com seu novo tom escarlate e exibido quando as velas já chegavam ao fim, serviu de muito consolo.

Quando todos os convidados foram embora e a porta finalmente foi fechada, Bianca retornou para a sala de visitas para apagar as velas. A noite tinha sido um sucesso, mas ela sentia-se inquieta e estranha.

Não queria admitir o motivo: ciúme. Não tanto por Max ficar claramente à vontade em meio àquelas pessoas elegantes, àquelas mulheres enfeitadas com diamantes e renda, àqueles cavalheiros com títulos, riqueza e poder. Ela esperava tudo aquilo.

Não, era algo pior. Era o fato de que aquelas pessoas — aquelas mulheres — o conheciam. O marido era um estranho para ela própria, mas não para as outras. E, mesmo que Bianca tentasse se convencer de que não queria saber de todos os segredos depravados de St. James, não queria se sentir uma forasteira no próprio casamento.

— Eu diria que foi um sucesso absoluto — disse seu marido atrás dela.

Bianca mordeu o lábio e assentiu. Tinha sido mesmo, ela sabia, mas não conseguia parar de pensar na troca de olhares cintilantes entre as mulheres ao falar de Max, e na maneira como ela se sentiu ao ver lady Dalway pegar o braço dele.

— O que houve? — perguntou ele.

Ela se virou para encará-lo. Max estava parado à porta, de braços cruzados e um ombro apoiado no batente. Com seus ombros largos — ao contrário do franzino lorde Dalway — e cintura esguia — ao contrário do corpulento Nigel Farquhar —, era quase insuportavelmente atraente. O cabelo natural, não empoado, conferia a ele o ar de uma pantera, elegante e selvagem. Os olhos escuros dele estavam fixos nela.

Bianca brincou com uma estatueta de porcelana — artesanato mediano, malpintado, mas, ainda assim, uma representação charmosa de uma garota puxando um balde de um poço — e então a largou. Ela ergueu a cabeça para encarar o marido e disse:

— Todos conhecem você.

— Sim.

— Até as mulheres — continuou ela. — Bastante bem. Bem melhor do que eu.

Max inspirou fundo, então se afastou da porta e caminhou na direção dela.

— Sou amigo de Carswell desde que éramos garotos. De Dalway, desde a universidade. De Farquhar, há uns seis anos.

— Elas o chamam de Maxim — retrucou ela. — Lady Dalway e lady Carswell.

Os cantos da boca dele tremeram.

— Fazem isso para provocar.

— Então elas conhecem você bem o suficiente para provocá-lo — disse Bianca, dando de ombros, zangada consigo mesma por ficar chateada com aquilo. — Eu me senti ignorante.

Ele parou diante dela, com as mãos para trás. Bianca fechou os olhos e virou a cabeça, tentando manter o equilíbrio.

— O que você quer saber? — murmurou ele.

Bianca olhou para ele. Toda a atenção de Max estava fixa nela; seus olhos pareciam enxergar a alma dela. O que ela queria saber?

Quero saber quem você é de verdade, respondeu mentalmente. *E por que não consigo tirar você da cabeça.* Max era uma incógnita e, por mais que ela dissesse a si mesma que não tinha interesse em desvendá-lo, o mistério continuava cutucando seu cérebro.

Bianca se julgava uma mulher prática e intrépida. Em sua oficina, nunca considerava parar até ter resolvido o problema que lhe perturbava. Agora, queria conseguir parar de pensar no marido como um enigma ainda mais complicado do que o esmalte escarlate. Era certo que não havia resposta simples, que não havia um ajuste preciso de ingredientes que o despisse e facilitasse sua compreensão.

E ela, definitivamente, *não* estava tentando despi-lo em qualquer outro sentido.

Mas Bianca era humana o suficiente e mulher suficiente para se exasperar ao ver a prova de que outras mulheres conheciam seu marido melhor do que ela. Não havia nada que pudesse fazer com relação ao passado dele, é claro, mas era constrangedor e embaraçoso pensar naquelas mulheres elegantes a observando, comentando sobre como ela era desajeitada e ingênua e se perguntando no que Max estava pensando ao se casar com ela.

— Qual é a história por trás do seu nome? — perguntou Bianca, por fim.

— Crispin era meu avô paterno e Augustus meu bisavô — respondeu ele prontamente. — Maximilian, Maxim, era o pai da minha mãe.

Ela precisou umedecer os lábios para continuar.

— Por que atende por Max?

A boca dele se curvou.

— Você não ouviu as outras opções? Eu gostava do meu avô mais do que de qualquer um dos demais. — Ele fez uma pausa, então acrescentou, quase que com relutância: — Embora eu nunca tenha conhecido os outros. Sei que eram totalmente intratáveis e que não havia muita vantagem em conhecê-los.

— Você era próximo do avô Maxim?

— Tão próximo quanto qualquer um poderia ser, acho. Ele era um velho carrancudo.

Bianca assentiu com a cabeça.

— O que aconteceu com sua mãe?

Max ficou calado por tanto tempo que ela pensou que ele não responderia.

— Ela morreu quando eu era jovem. Minha tia me acolheu e, às vezes, eu ficava com meu avô.

Ela sabia que ele não era rico, a despeito de seu parentesco com o duque de Carlyle. Aquela tinha sido a acusação mais pesada que Bianca fizera contra ele quando Max pedira a mão de Cathy em casamento, que ele era um cafajeste sem um centavo no bolso e que só estava atrás da fortuna dos Tate.

— Eles vivem em Londres?

— Não. Meu avô morreu há anos. O que lady Dalway disse que a abalou?

— Ela... Nada. Ficou claro para mim que ela o conhecia muito bem, todos eles conheciam, e me senti uma boba, sem saber nada sobre você!

— Vá em frente — encorajou ele. Bianca o encarou desconfiada. — Faça a pergunta que tem pesado em seu peito a noite toda.

Ela respirou fundo. Era melhor perguntar de uma vez.

— Lady Dalway é sua amante?

— Não — respondeu ele. — Nunca foi. Lady Carswell e a sra. Farquhar também não — acrescentou ele enquanto Bianca soltava o ar lentamente. — Nunca tive qualquer caso com esposas de amigos.

— Mas você já *teve* amantes — declarou ela.

— Já — confirmou ele após uma breve hesitação. — Antes de decidir me casar.

Parecia que ela conseguia respirar novamente. Bianca tentou esconder.

— Isso não me surpreende — disse ela, tentando transparecer praticidade. — Marslip é tão pequena que qualquer indiscrição seria óbvia...

— Porque agora eu quero você e mais ninguém — afirmou ele em uma voz grave e rouca.

E, assim, o último fio de compostura de Bianca arrebentou. Ela não entendia o motivo e não gostava daquilo, mas estava terrivelmente atraída por aquele homem. Era demais a se esperar de qualquer pessoa. Como ela poderia rejeitar o homem que acabara de declarar que a queria, e que a queria mais do que a qualquer uma das mulheres da sociedade, elegantes e belas, que tinham acabado de sair da sala de visitas?

— Às favas — disse ela baixinho, antes de dar um passo adiante e puxar o rosto dele para o seu.

Max se deixou levar, aproximando-se dela sem resistência. A boca dele, contudo, não foi passiva. Ele a beijou com delicadeza, quase com carinho. Ela havia imaginado algo muito mais depravado e indecente, mas aquilo... Aquilo era impressionantemente lindo. Bianca sentiu-se adorada. Valorizada.

As mãos dele seguraram o rosto dela, tão suavemente que ela mal percebeu.

— Bianca — sussurrou ele, seus lábios roçando nos dela.

— O quê? — sussurrou ela de volta, pouco antes de a boca dele reivindicar a sua de novo.

Dessa vez, ele a saboreou, deslizando a língua para dentro da boca dela. Bianca gemeu, segurando-o com menos força. Deliberadamente, sem pressa, com gosto de conhaque e café, ele a beijou. Seus polegares traçaram o contorno do maxilar dela; a ponta de seus dedos ergueu a cabeça de Bianca sutilmente para facilitar que ele a arrebatasse.

E, de fato, arrebatou. Ele a beijava com intensidade, e agora a mão dele segurava sua cabeça. Bianca achou que estivesse caindo, mas era Max, empurrando-a para trás. Quando atingiu a parede, ela arqueou as costas por instinto e ele a abraçou com força.

E, em vez de sentir-se presa, a pressão do corpo dele só fez sua pulsação acelerar. Ela ficou na ponta dos pés, beijando-o de volta, estremecendo enquanto sua língua deslizava sobre a dele.

Quando Max sussurrou seu nome novamente, Bianca recobrou a razão. O que ela estava fazendo? As mãos dele estavam no cabelo dela. As mãos dela estavam na nuca dele, puxando-o para perto. Max beijava seu pescoço; sua pele incandescia como carvão em brasa, e seu sangue corria acelerado pelas veias. Sua racionalidade havia desaparecido.

Ela se desvencilhou dele, que não fez esforço algum para detê-la.

— Ah — disse ela estupidamente, colocando uma mão sobre a boca.

Os lábios estavam macios e sensíveis, e o toque dos próprios dedos enviou um choque de sensações por seu corpo.

Max não disse nada. Não precisava. O desejo transbordava dele, evidente em cada linha tensa de seu corpo, no movimento rápido do peito, no rubor em seu rosto. Bianca sentia que bastava uma palavra, até mesmo um aceno de cabeça seu, e ele a levaria para aquela enorme e convidativa cama a fim de mostrar todos aqueles prazeres com os quais a provocara no dia do casamento.

O cômodo pareceu girar. Ela queria saber que prazeres eram aqueles — desesperadamente. Sentia o corpo pulsar de expectativa. Os pensamentos corriam acelerados em círculos, imaginando o que ele faria, quanto prazer poderia oferecer e por que ela estava tão indecisa, se prometera a si mesma que não permitiria que Max a seduzisse porque ela *não* queria ir para a cama com ele. No entanto, ela não conseguia parar de pensar nas mãos dele em seu corpo, na boca dele na sua, em como o gosto dele era bom, em como ele ficava absurdamente maravi-lhoso quando a olhava daquele jeito...

— Boa noite — disse ela meio sem forças, porque foi tudo que conseguiu dizer.

Então se virou e subiu as escadas correndo, com o coração palpitando tão forte que estava certa de que jamais chegaria à segurança do quarto.

Capítulo 18

LONDRES NUNCA HAVIA sido tão boa para Max.

Dalway fez um pedido de um jogo completo no dia seguinte e admitiu que havia errado ao chamar Max de idiota por se vincular a Perúsia.

— Achei que você tivesse enlouquecido — disse ele a Max —, mas agora vejo que você encontrou uma joia bruta.

— Nem um pouco bruta — respondeu Max com tranquilidade. — Obscura.

Dalway riu.

— É assim que você a chama?

— Como chamo minha esposa não é para os seus ouvidos — devolveu Max, com um olhar afiado. — Vai querer um jogo de café também?

— Sim, sim, naquele esmalte cor de sangue. Nunca vi nada igual! Serafina implorou para tê-lo durante todo o trajeto para casa. Ela está feliz por você.

Max inclinou a cabeça enquanto anotava o pedido.

— Fico muito contente em ter a aprovação dela.

Dalway bufou.

— Ela quer ser amiga da sua esposa! É melhor tomar cuidado, porque ela parece ansiosa para contar todos os seus segredos...

— Ela não sabe de nada que eu mesmo não contaria à sra. St. James.

— *Não contaria* — disse Dalway, percebendo o erro de Max. — É melhor correr para casa e contar você mesmo, então, se não quiser que Serafina e Louisa Carswell revelem tudo para ela.

Max manteve o sorriso no rosto, sem deixar transparecer os palavrões que passavam por sua cabeça. Aquelas duas podiam contar a Bianca coisas suficientes para fazê-lo parecer um monstro. Ele não achava que o fariam por malícia — não, pior ainda, o fariam com a intenção de ajudá-lo. Bianca, contudo, era inteligente demais para deixar passar qualquer coisa.

— Contarei. E informe lady Dalway, com toda a gentileza, que posso conduzir meus próprios casos de amor, sem qualquer ajuda dela.

Dalway riu com escárnio. Ele sempre adorara escândalos e intrigas, desde que eram jovens em Oxford, fugindo dos inspetores enviados para arrancá-los das tabernas locais. Max passara apenas um ano na universidade, mas Dalway já tinha má fama mesmo antes de ele chegar.

— Eu direi a ela. Mas não espere muito resultado, você sabe como ela é quando enfia uma coisa na cabeça. É melhor que você seja o alvo do interesse dela do que eu.

— Talvez o novo jogo de jantar a distraia das muitas falhas de seu marido — respondeu Max.

— Por duas semanas, ao menos. Se você conseguir distraí-la por um mês, pago o dobro — disse Dalway, sorrindo.

— Aí é por sua conta, meu velho — respondeu Max, fazendo Dalway rir novamente e fazer um gesto obsceno.

Depois que o conde foi embora, no entanto, Max respirou aliviado e pressionou as mãos nas têmporas. Serafina Dalway, com sua preocupação fraternal desmedida e deslocada, seria sua ruína. Mas Max sabia que ela, ao menos, ouviria a voz da razão, se ele implorasse. Já não tinha certeza quanto a Louisa Carswell, muito menos quanto a Clara Farquhar. Aquelas mulheres precisavam de fofocas como precisavam de ar e, mesmo que tivessem prometido não dizer coisa alguma, ele não confiava que nenhuma das duas se lembraria da promessa durante uma deliciosa sessão de fofocas.

Cautelosamente, refletiu sobre o que Dalway sugerira: ele próprio contar a Bianca.

Era a escolha mais segura, no longo prazo. Infelizmente, era no curto prazo que Max estava pensando naquele momento, com o gosto da boca de Bianca ainda fresco em sua mente. E *ela* o tinha beijado. Ela não apenas estava começando a enxergá-lo com respeito com relação a seus planos para Perúsia, como também começava a olhar para Max com desejo. Ele não queria que nada atrapalhasse o rumo delicioso que as coisas estavam tomando com a esposa.

Além disso, pensou consigo mesmo, eles só ficariam em Londres por mais duas semanas. Em Marslip, não haveria nada com que se preocupar. Max teria bastante tempo para contar tudo a ela, assim que a tivesse conquistado em outros sentidos.

Contar a ela naquele momento só atrapalharia tudo. Ele queria ocupar um espaço maior em seu coração e em sua mente antes de arriscar perder ambos.

Bianca estava agradavelmente surpresa com o fato de que a visita a Londres estava sendo bem mais produtiva do que havia esperado.

Depois que as previsões de Max quanto a uma encomenda de lorde Dalway se provaram corretas, sir Henry Carswell também tratou de fazer a sua. Diante da notícia, Bianca precisou admitir que Max sabia muito mais sobre os londrinos do que ela. Quando receberam um recado da condessa de Dowling, pedindo para ver as louças, e uma encomenda do visconde Harley, ela até parabenizou o marido durante o café da manhã.

Max agradeceu educadamente, erguendo a xícara em uma saudação.

— Eu sabia que era apenas questão de causar a impressão certa. Seu esmalte vermelho deu conta do recado.

— Não — respondeu ela. — O esmalte vermelho, por si só, não teria conseguido coisa alguma. Você soube a melhor maneira de exibir a louça e fascinar pessoas como lady Dalway.

Ele riu.

— E lady Dalway provavelmente espalhará a notícia de modo muito mais eficiente do que nós seríamos capazes.

Eles tinham passado a ser cordiais um com o outro. Era sensato, disse Bianca a si mesma. Nenhum dos dois comentara o beijo, muito menos fizera qualquer sugestão de algo mais. Na verdade, aquele talvez fosse o afortunado equilíbrio que ela tinha desejado. Ambos dedicados a expandir os interesses de Perúsia. Samuel — que vivia perguntando nas duas cartas que enviava por semana se ela estava se dando bem com o marido em Londres — ficaria contente, e talvez tivesse sido melhor beijá-lo de uma vez. A única forma de se livrar de uma coceira, às vezes, é coçando.

Não importava que Bianca tivesse sentido aquele beijo nos lábios durante o restante da noite, nem que tivesse ficado acordada por um bom tempo, perguntando-se o que a havia possuído e se Max estaria achando que aquilo significava uma vitória para ele. Se houvesse qualquer sinal de triunfo na atitude dele na manhã seguinte, ela jurara que lhe diria que o beijo tinha sido um erro terrível de sua parte, que aquilo nunca mais se repetiria...

Mas não. Ele a cumprimentara na manhã seguinte como sempre o fazia. Não houvera sequer um olhar mais demorado que transparecesse qualquer presunção. E, por algum motivo, Bianca não conseguia dizer que tinha sido um erro, ou que gostaria que o beijo nunca tivesse acontecido, ou que nunca mais deveria acontecer.

Embora *não* pudesse acontecer novamente, claro.

Ele empurrou a cadeira para trás.

— Você me acompanha hoje? Pretendo visitar outro salão.

— Ah?

Bianca tomou um gole grande demais de chocolate ao ouvir a voz dele e fez uma careta quando a bebida queimou sua garganta. Tinha se distraído enquanto o observava falar, pensando em como nunca mais beijaria aquela boca outra vez, e não prestou atenção no que ele havia dito.

— Hã... Onde?

— Cheapside — respondeu ele. — É para a proposta que Samuel concordou em ler.

Sobre a nova linha de louças. Um deles aparentemente estava se mantendo focado nos negócios. Afobada, ela também se levantou.

— É claro.

— Está gostando mais da ideia? — perguntou Max.

Os olhos dele reluziam e um sorriso estava prestes a surgir em sua boca. Havia uma gota de café em seu lábio inferior, e Bianca não conseguia tirar os olhos dela.

— Eu... bem... talvez...

Por reflexo, ela ergueu a mão e limpou o café com o polegar. Max ficou imóvel. Bianca enrubesceu.

— Tinha café... — balbuciou ela, apontando para o rosto dele.

— Obrigado — murmurou ele.

E, para espanto de Bianca, Max pegou a mão dela e levou o polegar à boca, sugando de leve. Quando sentiu o toque da língua dele, Bianca quase perdeu a força nos joelhos. Os olhos dele reluziram ainda mais, e Max soltou sua mão.

— Mandarei buscar a carruagem.

Ele saiu, deixando-a ali, apoiada no encosto da cadeira. O coração batia tão forte que poderia quebrar suas costelas. O que estava pensando, tocando-o daquele jeito? Ela fechou os olhos e meneou a cabeça.

— Não seja tola, Bianca — sussurrou ela para si mesma.

— Senhora?

A voz de Martha, a criada contratada temporariamente, a assustou.

— Sim, sim, bastante bem — exclamou Bianca, saindo como um raio da sala sob o olhar confuso da garota.

Ao ouvir a voz de Max na base da escadaria, ela se virou e correu para cima. O cérebro parecia desconectado da boca — e das mãos.

Quinze minutos depois, sentia-se novamente no controle do próprio corpo. Max a ajudou a entrar na carruagem, e Bianca não disse e nem fez nada louco, apenas o agradeceu de maneira polida. Também não houve contratempos no trajeto em si e, quando chegaram, ele a ajudou a descer em uma via movimentada.

Bianca olhou ao redor com interesse. Era uma rua bastante diferente daquela onde ficava o salão de exposição em que Max idealizava fartas mesas de jantar. Ali, havia mulheres comuns, criados atarefados, trabalhadores entregando mercadorias e levando carrinhos de mão, comerciantes recepcionando clientes em suas lojas. Ela sentiu-se instantaneamente mais à vontade do que na York Street.

O corretor abriu a porta para eles, e um sino ressoou quando entraram. Bianca inspirou contente, a despeito do ar empoeirado. Ali estava a lojinha pitoresca que ela imaginara, com prateleiras nas paredes e uma grande mesa redonda no meio. Havia um balcão largo de um lado, com prateleiras ainda mais largas e fundas atrás dele, bem como uma vitrine para exibir os produtos para os transeuntes. Era perfeito.

— Dá para perceber que você gostou — observou Max com um sorriso.

Ela não conseguiu conter uma risadinha.

— Gostei. Era isso que eu tinha imaginado quando você começou a falar de salas de exposição e lojas.

— E é uma ótima ideia — disse ele — para as louças Fortuna.

— O que são as louças Fortuna?

— É como proponho batizarmos a nova linha de louças mais simples. — Ele a conduziu para a frente e a virou para as vitrines, posicionando--se atrás dela para não atrapalhar a vista. — Olhe só essas pessoas. Gente que jamais poderia bancar o jogo de café que lorde Dalway encomendou, mas que gostariam de algo de qualidade, algo bonito, algo além de uma louça Delftware comum ou cerâmicas simples. Imagine-as olhando cobiçosas para os castiçais e potinhos de ruge...

Bianca virou a cabeça. Ele estava bem atrás dela, seu braço esticado roçava no dela enquanto Max desenhava a visão no espaço vazio à sua frente.

— Perúsia não faz castiçais.

Ele inclinou a cabeça e a encarou.

— A Fortuna produzirá. Além de penicos, manteigueiras e tinteiros. Qualquer item que possa ser feito de cerâmica ou porcelana.

Bianca não tinha certeza se Samuel concordaria com aquilo.

— O potinho em formato de ameixa foi uma brincadeira, nada além de um experimento meu com porcelana de pasta mole para meus esmaltes...

— Não foi uma brincadeira, foi uma ideia brilhante — respondeu ele. — Mulheres finas têm potinhos de prata e vidro soprado. Imagine como a esposa de um lojista ficaria contente em ter algo tão bonito, mas por uma fração de um artigo de prata, em sua penteadeira. Vislumbro algumas peças produzidas a um custo que até mesmo seus artesãos poderiam bancar.

Bem... colocando dessa forma...

— Quanto você propõe produzir?

Max devia ter sentido que ela estava começando a entender seu ponto de vista, porque sorriu, lembrando um pirata que acaba de abrir o baú do tesouro.

— Uma quantidade modesta, para começar, mas se tudo correr bem eu produziria tanto quanto pudermos vender.

— Perúsia é o xodó de meu pai — lembrou ela. — Ele sempre vai se preocupar mais com ela do que com qualquer outra coisa.

— E ele está certo.

Quase preguiçosamente, Max tocou no cacho solto sobre o ombro dela. Bianca tinha gostado daquele penteado, então pedira a Jennie que arrumasse seu cabelo do mesmo jeito, mas sem pó e pomada.

— Afinal de contas — continuou Max, com a voz mais intensa, enrolando o cacho enquanto falava —, quando você se encontra em posse de algo belo e único, você quer valorizar isso, resguardá-lo. Apenas um tolo permitiria que lhe escapasse entre os dedos.

Bianca inspirou fundo. O corretor havia desaparecido discretamente, deixando-os sozinhos na loja. Ela estava praticamente nos braços de Max. Ele não estava falando de Samuel ou da olaria, e ela sabia disso.

— Quando nos beijamos, aquela noite…

— Sim — sussurrou ele.

— Foi um erro — disse ela, tentando reunir confiança, firmeza, mas só conseguiu transmitir uma súplica ofegante.

Ele tocou o queixo dela e ergueu seu rosto na direção do dele.

— Não, não foi.

E então a beijou.

Ela poderia ter protestado ou se afastado; ele só estava segurando seu queixo, com bastante delicadeza. Em vez disso, Bianca ficou parada e permitiu que ele acariciasse seus lábios com os dele, dessa vez não com a mesma voracidade de antes, e sim com uma plenitude lânguida que fez seu corpo estremecer.

Quando Max ergueu a cabeça, Bianca perdeu o equilíbrio. O braço dele enlaçou sua cintura em um segundo e, segurando o rosto dela, ele apoiou o bochecha de Bianca no peito, onde, por um instante, ela se deixou ficar. Max tinha a altura perfeita, era notavelmente firme e forte. O colete dele estava quente e exalava um leve aroma de sândalo — assim como ele. E ela podia ouvir o coração dele palpitando, quase tão rápido quanto o dela.

Eu quero você e mais ninguém. Ela não tinha certeza se acreditava naquela última parte, mas estava convencida da primeira.

O som da porta se abrindo atrás deles a fez se afastar de imediato. Como na primeira vez, Max não a deteve. Era enlouquecedor. Ela achava que um cafajeste aproveitaria qualquer oportunidade de seduzi-la, que estaria constantemente atento em busca do menor sinal de fraqueza, sempre pronto para coagir, bajular e adular para conquistar sua afeição — antes de pisoteá-la.

Aquilo, no entanto... Aquilo era muito mais insidioso. Bianca estava começando a achar que Max estivera certo no dia do casamento. A ideia de pedir a ele que mostrasse todos os prazeres que havia insinuado — os prazeres que Bianca tinha certeza de que ele desfrutara com suas outras amantes — pairava em sua mente, e ela sentia-se prestes a enlouquecer.

— O senhor tem alguma pergunta, sr. St. James?

Era o sr. Cooke, o corretor, que se cansara de ser discreto ou paciente. Ele ficou parado ali, observando o casal com um sorriso levemente perspicaz. Bianca o fitou com olhos raivosos, perguntando-se quanto ele tinha visto.

— Algumas — respondeu Max.

Ao contrário de Bianca, Max parecia ter afastado qualquer efeito duradouro daquele beijo devastador e retomado sua postura profissional.

Foi o que ela pensou até ver o rubor na nuca dele, no ponto onde o cabelo lustroso estava presto em uma trança. Até perceber o tremor de sua mão quando Max abriu a porta para saírem.

E durante o trajeto para casa, na carruagem, novamente dignos e educados, tudo que ela conseguia pensar era por quanto tempo mais seria capaz de resistir.

Capítulo 19

❦

EMBORA ESTIVESSE EM Londres não havia muito tempo, até mesmo Bianca sabia sobre os Jardins de Vauxhall. Não eram novos nem modernos, mas eram mais conhecidos e populares do que o Jardim de Ranelagh, e, quando lady Dalway convidou Bianca e Max para uma festa dentro de algumas noites, ela ficou inegavelmente intrigada.

Para seu espanto, Max não.

Ele leu o cartão e o pôs de lado sem falar uma palavra antes de subir para o segundo andar. Bianca, que estava esperando o marido voltar para casa e imaginando que ele lhe diria se tratar do evento de maior furor da sociedade e que "é claro que eles iriam", saiu correndo atrás dele.

— Você não pretende aceitar?

Ele não respondeu até chegar à sala de visitas e fechou a porta depois que entraram.

— Você pretende?

— Ah… bem… Eu supus que *você* fosse querer ir.

— Você quer ir? — repetiu ele.

Ela o olhou com cautela.

— Não deveria?

— Então você quer.

A sobrancelha dele se arqueou. Bianca enrubesceu.

— Um pouco. Os Jardins de Vauxhall são famosos, até mesmo em Marslip — disse ela, meio hesitante, mas, como ele não disse mais nada e começou a folhear um jornal, Bianca não conseguiu resistir: — Por que você não quer ir?

— Se você quer ir, nós iremos — foi o que ele respondeu, ainda lendo.

Ela apertou os lábios, frustrada.

— Max.

Ele ergueu a cabeça e a fitou, surpreso. Bianca percebeu, encolhendo-se de leve, que aquela era a primeira vez que ela o chamava pelo primeiro nome. Sem se desencorajar, porém, ela seguiu adiante.

— O que você não está me contando? Se há um motivo para recusar, então é claro que...

— Não há motivo — disse ele, largando o jornal e se aproximando dela. — Você me chamou de Max.

Ela virou a cabeça para o lado, evitando seu olhar.

— É como você gosta de ser chamado.

Bianca, de canto de olho, viu a boca dele se curvar.

— É, mas eu nunca tinha ouvido você me chamando assim.

— É claro que eu já chamei!

— Mas eu nunca tinha *ouvido* — disse ele. Depois de uma pausa, acrescentou: — Eu gosto.

A confissão, proferida naquele tom grave e rouco que abalava profundamente seu autocontrole, foi quase demais para ela. Bianca manteve a compostura por um fio.

— Por que você não quer ir a Vauxhall?

Max deu um suspiro silencioso.

— Não é nada. Lady Dalway gosta muito de lá, mas eu, não.

— Por quê? Como é? — Bianca abandonou qualquer pretensão de discrição diante da clara relutância dele. De alguma forma, saber que ele não queria ir por motivos desconhecidos que a deixavam extremamente curiosa a fazia querer ir ainda mais. — Li que há uma orquestra, cantores, trilhas ladeadas por árvores em um bosque e até fogos de artifício.

— Tudo verdade — confirmou ele com um sorriso, ainda muito perto dela.

— E o que mais tem lá? — insistiu ela.

— Pessoas que bebem demais — respondeu ele. — Malandros de todas as estirpes. Um espírito de... permissividade que talvez você ache chocante.

— Eu esperava que toda Londres estivesse repleta de malandros — disse ela com franqueza. — Não é, nem de longe, tão ruim quanto eu imaginava.

Ele riu.

— Então nós iremos, minha querida. Está contente?

— Estou.

— Diga — sussurrou ele.

O calor se espalhou pelo corpo de Bianca.

— Sim, Max.

Ele a encarou com os olhos entreabertos, e ela achou que fosse irromper em chamas.

— Gosto de ouvir. Diga novamente.

— É só um nome...

— Bianca.

A maneira como ele disse o nome dela causou uma pontada física em seu ventre. Bianca umedeceu os lábios e reparou em como ele a observava atentamente.

— Max — suspirou ela.

— Sim — disse ele, colocando os lábios sobre os dela.

Bianca não sabia ao certo quem havia se aproximado daquela vez. Estava plenamente ciente das mãos no torso dele e da maneira como projetava o corpo em sua direção. A mão de Max acomodou-se com delicadeza em sua cintura e ela sentiu o toque nos dedos dos pés.

— Não era isso que eu esperava — sussurrou ela, o corpo todo pulsando enquanto ele percorria com a boca seu maxilar, indo até a orelha.

— Por que não?

Max mordiscou de leve o lóbulo da orelha dela, fazendo-a estremecer.

— Porque não gosto de você.

Ela mal tinha consciência do que estava dizendo.

— Nem um pouquinho?

A mão dele estava em suas costas, puxando-a para mais perto — não que ela precisasse de muito estímulo. A outra estava emaranhada em seu cabelo.

Bianca não conseguiu conter um breve suspiro de contentamento. Ele estava beijando seu pescoço, e aquilo talvez a estivesse derretendo.

— Você sabe que não quero...

Ele emitiu um muxoxo decepcionado e deu um beijo de leve no canto da boca.

— Eu gostaria que você quisesse. Pelo menos um pouquinho.

Ela se forçou a abrir os olhos. Ele estava muito perto. Tão sombrio, tão terrivelmente lindo. Bianca recobrou um pouco da razão.

— Você não queria se casar comigo. Foi Cathy quem você pediu em casamento. Não era a mim que você queria.

Os olhos escuros dele brilharam.

— Acha que não quero você? — Com um puxão repentino, ele colou o corpo dela no seu. — Se eu não quisesse, teria dito "não" na sacristia.

Ela colocou os dedos nos lábios dele, impedindo mais beijos por um instante.

— Você está sendo sincero?

Ele franziu a testa.

— Sim.

— Por que você queria se casar com Cathy?

Ele a soltou de leve. Bianca esperou.

— Bem… Era para ser um casamento de negócios. Seu pai não tem um filho para herdar Perúsia…

— Ele tem duas filhas — começou ela acaloradamente, mas ele ergueu a mão.

— Duas filhas que poderiam, eventualmente, casar-se, colocando o negócio nas mãos de outra pessoa que não um Tate. Durante minha visita a Perúsia, eu senti que sua irmã não tinha intenção alguma de administrar e comandar Perúsia — disse Max com um olhar dele sério e estável, como que suplicando para que ela o ouvisse. — *Eu* tenho. Quero ajudar Perúsia a ter sucesso e prosperidade por anos e anos. Espero que você tenha aceitado, depois dessa nossa estadia em Londres. Então pedi a mão de sua irmã, propondo não apenas uma parceria de negócios, mas a promessa de proteger e cuidar das filhas de seu pai.

Bem… Talvez isso não fosse tão calculista e mercenário quanto ela pensava. E Bianca não podia negar que Max demonstrara comprometimento para com Perúsia em tudo que fizera em Londres.

— Isso não significa que você queria se casar *comigo*.

— Estou extremamente feliz por ter me casado com você — garantiu ele em um tom grave.

A boca de Bianca ficou seca.

— Porque você me quer. Você quer me levar para a cama.

Ele fitou sua boca e não se deu ao trabalho de negar.

— Eu quero que você também queira.

Bianca tinha medo de admitir que sim, que ela queria. Já tinha sido fraca e expandido seus limites até estar ali, com o corpo pressionado contra ele, com os braços dele a envolvendo. E pensar que poucas semanas antes ela havia jurado detestá-lo e desprezá-lo para sempre.

Claro, também estava começando a perceber que ele não era bem a pessoa que ela imaginava naquela época.

O desejo já ínfimo de Max de ir a Vauxhall ficou ainda menor depois que ele leu com atenção o convite de Serafina.

— Um maldito baile de máscaras — exclamou ele, horrorizado. — Ela está tentando acabar comigo.

Lawrence olhou para Max com empatia. Ele tinha sido o valete oficial de Percy Willoughby, que fora forçado a buscar abrigo na propriedade do pai após se desgraçar em uma noite desastrosa nas mesas de jogos em Vauxhall. Ele sabia muito bem como as coisas podiam fugir de controle por lá.

— Posso sugerir um traje de dominó, senhor?

Max pensou nos trajes que usara em bailes de máscaras anteriores, inclusive o lençol branco e a grinalda de hera — e nada mais — para ganhar duzentas libras do amigo Henry Campbell. Ele se autoproclamara Dionísio e passara uma noite extremamente libertina no bosque.

— Talvez seja melhor.

— Também devo aconselhar Jennie com relação à fantasia da sra. St. James?

Meu Deus. O que Bianca gostaria de usar?

— Provavelmente, um dominó também — disse ele, torcendo para que fosse verdade.

Ela era de Marslip, onde as mulheres não se vestiam como concubinas turcas ou deusas egípcias para uma noite pervertida de diversão.

Certamente, ela se sentiria mais confortável com uma túnica preta simples e máscara.

Lawrence desviou o olhar.

— Como quiser, senhor.

Algo na atitude dele chamou a atenção de Max.

— O quê?

O criado analisou as próprias mãos.

— Suspeito que lady Bianca vá querer algo mais intrigante, senhor.

Max congelou.

— O que você quer dizer com isso?

— Perdoe-me, senhor, mas lady Dalway e a sra. Farquhar vieram visitá-la, e não tenho dúvidas de que conversaram sobre o assunto. Antes do final da semana, as duas farão lady Bianca concordar em se vestir como uma pastora ou uma freira.

Max soltou o ar lentamente.

— Certo.

Ele estava sendo ridículo. Bianca era sensata demais para usar uma fantasia de mau gosto.

— Eu me empenharei em orientar Jennie na direção de uma fantasia digna e apropriada — garantiu Lawrence.

Max assentiu e o dispensou com a mão. Durante um bom tempo, ficou parado, tamborilando os dedos no quadril, enquanto olhava pela janela.

Era uma noite em Vauxhall. Uma noite com seus amigos. Bianca queria ir, e ele queria lhe agradar. Ele ficaria perto dela, atencioso e protetor, e ignoraria — como se estivessem duros e gelados em seus túmulos — quaisquer antigos conhecidos que ousassem falar com ele. Era só uma noite.

Certamente, tudo correria bem.

Capítulo 20

❧❧ ❧❧

SE LHE PERGUNTASSEM, Bianca diria que obviamente tinha amigas em Marslip. Amelia, por exemplo, tinha sido sua parceira de traquinagens na infância. Cathy, o pilar de sua família, era a pessoa a quem ela contava todos os seus segredos. Também havia suas primas, que apareciam para jantar e se solidarizavam quando seu pai estava de mau humor, e até mesmo algumas funcionárias da fábrica, com quem ela tinha montado a escola de Perúsia.

Nada e ninguém, contudo, era remotamente parecido com lady Dalway e a sra. Farquhar.

Elas a visitaram quase todos os dias desde o primeiro jantar, entrando na casa como um furacão perfumado de plumas, sedas e fofocas. Às vezes, lady Carswell também ia; às vezes, levavam outras pessoas. E então riam e conversavam com tanta alegria que Bianca se viu contagiada por seu entusiasmo.

Tinha sido a sra. Farquhar — que implorara a Bianca que a chamasse de Clara — quem sugerira o baile de máscaras.

— Não se lembra de como foi divertido no ano passado? — perguntou à lady Dalway.

Lady Dalway — Serafina — deu um de seus sorrisos perfeitos, marcado pelas covinhas.

— Eu me lembro! Mas, Clara, não devemos sobrecarregar nossa querida Bianca. Você sabe que ela nunca esteve em Vauxhall.

Os ouvidos de Bianca se atiçaram diante da menção aos famosos jardins dos prazeres.

— Um baile de máscaras é terrivelmente escandaloso?

— É claro que não — exclamou Serafina, ao mesmo tempo que Clara assentiu brevemente, com os olhos brilhando de divertimento. — Bem, talvez possa ser — corrigiu a condessa, ao ver o gesto da amiga. — Há lugares aonde não devemos ir, ao menos não sozinhas. Mas ouso dizer que Max não sairá do seu lado a noite toda, então não há problema algum.

— Príncipes e damas da corte frequentam Vauxhall — contou Clara. — Eles fariam isso se julgassem pavoroso?

Bianca já havia deduzido que Clara tinha uma natureza levemente atrevida e afeita ao divertimento. Para ser sincera, ela própria era assim quando mais jovem. Ela atribuía aos efeitos da sociedade londrina o fato de Clara parecer não ter perdido essa característica, como fora o caso de Bianca. Tornara-se mais sensata porque queria trabalhar nas oficinas de Perúsia, e ser uma garota leviana não ajudava.

Mesmo assim, parte dela estava fascinada com a ideia de um baile de máscaras.

— O que é diferente em um baile de máscaras? — perguntou.

Clara inclinou-se para a frente, entusiasmada.

— É sempre muito empolgante. Você pode se vestir como quem, ou o que, quiser! E todos usam máscara, então ninguém saberá quem é você.

— Qual fantasia vocês usaram ano passado? — Bianca estava intrigada e não podia negar.

Serafina riu.

— Ela se vestiu de freira! Pode imaginar? Foi o maior susto da vida de Farquhar, não tenho dúvidas!

Clara apenas sorriu, com um toque de presunção.

— Eu acho que fui uma madre superiora esplêndida.

Bianca não tinha certeza se gostava daquilo. Pela forma com que tinha sido criada, figuras religiosas não deviam ser alvo de brincadeiras. Ela se virou para Serafina.

— E você?

As covinhas dela surgiram novamente.

— Fui de rainha! Eu estava bastante impressionante.

Era a cara de Serafina; ela tinha o dom de exigir atenção sem qualquer esforço.

— Não tenho nada que seja nem de longe elegante assim. Não quero que as pessoas pensem que me vesti como uma simples camponesa, quando tudo que fiz foi usar meu melhor vestido — disse Bianca.

— Ah, não! — protestaram as duas mulheres.

— Nós vamos encontrar uma fantasia adequada para você — prometeu Clara. — Serafina e eu devemos ter algo que lhe sirva.

Bianca duvidava muito. Lady Dalway era baixinha e esguia, e a sra. Farquhar era tão pálida e curvilínea quanto um suspiro.

Serafina examinou Bianca com um olhar mais crítico.

— Precisamos vasculhar o armário de Louisa — declarou ela, referindo-se a lady Carswell. — Ela tem a altura mais parecida com a de nossa querida Bianca.

— Ah, sim! — disse Clara, batendo palmas. — E eu mandarei minha Thérèse para arrumar seu cabelo. Ela ficará feliz em treinar a sua aia enquanto estiver aqui — acrescentou quando Bianca arqueou as sobrancelhas.

Bianca não se sentia totalmente à vontade em ficar à mercê da aia de Clara — Clara usava pó e ruge demais para o gosto de Bianca, embora fosse muito elegante. A ideia, contudo, parecia irresistivelmente intrigante e divertida, e ela percebeu que concordar em refletir sobre o baile de máscaras era suficiente para motivar Serafina e Clara a começar os preparativos.

A relutância inicial de Max a pegou de surpresa, mas então ele a beijara e dissera que compareceriam ao evento. Parecia que tudo estava resolvido, e ela começou a ansiar por aquela noite mais do que teria admitido em voz alta.

Até Clara e sua aia francesa, Thérèse, chegarem no dia do baile, com um embrulho que revelou um vestido deslumbrante. Bianca ficou chocada.

— Ah, não. Eu jamais poderia usar isso...

Clara gesticulou, dispensando seu comentário.

— Pode e deve! Louisa ficará arrasada se você não usar. Ela disse que mal pode esperar para vê-la com ele.

Bianca tocou na saia pesada de brocado. Era, certamente, ainda mais caro do que os vestidos que Max comprara para ela ali em Londres.

Também era incrivelmente preto, atenuado pela renda dourada no decote — no decote *baixíssimo*.

— É tão escuro...

Clara piscou.

— Ah! Bem, isso não é problema. Traga uma anágua — disse ela a Jennie, que observava, ansiosa e interessada. — Uma anágua colorida, vermelha ou amarela — acrescentou, e então abriu a bolsa e tirou dela uma montanha de joias. — Isso também ajudará a amenizar. Todas falsas! — explicou alegremente, ao ver que o queixo de Bianca caíra. — Perfeitas para uma noite de diversão!

Então, Bianca permitiu que as duas a colocassem no vestido, a enchessem de joias falsas e arrumassem seu cabelo de um jeito completamente diferente. Ela mal se reconheceu no espelho quando Thérèse colocou uma tiara em sua cabeça.

— Minha nossa — murmurou Clara em meio ao silêncio. — Mal posso esperar para ver a reação de Maxim.

— Como assim? — perguntou Bianca, ainda se admirando.

A risada de Clara era calorosa e grave quando ela apareceu atrás de Bianca e colocou as mãos em seus cotovelos.

— Ele vai escorregar na própria baba — sussurrou ela.

E então entregou a Bianca uma máscara branca, adornada com marcas vermelhas nas bochechas, uma boquinha rosada pintada nos lábios e uma pequena pinta em formato de coração ao lado do buraco de um olho.

— Seja bondosa com o pobrezinho esta noite!

Aquele pensamento deixou a boca de Bianca seca. Ela sabia que estava... bem, deslumbrante, até mesmo para o próprio gosto. Fascinante e misteriosa, mais elegante do que um dia achara ser possível. Talvez até mesmo bonita.

Mas isso não significava que Max repararia. Ele passara anos rodeado por mulheres lindas e, mesmo naquele vestido magnífico, arrumada como uma princesa, ela ainda era a mesma Bianca do dia anterior.

Clara foi embora em uma turbilhão de saias cor-de-rosa — ela já estava vestida com sua extravagante fantasia de pastora —, dizendo que os veria nos jardins. Thérèse estava guardando suas coisas e dando instruções em um tom baixo à fascinada Jennie.

Tocando no adorno de cabeça mais uma vez para colocá-lo no lugar, Bianca desceu as escadas lentamente. Ela se perguntou se Clara estaria certa — se Max ficaria contente e até mesmo impressionado com a fantasia. Ele a olhara tão... tão *faminto* na noite do jantar, quando ela estava com o cabelo preso e empoado e usando um de seus vestidos novos. E ela acabara o beijando, na ocasião.

Não havia como evitar a verdade: ela gostava que Max a olhasse com desejo. Ficava toda arrepiada quando ele segurava sua nuca com a mão. E, quando ele a beijava, Bianca se esquecia de por que deveria mantê-lo afastado.

Talvez aquela noite forçasse tal equilíbrio precário para algum lado da corda bamba.

Max vestiu um traje simples para o baile de máscaras. Queria passar todos os sinais possíveis de que agora era um homem diferente. Um terno todo preto, atenuado apenas pela renda branca no pescoço. Lawrence havia encontrado uma capa preta simples e uma máscara branca. Com alguma sorte, nenhum de seus antigos comparsas o reconheceria naquela noite.

Ele ouviu quando Clara Farquhar foi embora. Também achou ter ouvido sua risada quando passou pela porta da sala de visitas, mas não a chamou nem a deteve. Nigel Farquhar o havia alertado de que ela estava extremamente animada para arranjar uma fantasia para Bianca, e Max conhecia o entusiasmo de Clara bem o suficiente para ficar cauteloso.

Ao longe, o sino ressoou sete horas. Deveriam se encontrar com o restante da comitiva no camarote que Dalway reservara. Era mais sofisticado ir de iate, mas, dada a natureza do evento, Max optara por percorrer a maior parte do trajeto de carruagem. Eles pegariam uma barca em Westminster para atravessar o rio.

— Estou pronta — disse Bianca atrás dele. — O que acha?

Max ergueu os olhos — e quase caiu de cara no chão tamanha surpresa.

Ela estava usando um vestido da época dos Tudor, com camadas pesadas de um brocado preto brilhoso sob uma anágua escarlate cintilante, visível na frente. A cintura estava impossivelmente fina, rodeada por uma corrente dourada, e os seios mal eram contidos pelo corpete rígido. Cordões de pérolas escorriam em crescentes por seu peito, brilhando em meio à renda dourada que emoldurava seu busto e seu rosto.

Vagamente, Max se lembrou de ter visto Louisa Carswell usando aquele vestido alguns anos antes. Ela usara um grande laço vermelho em torno do pescoço e dissera a todos que era Ana Bolena, com a cabeça reacoplada ao corpo por uma noite. Ele suspeitava que ela tivesse sido tão infiel naquela noite quanto a famigerada rainha, mas Henry Carswell pouco se importava. Max o vira desaparecendo nos jardins além do bosque com duas jovens pouco vestidas. Prostitutas, Max suspeitara. Os Carswell sempre foram assim.

Mas Bianca não parecia uma rainha libertina; parecia uma deusa da noite, invocada para o levar à loucura.

Diante do silêncio dele, ela deu um passo e respirou fundo. O olhar de Max voltou-se involuntariamente para os seios acima do cetim preto.

— Clara disse que seria bastante impressionante, mas eu fiquei espantada — disse ela, dando uma risadinha constrangida.

O cérebro de Max ainda estava fixado nos seios dela. Ele tinha certeza de que, se ela inspirasse novamente, seus mamilos rosados fugiriam do corpete apertado. Louisa era mais magra do que Bianca, e isso era aparente naquele vestido. Ele mal conseguia respirar, observando, esperando, torcendo...

Max desviou o olhar enfim, voltando-se para seu rosto. Ali estava a sensata Bianca que ele conhecia, sua esposa, encarando-o com expectativa... e cautela.

— Fiquei sem palavras diante de tanta beleza — respondeu ele com sinceridade.

— Mesmo?

Os olhos dela se iluminaram. Ela colocou as mãos na barriga, inconscientemente exibindo a figura compactada.

— Eu estava insegura...

A dúvida de Max era se ele sobreviveria àquela noite ou não.

— Não está confortável?

— Bem — confessou ela —, é bastante apertado.

E então ele se imaginou desfazendo os nós daquele corpete, ouvindo-a suspirar em seus braços, sentindo sua pele lisa e quente sob as mãos. Max deu um sorriso, torcendo para que não parecesse tão tenso quanto se sentia.

— Vou levar uma faca — disse ele —, caso você precise ser libertada.

Idiota. Agora ele ficaria pensando em arrancar o vestido dela a noite toda.

Ele pigarreou.

— Vamos?

Bianca deu um sorriso hesitante, mas crescente.

— Vamos.

Entraram na carruagem para atravessar a cidade até a escadaria de Westminster. Bianca ficou olhando pela janela, observando diversos pontos famosos. Max não conseguiu conter um sorriso. Ao chegarem, ele a ajudou a descer e combinou o retorno com o cocheiro.

— Por que não fomos de barco com Serafina e os outros? — perguntou ela enquanto Max a ajudava a entrar na barcaça.

Para evitar ficarmos presos em Vauxhall até as primeiras horas da manhã.

— Eu já terei de passar a noite toda na companhia de Dalway, e você quer me sujeitar a um passeio de barco com ele também? — Max meneou a cabeça com um *tsc* baixinho e se acomodou ao lado dela. O condutor afastou a barca do cais, colocando a lamparina no gancho acima de sua cabeça. — Indelicado, Vossa Alteza.

Bianca se sobressaltou.

— Alteza?

Maldição. Óbvio que Clara e Serafina não lhe disseram que ela era Ana Bolena, esposa manipuladora de um marido infiel e condenada à decapitação por traição e infidelidade.

— Você não é uma jovem rainha Elizabeth? — perguntou ele delicadamente, pensando rápido.

— Ah... — disse ela, parecendo satisfeita com a ideia. — E você? O que é?

Max levou a mão dela a seus lábios para um beijo.

— Um humilde membro da Corte, Vossa Alteza.

Ela riu.

— Mesmo? Por que você não se fantasiou de uma coisa mais aventureira?

— Falta de imaginação — mentiu Max. — Mas, seja como for, ninguém vai reparar em mim assim que puserem os olhos em você.

— Não seja ridículo.

Bianca lançou a ele um de seus olhares francos e analíticos. Não era a primeira vez; Max sempre devolvera o olhar ousada, silenciosa e inabalavelmente, permitindo que ela o avaliasse a fundo. Ele achava que ela gostava do que via, mesmo que nunca revelasse sua opinião, nem com uma piscadela de seus cílios. Ela que admirasse as pernas dele ou enxugasse uma gota de café de seu queixo. Cada fração de centímetro o deixava muito mais perto do objetivo de conquistá-la.

Naquela noite, no entanto… Max podia sentir as chamas do desejo ardendo quando os olhos cinza dela passeavam por seu corpo. Aquela noite ele não se sentia o homem focado e paciente que se tornara, mas sim o cafajeste imprudente e escandaloso de outrora …

— Você não se parece nem um pouco com uma pessoa humilde — disse ela baixinho. — Parece perigoso e perverso, alguém que não aceita ouvir não.

Ela o conhecia muito bem, aparentemente.

— Nada do tipo — Max tentou dizer, quando conseguiu falar.

Eles tinham chegado à escadaria de Vauxhall, e o esforço do condutor para amarrar a barcaça deu a Max um momento para se recuperar do choque que as palavras dela haviam causado.

— Ah, exatamente desse tipo — disse Bianca, permitindo que ele a ajudasse a subir as escadas, então olhou por cima do ombro com um sorriso recatado. — Esta noite, contudo… Acho que me agrada.

Agitando as saias negras, ela virou-se e se encaminhou para as carruagens que aguardavam para levar os passageiros das barcas até os jardins.

Se Max fosse um homem religioso, teria rezado por controle e paciência. Sabendo o que estava em jogo, deveria tê-lo feito de toda forma.

Em vez disso, sentiu o velho cafajeste que havia em si, dócil e dormente naqueles últimos meses, despertar com um rugido. E seguiu sua esposa na direção do terreno familiar de seu antigo habitat, onde ele costumava ser a versão mais pervertida de si mesmo, sentindo-se mais como o velho Max do que era prudente.

Capítulo 21

VAUXHALL ERA UM assombro.

Bianca mal se lembrou de colocar a máscara enquanto passeavam em meio à alta colunata. Uma longa avenida se estendia bem diante deles, desaparecendo na noite que caía. Lâmpadas de vidro em postes e árvores brilhavam em muitas cores. De um lado, havia uma praça belíssima, com um pavilhão no centro e uma rotunda ao final, ladeada por árvores. Do outro, uma fileira de camarotes abrigados debaixo da colunata, fechados de três lados, mas abertos na frente para saciar a curiosidade dos transeuntes.

Max foi conduzindo Bianca pela avenida, apontando os detalhes para ajudá-la, pois ela não conseguia virar a cabeça rápido o suficiente para assimilar tudo. Era um reino de fadas, repleto de pessoas com todos os tipos de trajes, de um frade alto e corpulento a uma figura usando uma cabeça de lobo e uma capa de pele, tão magra e baixa que Bianca ficou se perguntando se seria uma mulher ou até mesmo uma criança.

Em um dos últimos camarotes, pouco antes de a avenida ficar mais rústica e escura, encontraram a comitiva de Dalway. Clara Farquhar com sua fantasia de pastora, ao passo que o marido usava uma longa peruca e o chapéu emplumado de um cavaleiro. Lady Dalway estava delicada e linda em um vestido drapeado todo branco, afirmando ser a Virtude, e seu marido usava um conjunto espanhol, fingia tocar um violão enquanto cantava — muito mal — e dizia ser um palhaço.

— Carswell e a esposa chegarão mais tarde — informou lorde Dalway, olhando Max com um divertimento pouco contido. — Vejo que temos um membro da realeza entre nós esta noite, mas me conte, por favor: quem é você, St. James?

— Ninguém — respondeu Max com um sorriso enquanto se acomodavam no banco. — Absolutamente ninguém.

— Ah! — exclamou lady Dalway, indignada. — Que atípico da sua parte arruinar nossa diversão!

— Garanto que, se a diversão dependia de mim, vocês já estavam totalmente fadados ao fracasso — respondeu ele.

Ela fez uma careta para ele e voltou-se para Bianca.

— Minha querida, você está simplesmente esplêndida. Eu sabia que Louisa teria algo no armário que caberia em você.

— É mesmo magnífico — concordou Bianca, alisando o tecido.

Também era bastante quente, mas ela não mencionou isso. Aquela não era uma noite para questões de ordem prática.

— Uma cantora maravilhosa se apresentará esta noite — continuou lady Dalway, consultando o programa musical. — Uma pena! Ouso dizer que ninguém a ouvirá durante um baile de máscaras. Mas adoro a srta. Leary. Será que ela vai cantar algumas músicas do sr. Carter?

— Haverá dança também? — perguntou Bianca.

Clara Farquhar tinha lhe dado instruções sobre como dançar com aquele vestido, e ela prestara bastante atenção, sem querer passar vergonha ou estragar a peça.

— Nem sempre — explicou Max, baixando o tom de voz e inclinando a cabeça em sua direção. — Mas, se quiser dançar, ficarei feliz em ser seu parceiro.

Ela enrubesceu.

— Não podemos dançar se ninguém mais for dançar...

Os olhos escuros dele brilharam sob a luz das velas quando ele a encarou.

— No meio do bosque, podemos fazer o que quisermos.

Bianca sentiu a boca ficar seca. Antes que pudesse pensar em uma resposta, ouviu-se um apito, e um criado passou correndo por eles, posicionando-se em um canto do camarote. Ao segundo apito, ele encostou um círio na lamparina, acendendo-a. Mas então — como que por mágica —, a iluminação se espalhou, lamparina por lamparina, até todo o jardim estar quase tão claro como se fosse dia. Lady Dalway riu e aplaudiu, como muitas outras pessoas ao redor, e Bianca se juntou à comemoração.

— Como eles fizeram isso? — sussurrou ela para Max.

Era como se alguém tivesse aberto uma cortina pesada, transformando a noite em dia em um instante.

— É um mistério de Vauxhall — respondeu ele, e ela só conseguiu balançar a cabeça e admirar.

Os Carswell se juntaram a eles depois que o jantar foi servido. Louisa estava vestida como uma princesa persa, com véus diáfanos pendendo do corpo, e sir Henry usava o traje de um almirante naval. O jantar passou em um piscar de olhos para Bianca, que ficou chocada com o tamanho minúsculo das porções de comida.

— Se eles cortassem a carne em fatias mais finas, elas seriam levadas pelo vento — comentou a sra. Farquhar em um tom desesperançoso, mas havia grandes quantidades de bebida, inclusive algo chamado ponche de araca, que Louisa Carswell bebeu irrestritamente.

A orquestra tocava no bosque diante deles. Em algum momento, lady Dalway achou ter ouvido a cantora de que ela gostava ser anunciada, então se levantou e fez Dalway acompanhá-la para que pudessem ouvir melhor. O conde revirou os olhos e fingiu estar sendo puxado por um cabresto, fazendo sir Henry quase cair do banco de tanto rir. Os Carswell foram cumprimentados calorosamente por um casal que passava e convidados para dar uma volta nos jardins com eles.

Um grande número de pessoas tentou chamar a atenção de Max. Várias vezes, alguém parou e exclamou. A maioria homens, algumas mulheres. Todos pareciam extraordinariamente contentes por encontrá-lo ali, embora um rapaz tivesse dito que mal o reconhecera. Para todos, Max acenara com a mão, quase os dispensando, e dera as costas deliberadamente. Os homens riam, as mulheres se entristeciam, e uma mulher que não parecia digna do título de "lady" se afastou com um sorrisinho no rosto. Bianca olhava para o marido todas as vezes que a situação se repetia, mas ele parecia achar aquilo apenas irritante.

Quando a noite já estava assentada, Max tocou em sua mão.

— Quer dar uma volta? — murmurou ele.

Os olhos de Bianca encontraram os de Clara, que os observava contemplativamente. A conversa se tornava um tanto incoerente e desinibida à medida que mais vinho era consumido. Além disso, ela queria ver mais dos jardins.

— Quero.

Sem pensar, Bianca aceitou o braço que ele ofereceu e eles atravessaram a avenida até o gramado do bosque. Os músicos da orquestra estavam tocando, embora não houvesse cantor algum. Max acenava educadamente com a cabeça toda vez que alguém o chamava, mas nunca parava.

Enfim, Bianca, com seu corpete apertado e já com calor por causa do vestido pesado, parou de andar. Max olhou para ela com preocupação.

— Podemos sentar? — perguntou ela, ofegante.

— É claro.

Ele chamou um garçom que estava de passagem e pediu duas taças de champanhe.

— Acho que não consigo beber mais — protestou ela, mas ele balançou a cabeça.

— Este foi congelado — explicou ele. — Então não é tão forte. Experimente.

O garçom retornou rapidamente com as taças, e Max jogou dois xelins para ele, que o homem pegou no ar sem parar de andar. Bianca tomou um gole e percebeu que era refrescante, gelado e bem menos potente que o champanhe do qual ela já tinha bebido duas taças.

— Aonde vamos?

O bosque estava lotado, além de quente e nauseante sob a profusão de lâmpadas a óleo acesas nas árvores.

— A algum lugar silencioso e mais fresco — sugeriu Bianca, ajeitando novamente o corpete apertado.

Enfim estava entendendo o benefício de porções pequenas de comida. O olhar de Max focou-se por uma fração de segundo em seus dedos.

— Certo. Por aqui.

Ele a conduziu para longe da orquestra, passando pela rotunda, na direção das trilhas mais escuras além da colunata e dos camarotes. Longe da multidão, Bianca voltou a tirar a máscara, suspirando de alívio quando o ar frio atingiu seu rosto. Max tinha tirado a máscara quando o champanhe chegara e não se dera ao trabalho de recolocá-la.

— Bem-vinda a Vauxhall, milady — cumprimentou um arlequim com olhar lascivo que passou por eles.

Bianca olhou para ele, assustada, mas Max a envolveu possessivamente com o braço. O homem emitiu um muxoxo de arrependimento e apressou-se em ir embora.

— Você conhece aquele homem? — sussurrou ela enquanto eles caminhavam.

— Não — respondeu ele, divertido. — Você conhece?

— É claro que não!

— Em Vauxhall, pouco importa. Ele ficou admirado com você.

Bianca enrubesceu.

— Nunca me acostumarei com esse tipo de admiração.

Max riu baixinho. O braço dele permaneceu em sua cintura, e ela achou o gesto bastante reconfortante.

— Você deveria tentar. Eu a admiro muito.

Ela abriu a boca, e então a fechou. Quase disse que com ele era diferente, que a admiração *dele* não a fazia se sentir mal. A admiração dele a fazia se sentir... linda.

Eles fizeram uma curva, onde duas mulheres vestidas como deusas gregas estavam caminhando de braços dados.

— Maxim! Ah, Maxim, *querido* — exclamou uma delas ao vê-los.

Ela se desvencilhou da companheira e se jogou em cima de Max.

— Você voltou!

Atônita, tendo sido enxotada pelo ataque da mulher, Bianca deu um passo para trás, surpresa demais para falar.

Max estava tentando remover os braços da mulher de seu pescoço.

— Não voltei — respondeu ele friamente. — Não de verdade.

A outra mulher tinha corrido até eles e sua máscara meia-face revelava uma expressão amuada.

— Mas você está aqui! Quando virá nos visitar novamente?

Com o maxilar contraído, Max afastou a primeira mulher, segurando-a por um instante para reprimir suas tentativas de se jogar nos braços dele de novo.

— Maxim — miou ela, decepcionada. — Depois de termos nos divertido tanto juntos...

A segunda mulher olhou para Bianca.

— Suponho que você seja a nova garota dele. Sua pombinha de sorte!

— Não sou! — respondeu Bianca, indignada. — Sou...

— Boa noite — disse Max, encerrando a conversa e pegando a mão de Bianca. — Não há mais nada entre nós, Harriette, e você sabe.

— Não precisa ser assim — disse ela, com falsa inocência, mas Max já se afastava, arrastando Bianca consigo.

Ela cambaleou, quase derramando o champanhe, enquanto ele disparava por uma trilha, fazendo diversas curvas até encontrar um banco isolado.

Bianca desabou nele ruidosamente. Max colocou a mão na cintura e ficou olhando para o chão, tamborilando os dedos no quadril. Àquela altura, Bianca já tinha aprendido os hábitos nervosos dele, então simplesmente foi direto ao ponto.

— Presumo que *essas*, sim, eram suas amantes.

Ele praguejou violentamente em voz baixa.

— Eu sabia que você teve algumas — continuou ela. — Estou apenas surpresa por ter demorado tanto tempo para que uma cruzasse nosso caminho. Ou duas.

Ele passou as mãos pelo cabelo e desabou no banco.

— Eu nunca quis que você conhecesse *nenhuma*.

— Bem...

Estava muito mais escuro ali, e maravilhosamente mais fresco. Bianca terminou seu champanhe, olhando para o horizonte, para o veludo azul quase preto do céu para dar a ele um instante para se recompor.

— Não foi tão chocante assim.

Era óbvio para qualquer um que Max estava aflito e furioso. Ela, no entanto, não fingiria que nada tinha acontecido. Fora assim que Cathy quase acabara casada com ele, em vez de com o sr. Mayne; Cathy nunca conseguira enfrentar o pai, dizer em voz alta o que realmente a incomodava. Bianca, por outro lado, nunca se furtara de fazê-lo.

Max, contudo, ficou calado por um bom tempo, e ela finalmente olhou para ele. Estava sentado com as mãos nos joelhos, os cotovelos abertos. Ela conseguia distinguir o perfil dele, o maxilar tenso, o rosto feroz, o olhar distante.

— Dalway disse que eu deveria contar tudo a você — disse ele por fim, baixinho. — Eu o taxei de maluco, mas talvez ele esteja certo.

Apesar da bravata de antes, Bianca sentiu uma pontada estranha ao pensar em ouvi-lo falar sobre todas as suas amantes anteriores. Mulheres que sabiam de coisas sobre ele, que o conheciam de formas que ela não conhecia, embora fosse sua esposa.

— Você quer saber? — continuou ele. — Ou preferiria considerar como um capítulo encerrado do passado? Eu lhe contarei tanto quanto você quiser saber.

Bianca refletiu. A ideia de ouvi-lo listar todas as mulheres que tinha levado para a cama era visceralmente revoltante. Mas Max, que era tão reservado com relação a tudo, estava se oferecendo para lhe contar alguma coisa...

— Eu preferiria saber sobre você, não sobre elas — respondeu ela suavemente. — Sobre seus pais, sua juventude... seu avô.

Após uma longa pausa, ele soltou o ar.

— Minha mãe era linda — disse ele com uma voz baixa e melancólica. — Cabelo escuro, olhos azuis bondosos... Ela nunca mereceu o que meu pai fez com ela, o homem era um canalha da pior espécie. Acho que só se casou com ela porque ela mantinha certa distância. Meu pai não estava acostumado a ser contrariado, sabe? Mas ela o fez, e o velho Maxim se recusou a desistir das economias dela, por mais modestas que fossem, até eles subirem ao altar. Então ele casou-se com ela, pobrezinha.

— Como ele era? — Ela não conseguiu resistir a perguntar.

Max grunhiu de desgosto.

— O homem mais egoísta que eu já conheci. Nada importava além de seus desejos e vontades. Ele repreendia e abusava da minha mãe, depois desaparecia por um mês sem dizer coisa alguma e sem deixar dinheiro. Um inverno, nós precisamos voltar à fazenda do meu avô em Lincolnshire para não morrermos de fome.

— Mas seu pai...!

— Ele não se importava se passássemos fome — afirmou Max com uma malícia mordaz. — Gostava da vida boa, estava decidido a tê-la mesmo que isso significasse nos deixar para trás. Naquele ano, ele encontrou uma viúva rica. Não sei se ela sabia que ele era casado ou se não se importava. Os dois foram embora para a França ou para os Países Baixos. Ele voltava toda vez que as mulheres se cansavam dele, mas nunca por muito tempo. Ele nunca ficava mais do que alguns meses contente em um só lugar, nunca se satisfez com a esposa e o filho, embora eu suponha que também quisesse fugir das dívidas.

Minha nossa. Bianca jamais suspeitara de nada daquilo. O pai dela jamais deixaria a família passar fome — na verdade, Samuel volta e meia acolhia primos distante ou suas viúvas, esposas de sobrinhos alcoólatras e filhos de vizinhos irresponsáveis. E então lhes dava emprego, pensões, cestas de comida... Tudo isso além do que dava aos funcionários, que era muito mais do que qualquer outro empregador. Perúsia sustentava muito mais gente além da família Tate em Marslip. O peito de Bianca se encheu de um amor imenso pelo pai, por mais irascível e teimoso que ele pudesse ser.

Ela sentiu, no entanto, que Max não queria falar sobre o dele.

— Vocês foram felizes na casa do seu avô?

— Em Lincolnshire? — Ele deu de ombros e suspirou. — Suponho que sim. Meu avô tinha uma boa propriedade, e eu era um garoto com toda a liberdade para explorá-la. A liberdade me caía bem.

— E sua mãe?

— Morreu quando eu era pequeno — disse ele após um instante. — Na primavera. Preocupação demais e dinheiro de menos.

Bianca mordeu o lábio, imaginando um garotinho entristecido, abandonado pelo pai e sozinho no mundo, tendo que cuidar de si mesmo.

— Como ela se chamava?

— Adelaide. Adela era como a família a chamava. Meu pai voltou por tempo suficiente para pegar tudo que tínhamos de valor. Depois foi para a França, até onde sei. Se houver alguma justiça neste mundo, caiu em alguma vala em Paris e está apodrecendo lá até hoje.

Bianca congelou com a tranquilidade na voz dele.

— Mas... você é primo de um duque — lembrou ela, com a voz vacilante.

— Primo *distante*, e nada digno da bondade de Sua Graça. Minha mãe tentou pedir ajuda a eles — continuou Max, tão calmo como se eles estivessem discutindo a respeito do clima. — Desesperadamente. Meu pai costumava se vangloriar muito desse parentesco, então minha mãe achava que isso significava alguma coisa. Ela demorou para descobrir que o pai e o avô dele consideravam meu pai um patife da pior espécie. Não que eles mesmos fossem qualquer modelo de decoro, vale ressaltar. Ela escolheu meu nome na esperança de que algum dos dois me proveria algum sustento ou, ao menos, me garantiria um trabalho. Ela achava que eu seria um bom secretário — disse Max, inclinando a cabeça e, incrivelmente, Bianca achou que ele estava sorrindo. — Imagine só, alguém confiar em mim para lidar com questões comerciais e correspondências.

O comentário machucou, mesmo que não fosse a intenção dele. Bianca tinha encarado a chegada de Max a Marslip com uma desconfiança evidente, considerando-o um caçador de fortunas superficial e chamando-o de idiota na cara dele. Ela umedeceu os lábios.

— Você, afinal, estudou direito por um ano...

— Ah. Você se lembra disso? — perguntou ele, assentindo com a cabeça. — Depois que minha mãe morreu, a irmã mais nova dela, Greta, me acolheu. O marido dela da época era advogado. Ela me mandou para Oxford por um ano, e então estudei direito com ele antes de ele falecer.

— Mas depois você deixou a universidade — disse ela lentamente, tentando encaixar as peças dele em um inteiro que fizesse sentido.

Um pai inútil, porém mãe e família afetuosas. Universidade e escritório de advocacia, mas sem profissão. Quase morreu de fome um ano, mas tinha os modos e os ares de um cavalheiro. Até na primeira vez que fora jantar em Perúsia sua reputação o precedia: um homem devasso, um jogador, um cafajeste perigoso.

— Sim, deixei — confirmou Max, dando uma ênfase seca àquela última palavra. — O sócio do meu tio achou que eu estivesse tentando seduzir a esposa dele. Se eu não tivesse saído, ele teria me mandado embora... Ele disse a todos os colegas advogados que eu tinha feito aquilo, e nenhum quis me empregar. Esse foi o fim da minha carreira no direito.

A indignação encheu o peito de Bianca. Sem pensar, ela colocou a mão na dele.

— Que mentira odiosa!

Ele ficou duro feito pedra.

— Você não acha que eu a seduzi?

Bianca enrubesceu. Não, ela não achava.

— Seduziu?

— Não — respondeu ele baixinho. — Mas fico contente por você não presumir que sim.

Ela não sabia o que dizer. E, quando tentou desvencilhar a mão da dele, percebeu que os dedos dele tinham se fechado em torno dos seus, tão de leve que ela mal sentira.

— Você devia ser muito jovem — comentou ela com a voz vacilante.

A sensação de estar sentada ali, permitindo que ele segurasse sua mão, parecia chocantemente correta.

— Dezoito anos — concordou ele. — O velho Tibbets sabia que a esposa gostava de homens jovens e, por isso, só empregava secretários mais velhos. Meu tio o persuadira a me aceitar, mas imagino que ele não gostasse de mim desde o princípio, certo de que eu o trairia — disse Max em um tom levemente desdenhoso. — No fim das contas ela de fato me convidou a me deitar com ela, mas ela não só era esposa do meu chefe, como também já tinha um amante mais jovem. Tibbets nunca suspeitou que o aprendiz de alfaiate estivesse aquecendo os lençóis dela toda vez que entregava um casaco ou calça novos. E ele era um homem vaidoso, que encomendava um casaco novo todo mês.

Bianca não conseguiu evitar e soltou uma risadinha breve.

— Concordo — disse Max, surpreso. — Velho tolo.

— O que você fez, então? — quis saber ela.

— Um homem solteiro sem dinheiro nem profissão? As mesas de jogo, minha querida.

— Você era bom?

— Excelente — respondeu ele, dando uma piscadinha.

Ela riu, e ele sorriu. Em algum ponto durante a conversa, Bianca tinha deslizado pelo banco até estar bem ao lado dele, a ponto de discernir suas expressões.

— Então você não era um cafajeste indolente quando foi a Perúsia — constatou ela, sentindo-se como se tivesse retirado um véu de seus olhos. — Eu achei que você era um caçador de fortunas dos mais inescrupulosos, que queria o dote de Cathy e a fábrica do meu pai porque não tinha nada. Pensei que você tivesse encantado meu pai com conversas vazias sobre seu parentesco com o duque de Carlyle e não quisesse nada além de dinheiro.

A mão dele se mexeu na dela.

— Sinto muito por pensar o pior de você — acrescentou Bianca. Sentia um remorso genuíno. Estivera errada e devia um pedido de desculpas sincero a ele. — Espero que possa me perdoar.

Ele se virou, pegando a outra mão dela também.

— Bianca...

— Sim?

O rosto dele estava pálido em meio à escuridão dos jardins. O luar conferia a ele um aspecto cansado e assombrado; seus olhos estavam sombrios e obscuros. Em vez de responder, ele a beijou.

Dessa vez, Bianca estava pronta. Ela não sabia se tinha entrado no bosque para que ele a beijasse, mas tinha ido até lá sabendo que era uma possibilidade. Não deixara de perceber nem por um segundo o desejo ardente no olhar dele desde que vira seu vestido, nem o fascínio com que ele observava seu busto toda vez que ela respirava fundo. O vestido era bastante justo, mas talvez — talvez — ela tivesse exagerado a postura algumas vezes para ver como ele reagiria.

Então ele a estava beijando, segurando sua nuca com uma mão. E ela o estava beijando de volta, porque ele não era o cafajeste que ela imaginava, e ela não conseguia mais lutar contra a atração que sentia por ele.

— Meu Deus, como eu quero você... — sussurrou ele, salpicando beijos em sua testa.

— Estamos em um jardim público.

Bianca pensou que, se não estivessem, eles certamente consumariam o casamento naquela noite.

— Eu sei. — Max repousou a testa na dela; seus dedos brincavam com os longos cordões de pérolas que escorriam por seu peito. — Mas com discrição...

Bianca ficou tensa.

— Como? Você quer fazer em um *jardim*?

— Não dessa vez. Mas ainda há... prazeres... que podemos...

O coração dela estava palpitando, e sua pele formigava.

— Quais prazeres? — sussurrou ela.

— Você confia em mim?

Ele escorregou do banco e se ajoelhou diante dela. A capa preta amontoou-se como uma lagoa em torno dele. Max deslizou um dedo pela parte interna do tornozelo dela.

Bianca, nervosa, olhou de um lado para o outro, mas estavam sozinhos. Estava completamente escuro, e mal se podia avistar a lamparina mais próxima, no final da trilha. E as palavras dele foram tão provocantes: *Você confia em mim...*

Ela engoliu em seco e assentiu.

Capítulo 22

—Eu não irei machucá-la, meu amor. Jamais.

A voz de Max não passava de um murmúrio enquanto ele afastava lentamente os joelhos de Bianca. Ela quase engasgou. Outra olhada nervosa em volta confirmou que não havia ninguém.

Max ergueu suas saias, segurando a barra em seus joelhos. O olhar dele não se desviou do rosto dela em momento algum. A pulsação de Bianca acelerou — de excitação.

— Eu quero lhe dar prazer — sussurrou ele.

As mãos dele estavam em suas coxas, alisando sua pele desnuda e enviando ondas de arrepio por seu corpo.

— Eu nunca… — começou Bianca, sem saber como dizer que ela, ao contrário dele, não tinha ideia do que fazer.

— Eu sei — murmurou ele. — É só pedir que eu paro.

Os polegares dele tocaram os cachos entre suas pernas, e Bianca enrijeceu, prendendo a respiração em uma expectativa nervosa.

Aquilo era tão atípico dela… Bianca sentia-se como se estivesse em um sonho, ou observando tudo de longe. Mas quando ele a tocou *lá*, suas costas se curvaram e ela jogou as mãos para trás e segurou o banco diante da sensação que reverberou pelo corpo.

— Max — arfou ela.

Ele parou. Bianca puxou o ar com força e anuiu levemente. O sorriso devasso e selvagem de Max foi crescendo e, quando ele segurou sua cintura para puxá-la mais perto, posicionando-se melhor entre seus joelhos, ela apenas gemeu, encorajando-o.

Prazeres com que a maioria das mulheres apenas sonha.

Cada respiração dela era com um espasmo enquanto ele a tocava. Os dedos dele acariciavam e afagavam sua intimidade tão despreocupadamente que era como se ele fosse passar a noite toda fazendo só aquilo. Bianca mordeu o lábio inferior para conter gemidos e palavras de incentivo. Ela estava tensa e a ponto de explodir, torcendo os dedos dos pés.

— Tão macia... — sussurrou ele. — Tão molhada...

O polegar dele a penetrou mais fundo, deslizando com facilidade. Ela *estava* molhada, e sua pele formigava em todos os lugares enquanto ele a acariciava, delicada e lentamente, com tanta leveza que ela estava quase explodindo de frustração.

— Você está parecendo uma deusa esta noite.

A voz dele era um entorpecente, mais potente que o vinho. Suas palavras fizeram os músculos de Bianca se contraírem, e uma pulsação de desejo quase a fez cair do banco.

— Sombria e linda... Ousada e cheia de desejo... Uma senhora da noite, de cetim preto e pérolas...

— E isso quer dizer que... Você não se impressiona comigo todos os outros dias? — perguntou ela, arfando.

Ele deu uma risada grave e secreta.

— Eu desejo você mesmo quando está usando aquele velho vestido azul com marcas de queimadura na saia, com alume na manga e tinta nos dedos. Quando você está com aquela pequena ruga entre suas sobrancelhas, um sinal de que está trabalhando em algum esmalte complicado. Eu a desejaria com um hábito de freira ou um avental de leiteira. É você, não o vestido.

— Ótimo — disse ela, com a voz rouca. — O vestido é de lady Carswell, preciso devolver...

— Então preciso aproveitar esta chance ao máximo.

Ele ergueu-se sobre os joelhos, com a mão ainda se movendo debaixo das saias dela, atormentando-a, e tocou seu mamilo com a boca. Bianca jogou a cabeça para trás, permitindo sem pudor que ele a beijasse ali. O banco era baixo, e a boca dele estava bem na altura de seus seios, e seu beijo era fascinantemente suave...

— Respire — sussurrou ele, e Bianca percebeu que estava prendendo o ar.

Arfando, ela encheu os pulmões, e ele engatou um dedo dentro do corpete e puxou, expondo seu mamilo. Max soltou um ruído gutural grave e primitivo de prazer e o sugou entre os dentes, a palma da mão segurando as costas dela para mantê-la imóvel.

Bianca choramingou. Ele colocou um dedo longo dentro dela. Todo o seu corpo se contraiu em torno dele e, dessa vez, foi Max quem gemeu. Ele removeu o dedo e voltou a colocá-lo, posicionando o polegar de volta no mesmo lugar e acariciando com mais força.

O barulho repentino de risos quase a fez desmaiar de pavor.

— Max — exclamou ela, segurando o braço dele. — Pare!

Os olhos escuros dele brilhavam. Com a mão livre, ele puxou o capuz de seu dominó e se abaixou, escondendo o rosto em seu colo. O olhar aflito de Bianca analisou a figura dele, e ela percebeu que a capa de Max se mesclava com o preto de seu vestido, tornando-o invisível, ao menos sob a pouca luz do luar.

Ele não retirou a mão, no entanto. Bianca sentiu os lábios dele na parte interna de sua coxa. Ela endireitou-se subitamente, segurando a beirada do banco com todas as forças.

Um casal apareceu na trilha, andando de braços dados e rindo. Pelos passos vacilantes, Bianca supunha que estivessem bastante embriagados. O homem a viu, murmurou uma obscenidade bem-humorada e ergueu uma mão. A mulher aninhou a cabeça no ombro dele, rindo, e os dois se afastaram, desaparecendo entre as árvores.

A boca de Max estava na dobra de sua coxa. Sua língua deslizava na pele dela.

— Já foram — informou ela enquanto seus joelhos se fechavam em torno dele.

Ele a puxou para mais perto, até ela estar quase caindo do banco, e Bianca sentiu o calor de sua respiração em seu ponto latejante. E, então, a boca dele, a língua dele, potente e molhada sobre ela.

Todas as intenções de permanecer silenciosa e discreta abandonaram sua mente. Bianca ergueu os quadris, perplexa consigo mesma, com Max, com a maneira imprudente e atrevida como eles estavam se comportando. Talvez ele estivesse acostumado com aquilo, mas ela não estava. No entanto, foi sua voz que sussurrou um encorajamento frenético enquanto ele deslizava os dedos para dentro dela e a sugava, puxando intensamente e a fazendo estremecer.

Ele removeu o capuz e ergueu a cabeça. Sua boca brilhava sob o luar.

— Goze para mim... — disse ele com a voz rouca, colocando a mão na lombar dela enquanto seus dedos a penetravam fundo e seu polegar a provocava além do suportável.

Ela mordeu os lábios para não gritar. Lágrimas empoçaram em seus olhos. Com ambas as mãos, ela apertou o pulso dele até seus dedos ficarem dormentes, e então ela gozou.

Ela sabia do que se tratava; Marslip não era desprovida de livros eróticos, e Bianca tinha várias primas casadas. Em sussurros orgulhosos e com detalhes desconcertantes, elas contaram a ela e a Cathy tudo o que as irmãs Tate deveriam esperar na cama de senhoras casadas. Nenhuma havia descrito adequadamente aquele êxtase, aquela leveza de outro mundo, aquele momento de deleite tão intenso e selvagem que ela achava que poderia chorar ou explodir em risos histéricos.

Quando os tremores cederam, ela desabou sobre o corpo dele, tentando recuperar o fôlego. Max pressionou os lábios na sua testa, alisando suas anáguas e saias. Ele a abraçou delicadamente, até ela se recuperar o suficiente para se endireitar no banco.

— Essa foi a imagem mais gloriosa que eu já vi em Vauxhall, ou em qualquer outro lugar — disse ele naquele tom grave e íntimo que sempre deixava Bianca arrepiada.

Ela corou. Talvez todo o seu corpo estivesse enrubescendo, visto que se sentia como se estivesse reluzindo.

— Obrigada — disse ela, encabulada.

Em resposta, ele a puxou para perto, envolvendo-a com os braços. Ela se aninhou nele por um instante, até perceber que ele tremia.

— Max — sussurrou ela.

— Sim, querida?

— Você não... Você não gozou, não é?

A risada dele foi ofegante.

— Você sabe como é, não sabe?

Ela endireitou-se, nervosa, porém determinada.

— É tão maravilhoso assim para os homens também?

Ele apenas sorriu, tenso e feroz. Aparentemente, sim.

— Quero satisfazer você — disse ela. — Nada mais justo...

Ele afastou o corpo de súbito, quase caindo.

— *Não*. Não aqui. Eu farei amor com você em uma cama, adequadamente, não pressionada contra uma árvore... — Ele parou, com o rosto congelado.

Então ele já tinha feito contra uma árvore, provavelmente ali em Vauxhall, talvez com alguma daquelas mulheres que tinham encontrado antes. Bianca afastou a pontada de ciúme; aquilo tudo era passado. Ela focou na questão presente, ou seja, no fato de que ele lhe dera prazer e ela queria fazer o mesmo por ele. Era justo, é claro, mas ela também tinha um desejo intenso de saber como seria senti-lo sob suas mãos. Ela *queria* tocá-lo.

— Deve haver alguma forma...

Ele engoliu em seco. Seus olhos se fecharam.

— Bem... sim... há...

Lentamente, ele desabotoou o colete e o tirou de dentro da calça. Max abriu os olhos e fitou os dela enquanto se sentava sobre os calcanhares e colocava as mãos no cós da calça.

Ela se moveu até a beirada do banco.

— Devo...?

— Não — grunhiu ele. — Você... observa. Se você me tocar, vou desandar na mesma hora.

Ele afastou a parte da frente da calça, encarando-a como se estivesse em um transe, e desamarrou a roupa de baixo.

Bianca inclinou-se para a frente para ver melhor enquanto ele segurava o próprio membro. Lady Dalway a levara a uma galeria de arte onde ela e lady Carswell haviam admirado abertamente os nus das pinturas e esculturas. Bianca as estudara mais analiticamente, uma vez que nunca havia visto um homem totalmente desnudo antes. E Max...

... não era o que ela tinha visto na galeria. A ereção dele era mais longa, mais larga, erguia-se rígida de sua virilha. Ele inclinou-se para trás, abrindo bem os joelhos, e envolveu o membro com a mão, exibindo-se descaradamente para ela. Devagar, ele deslizou os dedos para baixo, então relaxou e puxou a mão para cima.

— Meus dedos ainda estão molhados de você — disse ele em uma voz grave. — Do seu prazer.

Outro movimento da mão...

— É por isso que... eu estava molhada?

Bianca deveria estar morrendo de vergonha por estarem conversando sobre aquilo, mas não conseguia tirar os olhos da mão que deslizava.

— Sim — disse ele com a voz vacilando, e de repente as articulações de seus dedos esbranquiçaram. — Para tornar as coisas mais fáceis quando nossos corpos se unem. Para tornar o ato deliciosamente satisfatório para nós dois.

Ela imaginou aquela ereção dura a penetrando em vez dos seus dedos, e sentiu-se quente e agitada novamente.

— É bem maior que seus dedos...

— E quanto prazer eles lhe deram? — perguntou ele, soltando o ar em um sibilo ao final do movimento seguinte.

Mais do que ela tinha imaginado. Ela observou os movimentos dele ficarem mais rápidos e o aperto se tornar mais forte.

— Max — sussurrou ela, aflita. — Quero tocá-lo. Por favor.

Ele inspirou bruscamente e abaixou a cabeça. Os dedos pararam, apertaram o membro e um líquido jorrou em sua mão. Max jogou a cabeça para trás, seu rosto tenso, e soltou o ar em outro suspiro trêmulo.

— Da próxima vez — prometeu ele em uma voz vacilante, olhando para o céu. — Você vai poder me tocar o quanto quiser.

Na próxima vez. Claro que haveria uma próxima vez. E não seria em um banco de um jardim público, independentemente de estarem sozinhos e de estar escuro. Bianca estava cansada de lutar. Ela apenas fez que sim e ofereceu seu lenço a ele.

Max abotoou a calça e a ajudou a ajeitar a saia. Com uma devoção tocante, ele arrumou o cabelo dela nos lugares que ela não conseguia ver e garantiu a ela que a tiara estava no lugar certo. Então, ele ofereceu o braço e a conduziu de volta ao bosque iluminado, cortês e decente como sempre, como se nada de excepcional tivesse acontecido.

Mas tinha. Algo que abalara o mundo de Bianca.

Naquela noite, ela o tinha visto, ouvido, sentido. Ali, em Londres, ambos saíram de detrás de suas fortalezas — tirando as máscaras, literalmente —, e aquilo lhe deu uma grande esperança para o futuro.

Podiam ter um casamento bom, cordial, cooperativo... prazeroso. *Intensamente* prazeroso. Não era amor, mas era bem melhor do que o impasse frio que eles viviam até então.

E, pela primeira vez, aquele pensamento provocou uma onda de felicidade em seu corpo.

Capítulo 23

A NOITE EM Vauxhall, infelizmente, acabou sendo o ápice de sua estadia em Londres.

Max passara o restante da noite acordado, revivendo cada momento delicioso em sua mente. Ele soube, naquele dia na sacristia, que Bianca, ao contrário da irmã, tinha o potencial para enfeitiçá-lo e encantá-lo, e agora ela havia conseguido. Se Deus tivesse julgado prudente levá-lo enquanto ele dormia aquela noite, Max pensou que teria morrido um homem feliz, tendo como última visão Bianca no banco, com a cabeça jogada para trás de gozo, as saias amarrotadas em torno da cintura, as pernas claras e torneadas abertas para ele.

Aquilo, pensou ele, era suficiente para uma noite. O jogo havia lhe ensinado a nunca abusar da sorte. Era melhor sair da mesa cedo e asse-gurar o lucro do que continuar jogando e perder tudo por imprudência. Max levou a esposa para casa, deu-lhe um beijo carinhoso e desejou boa noite. O olhar demorado e curioso que ela lhe lançou o deixou tentado a terminar o que haviam começado e levá-la para a cama, mas ele se conteve. Faria tudo do jeito certo, para que, quando ela enfim viesse até ele, fosse total e completamente sua.

Se Max soubesse o que aconteceria dali a alguns dias, talvez não tivesse sido tão otimista com relação a isso.

Dois dias depois, ao chegar em casa, uma carta esperava por ele. Lawrence o seguira pelas escadas e fechara a porta do quarto antes de entregá-la.

Até aquele momento, Max estava incomumente bem-humorado. Ele tinha diversos pedidos em potencial, graças, em parte, aos elogios fervorosos de Serafina à louça vermelha e, em parte, à sua agenda diligente de visitas. Tinha ido ver todos os amigos e conhecidos em Londres — todos que podiam bancar produtos de Perúsia. Em cada visita, levou uma caixa de veludo com algumas peças selecionadas e deixou um cartão de visitas pintado à mão. Max era amigo de um velho artista que, passando por dificuldades, ficara feliz em aceitar a modesta encomenda, de modo que Max acabou com cartões de visita de qualidade artística bem acima da média.

Se Max havia aprendido alguma coisa durante seus anos de escassez e pobreza era que as pessoas ricas queriam que todos soubessem que elas tinham dinheiro. Raro era o avarento que ocultava sua fortuna e vivia modestamente; a maioria vivia de modo a refletir seu status.

Como ele havia imaginado, as pessoas queriam a louça vermelha de Perúsia.

Max chegara em casa entusiasmado com um pedido do duque de Wimbourne para visitá-lo com amostras no dia seguinte, ávido para contar a novidade a Bianca durante o jantar. Retornariam a Marslip em breve, e uma encomenda de Wimbourne seria a cereja do bolo.

E então, Lawrence arruinou tudo.

— Aqui, senhor — disse o homem, entregando a carta.

Em um piscar de olhos, o humor de Max desandou. Ele ficou olhando para o papel por um bom tempo.

— Quando chegou?

— Esta manhã, pouco depois de o senhor sair.

Max anuiu. Ele havia deixado Lawrence a postos justamente por esse motivo, mas esperava, contra todas as probabilidades, que não fosse necessário.

— A sra. St. James viu?

— Não, senhor. Eu interceptei a carta enquanto ela ainda estava no escritório, escrevendo.

Max respirou fundo lentamente, grato por aquela notícia, ao menos. Por fim, pegou a carta.

— Quem entregou?

Lawrence balançou a cabeça.

— Não vi. Talvez Martha saiba, mas eu não sabia se o senhor gostaria que eu perguntasse e acabasse chamando atenção.

Maldição. Max também não sabia.

— Fez bem — disse ele ao valete. — Obrigado.

Lawrence sorriu, surpreso.

— Por nada, senhor. Lorde Percival nunca me agradeceu.

Max conseguiu dar um sorriso fraco.

— Espero convencê-lo a continuar comigo, mesmo depois de ele se recuperar de sua desgraça.

O homem piscou, e então fez uma mesura.

— Está se saindo bem até agora, sr. St. James.

Ele saiu e fechou a porta.

O sorriso de Max desapareceu antes mesmo de o trinco travar a porta. A carta em sua mão parecia quase zumbir com sua intenção ameaçadora, como se talvez tivesse sido escrita com uma tinta venenosa que o infectaria apenas de tocá-la. Não havia outra possibilidade, não tendo chegado tão pouco tempo depois da anterior, não enquanto ele estava em Londres, desconfortavelmente próximo do ninho da víbora.

Pesaroso, ele rompeu o selo e abriu.

O de sempre. A víbora queria dinheiro, e tentava extorqui-lo com chibatadas urticantes de culpa, vergonha e medo. Não havia qualquer ameaça explícita, mas estava ali, de toda forma. Max teria simplesmente queimado a missiva, como fizera com a última, se não fosse pelo parágrafo final.

Meus cumprimentos a sua esposa. Uma bela mulher, com seu traje majestoso em Vauxhall. Ela sabe quem você é, Maxim? Você parece apaixonado por ela, meu rapaz. Sem dúvidas ela ficaria atônita ao descobrir seus segredos... Sei que você não contou a ela tudo a seu respeito...

Maldito seja, pensou Max em uma fúria violenta. Os dedos dele apertaram o papel com tanta força que o amassaram. Ele queria rasgar a carta, encharcar os pedacinhos em óleo e botar fogo, torcendo para que as chamas consumissem a alma do homem que a tinha escrito.

Ele respirou fundo, forçando sua mente a se acalmar. Não havia selo postal; a carta havia sido entregue em mãos, o que indicava que tinha vindo de Londres. Será que isso significava que o autor havia retornado à cidade, ou enviado um de seus espiões a Londres? Ele sempre tivera um bando de figuras desonestas dispostas a assisti-lo.

E alguma delas vira Bianca com ele em Vauxhall.

Com uma maldição repentina, ele atravessou o quarto e abriu a porta. Max chamou por Lawrence e desceu as escadas correndo, pegando, ao chegar à porta, o chapéu e a capa de Martha, que aparecera correndo quando ele gritou.

Lawrence quase caiu na escadaria, tamanha pressa.

— Sim, senhor?

— Preciso sair — avisou Max, ciente da presença de Martha no final do corredor. — Com urgência.

Ele inclinou a cabeça enquanto colocava a capa sobre os ombros.

Obedientemente, Lawrence o seguiu. Dessa vez, assim que saiu, Max vasculhou rápido a rua. Tudo parecia normal, mas já fazia bastante tempo que ele não via sua nêmesis.

— Quando a sra. St. James vai chegar em casa? — perguntou ele a Lawrence.

— Não sei ao certo, senhor. Bem antes do jantar.

Max ficou olhando para ele.

— Por volta das quatro, imagino — acrescentou o criado rapidamente. — É quando ela geralmente retorna.

— Ela foi à loja de Cheapside? Ou tinha planos com lady Dalway?

— À loja, senhor.

Maldição. Ele não ficaria tão preocupado se ela estivesse sentada na elegante sala de visitas de alguma mansão ou em uma loja de chapéus com Serafina e as outras.

— Quero que você vá até lá e a acompanhe até em casa. Não até ela estar pronta, é claro, mas certifique-se de que Bianca chegará em casa em segurança.

— O sr. Cooke não estará lá, senhor?

Max não confiava a segurança de sua esposa a nenhum corretor imobiliário. Cooke queria alugar uma loja para ela, nada mais.

— De nada me importa se Cooke está lá. Vá e garanta que ela chegue em casa sem maiores problemas.

Ele havia contratado Lawrence porque o homem estava disponível, tendo sido dispensado por Percy Willoughby sem muito aviso prévio. Ele tinha um olhar aguçado para roupas, não se esquivava de suas obrigações e sabia quando ficar de boca fechada. Mas Lawrence tinha outros três atributos que Max valorizava: ele era inteligente, observador e gostava de boxe. Max o vira nocautear homens maiores e mais corpulentos do que ele com um único soco.

Max aprendera do jeito mais difícil como era benéfico ter um camarada forte e leal ao seu lado.

— Tenho assuntos importantes para resolver — continuou ele. — Se puder, eu mesmo irei a Cheapside para trazer minha esposa para casa. Mas, se não conseguir, quero que você esteja lá.

Lawrence anuiu com a cabeça.

— Sim, senhor. Irei imediatamente.

Max tirou alguns xelins da carteira.

— Alugue um cavalo.

— Senhor... O que devo dizer a ela? Ela ficará surpresa ao me ver.

Max hesitou. Ele não queria alarmar Bianca, não até poder explicar tudo a ela.

— Diga que estou ansioso para vê-la — instruiu ele, relutante, porque não gostava de mentir para a esposa. — Explique que ela pode terminar o que foi fazer lá, mas que eu gostaria que voltasse para casa assim que possível.

Lawrence assentiu e voltou para dentro da casa para apanhar o chapéu e o casaco. Max seguiu andando para o sul, em direção ao rio, aflito demais para pegar o cavalo ou a carruagem.

Ele encontrou o homem que procurava em Whitehall, perto do Jardim Privy. William Leake estava apoiado em um poste, parecendo dissoluto e bêbado. Ao ver Max, endireitou a postura e cambaleou até a taberna mais próxima, onde se sentaram numa mesa nos fundos.

— Alguma notícia? — perguntou Max sem rodeios.

Leake balançou a cabeça.

— Ainda não. É uma questão complicada, o senhor entende.

Max suspirou. Ele sabia muito bem.

— Quero que você encontre outra pessoa, agora.

— Está bem — respondeu Leake sem hesitar. — Outra mulher? Ou não vamos mais procurá-la?

Max odiava desviar Leake daquela tarefa. O homem tinha feito pouco progresso, embora meses já tivessem se passado. Max o havia contratado com o dinheiro recebido da duquesa de Carlyle e esperava que Leake já tivesse tido sucesso àquela altura.

— Vamos. Não vamos parar até encontrá-la. Mas, agora, preciso saber o paradeiro de um homem.

— Um cavalheiro?

Leake apoiou os ombros na mesa, seus olhos se moviam inquietos pela taberna.

— Definitivamente, não — murmurou Max. — Mas suponho que ele se considere assim. Com certeza gosta de viver como um.

— Não gostamos todos, meu velho? — perguntou Leake, sorrindo.

— O que ele fez? — Max lançou um olhar feio, e o detetive deu de ombros. — É só curiosidade. Como ele se chama?

— Tenho razões para acreditar que ele pode estar em Londres — disse Max, ignorando a pergunta. — Ele é de Bristol, e estava vivendo em Reading recentemente.

— O que o faz pensar que esteja em Londres?

— Recebi uma carta dele hoje, entregue por um mensageiro. Ele falou de coisas que só alguém que está aqui poderia ter testemunhado. Talvez tenha sido outra pessoa, reportando-se a ele, mas, dado o intervalo de tempo, é improvável. Se ele não está em Londres, está bem perto.

— Como ele se chama? — perguntou Leake novamente.

A mera menção do nome deixou um gosto ruim na boca de Max.

— Silas Croach.

Leake pausou, agora com o olhar fixo em Max, que, sombriamente, confirmou.

— É o marido dela.

Bianca não sabia ao certo quando acontecera, mas tinha passado a gostar bastante da ideia de Max de criar uma nova linha de louças.

— O que você acha do nome Louças Fortuna? — perguntou ela a Jennie.

Tinham voltado para ver a loja em Cheapside. Bianca sentia-se feliz só de entrar ali. Admitia que Max estava certo com relação ao salão de exposição, agora que tinha conhecido várias damas da sociedade londrina e visto suas casas. Mas aquela lojinha pitoresca também lhe agradava muito, e ela se pegou querendo concordar com o valor do aluguel e voltar correndo para Marslip para começar a trabalhar em louças novas, mais simples.

E, talvez, em artigos de porcelana também, a despeito da relutância de seu pai. A confiança ilimitada de Max era inebriante.

— Louças Fortuna? O que é isso? — Jennie estava abrindo portas de armários e inspecionando as gavetas. Bianca tinha pedido a ela que analisasse a loja com os olhos críticos de uma mulher trabalhadora. — Mas soa muito bem.

— Soa, não é?

Bianca esticou os braços no aconchegante vão da vitrine, organizando mentalmente as peças em uma mesa. Pensou que eles deveriam começar com um esmalte verde simples, já que todos em Perúsia estavam acostumados com ele. Ela imaginou uma toalha de mesa branca simples, com as louças verde-claras e castiçais pintados de amarelo. Uma terrina sempre causava um impacto; amarela também, pensou ela, para combinar com os castiçais.

— Talvez seja o nome desta loja. Fortuna, de Tate e Filhos.

Jennie se juntou a ela.

— E venderão o quê?

— Todo tipo de louça para casa. Jogos de jantar, manteigueiras, potinhos de ruge. Não tão fina quanto a louça de Perúsia, mas, ainda assim, de boa qualidade.

Os olhos da criada se arregalaram.

— Cerâmica nova! Na fábrica?

Bianca não sabia ao certo onde Max pretendia produzir a louça nova. Ele queria usar alguns dos ceramistas deles, contudo, e, presumivelmente, esmaltadores e pintores também. Precisaria ser perto de Marslip, se ele queria empregá-los.

— Em algum lugar — respondeu ela vagamente. — Ainda estamos refinando o plano.

— Ah. Bem, tenho certeza de que correrá tudo bem, se a senhora e o sr. St. James estão no comando. — A garota assentiu com a cabeça diante da expressão atônita de Bianca. — Sim, entre vocês dois, nem mesmo o sr. Tate poderá se opor!

— Entre nós dois — repetiu Bianca devagar. — O que quer dizer com isso?

Jennie piscou.

— S-Só que o sr. St. James é um homem inteligente, senhora, e tem uma boa lábia. Thérèse, a aia da sra. Farquhar, disse que ele conseguiria liderar um exército inteiro, se enfiasse isso na cabeça. Acho que ela já o conhecia.

Bianca abriu a boca, surpresa.

— O que ela disse sobre ele?

— Só coisas boas! — Jennie tratou de garantir, percebendo que tinha falado demais. — Ela disse que a sra. Farquhar o achava o homem mais charmoso e ousado que ela conhecia, e falava dele com frequência.

Bianca apertou os lábios. Parecia um elogio bastante inocente, mas, às vezes, ela tinha a sensação de que Clara admirava Max um pouquinho demais.

— O que mais?

— Que a sra. Farquhar acha que a senhora é uma mulher muito afortunada por tê-lo como marido. — Jennie ficou vermelha feito um pimentão. — Até mesmo Thérèse acha que ele é extremamente bonito.

— Bem… — Bianca pigarreou. Sua aia não deveria ter fofocado tanto, mas a culpa também era dela, por ter perguntado. — Ele é, obviamente. Nem Thérèse e nem a sra. Farquhar são cegas.

Jennie abriu um sorriso largo de alívio.

— Não, senhora!

Durante aquela conversa, Bianca olhava pela janela. As revelações de Jennie a tinham distraído, mas agora ela percebia que estava observando um homem parado do outro lado da rua. E, com um sobressalto, ela percebeu que o homem estava olhando de volta para ela.

Era alto e magro, com os ombros um pouco arqueados, dando a impressão de ser mais velho. Vestia roupas comuns, de cores sóbrias e sem renda, e seu chapéu estava inclinado despretensiosamente, escondendo seu rosto. Ele estava apenas parado ali, apoiado em uma bengala com ponta prateada, olhando direto para ela.

— Jennie — disse Bianca —, você reconhece aquele homem do outro lado da rua?

Jennie ergueu os olhos.

— Não, senhora. Quem é?

— Não sei — respondeu ela, pensativa.

O homem não tinha se mexido. O sino acima da porta tilintou, e Bianca afastou-se da vitrine para ver quem era. Lawrence, o valete de Max, estava parado ali, com o chapéu nas mãos. Ele fez uma reverência.

— Senhora.

— Algum problema em casa? — perguntou ela, surpresa.

Ele balançou a cabeça, embora seu sorriso fosse um pouquinho acanhado.

— De forma alguma, senhora. O sr. St. James me mandou para garantir que estava tudo bem com a senhora e pedir que vá diretamente para casa quando terminar aqui. Eu... hã... acredito que ele esteja ansioso para compartilhar algumas notícias com a senhora.

— Ah é? — perguntou ela, incapaz de evitar o sorriso instintivo. — Que tipo de notícias?

— Não sei, senhora — respondeu o Lawrence. — Mas ele estava sorrindo quando me mandou aqui.

Jennie riu baixinho, e o sorriso de Bianca se alargou. Ela sabia que Max tinha entrado em contato com o duque de Wimbourne, na esperança de que a louça de Perúsia agraciasse uma mesa ducal. Seu pai se regozijaria imensamente, e seria a cereja do bolo de sua visita a Londres.

— Está bem — disse ela. — Já estou terminando.

Ela se virou para continuar medindo as prateleiras e avistou o homem do outro lado da rua novamente. E, dessa vez, podia jurar que ele a cumprimentou, tocando no chapéu, antes de se virar e começar a se embrenhar na multidão.

— Lawrence — disse ela por impulso —, você conhece aquele homem? De casaco marrom.

Com um movimento repentino, o valete correu até a vitrine, pressionando as mãos na vidraça. Ele olhou para fora com atenção.

— Não, senhora — respondeu ele, quase decepcionado.

— Ah... Ele parecia interessado na loja.

Os braços de Lawrence penderam ao lado do corpo.

— Talvez ele também esteja considerando alugá-la, senhora.

Bianca riu, surpresa. Ela deveria ter pensado nisso.

— É claro. Sem dúvidas. Receio que ele ficará decepcionado. Agora, me deixe terminar essas medições para podermos ir. Jennie, onde você colocou minha fita métrica e o caderno?

Mas, quando Bianca olhou de novo para a vitrine, Lawrence ainda estava olhando com atenção para a rua, com os braços cruzados e as pernas afastadas. Parecia inesperadamente imponente.

Que curioso.

Capítulo 24

No DIA SEGUINTE, Max persuadiu Bianca a ir com ele até a casa do duque de Wimbourne.

— Assim você vai poder garantir a seu pai que vir a Londres não foi uma perda de tempo — disse ele.

Ela torceu o nariz para ele e riu.

— A encomenda de lorde Dalway bastaria para convencê-lo disso, e você já tem várias outras encaminhadas!

— Sim — respondeu Max —, mas ele vai querer ouvir o seu relato também, para saber se eu consegui conduzir os negócios sem manchar o nome de Perúsia.

Bianca lhe lançou um olhar divertido.

— Você deve saber o que penso sobre seus esforços.

— Ora, eu nunca ouvi você expressar qualquer coisa sobre essa questão. — Ele se aproximou, apoiando o cotovelo na mesa de café da manhã e sorrindo maliciosamente. — Qual é a sua opinião sobre mim?

Bianca continuou passando manteiga na torrada, mas seus lábios se curvaram, provocando-o.

— Mais esperto que eu pensei, mas talvez não tão esperto quanto se julga.

Ela lançou um olhar espirituoso na direção dele enquanto mordiscava a torrada. Max riu.

— Nenhum homem é tão esperto quanto julga ser. Continue.

— Mais sensato e pragmático do que eu esperava — admitiu ela —, especialmente se levarmos em consideração como você estava vestido quando nos conhecemos.

Ele inclinou a cabeça em reconhecimento.

— Obrigado.

As bochechas dela começaram a ficar rosadas.

— Bonito demais para o próprio bem.

Ele se inclinou ainda mais para a frente. Aquela pinta no seio dela ficava visível se ele inclinasse a cabeça para a direita, então ele o fez.

— É mesmo, senhora? Por favor, conte-me mais sobre isso.

— Não. O que eu disse provavelmente já vai inflar sua vaidade em proporções monstruosas.

Ele sorriu mais uma vez.

— Ouvir tal elogio de fato fez crescer… minha vaidade. Não posso garantir "proporções monstruosas", é claro, mas é grande o bastante.

Deus. Fazer aquele tipo de gracejo, ouvi-la dizer que ele era bonito, esperto e até mesmo sensato — provavelmente o maior elogio que Bianca poderia fazer — o deixara duro ali mesmo, à mesa de café da manhã.

Aquela pinta também ajudava. Ele sonhava em beijá-la novamente, como tinha feito em Vauxhall.

Os lábios dela se entreabriram quando Bianca entendeu o que ele queria dizer, e seu rubor ficou escarlate.

— E pervertido demais — concluiu ela, embora sua voz tivesse ficado rouca, como sempre acontecia quando ele a beijava e tocava.

— Minha querida, você não faz ideia de como posso ser pervertido — disse Max com um olhar intenso, dando um sorriso lento ao ver o peito dela inflar. — Mas estou ansioso para mostrar o quanto.

A porta se abriu, e Martha entrou com os jornais. A faca de Bianca caiu ruidosamente no prato, e ela endireitou-se na cadeira enquanto Max voltava à sua postura normal.

— Aqui estão, senhor — disse a criada, colocando os jornais na mesa.

Martha era uma ótima criada londrina, nunca deixava transparecer que vira qualquer coisa.

— Venha comigo à Casa Wimbourne — repetiu Max para uma Bianca ainda sem graça.

Ele realmente queria a companhia dela por todos os motivos que listara, mas também para mantê-la por perto. Ele não tivera notícias de Leake, e Max dissera a ele para mandar chamá-lo de imediato, independentemente do horário do dia ou da noite, caso encontrasse Croach. Enquanto aquela víbora estivesse à solta, Max sentia-se tenso e aflito, embora estivesse decidido a esconder isso da esposa.

Lawrence lhe contara que um homem estava observando a loja em Cheapside no dia anterior enquanto Bianca estava lá, mas que ele não conseguira vê-lo muito bem. Aquilo só alimentou as suspeitas de Max de que o próprio Croach estava em Londres.

Com qual finalidade, ele não sabia. E aquilo o deixava ainda mais ansioso para ir embora.

— Bem… — Bianca pigarreou enquanto Martha enchia sua xícara de chocolate quente e se retirava com o bule de prata vazio. — Está bem. Se você quer.

Max pegou a mão dela e beijou.

— Eu quero. Desesperadamente.

Bianca enrubesceu mais uma vez, mas Max respirou aliviado. Quaisquer que fossem as intenções malignas de Croach, ele não tocaria nela.

Bianca esperava que a residência de um duque fosse fasciná-la e surpreendê-la, e a Casa Wimbourne não decepcionou.

Era, de longe, a maior casa que ela já tinha visto, localizada perto do rio. Max lhe contara que havia um grande jardim nos fundos, com a própria escadaria para um embarcadouro no Tâmisa. Ela se esforçou ao máximo para não mostrar quão admirada realmente estava quando foram levados até uma saleta de tanta beleza que Bianca mal conseguia acreditar, e sussurrou isso a Max.

— Espere até ver o restante da casa — foi a resposta dele.

E ele tinha razão. Ela quase não pôde evitar que seu queixo caísse de fascínio diante das obras de arte, da graciosa mobília estofada com seda, dos tapetes de pelúcia. O piso era de mármore, e a cornija da lareira era a escultura mais ornamentada que ela havia visto na vida. Foi só quando se viu em um espelho alto, com moldura dourada, que percebeu como seus olhos estavam arregalados.

O duque apareceu, esfregando as mãos.

— St. James! De todas as pessoas.

— Vossa Graça.

Max curvou-se em uma reverência majestosa. Bianca seguiu seu exemplo, dobrando os joelhos até quase tocarem o chão.

O duque riu e deu um tapinha no ombro de Max, sorrindo. Ele tinha mais ou menos a idade de Max, para surpresa de Bianca, e um ar malicioso. Era alto e magricela, com um rosto mais amigável do que bonito. Suas roupas, embora de qualidade inquestionável, esvoaçavam ao redor dele como se tivessem sido feitas para outra pessoa.

— Apresente sua senhora para mim.

Max a incitou a dar um passo à frente.

— Minha esposa, a sra. St. James, Vossa Graça.

— De fato — disse Wimbourne, fitando-a com olhos calorosos. — É um prazer conhecê-la, senhora.

— Obrigada, Vossa Graça — respondeu Bianca. — É um prazer imenso conhecê-lo.

Wimbourne ergueu as sobrancelhas para Max.

— Pois bem! — Ele caminhou até o sofá e desabou nele. — Vamos ver essa louça que quase fez lady Dalway chorar.

Max e Lawrence entregaram a ele o baú encapado com veludo que ele mandara construir para carregar as amostras.

Agora Bianca compreendia o desejo dele de ter caixas de veludo. Naquela sala linda o bastante para ser habitada por deuses, a louça fina de seu pai surgiu das bandejas cor de marfim aveludadas como joias raras sendo desveladas pela primeira vez — como uma peça da mesa de um anjo. O esmalte escarlate dos porta-ovos reluzia como rubi líquido sobre o tecido claro. Max tirou a molheira como se exibisse uma relíquia sagrada, a sua borda dourada brilhando sob a luz do sol. Prato após prato, tigela após tigela, Max expôs o jogo completo para duas pessoas na mesa próxima, completando-o com bule, xícaras e pires com bordas caneladas, encerrando com uma delicada compoteira, no formato de uma campânula e sustentada por três ninfas, engrinaldada com flores e heras.

Era a substituta daquela que Bianca arremessara em seu pai, todas aquelas semanas antes, quando ele argumentara que Cathy deveria se casar com Max. Bianca fizera um pedido de desculpas silencioso àquela compoteira destruída e ao sr. Murdoch, o modelador que a tinha feito, mas também achava que a nova superava a anterior em todos os sentidos. Se ela não tivesse quebrado aquela primeira tentativa, talvez ele não tivesse se motivado a criar a nova.

O duque também ficou impressionado. Ele a pegou e examinou por todos os lados.

— Maravilhosa — murmurou ele.

Max deu um sorriso pequeno.

— Achei que Vossa Graça iria gostar.

— Achou, é? — disse o duque, os cantos de sua boca tremendo. — Bem! É claro que vou querer. Não posso permitir que a mesa de Dalway seja mais sofisticada que a minha. Por que é que ele teve preferência, posso saber?

— Vossa Graça não estava na cidade — respondeu Max. — Deixei meu cartão de visitas e vim assim que mandou me chamar.

Examinando um porta-ovos contra a luz, o duque bufou.

— Da próxima vez, quero saber primeiro. Meu Senhor! Este esmalte tem um brilho como eu nunca vi igual!

— Vossa Graça *realmente* nunca viu nada igual — disse Max. — A sra. St. James concluiu a fórmula do esmalte vermelho há poucas semanas. O que está segurando é uma das primeiras amostras e, se adquirir um jogo, será o primeiro a exibi-lo à mesa.

Wimbourne baixou o porta-ovos e olhou para Bianca. O coração dela foi parar na garganta diante do olhar atônito dele.

— Você criou isto, senhora? *Você?*

— Sim, Vossa Graça — respondeu ela.

Wimbourne olhou mais uma vez para o porta-ovos, e então para Max, que ainda exibia um sorriso vagamente presunçoso.

— Seu patife espertalhão — murmurou ele. — Minha nossa! Simplesmente inacreditável.

— Quantos jogos, Vossa Graça? — perguntou Max sem se deixar abalar. — Se me permite dizer, os pedidos maiores serão prioridade na fábrica.

Wimbourne bufou.

— Tentando me forçar a encomendar mais, é? Quantos jogos Dalway encomendou?

— Vinte.

— Vou querer trinta, e um jogo de sobremesa, também. — Ele pegou o porta-ovos novamente. — *Você*, sra. St. James? Você formulou esta cor?

— Sim, senhor — repetiu ela. — Eu formulei a maioria dos esmaltes de Perúsia.

O duque a encarou por um longo instante.

— Sempre soube que você era esperto, St. James.

Max começou a colocar a louça no baú.

— O senhor é quem diz, Vossa Graça.

— Em dez anos, nunca o vi fazer uma aposta errada — disse o duque, meneando a cabeça. — Incrível. E ouvi boatos de que Carlyle está doente.

Max parou.

— Está?

— Sim, mais do que de costume. Você é o herdeiro dele, não é?

Wimbourne o observou atentamente.

— O segundo na ordem — corrigiu Max, que pigarreou e fechou a tampa do baú, indicando a Lawrence que o levasse embora. — O capitão St. James, meu primo, é o primeiro na linha.

— Certo, certo — disse o duque, tamborilando os dedos nos joelhos. — Mesmo assim, nunca se sabe. Ele é do Exército, não é? Na Escócia? País perigoso, a Escócia.

— Sim.

— Imagine um capitão do Exército Escocês se tornando um duque! Isso não deixaria Londres em polvorosa?

— Acontecimentos mais estranhos já se sucederam, não tenho dúvidas.

Bianca assistiu à conversa com interesse. Max nunca dissera uma única palavra sobre o duque de Carlyle, além de mencionar o parentesco por parte de pai. Em um primeiro momento, supôs que aquilo o tornaria arrogante; depois, passou a suspeitar de que ele não tocava no assunto para evitar provocá-la. Mas, agora, tinha a impressão distinta de que Max simplesmente não queria falar sobre o assunto.

O que era... estranho, para alguém que se aproveitava da relação tão descaradamente.

— Mais estranhos, sim — aquiesceu o duque, parecendo pensativo. — Não tão estranho quanto o caso Durham, isso garanto. O herdeiro era praticamente um lojista!

— Ele parece ter se adaptado de forma admirável. Como espero que aconteça com o capitão quando Sua Graça partir deste plano mortal.

— Sem dúvidas — concordou o duque num tom amistoso, levantando-se. — Ah... Quase me esqueci de perguntar da sra. Bradford! Espero que ela esteja bem.

Max já tinha se levantado, pronto para partir. Ao ouvir aquele nome, enrijeceu na hora.

— Sim. — Ele fez uma reverência. — Obrigado por nos receber, Vossa Graça.

— Excelente. Mande meus cumprimentos a ela — disse o duque, sorrindo, e estendeu a mão para Bianca. — Meu agradecimento por trazer sua adorável esposa e essa louça maravilhosa. Você *realmente* criou aquele esmalte, senhora? É uma perfeição.

— É, sim — disse Max secamente. — Tenha um bom dia, Vossa Graça.

— Você, também — respondeu o duque, divertindo-se, fazendo uma reverência para Bianca. — Um bom dia, sra. St. James.

Bianca quase teve que correr para acompanhar os passos de Max. Quando chegaram à carruagem, ela estava sem fôlego.

— O que aconteceu? — ela conseguiu perguntar.

— Wimbourne encomendou trinta jogos da louça de Perúsia — disse Max, fechando a porta da carruagem com força e batendo no teto para indicar que podiam partir. — Um triunfo para o seu trabalho, meu amor. Ele tem um olhar exigente.

— Sim, mas...

Bianca o encarou, atônita. Max estava olhando fixamente para a frente. Sua expressão era calma, mas, de alguma forma, hostil.

— Quem é a sra. Bradford?

Max estava imóvel como uma pedra.

— Minha tia.

Os olhos de Bianca se arregalaram. A tia que o havia acolhido depois da morte de sua mãe. Bianca presumira que ela também tinha morrido, mas, aparentemente, não era o caso.

— Por que o duque perguntou dela?

— Ela veio me visitar em Oxford algumas vezes e, em certa ocasião, Wimbourne a encontrou no teatro — disse Max, mas havia algo estranhamente mecânico nas palavras dele. — Wimbourne nunca se esquece de uma mulher. Ele perguntará de você até o dia em que morrer.

— Mas... — Bianca tentou conter a curiosidade e a consternação por ele ter se oferecido para lhe contar qualquer coisa sobre ele em Vauxhall, mas mal ter falado da tia. — Você se afastou dela? — perguntou por fim, insuportavelmente curiosa.

— Não a vejo há muito tempo — respondeu ele após uma pausa.

De repente, Bianca entendeu. Ele era um cafajeste e um jogador. Sua tia, que tentara encaminhá-lo em uma profissão respeitável, devia sentir-se tremendamente decepcionada.

Aquela percepção acalmou seu temperamento e reviveu sua empatia. Max tinha perdido a mãe, o avô, e então sua tia se voltara contra ele. Bianca colocou a mão na dele.

— Sinto muito por Wimbourne ter perguntado sobre ela.

Os dedos dele se fecharam nos dela.

— Ele não tem tato algum. Estou surpreso por não ter perguntado algo pior, como se gostaríamos de acompanhar ele e a atual amante à ópera.

Bianca sorriu, apertando a mão dele. Max sorriu de volta, um pouco triste.

— Eu teria aceitado — confessou ela. — Nunca fui à ópera.

— Ah... — Ele acariciou os nós dos dedos dela com o polegar e sorriu, parecendo-se mais com o Max de sempre. — Posso remediar isso, e sem termos de aturar a tagarelice incessante de Wimbourne.

Quando Bianca repousou a cabeça em seu ombro, sorrindo, sentiu a tensão evaporar dele. Enquanto retornavam para a casa na Farley Street, ela fez uma promessa silenciosa ao marido: nunca seria infiel ou desleal como a família dele tinha sido. Os Tate eram feitos de matéria mais nobre. Juntos, eles construiriam uma nova família, e nela encontrariam a felicidade.

Capítulo 25

A viagem a Londres tinha chegado ao fim. Bianca já havia escrito para o pai, informando que a visita tinha sido um tremendo sucesso. Eles tinham diversas encomendas de figuras proeminentes, o que deixaria Samuel extremamente satisfeito. Haviam alugado tanto o salão de exposição perto da Bond Street quanto a lojinha em Cheapside, e os construtores estavam empenhados em reformar ambos. Max tinha até conseguido que Bartholomew Markham pagasse o pedido feito e entregara o jogo que eles haviam pegado emprestado para o jantar. Apesar de tudo aquilo, no entanto, Bianca não podia negar que estava feliz em voltar para casa.

Estava mais curiosa do que nunca com relação ao marido e sua história, mas, ao mesmo tempo, sabia que o havia julgado mal no passado e que, agora, devia a ele um pouco de paciência. Depois do que Max havia relatado sobre a família, Bianca sentia que não se tratava de uma história feliz, e seria injusto da parte dela cutucá-lo e obrigá-lo a contar.

De sua parte, Max desejava intensamente que Wimbourne tivesse ficado de bico fechado. Aquela situação fizera Bianca olhar para ele com pena e preocupação, coisas que ele não merecia. Ainda era melhor que a expressão de horror e repulsa que ele temia ver no rosto dela caso soubesse a verdade, então Max não disse nada, embora a sensação fosse de estar contando uma mentira.

Maldição. Não queria que Bianca soubesse de qualquer coisa sobre sua tia, ainda não — talvez nunca. Metade dele ainda achava melhor conquistar o coração dela primeiro e só depois contar tudo. A outra metade queria levar todas as palavras para o caixão; era uma história tão feia e, do jeito que as coisas estavam agora, não havia motivo para que Bianca precisasse saber.

Ele também não recebera mais nenhuma carta de Croach, e Leake também não havia encontrado qualquer pista de seu paradeiro. Se o homem estava em Londres, estava se expondo menos do que o usual. Quando a carruagem deles saiu da cidade, seguindo para o norte em direção a Staffordshire, Max soltou um suspiro silencioso de alívio. Ele podia ignorar as cartas, e havia uma boa chance de que o homem do lado de fora da loja de Cheapside fosse qualquer outra pessoa.

Ao chegarem a Stoke-on-Trent, encontraram a pequena e pitoresca cidade mercante transformada. Tendas grandes formavam um círculo sobre a grama, e as lojas próximas haviam montado toldos e colocado mesas na calçada. Pequenos cercados de animais podiam ser vistos além das tendas, e multidões lotavam as ruas, abarrotando as tabernas, dançando ao som de rabecas e torcendo para uma disputa de boxe que acontecia no gramado.

— Minha nossa — arfou Bianca, surpresa, abrindo a cortina e se debruçando para fora da janela. — Eu tinha me esquecido das vigílias de Stoke!

— Vigílias?

Max migrou para o assento oposto, para ver melhor.

— Uma feira rural — explicou ela. — Suponho que costumasse ser um dia santo, mas hoje em dia a data não tem relação alguma com a Igreja. Ah, meu pai deve estar furioso!

— Por quê?

Max olhou para fora com interesse. Ele só tinha ido a uma feira rural uma vez na vida, no ano que em morou com o avô. O velho Maxim se acomodara na tenda de cerveja, e a mãe de Max o levara para ver as corridas e comprara pãezinhos doces de um homem que os vendia em um carrinho. Ela não permitiu que ele assistisse às rinhas de galo, mas pagou seis pences por uma argola para ele competir com as outras crianças.

Diante da pergunta, Bianca suspirou.

— Todos os funcionários estarão aqui, e não na fábrica. Não há nada que meu pai possa fazer para detê-los. Ele já ofereceu remuneração extra para quem ficasse, ou mais dias de recesso no Natal, mas nada funcionou. Além disso, estamos voltando com tantas encomendas...

— Quanto tempo duram as vigílias?

— Pelo menos uma semana. Depois de alguns dias, quando todos tiverem gastado seu dinheiro, alguns voltam ao trabalho — disse ela, fazendo uma careta. — Alguns ficam até terem bebido tudo e acabam imprestáveis para trabalhar por mais algum tempo — explicou, e então sacudiu o dedo para ele. — E isso afetará a Fortuna, você sabe. Todos os homens que você poderia querer empregar nessa empreitada estarão bêbados e indolentes por, pelo menos, duas semanas.

Max riu.

— Todos merecem um pouco de diversão. — Ele a fitou com olhos maliciosos. — Vamos ficar um tempo.

Ela piscou.

— Como? Antes de ir para casa?

— Ainda está cedo — retrucou ele. — Mande a carruagem e os criados para Marslip. Podemos alugar um trole.

Eram apenas oito quilômetros até Marslip e um belo dia de verão, eles poderiam voltar a pé, se necessário.

— Está bem. Vamos! — disse ela, sorrindo.

Eles pararam na hospedaria para trocar de roupa e se arrumar. Max disse a Lawrence para mandar o trole de volta depois de ter levado todo o restante a Marslip e deu a ele e a Jennie permissão para retornarem à feira. Pelo sorriso largo do homem, Max pensou que Percy Willoughby nunca mais recobraria seu valete.

Embora tivesse adorado ver Bianca com as sofisticadas roupas londrinas — especialmente aquele vestido preto que ela usara em Vauxhall —, Max concluiu que nunca a tinha visto tão bonita quanto naquele dia, quando entrou no salão usando um de seus velhos vestidos e com o cabelo preso sob uma touca e um largo chapéu de palha. Estava mais linda do que nunca com o vestido de linho desbotado.

Ao vê-lo, Bianca deu um sorriso largo — e o coração de Max pareceu ficar estranhamente leve. Ele percebeu que estava sorrindo de volta quando ela parou à sua frente.

— Eu mal o reconheci sem um casaco de veludo — provocou ela.

Max sorriu. Ele também tinha colocado um terno mais antigo, de lã e linho. Se as vigílias de Stoke fossem remotamente parecidas com a feira de Lincolnshire, não eram lugar para roupas refinadas.

— E agora sou uma visão abominável para você?

Ela enrubesceu.

— Não!

Ele se aproximou enquanto a conduzia porta afora, retornando à rua movimentada.

— Eu realmente espero que não. Você, sra. St. James, está perfeitamente esplêndida para mim.

Eles caminharam pela cidade. Max comprou tortas de carne de um mascate e cerveja da taberna, e passearam por entre as tendas montadas no gramado, com todas as coisas imagináveis. Mordiscando suas tortas, riram de um homem com um macaco e apostaram na corrida de cavalos, que ambos perderam.

Bianca era parada a cada alguns passos por alguém da fábrica e apresentava Max com tranquilidade e afabilidade. "Meu marido", disse ela repetidamente com um sorriso e, às vezes, lançando um olhar afetuoso na direção dele. A mão dela estava em seu braço e, quando o macaco saltou sobre ela, ela se aninhou em Max e riu. O coração de Max estava leve como uma pluma, inundado por luz e alguma coisa que ele hesitava em rotular.

E então chegaram ao campo de críquete.

Um grupo se movimentava pela área aberta diante do bosque, com tacos nas mãos. Três homens posicionavam uma corda no chão para demarcar o limite, enquanto outros colocavam as balizas. Havia uma atmosfera de expectativa, e uma pessoa estava recolhendo apostas.

Bianca parou subitamente.

— Eles ainda estão formando os times — comentou ela, acenando com o braço. — Amelia!

Uma das moças ergueu a cabeça e foi correndo até eles.

— Você voltou! E bem a tempo. Precisamos de bons arremessadores. Gemma não está podendo jogar este ano.

Ela acenou para outra mulher, que segurava um bebê nos braços.

Bianca riu e começou a prender as saias.

— Estou lamentavelmente fora de forma.

— Seremos forçados a depender de Anne se você não jogar — respondeu a amiga.

— Você vai jogar? — perguntou Max, perplexo.

Ele já tinha ouvido falar de partidas femininas de críquete, alguns anos antes, em Hambledon, mas nunca de mulheres jogando com homens.

Bianca tirou o chapéu e entregou a ele.

— É claro! Jogamos contra Mannox todos os anos.

— Aqueles são os homens de Mannox?

— E as mulheres — corrigiu Bianca. — Funcionários, na maioria, embora eles sempre consigam que Bob Compridão, o barqueiro, jogue no time deles.

— Tom Mannox vai jogar — contou Amelia. — Ele perguntou de você, Bianca.

Bianca revirou os olhos, e Max pausou.

— Por quê?

— Ele gostava dela — respondeu a amiga, rindo. — E não só por causa dos arremessos.

— Amelia! — exclamou Bianca, exasperada.

— Está bem! Você é melhor arremessador ou rebatedor, senhor?

Max abriu um sorriso.

— Rebatedor.

— Minha nossa, George vai ficar em êxtase com essa notícia.

Amelia bateu palmas e voltou para o grupo correndo, anunciando que a srta. Tate — ela rapidamente se corrigiu, para satisfação pessoal de Max — e o sr. St. James também jogariam. O ritmo das apostas ficou consideravelmente mais frenético.

— Você joga bem? — perguntou Bianca sem rodeios.

Ela tinha enfiado as saias nos bolsos e amarrado o fichu outra vez, enrolando as pontas compridas às costas. A peça contornava sua figura lindamente.

— Sou aceitável.

Max tirou o casaco e o colete, largando o chapéu em cima deles. Bianca pareceu insatisfeita.

— Quero vencer, sabe? Se você é apenas aceitável…

Ele riu e pegou a mão dela para dar um beijo rápido, o que pareceu chocá-la.

— Confie em mim.

Ele saiu na direção do rapaz com os tacos, dobrando as mangas da camisa.

Eles tinham jogadores suficientes para formar um time completo de onze pessoas, e um cara ou coroa determinou que Perúsia, sob o comando de George Tucker, do salão de moldagem, começaria arremessando. Houve uma breve discussão sobre as balizas, visto que alguns alegavam estar próximas demais, mas tudo foi resolvido e a partida teve início. Gemma Tucker, com o bebê à tiracolo, sentou-se para anotar o placar sob o olhar de uma multidão atenta e a supervisão dos árbitros — o açougueiro e garçom principal da taberna Duas Raposas.

Mick, um dos modeladores de Perúsia, arremessou a primeira bola. Ele tinha um braço forte, mas o rebatedor dos Mannox marcou cinco pontos antes de ser superado. O segundo rebatia muito bem, e marcou respeitáveis catorze pontos antes de sair.

Bianca, que fora posicionada no final do campo com Max, correu até ele enquanto o jogador seguinte se encaminhava para sua posição.

— Aquele é Tom Mannox — explicou ela, ofegante. — Ele é um bom rebatedor.

— É?

Max deu um sorriso sombrio e ficou observando o homem. Ele era mesmo um bom rebatedor, mas, quando já tinha marcado doze pontos, rebateu a bola na direção de Max. Max jogou a cabeça para trás, com os olhos fixos na bola. Estava se aproximando do limite do campo, o que acarretaria mais seis pontos, a menos que ele conseguisse...

Ele saltou no último segundo, esticando o braço para cima, e pegou a bola com a ponta dos dedos. Atrás dele, Max ouviu o berro dos companheiros de equipe, inclusive o grito eufórico de Bianca. Ele jogou a bola de volta para o arremessador e fez uma reverência para a plateia que aplaudia, enquanto Mannox saía correndo do campo.

Os rebatedores seguintes entraram e saíram, e o placar chegou a setenta e oito antes do desastre. Mick escorregou na grama pisoteada e caiu com força em cima do braço arremessador. A multidão atrás de

Gemma explodiu em gritos de preocupação enquanto ele era tirado do campo, e George Tucker chamou Bianca.

Espontaneamente, Max a acompanhou.

— Você consegue arremessar bolas rápidas?

Ele achava improvável, senão ela teria sido chamada antes. Bianca tirou o cabelo do rosto e o fitou com olhos severos.

— Rápidas o suficiente, senhor.

Ele recuou, com as mãos erguidas, sorrindo de contentamento.

— Vá em frente, então.

Bianca mostrou-se uma arremessadora respeitável. Max, que nunca tinha tido o prazer de jogar críquete com mulheres, percebeu-se encantado com a visão de sua esposa correndo para arremessar a bola na direção das balizas, tão feroz quanto qualquer homem de Balliol. Ela não era a arremessadora mais veloz, mas era, como tinha dito, rápida o suficiente. Em seu turno, o time adversário conseguiu marcar míseros dois pontos, e Max saudou com gritos quando ela passou o posto para o arremessador seguinte.

— Muito bem! — elogiou ele quando Bianca voltou para o campo.

Corada, porém sorrindo, ela agradeceu com uma mesura.

O time de Mannox, eventualmente, completou seu turno após cento e um arremessos. Houve um intervalo curto, com direito a canecas de cerveja e pãezinhos de um mascate entusiasta do críquete, durante o qual Tom Mannox aproximou-se de Bianca. Max, que estava pegando uma cerveja, observou atentamente. Tom era um rapaz rechonchudo, mais baixo do que ele, com cabelo claro e um rosto rosado. Bianca lançou um olhar desmoralizador a ele e disse algo que o fez ficar vermelho e recuar para o canto.

Max atravessou o gramado e entregou uma caneca a ela.

— Mannox está chateado com alguma coisa?

Bianca fez uma careta e tomou um gole de cerveja.

— Todos os anos ele costumava me pedir em casamento, dizendo que, com os meus arremessos e as rebatidas dele, nós certamente teríamos um filho que seria uma lenda no campo. Tom só se importa com críquete — disse ela, tomando outro gole. — Como se meu pai fosse permitir que ele sequer passasse por nossa porta! Mannox rouba nossos empregados e depois tenta alegar que as louças dele são melhores que as de Perúsia. Eu me trancaria em um convento antes de me casar com Tom.

— Ah.

Max saboreou a cerveja, observando o lado dos Mannox. Alguns rapazes grandes e um homem alto e esquelético que Max julgava ser a verdadeira ameaça.

— Mannox é um bom arremessador?

Bianca largou a caneca.

— Não. Ele arremessa com força, mas se você aguentar firme, é um movimento displicente. Basta cansá-lo e ele derrete feito manteiga.

Os turnos de Perúsia começaram mal. Mick, que arremessara tão bem, golpeou uma bola e decidiu correr em busca de um ponto, mas os outros jogadores sofreram de uma falta de sorte tremenda, rebatendo a bola diretamente nas mãos dos homens em campo. Tinham chegado a míseros quarenta e nove pontos quando Bianca pegou o taco e se posicionou.

O arremessador era um rapaz baixo e combativo, embora tenha tirado o chapéu quando Bianca ergueu o taco. Então, ele correu e arremessou a bola nos pés dela. Ela tentou bloquear, mas a bola subiu pelo taco, atingindo suas mãos, e retornou ao campo, onde, muito felizmente, não foi capturada por ninguém. Bianca estava segurando uma mão com a outra. Max ficou preocupado, mas a expressão no rosto dela o deteve. Sacudindo e flexionando a mão, ela pegou o taco caído e se virou para o baixinho com fogo nos olhos.

Max nunca antes tinha achado uma partida de críquete tão empolgante, nem quando era garoto e jogava nos campos de terra batida de Marylebone, nem no campo ferozmente competitivo de Oxford. O homem que estava recolhendo as apostas circulava no meio da multidão, e Max — com os olhos fixos em sua esposa — apostou cinquenta libras no time de Perúsia. Com cinquenta e dois pontos a menos e apenas três rebatedores restantes, as chances eram pequenas.

Bianca rebateu a bola seguinte até o limite, marcando quatro pontos. Ela conseguiu mais um ponto algumas bolas depois, mas, logo em seguida, Amelia foi desclassificada pelo açougueiro por ter tropeçado em sua baliza. Ela saiu cambaleando do campo, com as mãos na cabeça, enquanto o time de Mannox comemorava e o time de Perúsia rogava pragas ao açougueiro.

Assim, chegou a vez de Max. Ele selecionou seu taco com cautela e fez alguns movimentos de teste. Bianca posicionou-se na baliza oposta, preparada para correr. Vê-la tão descaradamente ávida pela vitória enviou um choque pela coluna dele. Os olhos de Bianca passearam pelo campo oval antes de se focarem nele. Max deu um sorriso lento, Bianca assentiu.

Meu Deus, eu amo essa mulher, pensou ele ardentemente.

E então se posicionou para ganhar o jogo — por ela.

Bianca tinha lhe contado o que ele precisava saber. Tom Mannox arremessava com força, mas, como a maioria dos arremessadores fortes, sua mira ia se desgastando com o tempo. Àquela altura, Max esperava que ele lançasse uma bola curva, e foi o que fez. Com uma tranquilidade quase brutal, Max bloqueou as primeiras bolas antes de Mannox se curvar e arremessar uma bola reta com força. Max rebateu e mandou a bola pelos ares, bem além do limite do campo, marcando seis pontos. A rebatida seguinte valeu quatro pontos, e então mais seis para encerrar.

Mannox deixou o campo fervilhando de raiva. O rapaz alto e magricela entrou. Max bloqueou as três primeiras bolas, esperando por uma que ele pudesse bater para cima. Infelizmente, seu olhar avistou Bianca, logo atrás da baliza oposta, e ele não acertou a bola em cheio, fazendo-a voar fracamente por cima da cabeça do jogador que protegia a baliza. Depois das últimas rebatidas dele, os jogadores dos Mannox haviam se posicionado perto do limite, e a bola quicou no chão sem perigo algum diante deles.

— Corre! — berrou Max, partindo na direção da outra barreira, e Bianca passou voando por ele.

Eles mal conseguiram chegar, e agora Bianca erguia o taco. Ela bloqueou várias bolas antes de terminarem com três pontos.

Max correu ao encontro dela enquanto trocavam de lugar para a próxima rodada.

— Esplêndido, querida — disse ele ao passar por ela.

— Mais bolas fora do campo! — respondeu ela.

Max riu e posicionou-se. Mannox estava novamente com a bola, para satisfação de Max. Ele não se apressou, apenas bloqueando as primeiras bolas. Mannox, frustrado, arremessou direto nos pés dele. Max endireitou os ombros e rebateu, mandando a bola por cima do limite. O time de Perúsia explodiu em gritos.

Mannox tentou novamente, jogando uma bola alta dessa vez, mas Max não estava disposto a aceitar. Ele girou o taco e mandou a bola para longe, fazendo com que um dos jogadores quase tivesse que entrar no bosque para recuperá-la.

O taco estava começando a ficar confortável em suas mãos. Ele podia jogar por horas daquele jeito.

Se Mannox não fosse o capitão do time, teria sido substituído, mas, como era, permaneceu com a bola e, dessa vez, arremessou-a na direção da baliza como se pretendesse atingir o rosto de Max.

Max também rebateu aquela até o limite, marcando quatro pontos. A diferença havia diminuído para onze pontos.

— Por que você o colocou para ser o nono rebatedor? — perguntou Amelia, aos gritos, para George Tucker. — Nunca vimos um jogador assim!

Max passou por Bianca novamente no campo.

— Aceitável? Sério? — perguntou ela, arqueando as sobrancelhas. Ele piscou.

— Ainda não terminei, meu amor.

Após uma breve discussão, Mannox mandou outro rapaz para arremessar. O barqueiro Bob Compridão, como Bianca tinha chamado. As mangas dele eram curtas demais, exibindo seus pulsos, e ele se movia com um passo arrastado que parecia errático e lento.

Ao ver os pulsos dele, contudo, Max lembrou-se de Wimbourne. O duque costumava ser um belo arremessador em Oxford, e seus membros longos e magros permitiam que fizesse a bola girar no próprio eixo. As bolas de Wimbourne sempre caíam no chão ou passavam furtivamente por debaixo do taco e acertavam a baliza. Max só tinha descoberto como superar Wimbourne observando seu polegar.

E, graças a Deus, Bob Compridão arremessava do mesmo jeito. O polegar dele rolava por cima da bola, fazendo-a girar na direção do chão — e da baliza. Max bloqueou duas, observando atentamente para aprender o movimento do homem.

Ele rebateu a bola seguinte como alguém talvez lançasse uma bola de tênis, subindo, subindo em direção ao sol poente e passando pela linha. Mais seis pontos. Os torcedores de Perúsia estavam fazendo tanto barulho que ele mal conseguia ouvir Mannox gritando com os próprios jogadores.

O arremesso seguinte de Bob Compridão foi mais forte ainda. Max segurou firme o taco e movimentou-se com toda a força. Ele nunca tinha rebatido uma bola com tanta força na vida, mandando-a mais para cima do que para a frente. A bola subiu e seguiu na direção do fim do campo — Tom Mannox corria de costas, na direção dela. Max prendeu a respiração e, inconscientemente, sacudiu um braço, incitando a bola a ir um pouquinho além... até que a bola bateu na mão esticada de Mannox e caiu na grama, além da corda que delimitava o campo, quando Mannox desabou de cara no chão.

O jogo estava ganho. Bianca saiu em disparada pelo campo, gritando:

— Você conseguiu! Você conseguiu!

Max arremessou o taco para longe e a segurou quando ela se jogou em seus braços.

— *Nós* conseguimos — corrigiu ele, rouco.

Max beijou-a na boca, sem se importar com o fato de estarem diante de metade de Marslip, que os jogadores que corriam em sua direção estavam boquiabertos e escandalizados, ou que Mannox e seu time protestavam aos berros para os árbitros, alegando que a última bola não havia ultrapassado o limite.

Bianca o beijava de volta. Com sede e desespero, seus dedos emaranharam-se no cabelo de Max, e ela pressionava o corpo contra o dele.

Por Deus, ele a *amava*. Era louco por ela. E, naquela noite, faria amor com ela.

Capítulo 26

BIANCA NÃO SABIA ao certo como tinham chegado à Casa Poplar. A euforia de derrotar os Mannox — pela primeira vez em quatro anos — preservou seu estado de júbilo durante a comemoração na taberna Duas Raposas, a procissão triunfal de volta à Mansão Perúsia e até mesmo quando Samuel apareceu para ouvir as notícias e mandou buscar um barril de cerveja, sem se importar por estar contribuindo para a bebedeira que deixaria a fábrica inoperante no dia seguinte. Ele detestava perder *qualquer coisa* para os Mannox. Quando Max entregou a ele o pequeno vaso de porcelana que era de direito do vencedor — e que Tom Mannox entregara com muita má vontade na Duas Raposas —, seu pai o ergueu acima da cabeça com um grito de vitória, e a multidão de funcionários e vizinhos rugiu de volta.

Então, ela e Max voltaram para casa cambaleando, de braços dados, um tanto zonzos e ainda se regozijando com a vitória. Os criados da Casa Poplar tinham ouvido as notícias e os aguardavam para um último brinde. Os cavalariços queriam que Max relatasse cada arremesso e rebatida, e Bianca entrou para contar tudo a Jennie, que tinha ido para casa mais cedo para ver a mãe, desconsolada e em prantos por ter perdido a partida.

Quando Bianca terminou a história, Jennie já tinha penteado seu cabelo e a ajudado a colocar a camisola. Bianca a dispensou, mas estava agitada demais para dormir. Ficou andando de um lado para o outro no quarto, relembrando nos mínimos detalhes a imagem de Max com o taco a postos, como ele rebatera a última bola com tranquilidade, marcando seis pontos, como ele a tirara do chão ao final e a beijara.

Era por isso que seu coração ainda não tinha desacelerado: a maneira como se ele se voltara para ela, com os braços abertos e pronto para pegá-la, a maneira como ele compartilhara seu triunfo com ela, a maneira como ele a beijara, sem dar a mínima para quem estivesse vendo.

Quando finalmente ouviu a voz dele no quarto ao lado, Bianca escancarou a porta sem nem bater.

— Por que você não me disse que sabia rebater daquele jeito?

Max ergueu os olhos. O cabelo escuro estava desarrumado, tendo escapado da amarração havia muito tempo. Ele não tinha colocado o colete e o casaco de volta, e as mangas da camisa ainda estavam enroladas até os cotovelos, como quando ele se posicionara para rebater como um Colosso e punira os arremessos de Tom Mannox com precisão brutal.

— Você nunca perguntou sobre minhas habilidades no críquete — respondeu ele.

Ele olhou para Lawrence, e o valete se retirou em silêncio. Bianca soltou uma risada incrédula.

— Eu nunca pensei em perguntar!

Max sorriu enquanto tirava o lenço do pescoço. Estava torto e desalinhado, e ele o jogou na poltrona.

— Agora você sabe.

— O que mais você está escondendo de mim? — perguntou ela. — Você é um mestre do xadrez? Um arqueiro habilidoso? Ainda vou descobrir que você é escultor ou um músico aclamado?

Ele se inclinou para trás, abrindo bem os braços musculosos.

— Vai? Só se olhar de perto, suponho.

Bianca arqueou as sobrancelhas. E olhou. Ela gostava de olhar para ele. No início, aquilo a irritava, mas agora decidiu ceder e o admirar sem pudor. Por mais bonito que ele estivesse em Londres, elegante e perigoso em seu traje preto de dominó, ajoelhado diante dela, aquele Max — desalinhado, suado e descaradamente masculino — obliterou a resistência que ainda havia nela.

Bianca apoiou ruidosamente a xícara de chá que Jennie lhe trouxera e fechou a porta do quarto.

— De perto? Quanto?

Os olhos dele estavam quase pretos.

— O quanto você quiser — respondeu ele com a voz grave.

Bianca colocou a mão em seu peito, sentindo as batidas do coração.

— Você prometeu que eu poderia tocá-lo também.

A expressão dele não se alterou, mas a respiração ficou acelerada.

— Sim.

Bianca abriu o último botão no pescoço dele, então parou.

— Você não quer me tocar? Ou me beijar?

— Eu quero que você me queira — grunhiu ele. — Quero ouvir você dizer que quer estar aqui, na minha cama, para passar o resto da noite e todas as outras noites do nosso casamento. — Max inspirou fundo enquanto os olhos dela se arregalavam. — Até lá, não ouso tocá-la ou beijá-la, porque talvez entre em combustão instantânea se não puder tê-la por completo.

Ninguém jamais tinha falado com ela daquele jeito. Ninguém jamais a olhara daquele jeito. O fato de *aquele* homem a desejar fazia com que ela se sentisse devassa, linda e poderosa. Bianca tinha se perguntado por que, depois de Vauxhall, ele não a procurara, por que não a pressionara por mais, mesmo que ela pudesse ver o desejo acumulado no olhar. Depois de Vauxhall, ele poderia tê-la persuadido com muito mais facilidade do que ela teria admitido a qualquer um.

Um dia, você virá até mim...

Deliberadamente, com as duas mãos, ela abriu a camisa dele e pressionou os lábios em seu peito desnudo.

— Sim — sussurrou ela. — Eu quero você.

O peito dele subiu e desceu. Max ergueu o rosto dela e a beijou, a princípio com delicadeza, mas logo o gesto tornou-se febril. Bianca o beijou de volta, sugando sua língua e segurando a camisa dele como se a vida dependesse daquilo.

Subitamente, ela parecia não conseguir ficar perto o suficiente dele. Estava na ponta dos pés, agarrando-se a ele, indo ao encontro de seus beijos famintos. Bianca mal sentiu quanto ele tirou seu penhoar, mas, quando as mãos grandes e firmes desceram pelas costas delas, erguendo-a em sua direção, ela tremeu.

Puxou a camisa dele, querendo tocá-lo, como prometido, e, quando consegui abri-la por completo, Max interrompeu o beijo apenas por tempo suficiente para arrancá-la pela cabeça. Bianca deslizou as mãos pelo peito desnudo dele, admirando-se com o calor que pulsava dele. Não uma estátua de pedra, como aquelas das quais lady Dalway e a sra. Farquhar riram na galeria, mas um homem de sangue quente, músculos firmes e respiração ofegante, desfazendo o laço de sua camisola e segurando seu seio nu com a mão.

Bianca arfou; suas mãos se fecharam com força nos braços de Max.

— Basta dizer uma única palavra que eu paro — sussurrou ele, a boca encostada em sua têmpora, passando o polegar por seu mamilo.

Bianca ergueu a cabeça e o encarou.

— Mais... — sussurrou ela.

Tirar a calça e a roupa de baixo dele levou poucos instantes. Max murmurava obscenidades enquanto removia as meias; os olhos se fixaram nela enquanto ela tirava a camisola. A explosão pungente de vergonha por estar nua diante de um homem durou apenas até o olhar escaldante de Max percorrer seu corpo. Ele jogou a segunda meia longe, e a tomou nos braços com um grunhido de prazer.

Desabaram juntos na cama. Bianca não conseguia tocá-lo o suficiente e não se acanhou em incitar que ele fizesse o mesmo. Seu corpo se lembrava, intimamente, de todas as coisas pervertidas que ele fizera com ela em Vauxhall, e agora queria a experiência completa, tudo de novo. Foi ele quem riu baixinho e sussurrou que não havia pressa, pois pretendia satisfazê-la até o amanhecer. Mas, quando Bianca abriu as pernas em uma súplica muda e desavergonhada, Max congelou, e seus sussurros lânguidos se tornaram breves. Quando ele deslizou para baixo e colocou a boca nela, Bianca segurou seu cabelo com as duas mãos e implorou por mais.

— Eu adoro ver você frenética desse jeito — disse ele em um sussurro gutural, sugando a pele da parte interna de sua coxa. — E desse jeito...

Os dedos dele estavam dentro dela, atormentando-a.

— E desse jeito...

Ele se moveu sobre ela, parando para sugar seu seio até fazê-la estremecer.

— E desse jeito...

Ele se posicionou na entrada dela.

O corpo de Bianca ficou tenso debaixo do dele. Ela havia pensado naquele momento por muitas noites.

— Max — suplicou ela. — Mais.

Ele projetou os quadris para a frente em um movimento súbito. Por um instante, ficou imóvel, e então soltou a respiração e começou a se mover, penetrando-a em movimentos longos e fortes que a faziam arfar. As mãos dele passeavam por seu corpo, acariciando, apertando, segurando-a no lugar para que ele pudesse devorá-la.

Bianca gozou quase cedo demais. Ela o queria tanto e estava tão excitada desde a partida de críquete que Max não precisou fazer quase nada para fazê-la sucumbir àquela onda de sensações. Ela se agarrou a ele enquanto o corpo convulsionava e soluçou junto ao peito dele.

Max a abraçou com força até passar, então apoiou-se em um braço.

— Isso foi por você, querida — sussurrou ele, sorrindo para ela com uma expressão predatória. — Agora, será por nós.

— O quê?

Ela mal conseguia falar, seus dedos ainda estavam contraídos e seu coração ainda palpitava furiosamente.

Ele abaixou a cabeça até seu nariz tocar no dela.

— Agora eu pretendo satisfazer você por completo.

Bianca não conseguia entender as palavras dele. Ela já estava em êxtase. O que mais ele poderia fazer?

Max mostrou. Embora ainda estivesse duro e grosso dentro dela — e ele a lembrou como estava duro e grosso com movimentos longos e lânguidos dos quadris —, foram as mãos e a boca dele que acabaram com seu corpo. Lágrimas escorriam pela face dela enquanto ele sugava seus seios. Max a fez manter as pernas afastadas, expondo-se ao toque dele, enquanto ele continuava com movimentos implacáveis e enlouquecedores dentro dela, ao mesmo tempo que colocava a mão sobre seu botão e a fazia tremer e se contorcer.

— Max — soluçou ela, erguendo os quadris para ir ao encontro dele, em desespero.

— Sim, querida?

Ele mordiscou o pescoço dela; os dedos dele a estavam enlouquecendo.

— Eu quero você — balbuciou ela. — Que Deus me ajude, eu quero... Quero você, quero isso, *por favor*...

Ele se ergueu, envolvendo as pernas dela em torno de sua cintura. Então apoiou os braços dos dois lados da cabeça dela e a fitou com olhos ferozes. Os tendões de seu pescoço se projetavam, e seus braços eram como ferro.

— Quero que você se toque... — ordenou ele por entre os dentes. — Como eu fiz.

Ela corou muito, mas obedeceu; o corpo latejava com urgência demais para não o fazer. Bianca deslizou as duas mãos pela barriga e fez o que ele mandou.

Max grunhiu. Seus olhos brilhavam sob a luz da lamparina e o cabelo escorria em ondas negras e úmidas. Os movimentos dele ficaram mais fortes, pungentes e rápidos. A respiração de Bianca se solidificou no peito enquanto ela olhava para ele, para seu lindo rosto, tão ferozmente faminto por ela, tocando a si mesma até outro clímax a assolar.

Na primeira convulsão, Max inspirou fundo e a penetrou até o fim, segurando-a até ela cair, totalmente esgotada, enquanto ele tremia com seu próprio êxtase.

Um tempo depois, ele a envolveu com os braços trêmulos e os virou na cama, deixando-a esparramada em cima dele. Ele ainda estava dentro dela, e quando ela se mexeu de leve, o corpo todo dele tremeu. Max, no entanto, deu um beijo em sua testa e a abraçou, e Bianca pensou que nunca se sentira tão feliz em toda a sua vida.

Eventualmente, mesmo pressionada no calor do corpo dele, Bianca sentiu frio. Quando ela tremeu, Max ergueu a cabeça. Sussurrando baixinho, ele se sentou e a tirou de cima dele. Bianca se aninhou nos travesseiros e o observou se levantar, nu, e se mover pelo quarto, apagando as lamparinas e fechando a janela para bloquear o ar frio da noite. Então, ele arrumou os cobertores e estendeu uma mão, convidando-a a ficar.

Sem hesitar, ela o fez, então ele entrou debaixo das cobertas, deitando-se de lado, de frente para ela.

— Por que você não me seduziu assim em Londres? — sussurrou ela, deslizando um dedo pelo queixo dele.

A boca dele se curvou.

— Quem seduziu quem, senhora? Você entrou no meu quarto, você desabotoou minha camisa, você me beijou.

Ela sorriu.

— É verdade. Você é diabolicamente bonito, sabia?

O divertimento dele se transformou em uma expressão meditativa, quase melancólica.

— Mas não tão bonito quanto você, meu amor. — Bianca apertou a boca diante daquele elogio vazio, e ele colocou um dedo em seus lábios, como que para deter qualquer argumento. — Por tudo que é mais sagrado, estou sendo sincero. Você tem um fogo interior que a torna fascinante. Todos em Londres perceberam. Por que você acha que Serafina Dalway e Clara Farquhar a colocaram naquele vestido para o baile de máscaras? Elas ficaram rindo de mim a noite toda, sabendo que meu cérebro derretia de desejo toda vez que eu olhava para você.

— Derretia? — perguntou ela, sem conseguir conter um pequeno sorriso, embora tivesse sido chocante ouvi-lo dizer aquilo. — Agora eu lamento ter devolvido o vestido.

Max deu uma risada rouca.

— Não é o maldito vestido. Eu a quis mais ainda hoje, quando você ergueu seu taco depois que aquele baixinho atingiu suas mãos. Você parecia determinada a mandar a bola seguinte diretamente na testa dele, e eu nunca me senti tão excitado por uma mulher.

Bianca gargalhou.

— Você deve ter jogado mil partidas de críquete! Ninguém rebate daquele jeito na primeira vez. Devemos ter parecido terrivelmente inaptos para você. Foi magnânimo da sua parte sequer se juntar a nós.

Em vez de rir, Max ficou sério. Ele tirou uma mecha de cabelo do rosto dela e a estudou por um momento.

— Não — murmurou ele. — De modo algum. Foi a melhor partida que já joguei. Não apenas por termos vencido, por mais que eu tenha gostado disso, mas por fazer parte do time de Perúsia. Imagino que as mesmas pessoas joguem todo ano?

— Sim — respondeu ela, perplexa. — Geralmente. Filhos substituem pais, filhas substituem mães... Nós só jogamos por aquele vaso feio de barro e, é claro, pelo orgulho de vencer. É uma tradição em Marslip desde que meu pai era jovem.

Os dedos de Max apertaram sua nuca.

— Gosto disso — disse ele baixinho.

Bianca percebeu de repente que ele nunca tinha tido aquilo — um lar estável, onde as mesmas coisas aconteciam todos os anos, com as mesmas pessoas. Bianca, que raramente saía de Marslip ou de Stoke--on-Trent, achava confortável, embora um pouco sem graça. Em alguns anos, ela desejava que eles pudessem descartar alguns jogadores e chamar novos, já que todos se conheciam tão bem que, às vezes, acabava sendo entediante. Mas para um jovem homem com uma família descompensada e sempre lutando contra a pobreza, talvez parecesse tremendamente atraente...

Antes que ela pudesse formular uma resposta, o rosto de Max relaxou em um sorriso mais típico dele.

— Não diga que vocês jogam apenas por um vaso torto e orgulho. Eu ganhei quarenta libras naquela partida.

— O quê? Quando? Por que você apostou?

Ele deu uma piscadinha, puxando-a de volta para seus braços.

— Quando você se posicionou para rebater, pensei comigo mesmo: "Ela parece capaz de marcar pelo menos cinquenta pontos", e apostei cinquenta libras na vitória de Perúsia. Estávamos muito atrás naquele momento, então poucas pessoas apostaram comigo. Minhas cinquenta renderam noventa.

— Você não fez isso!

— Fiz, sim, e o lucro está no meu bolso — respondeu ele.

— O sr. Falke não deveria ter permitido que você apostasse — protestou ela —, visto que você estava jogando! E você sabia como joga bem!

— Se eu tivesse perdido, ele ficaria feliz em embolsar o meu dinheiro, e eu não teria discutido — disse ele, dando de ombros. — Eu não trapaceei, e ele tinha me visto no campo. Ele sabia o que estava fazendo. Foi uma aposta justa.

Bianca o olhou por um longo momento antes de finalmente deitar a cabeça com um suspiro.

— Sugiro que você aproveite essa vitória. Ele nunca mais aceitará o seu dinheiro, agora que o viu jogar.

Max sorriu enquanto a puxava para mais perto.

— Ficarei feliz em sofrer por isso, pelo direito de jogar de novo.

Bianca aninhou-se nele. Ela se sentia... em paz. Não apenas pela euforia de vencer, não apenas pelo deleite do sexo, mas por se sentir, pela primeira vez, realmente à vontade com seu marido. Ele era completamente diferente do que ela pensava, e para melhor.

Talvez... muito talvez... aquele casamento que começara mal pudesse vir a ser uma união maravilhosa.

Capítulo 27

MAX ACORDOU, TOTALMENTE congelado, porque Bianca havia roubado todos os cobertores.

Ele levou um instante para compreender o que estava acontecendo. Em um primeiro momento, quase achou que fosse um sonho, que tinha agonizado de desejo por tanto tempo que sua mente enlouquecera e imaginara que ele tinha passado a noite fazendo amor com ela em sua cama na Casa Poplar, quando, na verdade, estava dormindo na porta de alguma casa novamente.

A figura esparramada em suas cobertas, no entanto, não era sonho algum, mas uma mulher de carne e osso. Uma mulher de carne e osso *nua*, deitada de bruços, com um braço em cima dos travesseiros. Seu cabelo comprido havia se soltado da trança e se espalhava ao redor dela como uma Medusa, os cachos castanho-claros encaracolando-se convidativamente pela pele macia dos ombros desnudos.

Ele odiava perturbá-la. Ainda era muito cedo e, pela luz, parecia ser um dia nublado. Mas Bianca estava enrolada nos cobertores, e a alternativa para não a acordar era levantar e se vestir. Max escorregou pelo colchão e deu um beijo na nuca dela.

— O qu...?

Ela se levantou de supetão, fazendo o cabelo esvoaçar. Max aproveitou a chance para puxar um cobertor e pressionar o corpo no dela. Estava macia e quente, o que o deixou ciente de como ele estava com frio.

— Você está gelado — disse ela, rouca, afastando a cortina de cabelo.

— O quê... Por que você está aqui?

Ele sorriu com aquela última frase, meio alarmada, meio perplexa.

— Você está na minha cama, meu amor. E pegou todas as cobertas e me deixou congelando.

Ele colocou uma perna entre as de Bianca, genuinamente com frio, mas sem vergonha alguma de se aproveitar dela.

Ela piscou para ele, então relaxou nos travesseiros novamente.

— Que exagero — murmurou ela antes de aninhar-se nele.

Max acariciou o cabelo de Bianca e deixou sua mão escorregar pelas costas dela. Assim como ele, ela adormecera nua. Seus seios fartos estavam pressionados contra a costela dele, e suas pernas se entremeavam nas dele, a coxa dela em cima da sua. Era carinhoso, tocante e insuportavelmente excitante.

— Está acordada? — murmurou ele no ouvido dela.

Com delicadeza, ele colocou a mão em sua nádega, maravilhando-se com a maciez de sua pele.

— Não — grunhiu ela.

— Hum. Que pena — disse ele, subindo a mão. — Parece que será um dia úmido e chuvoso, péssimo para sair de casa. E ninguém estará na fábrica de toda forma, por causa das vigílias. Certamente não é um dia para sair da cama...

— Só vadios passam o dia todo deitados na cama.

Max sorriu.

— Deitados? Não precisamos ficar ociosos.

Ela ergueu a cabeça e apoiou o queixo no peito dele. Suas pálpebras ainda estavam pesadas de sono, mas os olhos brilhavam com um desejo incipiente.

— Você está encorajando a preguiça e outras perversidades?

Ele estalou a língua enquanto se deitava de lado, puxando o joelho dela até sua cintura.

— De forma alguma. Não é perverso e, definitivamente, não é preguiçoso.

Ele já estava duro e pronto, e Bianca gemeu baixinho quando a ereção dele pressionou suas pernas.

— Jennie vai entrar logo mais — alertou ela, com a boca na dele.

— Lawrence vai mantê-la ocupada — retrucou ele.

Ela sorriu, abrindo aqueles olhos gloriosos, de um azul-oceano intenso.

— Então dê um bom-dia decente à sua esposa, sr. St. James.

Com uma investida dos quadris, ele a penetrou. Bianca arfou, embora já estivesse molhada e pronta. Sem pressa, Max se moveu dentro dela, explorando seu corpo como passara semanas sonhando em fazer. Deu uma atenção especial àquela pinta, agora exposta livremente para ele. Ela sentia cócegas nas costelas, mas jogou a cabeça para trás de prazer quando ele beijou seu pescoço abaixo da orelha.

Quando ela estava se agarrando a ele com braços e pernas, Max os virou. Ela sentou-se, uma deusa devassa com o cabelo esvoaçando ao seu redor. Com o coração palpitando e o êxtase crescendo dentro dele, Max apoiou-se nos travesseiros, erguendo-se, e a tocou, ansiando por senti-la gozar.

Bianca uniu as mãos atrás da cabeça dele e moveu-se para a frente e para trás até o rubor subir por seu rosto e ela arfar de êxtase. Ele segurou a cintura dela e sentiu sua alma se partir com o próprio clímax.

Tremendo, ele a puxou para um beijo intenso. Nunca, nem em seus sonhos mais extravagantes, ele imaginara que seria daquele jeito. Ele queria Perúsia pelo trabalho, pela chance de provar que não era um inútil e encontrar algum benefício em seu histórico de farrista. Ele queria um casamento pela fortuna, para que nunca mais ficasse sem dinheiro, perambulando por aí à mercê da duquesa de Carlyle. Ele achava que seria distante, educado, talvez cordial.

Em vez disso, ele estava ali, olhando para os olhos brilhantes de Bianca e se perguntando como tinha acabado tão apaixonado sem sequer perceber o que estava acontecendo.

— Tem uma coisa que eu gostaria de saber — disse ela, sorrindo sonhadoramente. — Logo que nos casamos, todos as manhãs, você estava na cozinha antes de mim. Você sempre acorda cedinho assim?

— Ah. Isso.

Max riu, deitando-se sobre os travesseiros outra vez. Bianca se aninhou ao lado dele, jogando as pernas por cima das dele. Max pensou que nunca mais acharia uma mulher baixinha bela novamente, após ter as longas pernas dela enroladas nele.

— É bastante engraçado, para falar a verdade. Esta parede... — disse ele, esticando o braço e batendo com os nós dos dedos na parede atrás de sua cabeça — não é tão grossa quanto parece. Quando Jennie traz a sua bacia d'água pela manhã, a porta faz um som característico...

Ela sentou-se de supetão.

— Você não está querendo dizer...?

Ele dobrou o braço e o colocou atrás da cabeça, sorrindo modestamente.

— Assim que eu a ouvia entrar, eu pulava para fora da cama e trocava de roupa correndo, só para estar pronto para cumprimentar minha esposa à mesa do café da manhã...

Bianca deu um tapa em seu ombro.

— Pensei que você não precisasse dormir! Todas as manhãs...!

Ele a fitou com olhos dissimulados.

— A escadaria dos fundos fica, muito convenientemente, perto da minha porta e, usando apenas meias, é possível descer sem fazer barulho algum.

Com os olhos brilhando, ela se jogou em seu lado da cama.

— Que coisa absolutamente vil da sua parte!

— Uma vez — contou ele, aproximando-se dela —, eu quase não consegui chegar... Se você tivesse olhado com atenção, teria notado que meus sapatos estavam debaixo da mesa, e não nos meus pés...

— Eu comecei a levantar cada vez mais cedo! — exclamou ela. — Ainda estava *escuro*!

Rindo, Max a envolveu com os braços.

— E você era uma imagem belíssima, todas as manhãs, com aquela ruguinha marcando a testa. Valia muito a pena descer as escadas aos tropeços, sem uma vela.

— Por quê? — quis saber ela, indignada. — O que você ganhou com isso?

— Minha cara sra. St. James — provocou ele —, nosso casamento era uma competição para você?

Bianca enrubesceu.

— Você sabe que era! É por isso que você descia as escadas correndo, no escuro, sem sapatos, só para estar lá antes de mim. Você queria provar que, independentemente do padrão que eu estabelecesse, você poderia atingi-lo. — Ela pontuou as frases pressionando o dedo no peito dele. Max deu um sorriso pecaminoso como resposta.

— Não, senhora, você está errada. Eu queria mostrar a você que eu poderia *excedê-lo*, todas as vezes.

— Então *era* uma competição! — exclamou ela, finalmente rindo.

— Homem perverso — disse, mas permitiu que ele a abraçasse. — Eu estava exausta.

— Prometo nunca mais levantar tão cedo — disse ele. — Ou, talvez, eu tenha motivos para ficar mais tempo na cama pela manhã...

Ela riu novamente, girando nos braços dele para ficar de frente para o marido. Ainda sorrindo, colocou a mão no rosto de Max. Ela estava despenteada, seu rosto reluzia e seus olhos eram calorosos. Era a mulher mais linda que ele já tinha visto, e tão preciosa para ele que chegava quase a doer.

Max mal respirava; as palavras pareciam estar inflando dentro dele, prestes a sair. Ele nunca dissera a uma mulher que a amava, não desde que a mãe falecera...

— Não era isso que eu imaginava — disse ela baixinho. — Quando ajudei Cathy a fugir para se casar.

Max soltou o ar. A irmã dela. Que golpe de sorte tremendo, o fato de a irmã quietinha estar apaixonada por outra pessoa. Se Catherine Tate tivesse, com obediência, entrado na igreja para se casar com ele...

— Estou indescritivelmente feliz por você tê-lo feito.

O rosto dela paralisou.

— Mesmo?

Ele assentiu.

— E espero que ela esteja muito feliz com o casamento. Assim como espero que você esteja... satisfeita com o nosso.

Ela o encarou por um longo tempo, como se tivesse percebido a pequena hesitação dele antes da palavra "satisfeita". O coração de Max congelou. Por sorte, ele não tinha dito nada — talvez pedir por amor fosse demais, depois da forma como tinham começado.

— Estou — respondeu ela, grave. — Satisfeita ao extremo.

Ele sorriu, passado o instante de medo. Beijou-a novamente e começou a provocá-la sobre organizar um clube de críquete em Marslip.

Max não disse, no entanto, que a amava. Ainda não.

Capítulo 28

Nos dias seguintes, as pernas de Bianca saltitavam e seu coração cantarolava.

Ela nunca planejara se casar porque sempre pensou que não parecia muito divertido. Seus pais eram afetuosos, mas a doença prolongada da mãe tinha, é claro, estorvado os últimos anos de sua vida. O pai fora afável e preocupado com sua mãe, mas o fardo que pesava em seus ombros estivera claro para todos. Ele nunca ia à Casa Poplar, onde a família costumava viver; quando queria algo de Bianca ou de Max, mandava um recado ou ia até a oficina.

Os casamentos de suas primas e amigas, por mais felizes que fossem, pareciam ser mais confortáveis e convenientes do que apaixonados e emocionantes. O casamento de tia Frances, por outro lado, podia ter sido arquitetado de propósito para fazer qualquer pessoa desistir da ideia de matrimônio. Bianca analisara criticamente todos os pretendentes possíveis em um raio de dez quilômetros de Marslip, avaliando suas chances de ser feliz sendo íntima de qualquer um deles por mais de um mês, e decidira que o casamento, provavelmente, não era para ela.

É claro que pensara o mesmo de Max e, agora, ele estava provando que estivera errada em diversos sentidos. Ele não apenas apaziguara todas as suspeitas dela de que não aprenderia coisa alguma sobre a louça de Perúsia ou saberia como vendê-la, como garantira encomendas do duque de Wimbourne, do conde de Dalway e de quase uma dúzia de outros aristocratas. O pai tinha até lhe mostrado algumas cartas que recebera de outros nobres, que haviam visto ou ouvido falar da nova louça, perguntando se podiam visitar a fábrica pessoalmente.

— Eu sabia que esse rapaz tinha uma cabeça esperta — disse ele, observando-a com atenção. — Admita. Você está se afeiçoando a ele, não está?

— Sim — respondeu ela, afetadamente, embora tivesse corado ao pensar em quanto tinha, de fato, se afeiçoado a Max.

— Você está feliz, Bi? — indagou seu pai.

— É claro. Veja essas encomendas todas, especialmente da nova louça vermelha...

— Quis dizer com ele — explicou ele, inclinando-se para a frente, recusando-se a permitir que ela evitasse a pergunta. — Está?

Ela o encarou. Havia um traço de incerteza em sua expressão esperançosa.

— Certa vez, o senhor disse que o senhor e a mamãe não tiveram escolha a não ser tirar o melhor proveito da situação. O que quis dizer com isso?

Uma sombra recaiu sobre o rosto de seu pai. Ele voltou a se sentar na cadeira.

— Quando eu disse isso?

— Quando me incentivou a tirar o melhor proveito da situação com Max.

— Você deveria fazer isso — reiterou ele. — Sempre tente fazer o melhor com o que tem.

— Pai.

Ele suspirou.

— Eu era muito afeiçoado à sua mãe. Ela era uma mãe amorosa e uma boa esposa.

— Eu achava que o senhor a amava — disse Bianca lentamente.

— Ah, eu amava, sim! Mas... não... talvez não tanto quanto ela me amava. — disse Samuel, e suspirou, desviando o olhar. — Eu fiz o meu melhor com ela, e ela aturou meus defeitos com uma graciosidade admirável. Cathy é muito parecida com ela, embora sua mãe nunca fosse fugir no meio da noite — acrescentou, parecendo relutantemente impressionado.

— Suponho que Cathy tenha puxado *isso* do senhor — disse Bianca.

Ele ergueu os olhos de súbito.

— Sim, é de se pensar! Bem, suponho que você estava certa em encorajá-la. Agora vejo que St. James é um par muito mais adequado para você do que poderia ter sido para ela.

Bianca piscou.

— Como é?

— Olhe só isso!

Samuel apontou para os papéis em cima da mesa, onde estavam os pedidos de encomendas.

— Cathy jamais teria ido com ele para Londres. Ele me contou que você impressionou tremendamente o duque de Wimbourne e que conquistou lady Dalway e lady Carswell. Ele deu todo o crédito da visita a Londres a você, minha querida.

Bianca ficou boquiaberta.

— Ah, não, não — protestou ela. — Isso não é verdade! Max sabia exatamente como abordar Dalway e Wimbourne, que são amigos dele há muitos anos e, embora tenham admirado o esmalte vermelho, foram os esforços de Max que resultaram nas encomendas! Ele encontrou o salão de exposição e a loja de Cheapside, onde pretende vender os produtos da Louças Fortuna, e conseguiu até mesmo fazer com que sir Bartholomew Markham pagasse a dívida...

Seu pai estava sorrindo de orelha a orelha.

— Como eu disse — reiterou ele com orgulho —, um par muito melhor para você do que para Cathy. Vocês dois formam um casal esplêndido, são perfeitos um para o outro! St. James tem muita sorte por aquele pároco finalmente ter criado coragem.

Bianca franziu o cenho.

— O senhor podia ter prevenido tudo isso se tivesse dado ouvidos a Cathy.

Ele revirou os olhos.

— Ela praticamente não disse uma única palavra em desfavor dele! Como eu poderia saber que não era apenas nervosismo de jovem? Frances me garantiu que as jovens têm esses surtos de paixonite e que, quando se recuperam, ninguém, nem mesmo elas próprias, consegue se lembrar do motivo de tanto alvoroço. Ela estava certa de que Cathy superaria esse surto e ficaria contente ao lado de St. James.

— O senhor consultou a tia Frances em relação a nós?

Bianca estava incrédula.

— Quem mais eu consultaria? — perguntou ele, surpreso. — A que outra mulher eu deveria pedir ajuda com minhas filhas?

Bianca estava sem palavras. Frances gostava delas, mas também era uma senhora briguenta cuja vida amorosa fora uma decepção. Era a última pessoa cujo conselho Bianca pediria se o assunto fosse casamento ou felicidade.

Samuel ergueu uma mão.

— Não me acho superior a ponto de não admitir que eu estava errado. Eu estava errado. Frances também admite.

— Ela admite?

Ele riu diante da surpresa de Bianca.

— Não em tantas palavras, é claro.

— O senhor está de bom humor hoje — observou ela, sem conseguir resistir.

— Estou? Deve ser porque sua irmã escreveu para mim — disse ele com um sorriso.

Bianca arfou.

— Escreveu? O senhor não me contou! Ela está bem?

Ele assentiu.

— Ela diz que sim. O sr. Mayne escreveu para seus superiores e finalmente teve a garantia de que pode voltar a viver aqui. Suponho que o bispo tenha ficado descontente com as ações dele, mas decidiu que tudo terminou bem.

— Espero que seja porque o senhor escreveu para o bispo informando que, agora, aprova o casamento — comentou Bianca.

Samuel grunhiu.

— Bem, sua irmã me pediu, e como as coisas acabaram tão bem para você, eu certamente não poderia recusar.

Bianca balançou a cabeça, mas sorriu. Ela sabia que o pai perdoaria qualquer deslize de Cathy.

— Então ela está vindo para casa?

Bianca estava tanto ansiosa para ver a irmã como nervosa com o encontro e as explicações que seriam necessárias. Em suas cartas para Cathy, ela não tinha conseguido encontrar as palavras e, no fim, acabou desistindo, prometendo a si mesma que explicaria muito melhor pessoalmente.

— Tenho plena convicção de que ela virá em breve — garantiu o pai. — Ainda mais depois que ficar sabendo do seu casamento!

— O senhor... O senhor contou a ela? — perguntou Bianca após um instante. — O que disse?

— Que você se casou com St. James no lugar dela, para benefício de todos. Imagino que você vá querer contar os detalhes, mas pensei que talvez preferisse que alguém desse a notícia a ela.

Ela lançou um olhar severo na direção dele, e ele riu, fazendo um carinho em seu ombro.

Quando ela encontrou Max mais tarde no portão da fábrica, foi a primeira coisa que contou a ele. Max arqueou uma sobrancelha.

— Você ainda não tinha contado?

— Não. — Ela se encolheu. — Eu devia ter contado. O que direi agora?

Eles caminhavam de braços dados. Bianca estava um pouco perplexa consigo mesma; passara o dia todo pensando naquilo, ansiando pelo conselho dele. Ela, que era tão decidida e que confiava no próprio julgamento.

— Existe um motivo para não contar a verdade a ela?

Ela soltou um suspiro.

— Ela vai ficar tão decepcionada comigo...

Max apertou sua mão.

— Os sentimentos dela importam mais do que os seus?

Bianca refletiu por um momento. Ela nunca permitira que a opinião de Cathy a detivesse antes.

— Receio que a verdade não seja minha amiga desta vez.

Max lhe lançou um olhar afiado.

— Posso suportar a decepção pelo modo com que discuti com meu pai — explicou Bianca rapidamente. — Posso suportar quando ela descobrir como eu... como concordei com nosso casamento no meio de um chilique — disse, sentindo as bochechas arderem. — Mas odiarei contar a ela quanto tempo eu o culpei e o julguei como o pior tipo de caçador de fortunas.

— Você pode omitir essa parte — sugeriu ele após uma pausa. — Ou torná-la mais leve. Certamente o que mais importa é como estamos agora.

O calor se espalhou pelo corpo dela com esse pensamento. Ela apertou o braço dele e deu um sorriso provocativo quando chegaram à Casa Poplar.

— *Como* estamos agora, senhor?

— Muito bem, senhora, muito bem, de fato — murmurou ele, abrindo a porta para ela. — Quem sabe até.... entusiasmados.

Bianca quase ronronou diante do olhar brilhante dele. Tinham entusiasmo em abundância. Mais do que entusiasmo, até; ela ansiava para vê-lo todos os dias. Tinha passado a respeitá-lo, admirava-o e sentia-se desesperadamente atraída por ele. Ela gostava de estar em sua companhia. Muitíssimo. Ela gostava *dele*.

Muitíssimo.

Suas mãos desaceleraram enquanto ela tirava o chapéu e as luvas, mal reparando quando Mary os pegou. Max não a tinha seguido; Lawrence o interceptara na porta, falando baixinho. Bianca não conseguia ver o rosto de Max, mas o mero murmúrio da conversa deles fazia seu coração inflar. Ela adorava até o som da voz dele.

E ela soube, então, como responderia à pergunta inevitável da irmã, a resposta que preveniria quaisquer lágrimas ou objeções e induziria, em vez disso, alegria e felicitações. Mais uma vez, Max estava correto; ela não precisava mentir para Cathy. A verdade era muito melhor.

Cathy, eu me apaixonei por ele.

Ela se virou, na escadaria, para olhar para trás. Max ainda estava parado à porta lá embaixo, com a cabeça próxima da de Lawrence, examinando uma carta. No piso superior, Jennie cantarolava e, da cozinha, ouvia-se o burburinho das vozes dos outros criados, preparando o jantar. Era o som de uma casa feliz outra vez.

Bianca colocou a mão na parede para se equilibrar. Como ela fora tão cega? Por que não admitira a si mesma que era isso que queria? Max não era sua concepção de marido ideal: ele a superava em todos os sentidos. Compartilhava o crédito pelo sucesso deles, até mesmo quando a ideia tinha partido dele. Nunca contestara seu trabalho com os esmaltes, mas a parabenizava e encorajava. Ele a olhava como se ela fosse linda e fascinante. Tinha até mesmo apostado nela no críquete.

Max disse algo a Lawrence, que assentiu e saiu pela porta. Por um instante, a cabeça escura dele permaneceu voltada para a carta em suas mãos. Então, ele ergueu os olhos.

O sorriso de Bianca vacilou diante da expressão em seu rosto.

— O que houve?

Ela desceu alguns degraus. Max parecia sério e inflexível.

— Preciso sair.

— Agora? — Ela estava atônita. — Por quê?

Ele voltou a fitar a carta.

— Sim, agora. Desculpe.

Bianca desceu os últimos degraus apressadamente.

— Por quê? Qual o problema? Você está pálido como um defunto, Max!

Ele fechou os olhos. Ela colocou a mão na dele, temendo que ele desmaiasse, mas ele se afastou com violência de seu toque.

— Preciso ir — repetiu ele, ofegando, amassando a carta em sua mão. — Desculpe.

Ele passou apressado por ela e subiu as escadas, dois degraus por vez.

Bianca correu atrás dele, seguindo-o até seu quarto. Aquele tinha sido o quarto *deles* na última semana, onde conversavam, riam, se beijavam, se abraçavam e faziam amor. Agora, ele estava arrancando as roupas e colocando uma calça de cavalgada e botas, evitando o olhar dela deliberadamente.

Ela baixou o tom de voz, ciente da presença dos criados.

— Qual é o problema? Me fale alguma coisa.

Ele enfiou uma bota.

— É um problema de família.

O queixo dela caiu.

— Família? É… É o duque de Carlyle?

O olhar dele se voltou para ela rapidamente, então, com a mesma rapidez, desviou-se.

— Não.

— A sra. Bradford — arriscou Bianca após um momento com a mente a mil.

A cabeça de Max se ergueu.

— O que você disse?

Ela piscou, atônita com o tom dele, praticamente um rosnado.

— Sua tia. É ela?

Max enfiou o outro pé em uma bota e se levantou. Ele foi até ela, segurou seu rosto com as duas mãos e, por um instante, pareceu não encontrar palavras.

— Eu... Eu não tenho tempo para explicar agora. Você pode confiar em mim?

— Sim — respondeu ela de imediato; já não desconfiaria mais dele.

Max lhe deu um beijo escaldante.

— Obrigado, meu amor.

Max desapareceu em seguida, suas botas ecoando nas escadas, pedindo a Mary que providenciasse seu sobretudo e seu chapéu.

Bianca correu atrás dele a tempo de vê-lo subir na sela do cavalo. Ele girou o animal, dizendo algo para Lawrence. Ele a avistou e tocou no chapéu antes de sair pelo quintal.

Bianca ficou parada observando-o se afastar, com a mão ainda erguida e a mente em um turbilhão.

— Lawrence — chamou ela enquanto o valete voltava para a casa —, aonde o sr. St. James foi?

— Stoke-on-Trent — respondeu ele. — É tudo o que sei, senhora. Ele me pediu para mandar selar o cavalo e me perguntou sobre o homem que trouxe a carta.

— Quem trouxe?

— Alguém relacionado ao sr. Leake, senhora.

Lawrence devia ter adivinhado a próxima pergunta furiosa de Bianca, pois ergueu as mãos.

— O sr. Leake é um homem de Londres, uma espécie de investigador. O sr. St. James o contratou algum tempo atrás e estava esperando pela resposta dele desde então. Ele me pediu para notificá-lo de imediato se houvesse alguma notícia do sr. Leake, independentemente do horário.

Bianca estava aturdida.

— Um homem de Londres! Esse homem está trabalhando para o sr. St. James desde que estivemos lá?

Lawrence desviou o olhar.

— Sim, senhora. Desde muito antes, acho.

Isso significava que Max o contratara meses antes — e para procurar o quê? Mesmo que não tivesse tido tempo de explicar naquela noite, poderia ter explicado na noite anterior ou nas inúmeras outras vezes em que conversaram desde que tinham voltado para casa. Desde que haviam consumado o casamento. Desde Vauxhall. Eles passaram horas de prazer juntos, sussurrando, rindo. Tinham discutido coisas mundanas, coisas importantes, coisas delicadas e sensíveis.

Mas não aquilo.

— Ele pediu para não contar nada à senhora — disse Lawrence, desculpando-se. — Acho que é uma questão de importância muito pessoal para ele.

E, sob as sombras crescentes do crepúsculo, Bianca ficou se perguntando o que seu marido havia escondido dela.

Capítulo 29

— NÃO É do feitio de St. James — grunhiu Samuel. — Não acredito que ele tenha fugido!

— É imperdoável — afirmou tia Frances, ácida. — Marque minhas palavras, ele está aprontando alguma, pode ter certeza!

Bianca remexeu a comida no prato e não disse nada. Não fazia a menor ideia do *que* dizer.

Já fazia dois dias inteiros desde que Max saíra como um furacão de Marslip, levando nada além das roupas do corpo. Ela ficara sentada, esperando, até a batida do relógio anunciar meia-noite, assustando-a e a despertando, e Jennie entrar em seu quarto, de camisola e bocejando, para dizer que fosse para a cama. Ela garantira a Bianca que alguém a acordaria assim que ele retornasse, e Bianca dormira um sono agitado em sua própria cama pela primeira vez em vários dias.

Na manhã seguinte, mandou Lawrence para Stoke-on-Trent com a intenção de conseguir ao menos alguma explicação. Disse a ele para fazer quatro perguntas específicas e não voltar para casa até ter as respostas. E então ficou andando de um lado para o outro na Casa Poplar a manhã toda, sem conseguir se concentrar em coisa alguma, até Lawrence retornar e informar que Max não estava em Stoke-on-Trent.

— Ele partiu ao amanhecer com o mesmo homem que trouxe a carta — informou Lawrence. — O sr. Baskley, da taberna Duas Raposas, disse que ele pediu que os cavalos fossem aprontados assim que o sol raiasse e uma sacola de mantimentos fosse preparada. Ele não os viu partir. O cavalariço disse que o sr. St. James deu a ele um xelim e o mandou voltar a dormir, mas não informou para onde estavam indo.

Max não tinha deixado qualquer recado, enviado qualquer bilhete. E, novamente, não retornara para casa.

Pela primeira vez em anos, seu pai fora à Casa Poplar, quando nem ela nem Max apareceram na fábrica após dois dias. O medo de que alguém estivesse doente dissolveu-se em perplexidade e, então, fúria, quando Bianca confessou que não fazia ideia de onde o marido estava ou por que ele havia partido. Samuel lhe dissera para ir à Mansão Perúsia para jantar e, sentindo-se desamparada, ela concordou.

Arrependera-se, contudo, de cada segundo daquele jantar.

— Não tenho certeza disso — disse seu pai, lançando um olhar inquieto na direção de Bianca. — Mas é muito estranho. Você tem certeza de que o valete dele não faz ideia?

Bianca balançou a cabeça.

— O valete de um homem sempre sabe mais do que conta — disse Frances. Ela comeu uma garfada de ganso assado e então deu um pedaço a Trevor, que estava sentado, ofegando, ao lado da cadeira dela. — Traga o homem aqui e nós exigiremos que ele tenha bom senso.

— Estou convencida de que Lawrence não sabe — afirmou Bianca baixinho.

Lawrence estava interessado em Jennie; no curso dos últimos dois dias, à medida que a ausência de Max ficava mais longa e tensa, ele havia implorado para não ser despedido e se tornara uma fonte de informações.

Com medo de ser dispensado, jurou não fazer ideia de para onde Max tinha ido ou por que e contou que Max, de fato, vivera uma vida libertina e devassa em Londres antes de pedir a mão da herdeira de Perúsia em casamento. Contou tudo sobre seu antigo empregador, um amigo de Max que perdera vinte e oito mil libras em uma única noite nas mesas de jogos de Vauxhall — na companhia de Max — e fora forçado a fugir de Londres. Confessou que o aluguel da casa de Londres tinha sido pago por lorde Cathcart, que a mantinha para sua amante, e que o imóvel exigira uma limpeza extensa para se tornar habitável depois das festas escandalosas realizadas lá — algumas das quais frequentadas por Max. Admitiu que Max o enviara a Cheapside quando Bianca estava medindo a loja para ficar de olho em um homem que Lawrence só sabia ser uma pessoa do passado de Max e que poderia ser uma ameaça.

Confessou que fora instruído a ficar atento a qualquer carta vinda de Reading, que deveria ser entregue de imediato, e ele disse que tais cartas chateavam Max, embora alegasse não saber por quê. E confessou que Max o instruíra com veemência quanto a não deixar qualquer pessoa, especialmente Bianca, saber de tudo aquilo.

E aquilo magoara Bianca imensamente. Ela sabia que o marido tinha um passado escandaloso — as mulheres em Vauxhall provaram isso — e não ficava surpresa por seus amigos também serem escandalosos. Embora Max talvez tivesse razão em se manter calado com relação àquilo nos primeiros e difíceis dias de seu casamento, ela achou que eles agora eram honestos um com o outro.

Max, no entanto, nunca dissera uma única palavra.

— Ele deve saber de alguma coisa! — disse Frances, recusando-se a renunciar sua crença de que Lawrence estava mentindo. — Você é mole demais com os criados, minha querida. Interrogue o homem com firmeza! — disse, apontando o garfo para ela.

Bianca, que sabia que sua tia-avó não era nem um pouco severa com seus próprios criados, a olhou feio.

— Eu fiz isso. Ele não sabe de nada.

— Ainda tenho confiança de que haverá uma boa explicação quando St. James retornar — afirmou Samuel. — Ele não foi desleal ou indigno de confiança antes.

Confie em mim. Max tinha lhe pedido que confiasse nele repetidas vezes. Ele nunca a tinha traído antes, mas Bianca estava com dificuldades em continuar confiando. Certamente haveria um bom motivo para aquilo; *tinha* que haver. Ela bebericou seu vinho em silêncio.

— Recebi outra carta de Cathy — anunciou Samuel em uma alegria forçada, tentando mudar de assunto. — Ela está vindo para casa.

— Já era hora — disse Frances. — Passeando por Staffordshire sem se importar com as pessoas em casa!

Bianca despertou.

— Quando ela chega, papai?

— Ah, em breve, em breve — garantiu ele. — Dentro de duas semanas, imagino. Ela parecia decidida a vir. Expressou sua surpresa com tudo o que aconteceu aqui.

Ou seja, o casamento de Bianca. Aquele que ela não podia mais explicar com declarações de amor por um homem que tinha, aparentemente, a abandonado. Bianca virou a taça de vinho e pediu ao criado que a enchesse de novo.

Em meio ao silêncio tenso, ouviu-se o ruído distante das rodas de uma carruagem. Bianca ficou alerta. Era incomum que visitantes chegassem àquela hora da noite. O crepúsculo estava no fim, e as estradas ao redor de Marslip já eram perigosas o bastante sob a luz do dia. Max tinha partido a cavalo, mas talvez, àquela hora, uma carruagem fosse mais segura...

Seu pai também ouviu. Ele olhou para ela enquanto se servia de mais ganso.

— Que bela piada seria se já fosse a sua irmã, hein? — disse ele, rindo com um entusiasmo excessivo. — Convocada pela menção de seu nome! Eles devem ter feito o trajeto em um tempo excelente lá de Wolverhampton...

Bianca ouvia com a mesma atenção de uma sentinela. Frances tinha começado a murmurar e estalar a língua para Trevor, que rosnava, e Bianca sibilou para os dois se calarem. Chocada, a idosa olhou para ela com raiva.

— Maxim — gritou uma voz do lado de fora.

Uma voz feminina.

Em um salto, Bianca levantou-se da mesa e saiu correndo. Seu pai estava em seu encalço, enquanto Frances gritava para que eles a esperassem. Bianca saiu voando da sala de jantar e atravessou o corredor até chegar ao espaçoso hall de entrada, onde parou, perplexa.

O mordomo estava tentando forçar uma mulher desvairada para fora da casa. Seu cabelo preto emaranhado passava da cintura. O vestido cinza grosseiro estava literalmente em farrapos, pendia do corpo e caía da altura do ombro. Ela era magra como uma vareta, as clavículas mostravam-se proeminentes enquanto se debatia como uma criatura feroz nas mãos do sr. Hickson.

— Mas que diabo... — exclamou seu pai.

— Maxim — gritou a mulher novamente, debatendo os braços longos e fantasmagóricos. — *Wo ist er?* Maxim!

— Pelos céus — disse Frances, atordoada.

Em um transe, Bianca deu um passo à frente.

— Ele não está aqui — disse ela com clareza para a mulher. — Quem é você?

Lágrimas encheram os olhos da estranha.

— Maxim — gritou ela de novo.

E então desabou como um marionete cujas cordas foram cortadas, escorrendo dos braços do sr. Hickson para formar uma poça trêmula no chão.

À parte dos soluços dela, o hall estava mortalmente silencioso. O sr. Hickson ficou parado, incerto, ao lado dela, mas a mulher agora parecia indefesa e arrasada. Samuel se mostrava atônito, e Frances estava com as duas mãos no peito, em choque.

Maxim. Aquela mulher o conhecia. A respiração de Bianca feria seus pulmões. Lentamente, ela se ajoelhou e tocou o ombro da mulher. Aquilo provocou outro grito, e a mulher recuou até atingir a parede.

Um homem grandalhão apareceu à porta, ofegando e segurando um lenço na bochecha. Sangue manchava seu colete.

— Desculpe, meu velho — disse ele ao sr. Hickson enquanto se aproximava da mulher. — Pronto, pronto. Vamos lá, senhora.

Ele falou com bastante delicadeza enquanto tentava levantá-la do chão.

— *Wo ist er?* — soluçou a mulher, encolhendo-se ao toque dele. — *Fass mich nicht an!*

— Que diabo está acontecendo? — Samuel se recuperou da surpresa e deu um passo adiante. — Quem é você?

— William Leake, ao seu dispor — respondeu o homem.

Ele tirou o lenço do rosto para fazer uma reverência, e os olhos de Bianca se arregalaram ao ver os arranhões fundos, que ainda sangravam.

— Vim para ver o sr. St. James, por favor.

— Ele não está — esbravejou Samuel em um tom indignado. — Quem é você e quem é esta mulher?

O sr. Leake não pareceu contente com a ausência de Max.

— Esta é a sra. Margareta Croach — respondeu. — Onde eu poderia encontrar St. James?

Bianca encarava a mulher fixamente. Debaixo do exterior sujo desalinhado, olhando além das bochechas fundas e dos ossos protuberantes de seus braços, ela devia ter sido uma mulher bela. Não podia ter mais que 40 anos. Lágrimas deixavam marcas na sujeira de seu rosto e, quando ela jogou a cabeça para trás, em desespero, Bianca prendeu a respiração quando um pensamento repentino lhe ocorreu.

— Ele não está — disse ela, baixinho, porém com clareza. — Não está. A senhora entende?

As pálpebras da mulher estremeceram e ela encarou Bianca com olhos negros opacos.

— Greta — disse Bianca. — A senhora é Greta?

A mulher inspirou tremulamente.

— *Ja*.

— Uma alemã? — sussurrou Samuel audivelmente. — O que está acontecendo?

Com cuidado, Bianca estendeu a mão. A mulher, Greta, a fitou com desconfiança.

— Sou a esposa de Max. Maxim. Esposa.

Com um sobressalto, a mulher segurou sua mão.

— Maxim… — choramingou ela.

— Bianca — alertou seu pai.

Bianca ergueu a mão para calá-lo.

— Sr. Leake — disse ela, com os olhos fixos em Greta. — O senhor mandou chamar Max dois dias atrás?

— Sim. — Leake suspirou. Ele tinha voltado a tentar estancar o sangue que ainda escorria por seu rosto. — Eu disse a ele para esperar em Stoke-on-Trent, mas ele não está lá. Se ele também não está aqui… Suponho que não tenha conseguido esperar e foi atrás de mim.

— Suponho que sim.

Lentamente, ainda segurando a mão de Greta, como se a mulher pudesse escapar, Bianca se levantou.

— Vamos entrar?

O sr. Leake franziu a testa.

— Não sei se eu a levaria para dentro, senhora. Ela surtou quando eu disse que encontraríamos St. James. Até então, ela estava dócil. O nome dele a agitou.

— Bem, ele não está aqui, e eu não posso deixá-la aqui fora — retorquiu Bianca, mantendo a voz suave e equilibrada, sem querer assustar

Greta, que se levantou desajeitadamente. — Venha e sente-se comigo — disse ela à mulher, conduzindo-a devagar à sala de estar próxima dali.

— Bianca — disse Samuel com severidade.

— Shh — respondeu ela.

Greta tinha se encolhido ao ouvir a voz de seu pai.

— Vamos esperar por Max. Está com fome?

O medo transparecia no rosto de Greta. Ela balançou a cabeça.

— Está bem. Sente-se aqui.

Bianca a conduziu ao sofá. Greta sentou-se, desconfiada, na ponta. Para surpresa de Bianca, tia Frances se aproximou e colocou o próprio xale nos ombros da mulher, ajeitando-o delicadamente. Bianca olhou para ela com gratidão, e sua tia se afastou com uma expressão ilegível.

— Onde está St. James? — perguntou o pai em um tom alto para o sr. Leake no corredor.

— Não faço ideia — respondeu o homem. — Quando vi que não estava na Duas Raposas, imaginei que ele tinha vindo para casa. Levou bem mais tempo para chegar aqui do que eu imaginava. As estradas são péssimas.

— E quem *é você*?

Seu pai estava tão agitado que sequer concordou sobre as estradas.

— William Leake, caçador de ladrões.

Samuel entrou na sala como um furacão.

— Bianca, afaste-se dessa mulher imediatamente!

— Não, papai — respondeu Bianca. — Tia Frances, mande trazerem uma taça de vinho.

Ela continuou segurando a mão da mulher enquanto sua tia apressava-se em ressoar o sino.

— Que diabo está acontecendo? — esbravejou Samuel.

Bianca nem sequer piscou diante da linguagem dele.

— Acalme-se, papai. Acho que sei quem ela é. Mas é melhor esperarmos por Max.

Jane entrou correndo na sala, com os olhos arregalados e uma pequena taça de clarete, que Bianca entregou para Greta.

— E aonde ele foi? — retrucou ele. — Dois dias e nem mesmo uma mensagem para a esposa!

— Tenho total confiança de que ele chegará em breve — respondeu ela com tranquilidade.

Aquela era a pessoa que Max estava procurando, que o fizera sair às pressas para encontrá-la sem sequer parar para explicar. Bianca pensou ter ouvido o barulho de um cavalo se aproximando.

Poucos minutos depois, sua suposição se confirmou. A voz de Hickson ecoou no corredor, bem como passos apressados. Max apoiou-se na porta, soltou uma exclamação de alívio e correu até elas.

Ao vê-lo, Greta berrou como um animal aleijado. Ela largou a taça e se levantou do sofá com agitação.

Bianca esticou-se para pegar a taça, evitando um derramamento maior que algumas gotas. Greta se atirou no corpo de Max, desabando em seus joelhos e abraçando suas pernas. Max se abaixou de imediato, largando o sobretudo no chão. Ele puxou Greta para perto de si, encostando a cabeça na dela e murmurando algo enquanto ela soluçava novamente.

— St. James — disse seu pai, parecendo atordoado. — Explique isso.

Ainda acariciando o cabelo da mulher, Max ergueu a cabeça. A aparência dele era péssima, o rosto estava acinzentado e exausto; seu cabelo, oleoso e sujo; cada centímetro de seu corpo, coberto de poeira.

— Greta é minha tia. Irmã da minha mãe.

Samuel recuou.

— Sua tia! O que aconteceu com ela?

— Você a está procurando há meses — disse Bianca, entorpecida. — Por que não me contou sobre ela, Max?

Ele voltou seus olhos desolados para ela.

— Não dá para ver? Porque ela é louca.

Capítulo 30

LEVOU UM TEMPO para todos se acalmarem.

Max explicou brevemente. Sua tia havia adoecido depois do segundo casamento; uma melancolia severa, dissera o médico. Ela bebia muito e mergulhava em um estupor que durava dias. Ela se consultara com diversos médicos e fizera tratamentos em três clínicas, sem sucesso. Greta enfraquecera e passara a falar apenas alemão. Seu marido a trancafiara em um asilo.

Bianca pensou que havia muito mais por trás disso. Max segurava a tia com um ar protetor, como se ela fosse uma criança — e, de fato, ela parecia tão indefesa quanto uma. Estava desabada no sofá ao lado de Max, segurando o casaco dele com força. Por insistência dele, ela dera algumas mordidas num pão, e então adormeceu tão subitamente que todos se surpreenderam.

Samuel saíra da sala, alegando que precisava de um pouco de vinho do Porto para acalmar os nervos. Frances também saiu, mas retornou minutos depois para informar que dissera às criadas para prepararem um quarto para Greta.

Max se sobressaltou. Ao final de sua história, ele mesmo parecia meio dormente.

— Não — disse ele, com a voz rouca. — Quero levá-la para casa — explicou, e então parou e olhou para Bianca. — Se você permitir.

— Não seja ridículo — retrucou Frances com sua aspereza habitual. — Esta mulher está exausta. Deixe que Ellen a lave e a coloque na cama.

Max balançou a cabeça.

— Não posso deixá-la.

— É claro que não — respondeu Frances em um tom ácido. — Já mandei chamar Jennie e seu criado. Vocês ficarão no antigo quarto de Bianca.

— Eu irei com ela — ofereceu Bianca, visto que Max continuava com o braço em torno da tia adormecida. — Se você achar que isso ajudaria.

Por um instante, ele ficou apenas olhando para ela, antes de piscar e recobrar a presença de espírito. Bianca percebeu que ele estava quase dormindo em pé.

— Sim. Sim, acho que ajudaria. Obrigado.

Greta despertou com um grito desesperado, mas Max a acalmou imediatamente. Ele conversou com ela por vários minutos em um tom baixo, abafado. Bianca ouviu seu próprio nome e viu os olhos apavorados de Greta se voltarem para ela.

Mesmo que não entendesse aquilo tudo e ainda se ressentisse por Max ter mantido segredo, Bianca sentiu seu coração se aquecer diante da maneira como ele tratava a tia. Independentemente do estado mental de Greta, ela fora tratada de forma abominável. Era óbvio que não tomava um banho havia semanas; suas roupas não passavam de farrapos, e ela estava desnutrida. Ela ficava puxando o xale de Frances sem parar, como se estivesse passando frio havia eras.

Bianca permaneceu sentada em silêncio, até Greta olhar mais uma vez para ela. Max sorriu encorajadoramente.

— *Meine Frau* — explicou ele. — Bianca.

Greta assentiu devagar.

— *Schön* — sussurrou ela.

— *Sehr schön* — murmurou Max, dando um leve sorriso para Bianca.

Ele ajudou Greta a se levantar e colocou o braço em torno dela enquanto a conduzia para fora da sala. Pela primeira vez, Bianca percebeu que Greta estava descalça, com os pés arranhados e cheios de feridas. Ela pediu a tia Frances que mandasse buscar um pouco de unguento e ficou se perguntando o que Max quis dizer com "louca".

Max devia ter convencido Greta de que ela estava em segurança. A mulher entrou no antigo quarto de Cathy com Bianca, assustando-se apenas quando a porta se fechou. Ellen entrou com um balde de água morna e Greta começou a tremer novamente, choramingando.

— Deixe o balde e saia — instruiu Bianca rapidamente. — Saia!

Parecendo assustada, Ellen largou o balde junto à lareira e saiu apressada. Bianca ouviu sua voz no corredor e o murmúrio exausto da resposta de Max, seguido pela repreensão ácida de tia Frances, mandando Ellen buscar mais água para o banho do sr. St. James.

Greta estava com medo da banheira, então Bianca desistiu da ideia de um banho. Contentou-se em limpar o máximo possível da sujeira com um pano úmido, falando baixinho e de forma tranquilizante o tempo todo. Ela começou a pentear o cabelo de Greta, mas o emaranhado era tão embaraçado e imundo que a escova não fazia progresso algum. Precisariam lavá-lo e, provavelmente, cortá-lo, mas isso era tarefa para outro dia. Por fim, persuadiu Greta a colocar uma camisola limpa e a deitar na cama. A mulher parecia uma criança puxando a coberta até o queixo, os olhos vagueando pelo quarto.

Quando ela adormeceu, Bianca saiu do quarto. Para sua surpresa, Frances estava esperando.

— Como ela está? — perguntou a tia.

— Adormecida. Tia Frances, ela tem hematomas pelo corpo todo. Os pés dela parecem ter sido açoitados. O cabelo está tão embaraçado que precisaremos cortar...

— Sim — disse Frances baixinho. — Hospícios são lugares terríveis, minha querida.

Bianca hesitou.

— Ela é louca? A aparência dela é assustadora, mas ela entendeu quando eu disse o que fazer e cooperou...

— Não sei — foi a resposta de Frances. — Mas, agora, você precisa ficar com seu marido. Certifique-se de que ele não dormiu e se afogou na banheira. Eu ficarei com ela.

Bianca assentiu, grata, e foi para seu antigo quarto.

Max tinha, de fato, caído no sono. Claro, ele era grande demais para a banheira, então a cabeça pendia e seus joelhos se erguiam para fora da água. Por um instante, Bianca ficou olhando para o rosto dele sob a luz tremeluzente.

Por que ele não tinha lhe contado sobre Greta? Ou melhor, por que ele não tinha lhe contado *aquilo* sobre Greta?

A loucura, é claro, era terrível. Ter alguém assim na família era algo que a maioria das pessoas ocultava. Se Samuel soubesse que havia um caso de demência na família de Max, ele jamais o teria convidado para jantar, muito menos considerado um pedido de casamento...

Mas Max não era louco. Nem um pouco; ele era a pessoa mais lógica, sensata e focada que Bianca conhecia... e isso significava que ele sabia perfeitamente bem como as pessoas reagiriam se ele contasse. Como o pai dela tinha reagido naquela noite. Se Bianca não tivesse percebido quem Greta era e a ajudado, Samuel a teria expulsado de casa e trancado a porta.

E ela não era melhor. Se Max tivesse lhe contado sobre Greta nos primeiros e antagônicos dias de seu casamento, Bianca sabia que não teria reagido bem. Não por medo de Greta, mas por raiva dele.

Você a manteve em segredo para poder salvá-la, pensou enquanto observava o marido exausto. Ele claramente se preocupava com a tia. Greta o tinha acolhido quando a mãe dele morrera, ela o tinha mandado para a universidade e tentado encaminhá-lo a uma profissão respeitável. Lawrence disse que Max havia contratado o sr. Leake para procurá-la e que ele passara meses tentando.

Mas será que Max pretendia ocultar a existência dela para sempre?

Bianca suspirou. De nada adiantava ponderar sobre aquelas questões sozinha. Ela pegou uma das toalhas que estavam dispostas perto do fogo para ficarem aquecidas e a colocou delicadamente sobre os ombros dele.

— O quê? — Ele acordou em um sobressalto antes de se acalmar. — Greta. Ela está...

— Dormindo na cama. Tia Frances está tomando conta dela.

Ele esfregou as mãos no rosto.

— Obrigado.

Ele saiu da banheira e se vestiu. Assim como fez com Greta, Bianca também o botou na cama. Max obedeceu docilmente, como uma criança.

— Quando você dormiu pela última vez? — perguntou ela, sentando--se na cama ao lado dele e afastando o cabelo úmido de sua testa.

— Muito tempo atrás — respondeu ele, suspirando e levando a mão de Bianca até o rosto. — Sinto muito, meu amor.

— Pelo quê? — perguntou ela, mantendo a voz calma e suave. — Por partir sem explicações? Por me deixar pensar que você e Greta tinham simplesmente se afastado? Ou por alguma outra coisa que ainda não descobri?

Ele a fitou com olhos desesperados.

— Tenho muito pelo que pedir perdão.

— Vamos começar com isto: há quanto tempo você está procurando por ela?

Ele hesitou.

— Três anos.

Era bem mais tempo que Bianca esperava.

— Minha nossa — disse ela. — Por que tanto tempo?

— O marido dela a escondeu — respondeu ele; sua voz não passava de um murmúrio. — Ele a colocou em uma prisão e se recusava a me contar onde. Esse homem me provocou e me extorquiu até eu não ter mais dinheiro, mas continuava sem me dizer onde ela estava.

Bianca passou a mão pelo cabelo dele.

— Você me conta mais depois?

— Sim — respondeu ele, suspirando e apertando a mão dela. — Tudo.

— O que ela disse? — perguntou Bianca por impulso. — Quando você disse que eu a ajudaria. *Schön?*

O sorriso sonolento dele carregava uma pitada de sua malícia habitual.

— Bonita — explicou ele. — E eu disse que você era *muito* bonita.

Com aquilo, Max adormeceu, e Bianca ficou deitada ao lado dele por um bom tempo, sem querer soltar sua mão.

Max acordou assustado, levantando o tronco subitamente. Podia jurar que tinha ouvido gritos, iguais aos que ouvira no Solar Mowbry. Já estava se levantando da cama quando Bianca segurou seu braço.

— Fique aqui — murmurou ela. — Greta está bem.

Ele sentia o coração disparado, todos os músculos de seu corpo estavam tensos.

— Como você sabe?

Sua esposa se virou de lado e bocejou. Estava totalmente vestida, deitada sobre as cobertas.

— Tia Frances e eu nos alternamos para tomar conta dela a noite toda. Quando ela acordou esta manhã, Frances leu para ela. Ela pareceu gostar.

— Ah.

Lentamente, Max se deitou de novo, ainda tremendo com a lembrança daquela fúria temerosa.

— Na última vez que entrei lá, tia Frances havia persuadido Greta a deixar que Ellen lavasse seu cabelo. Consegue imaginar como? — Bianca sorriu. — Não, você jamais adivinharia... Pois tia Frances fez Ellen lavar o cabelo *dela* na bacia, para provar que era seguro. Ellen e Jennie estavam ocupadas com os pentes, quando eu saí.

— Foi muita bondade da sra. Bentley.

— Max — disse Bianca, virando-se para encará-lo. — O que aconteceu com ela?

Ele hesitou. Originalmente, seu plano era esconder Greta e seu estado para sempre. Ele tinha pegado o dinheiro da duquesa de Carlyle e contratado Leake, recusando-se a abandonar a tia nas garras da víbora que era seu marido, mas também desesperado para ocultar aquela mácula em sua família. Enquanto Croach estivesse com Greta, ele tinha uma vantagem sobre Max. A qualquer momento ele poderia aparecer com Greta e transformar um de seus surtos em espetáculo.

Agora...

— Ela não era louca, anos atrás — começou ele devagar. — Era charmosa, bonita e bondosa. Ela se parece muito com a minha mãe, irmã mais velha dela. Quando eu era criança, ela corria pelos campos comigo. Foi ela quem me ensinou a jogar críquete, para falar a verdade. Eu a achava maravilhosa — concluiu ele melancolicamente.

Ele prosseguiu:

— Nada parecia errado até Thomas Bradford, o primeiro marido dela, morrer subitamente. Eles eram felizes juntos, e Greta ficou muito abalada com a morte dele. Eu devia ter a apoiado mais, mas era um jovem tolo, estava aborrecido por ter sido dispensado do escritório de advocacia de Bradford e queria continuar no encalço de meus colegas de Balliol. Wimbourne, Dalway e aquele pessoal. Era impossível, é claro, e eu me meti em muitos problemas por isso. — Max fechou os olhos por um instante. — Eu não sabia que minha tia tinha começado a beber, dia e noite. Eu a negligenciei, e ela, ainda bonita, ainda jovem, de posse do dinheiro de Bradford e da fazenda de seu pai, mas desesperadamente solitária, casou-se com Silas Croach.

— Quando ele a colocou em um asilo?

Max sentiu seu rosto se contrair.

— Não de imediato. Ele era ardiloso, certamente mais do que eu. Eu o julgava um camarada singular, marido devotado e tudo o mais. Ele parecia se preocupar com ela, e afirmava que a estava levando para as termas de Bath ou Cheltenham. A cada poucos meses, eles iam a um retiro diferente. Médico após médico vinha examiná-la, e Croach me informava que os relatórios deles sobre a condição dela eram cada vez mais graves.

— Você chegou a vê-la pessoalmente? — perguntou Bianca baixinho.

— Sim — murmurou ele, recordando-se. — Mas Croach dizia que receber visitas a aborrecia e que não era para eu aparecer com muita frequência. Quando eu ia, ela estava delirando sobre os ouriços azuis que viviam debaixo dos móveis ou encolhida em tamanho estupor que não reagia a nada. Eu acreditei em Croach. — Max pausou novamente, engolindo a bile ao pensar em como ele tinha sido estúpido. — Concordei quando ele disse que ela deveria ser mandada para um hospital, para seu próprio bem.

— O que você acha que ele fazia? — perguntou sua esposa; sua esposa linda, inteligente, sensata.

Max deu um sorriso triste. Se ela estivesse ao seu lado na época, ela teria percebido as mentiras de Croach e enfiado um pouco de juízo na cabeça de Max.

— Acho que ele a encorajava a beber demais. Acho que ele a drogava... Não — corrigiu ele. — Eu *sei* que ele a drogava. Eu o vi dopá-la com meus próprios olhos e o agradeci por isso. Pensei que fossem remédios, mas agora suspeito que fossem drogas para piorar seu estado de saúde.

Os lábios de Bianca se abriram.

— Greta não era herdeira, mas também não era pobre — explicou ele. — Bradford a deixou como uma quantia razoável, quase quatro mil libras. E, então, meu avô morreu, e ela herdou a renda da fazenda em Lincolnshire. Meu avô foi esperto o bastante para deixar a propriedade para mim, mas um rendimento vitalício para ela. E Croach sabia disso.

— Então ele gastou todo o dinheiro dela? — perguntou Bianca, indignada.

— Não, agora acho que ele escondeu. Ele me disse, no entanto, que tinha gastado com todas aquelas visitas a termas e que precisava de mais para pagar médicos e hospitais... Então comecei a jogar e repassar dinheiro para ele.

Ele tinha contado aquilo. Bianca sabia que ele era um apostador e um cafajeste. Ele simplesmente nunca lhe dissera o motivo.

— Você disse que era excelente no jogo...

É claro que ela se lembrava disso, de Vauxhall. Max sorriu de leve com a lembrança.

— Eu era. No meu melhor ano, ganhei nove mil libras.

Os olhos de Bianca se arregalaram, como ele esperava. Era uma belíssima soma.

— Você está pensando que eu só jogava para poder dar todo o dinheiro a Croach — observou ele. — Não é verdade. Eu gastava imprudentemente, como qualquer outro jovem solto na cidade sem ninguém para refreá-lo. Eu vivia muito bem quando as cartas jogavam a meu favor, e vivia mal quando não. Era tudo uma diversão para mim. No entanto, eu mandava dinheiro sem falta para Croach, a cada três meses. — Max sentiu a amargura na própria voz. — Ele me falava de curas, de medicamentos, de médicos! Dizia que ela estava tentando se machucar e que atacava os criados. Se eu não o ajudasse a cuidar dela, ele não teria escolha a não ser confiná-la no Hospital Bethlem, com os loucos.

O rosto de Bianca mostrava compaixão.

— O que o fez pensar que ele a drogava?

— Ela começou a falar alemão comigo, em vez de inglês, quando eu a visitava — explicou ele lentamente. — Era... estranho. Os pais dela só falavam alemão, mas Greta falava inglês. Eu só sei o suficiente de alemão para não passar apuros, mas Croach não entendia uma única palavra, e ela me pedia para levá-la embora. Comecei a suspeitar que ele era, se não a causa de sua doença, ao menos inútil para sua recuperação, e foi então que ele a escondeu em um hospício particular sem avisar.

Max lembrava como se tivesse sido na véspera. Ele tinha ido visitar Greta, munido com mais informações à medida que suas suspeitas aumentavam. Pedira ajuda a um casal de amigos farmacêuticos que lhe instruíram quanto ao que procurar. Ele perguntara à tia, em alemão, se os remédios a faziam se sentir pior. Ela respondera que faziam sua alma se partir em duas; Max prometera que retornaria para buscá-la no dia seguinte. Mas, na manhã seguinte, Croach a tinha mandado para algum lugar que só Deus sabia.

— Por que você não me contou nada disso?

O tom magoado de Bianca perfurou o coração de Max.

— Eu não contei a ninguém. Nem pretendia. Quem iria querer um homem com sangue de louco nas veias? Seu pai teria me mostrado a saída e trancado a porta depois. Você não iria me querer. O que um parentesco com uma pessoa mentalmente doente, trancada em um asilo, a teria feito sentir?

Ela ficou quieta por um bom tempo. Max sentia-se desprovido de qualquer emoção. Era por isso que planejava nunca contar a qualquer pessoa. Esperava encontrar um hospital — um bom hospital — e deixar Greta o mais confortável possível. Planejava visitá-la sempre que pudesse. Mas tinha aceitado que sua condição, até mesmo sua existência, deveria permanecer secreta.

— Eu não sei — respondeu Bianca por fim. — Deus sabe que tia Frances já é péssima o suficiente e nós permitimos que ela ande por aí livremente. A loucura é diferente, é claro… Você tem certeza de que ela *está* louca?

Max refletiu.

— Receio que sim. Ela tem lampejos de sensatez, mas você a viu…

— Ela passou fome e foi espancada, ficou usando farrapos e foi trancafiada em um hospício. Estremeço só de pensar em como qualquer um de nós ficaria depois de suportar tudo isso — disse Bianca, que se apoiou nos cotovelos e olhou para ele. — Talvez um tratamento mais gentil a faça melhorar.

— Ela receberá um tratamento mais gentil pelo resto de seus dias, mesmo que sua mente esteja irremediavelmente afetada — jurou Max. — Eu vou partir Croach ao meio se ele tentar levá-la de novo.

— Como ele foi o responsável por permitir que ela fosse tratada dessa forma — disse Bianca —, ficarei feliz em ajudar.

O coração de Max inflou. Quando percebera que Leake devia ter levado Greta a Perúsia, preparara-se para ser insultado, rejeitado, expulso e até mesmo passar por um divórcio. Em vez de cenas de horror e repulsa, contudo, ele entrara como um trovão na casa e encontrara Greta sentada no sofá com um xale refinado nos ombros e de mãos dadas com Bianca. Mesmo depois de ele ter guardado segredo, mesmo depois de ter partido e ficado com medo demais para mandar uma mensagem, mesmo depois que decidira, com o coração apertado, que devia tentar salvar a tia mesmo que isso lhe custasse sua esposa.

Uma esposa que era mais perspicaz e piedosa do que ele merecia. Antes que pudesse pensar, antes que a cautela o assolasse e silenciasse, ele a puxou para si e a beijou.

— Eu te amo — sussurrou ele. — Eu te amo.

Ela envolveu o pescoço dele com os braços.

— Você quase me matou de susto.

— Eu sei — respondeu ele. — Desculpe.

— É melhor você nunca mais fazer isso — acrescentou ela, puxando o cabelo dele.

— Nunca mais — prometeu ele. — Sou o marido mais detestável de toda a Grã-Bretanha, eu sei.

— Enquanto Silas Croach estiver neste planeta, é impossível que você seja o pior marido em qualquer lugar que seja.

Max a beijou.

— Você é a melhor de todas as esposas, por aturar todos os meus defeitos e falhas, e eu vou passar o resto dos meus dias me redimindo por ter sido tão idiota por duvidar de você.

Ela segurou o rosto dele com as mãos e o beijou de volta — delicada, intensa e plenamente.

— É melhor você fazer amor comigo para eu me esquecer de como você não confiou em mim depois de *me* pedir tantas vezes que confiasse em você.

— Sempre.

Max arrancou a camisola de Bianca e se posicionou sobre ela. Rijo como aço, ergueu as saias dela e a penetrou. Bianca cravou as unhas nas costas dele e Max estremeceu ao vê-la debaixo dele, com os olhos brilhando como prata e o cabelo agora cor de bronze esparramado a seu redor.

— Sim — gemeu ela. — Sim… *Max*…

Foi o sexo mais duro e rápido de sua vida. Nenhum dos dois precisava de toques carinhosos e delicados; Bianca agarrou as nádegas dele e o incitou a penetrá-la mais forte e mais fundo. Ela se contorcia debaixo dele, virando a cabeça de um lado para o outro e sussurrando palavras incoerentes de encorajamento, paixão e até algo como amor.

Amor.

Ele segurou o próprio êxtase até fazê-la gozar. O clímax dela era uma visão gloriosa e, naquela manhã, parecia tingido por tons de cor-de-rosa e dourado, como tudo relacionado a ela.

A maior aposta de sua vida tinha lhe rendido mais do que ele poderia imaginar, mesmo em seus sonhos mais disparatados. Max não apenas tinha se provado capaz de gerir um negócio, como também encontrara Greta e a salvara do inferno que Croach a fizera aguentar. Ele não era mais um cafajeste pobre, vivendo de aposta em aposta; era um cavalheiro com decência e propósito. E ele tinha Bianca — extremamente inteligente, viva e leal, um par perfeito para ele em todos os sentidos.

Ele tinha tudo que um homem poderia querer.

Mesmo que ela nunca o amasse de volta.

Capítulo 31

PARA SURPRESA DE todos em Perúsia, nos dias seguintes Frances acolheu Greta debaixo de sua asa. Fez uma série de solicitações à cozinheira de vários pratos que ela julgou serem benéficos. Recusou-se a permitir que Greta tomasse qualquer bebida alcoólica, inclusive vinho, apenas chá forte — mas em grandes quantidades. Serviu a ela ovos e caldo de carne com legumes e peixe frescos, mas sem sobremesa. Certa manhã, quando Bianca estava se perguntando aonde sua tia-avó tinha ido, encontrou as duas mulheres na cozinha, torrando o pão com garfos na lareira.

— E quando ficam bem tostadinhos, nós colocamos este queijo delicioso em cima… — Bianca a ouviu dizer, parecendo incomumente calorosa e acolhedora.

Greta, que estava muito melhor, em um vestido decente, com o cabelo penteado e preso em uma trança, sorriu de leve, balançando o corpo para um lado e para o outro enquanto segurava o garfo.

Max pareceu desconfiado quando Bianca relatou a cena.

— Será que é prudente dar um garfo a ela? Ela tem um histórico de atacar…

— Tem? — Bianca ergueu as sobrancelhas. — Você viu?

Max fechou a boca, envergonhado.

— É claro que não.

— Se ela espetar Frances com o garfo, não será nada que minha tia não esteja merecendo há anos — acrescentou Bianca. — Mas imagino que ela saiba cuidar de si.

Max riu, seus olhos calorosos e cheios de amor. Bianca sorriu e desviou o olhar. Ela ouvira, quando ele disse que a amava, mas não respondera, e ele não tornara a repetir.

Ela pensava que o amava, mas o fato de ele ter guardado segredo tinha sido um baque. Pior ainda: Max confessara que não tivera a intenção de lhe contar sobre Greta. Parte dela entendia plenamente, e outra estava furiosa por ele pensar daquela forma, mesmo depois de terem se aproximado. Se ele tivesse dito que pretendia contar a ela depois, se tivesse confessado que não sabia *como* contar e que isso o mantivera calado, ela teria acreditado e perdoado tudo.

Mas ele tinha dito "nunca", e "nunca" era muito tempo para esconder algo tão significativo. Bianca ainda não sabia como conversar com ele sobre aquilo.

— Vou à Casa Poplar — informou ela.

Eles ainda estavam na Mansão Perúsia, bem como Frances, para evitar transtornar Greta novamente. Apesar de ela estar sendo monitorada de perto todas as horas do dia, até então Greta parecia mais alguém que tinha sobrevivido a uma provação aterrorizante do que uma mulher louca. Max a lembrara, com pesar, de que aquilo não era garantia de nada, mas até mesmo ele concordava que o fato de Greta não se mostrar violenta ou rebelde era um sinal promissor.

— Você volta antes do jantar? — perguntou Max, parecendo um pouco decepcionado por ela estar indo.

— Provavelmente não. Tenho muitas cartas para escrever.

Não apenas lady Dalway e a sra. Farquhar tinham mandado mensagens adoráveis, ela também tinha decidido contar tudo a Cathy. Ela esperava que a onda de perplexidade e aflição quebrasse antes que Cathy chegasse em casa, poupando Bianca do pior, mas, de todo modo, ela precisava ser sincera com a irmã. Depois de ter sido tão magoada pelas omissões de Max, decidira não cometer o mesmo pecado.

— Você poderia escrever aqui — sugeriu ele. — Prometo ficar bem quietinho e não fazer barulho com meus papéis. — Bianca riu, mas balançou a cabeça. Ela precisava de um pouco de espaço para o que tinha que escrever. — Está bem. Estarei aqui.

Max mascarou sua decepção bravamente, apontando para os papéis na mesa. Bianca reconheceu o plano dele para as Louças Fortuna. Eles o haviam discutido com frequência desde a ida a Londres, e ela sabia que ele esperava conseguir a aprovação de seu pai em breve.

Max pegou sua mão e levou aos lábios, então virou-a e deu um beijo mais demorado na parte interna do pulso.

— Até, meu amor.

Ela sorriu e tocou no rosto dele. Sim, ela o amava. Ninguém mais a fazia sorrir como ele.

Max a observou se afastar com o peito explodindo de amor — e apertado de saudades. Bianca tinha sido mais gentil e mais compreensiva com Greta do que ele poderia um dia esperar. Se ele achava que estava apaixonado por ela antes, agora percebia como era ilimitado e intenso amar alguém da forma como ele amava a esposa. Após uma vida inteira mantendo distância de todo mundo, afastando as pessoas com um humor cáustico e uma rebeldia dissoluta, ele tinha encontrado alguém que permanecia ao seu lado mesmo diante de uma situação de loucura e demência. Queria desesperadamente vê-la olhar para ele com aquele sorriso caloroso e reluzente em seu rosto, da maneira que ela sorrira após a partida de críquete, quando Max podia jurar que o amor pairava no ar entre eles; não verbalizado, porém real de todo modo.

Mas ele tinha cometido um erro ao não contar a Bianca sobre Greta, e um erro ainda maior ao pedir que ela confiasse nele antes de partir impulsivamente atrás de Leake em vez de ter aguardado em Stoke-on--Trent. A mensagem de Leake dizia apenas que ele havia descoberto o paradeiro de Greta; dissera a Max para esperar por ele em Stoke-on-Trent enquanto ele a resgatava e transportava até lá. E, como um idiota, Max arrancara a informação do homem de Leake e partira atrás do caçador de ladrões, tanto por impaciência quanto por medo de não ter tempo para definir o que fazer com Greta quando a encontrasse.

De certa forma, ele estava contente por ter ido ver pessoalmente a desolação do Solar Mowbry, o inferno particular onde Greta e várias outras pessoas estavam confinadas. Aquilo o convencera de uma vez de que, se aquele homem tentasse mandá-la de volta para um lugar como aquele, Max de fato mataria Croach, não importava se acabasse preso. Os gritos das pobres almas trancafiadas o assombrariam para sempre.

Ir até lá, contudo, custara a ele todas as chances de dar a notícia com delicadeza para os Tate. Leake tinha, muito astutamente, conseguido subornar um dos vigias para tirar Greta de lá às escondidas e então a levara a Stoke-on-Trent — e, de lá, direto para a Mansão Perúsia, sem qualquer aviso, pois Max não estava esperando por ele em Stoke-on-
-Trent, onde deveria.

Bem. Ele não podia mudar nada daquilo. Sua única escolha era seguir em frente, provando-se mais uma centena de vezes, se necessário. O erro havia sido terrível, ele merecia sofrer. Pretendia remediar sua estupidez sendo o marido que Bianca merecia e provando, de todas as formas possíveis, que estava realmente arrependido. E ele esperaria, até sua última gota de paciência, para que ela confiasse nele outra vez, independentemente de quão penoso era se abster de declarar seu amor todos os dias.

Enquanto os passos de Bianca se afastavam, Max revisou algumas de suas anotações e voltou a trabalhar no plano para as Louças Fortuna. Aquela era a única forma que ele conhecia de recobrar a confiança de Samuel Tate. Depois da confiança de Bianca, a de Samuel era a que ele mais almejava. O sogro não falava com ele desde aquela fatídica noite, o que era sinal de uma reprovação ferrenha. Era tarde demais para desfazer o casamento, mas Samuel poderia facilmente afastá-lo de Perúsia, sem contar que poderia negar a ele a chance de lançar a Louças Fortuna.

Max já estava trabalhando havia algum tempo quando a porta se abriu com um estrondo e Greta entrou como uma tempestade, o rosto tomado pelo pavor.

— O que houve? — perguntou ele, levantando-se imediatamente.

Mas ele sabia.

O vigia do Solar Mowbry tinha gritado para ele, enquanto Max se afastava depois de ter dado um soco no homem, que o sr. Croach acertaria as contas com ele. Max passara todas as horas desde então esperando que Croach o procurasse de alguma forma. Ficara perto de Greta na Mansão Perúsia para protegê-la, trabalhando na sala de visitas em vez de descer o morro até o escritório da fábrica. Agora, parecia que a própria víbora tinha dado as caras.

Anunciado apenas pelo som dos passos do outro lado da porta, Silas Croach apareceu. Ele costumava ser um homem bonito, alto e magro, com um charme escorregadio. Ele parecia um pouco mais velho do que Max se lembrava, mas seus olhos eram do mesmo verde-claro gélido, e seu sorriso fino era mais frio e ameaçador do que nunca. Greta saltou para trás de Max, gemendo baixinho.

— Sr. St. James — disse Croach, fazendo uma reverência lenta que era, de alguma forma, um gesto agourento. — Estava começando a temer pela sua saúde, visto que o senhor não respondeu minhas cartas.

— Como pode ver — respondeu Max —, estou perfeitamente saudável. Eu só não tinha nada a lhe dizer.

O sorriso de Croach se alargou.

— Espero que você continue gozando de boa saúde em Newgate. Sequestrar uma mulher é uma ofensa grave, ainda mais quando a mulher em questão precisa desesperadamente dos cuidados que ela estava recebendo.

— Uma questão de direito — retrucou Max. Ele estufou o peito e cerrou as mãos. — Eu não a sequestrei. Ninguém, acredito eu, a sequestrou, visto que ela veio por vontade própria.

— Ela não tem vontade própria — retorquiu Croach, áspero.

— Não quando está dopada de láudano — concordou Max.

O médico local, que estivera na casa na manhã anterior, dissera que Greta demonstrava sinais de envenenamento, inclusive de láudano.

— E algo mais que a fazia ter visões terríveis. Beladona, talvez?

Pela maneira como Croach se contraiu de leve, Max concluiu que a suposição do médico estava correta.

— Quando ela tem surtos, o láudano é a única forma de acalmá-la. Não se meta no que você não compreende, garoto.

Greta, que tinha ficado petrificada ao ouvir os nomes das drogas, cutucou as costas de Max. Ele colocou a mão para trás, tentando reconfortá-la sem desviar a atenção de Croach. Onde estava Frances Bentley? Bianca tinha dito que ela e Greta estavam fazendo torradas com queijo naquela manhã.

— Você está mentindo.

Croach simplesmente sorriu diante daquela acusação.

— Ela estava sob cuidados médicos — afirmou ele. — Eu só dei a ela o que ela precisava.

— Cale a boca — grunhiu Max. Os dedos de Greta se afundaram em suas costas, como que prevenindo que ele atacasse Croach. — Eu prometi que o mataria se você a machucasse, e sou um homem de palavra.

O olhar do sujeito era congelante.

— É? Suponho que você possa tentar. Se me ferir, ficará em maus lençóis no tribunal. Por outro lado... — Ele olhou para Greta e sua expressão ficou ainda mais aterrorizante. — A família tem mesmo um histórico de loucura. Um surto de violência é algo esperado nessas circunstâncias lamentáveis. Sua tia fica igual quando está cansada. Talvez vocês dois devessem estar confinados, para segurança de todos.

Greta arfou. Max colocou o braço para trás para reconfortá-la, desejando que Bianca ou Frances estivessem ali para levá-la. Ela não merecia ver Croach novamente, mas estava se agarrando com todas as forças às costas de Max.

— Saia desta casa — disse ele a Croach em um tom grave.

O homem ergueu as sobrancelhas.

— Como quiser. Mas vou levar minha esposa comigo, é claro.

Ele estendeu a mão e Greta se encolheu atrás de Max, tremendo como uma folha.

— Eu imaginei que você causaria problemas — disse ele a Max. — Tenho alguns homens do Solar Mowbry esperando do lado de fora, para levá-la em segurança de volta. E imagino que o dr. Hawes também terá algo a dizer ao juiz sobre o seu ataque a ele.

— Pode chamá-lo. Eu solicitarei a assistência do duque de Carlyle — respondeu Max. — Meu primo.

Pela primeira vez, Croach pareceu notar que não estava em uma posição intocável. Ele avançou furiosamente na direção de Max.

— Ela é *minha esposa* — rosnou ele. — Ou ela é louca e precisa ser confinada para sua própria segurança e de todos ao seu redor, ou está recuperada e, nesse caso, exijo o retorno dela, para que ela possa cumprir com suas obrigações de esposa. — Ele abriu um sorriso venenoso para Greta. — Venha para casa comigo, minha querida.

— *Naaaaaa* — gritou Greta.

— Tente. — Max abriu os braços em um convite, pronto para cumprir sua promessa. — Ouse tirá-la de mim.

— Saia daqui! — berrou Greta, subitamente saltando de detrás de Max. — Saia daqui!

Croach parou de supetão. Max tentou esconder sua surpresa; ele não ouvia a tia dizer uma única palavra em inglês havia anos.

— Meu Deus — disse Frances Bentley em um tom irado. — Será que alguém pode colocar este homem repulsivo para fora da propriedade ou preciso atirar nele?

Ela estava parada na porta lateral, segurando uma pistola. E Bianca estava com ela.

Enquanto Croach olhava para ela, obviamente tentando decifrar seu papel naquela cena, Frances acrescentou, com muita casualidade:

— Já mandei os criados enxotarem aqueles homens que vieram com ele. Figuras abomináveis, os dois. Pegaram o pobre Hickson e o arrastaram para fora, o que é uma infâmia. Eles não voltarão, a menos que também queiram levar um tiro.

— Muito bem, tia Frances — disse Bianca. — Você se machucou, Greta?

Lentamente, Greta balançou a cabeça. Bianca lhe deu um sorriso encorajador.

— Por que não sobe comigo? Você não vai precisar ver esse homem nunca mais.

A máscara de civilidade de Croach desabou. Ele deu um passo na direção de Greta, mas parou quando tia Frances engatilhou a pistola.

— O que vocês não estão entendendo — ralhou ele — é que Margareta é minha. Ela é minha esposa e, pela vontade de Deus, pertence a mim. Este homem tentou me roubar dos meus direitos perante a lei!

— Besteira — disse tia Frances com desdém. — As leis matrimoniais são estúpidas. Eu já não gostava delas antes e não vejo por que deveria começar a gostar agora.

— Eu não acho que Greta seja demente, de forma alguma — comentou Bianca. — Mas acho que você abusou dela, senhor, dopando-a com drogas venenosas para poder confiná-la em um asilo. Suponho que você tenha feito isso para poder gastar a fortuna dela como bem entendesse.

— Cale a boca — ralhou Croach. — Tudo que fiz foi pelo bem dela. Você não sabe de coisa alguma sobre demência, venenos ou drogas!

— Não, não entendo de demência — respondeu Bianca, pensativa. — Mas entendo um pouco de venenos, depois de ter trabalhado com todos aqueles compostos de esmaltes. A química é uma disciplina muito interessante.

— Muito bem. — Croach estava ofegante, mas tentava manter o controle. — Vocês afugentaram os homens do dr. Hawes e acham que uma acusação de envenenamento também me vai me assustar, mas não vai! Tenho meus direitos, e a lei está do meu lado.

— Suponho que a alternativa seja o homicídio, então. — Max tirou o casaco. Ele próprio sentia-se delirante, mas igualmente inebriado com a ideia de espancar Croach até deixá-lo em pedacinhos, sem se importar se aquilo configurava assassinato ou não. Ele tinha *sonhado* com aquilo. — Bianca, querida, pode ir buscar uma pá?

— Não seja ridículo — respondeu ela. — Nós colocaremos ele em uma das fornalhas.

Max piscou, perplexo. Por aquela ele não esperava. Após um instante, Croach riu.

— Ora, ora, Maxim! Ela é uma vadiazinha sanguinária, hein?

— Na verdade, não — retorquiu Bianca, com a mesma calma de antes. — Mas não há motivo para fazer tanta bagunça. Um único golpe deve incapacitá-lo por tempo suficiente para carregá-lo até o pé do morro. A fornalha quatro está pronta para ser acesa. Mande Lawrence levar o cavalo dele a Lichfield para ser vendido e ninguém jamais saberá que ele esteve aqui.

Aquilo fez Croach recuar, franzindo a testa.

— Cuidado com o que diz, senhora. Fazer ameaças vazias não é nada bom.

Como resposta, ela ergueu a tenaz que estava escondendo atrás da saia.

— Nossas fornalhas são quentes o bastante para derreter vidro, senhor. Em quatro dias, não sobraria nada do seu corpo além de uma pilha de cinzas, nadinha para um juiz investigar. Não é uma ameaça vazia.

Croach alternou o olhar entre eles.

— Se eu fosse você — disse Max —, eu correria.

— Rápido e para bem longe — acrescentou Bianca.

— Saia daqui — repetiu Greta em um grunhido grave.

— Eu não me importaria em atirar nele — declarou Frances. — Nunca gostei deste carpete, e se precisarmos queimá-lo junto com o corpo na fornalha, melhor ainda.

Os lábios de Bianca tremeram. Greta riu subitamente.

— Queimar, queimar, queimar — cantarolou ela em regozijo. — Silas vai queimar!

Aquilo, mais do que qualquer outra coisa, pareceu irritar Croach.

— Silêncio — rosnou ele para Greta, mas ela deu um passo na direção dele e ele parou.

— Você me envenenou — disse ela, devagar, mas com clareza. — Você pode queimar.

— Ora, francamente. Pegue aqui minha outra pistola, Bianca — disse Frances a Bianca. — Adeus, sr. Croach.

Ela ergueu a pistola, e Croach deu um grito antes de sair correndo da sala. Max disparou atrás dele, parando apenas quando Croach já estava galopando para longe, olhando para trás com uma mistura de pavor e raiva.

Ele ficou parado, ofegando, e observou até Croach sumir de vista. Não era o fim daquele homem, infelizmente, mas Max estaria pronto para ele na próxima vez. Leake encontrara alguns dos psiquiatras que Croach contratara; pelo menos um deles era acusado de ter envenenado um homem, levando-o à loucura, a pedido de sua mãe, por causa de um noivado que ela desaprovava. O sr. Hawes, do Solar Mowbry, certamente também teria que lidar com uma inspeção do juiz local.

Max virou-se na direção da casa. Céus. Ele nunca tinha ficado tão atônito em toda a sua vida, com a sra. Bentley ameaçando atirar em Croach e Bianca planejando friamente enfiar o cadáver do homem em uma fornalha para se livrar dele.

E Greta tinha falado inglês. Aquele fato, combinado com o diagnóstico do médico de que ela demonstrava sinais de intoxicação por láudano, indicava que talvez Bianca estivesse certa e Greta não fosse demente, afinal de contas. Ela tinha enfrentado o marido depois de ele quase a ter matado.

Sentindo-se mais leve do que nunca, Max entrou novamente na casa. Ele encontrou Greta no sofá com Frances, papeando em uma mistura de alemão e inglês, mais animada do que ele a vira desde… sempre. As pistolas estavam na mesa lateral, e Bianca servia taças de vinho do Porto para todos eles. Quando ele entrou, ela sorriu e lhe entregou uma. Max ficou surpreso ao ver que sua mão tremia, ao passo que a dela estava firme. Ele tragou a bebida em um único gole.

Greta levantou-se.

— Silas?

— *Er ist gegangen* — respondeu ele, dizendo, em seguida: — Ele se foi.

— *Gut!* — disse ela. — Bom!

Max riu, alívio e alegria.

— Bom para ele, você quer dizer — observou Frances, bebericando seu vinho.

— Espero que ele saiba disso — acrescentou Bianca. — A senhora realmente teria atirado nele, tia?

— É claro que sim! — disse Frances, franzindo a testa. — Eu estava ansiosa para atirar, fique você sabendo.

— Certo — murmurou Max. Ele pegou as pistolas. — Eu cuidarei disto aqui.

— Estão descarregadas — informou Bianca.

— A primeira não está — corrigiu Frances. — Eu não carregava uma pistola há anos! Levaria tempo demais para carregar as duas.

Bianca riu.

— Bem, tenho certeza de que meu pai ficará aliviado por não termos dado tiros dentro de casa e não precisarmos queimar o carpete. Ele teria que comprar um novo e reclamaria por toda a eternidade.

— Ele certamente não conseguiria escolher um mais feio — murmurou Frances, fungando. — Acho que precisarei torcer para alguém derramar um decanter de vinho nele.

Greta explodiu em gargalhadas.

Max ficou parado em um torpor silencioso, com uma pistola em cada mão, observando as três. Ele receava que elas o injuriassem por trazer uma mulher demente para a família. Em vez disso, ali estava Greta, ao lado delas, recebendo apoio irrestrito, e seu marido venenoso era quem tinha sido enxotado da propriedade.

— Vocês são as mulheres mais extraordinárias que eu já conheci — afirmou ele com humildade.

— Sim — concordou Frances, serena. — Espero que você não se esqueça disso novamente.

Capítulo 32

MESMO APÓS DOIS dias, o furor causado pela visita de Croach ainda não tinha morrido.

Samuel, discursando sobre vilões perigosos, instituíra uma patrulha de sentinelas armadas em todo o território de Perúsia, inclusive na Casa Poplar e na vila. Ele também repreendeu os criados, inclusive o aflito sr. Hickson, por terem se deixado arrastar para fora de casa e serem mantidos lá pelos conspiradores do sr. Croach. Tia Frances o mandou parar com aquilo, mas Samuel não cedeu até Greta suplicar a ele por compreensão.

Bianca achava que seu pai estava se afeiçoando a Greta. À medida que a saúde dela se recuperava e seu inglês melhorava, Greta se mostrava uma mulher fascinante. Bianca pegara seu pai olhando furtivamente para ela durante o jantar.

Tia Frances ignorara os protestos de Max e decretara que Greta viveria com ela.

— Todos passam o dia inteiro na olaria, menos eu — argumentou a tia. — Ela ficaria desesperadamente solitária na Casa Poplar. Por que não ocupar o segundo melhor quarto da minha casa? Se aquele Croach pavoroso vier escarafunchar por aqui novamente, ela estará escondida no Chalé Ivy.

Então, Frances contratou quatro novos criados, rapazes altos e musculosos de Stoke-on-Trent. Bianca achava que ela devia estar querendo contratá-los havia anos, e agora tinha a justificativa perfeita. Era, no entanto, genuinamente tocante ver como Frances era gentil e compreensiva com Greta, e a contratação de mais funcionários deixou Max mais tranquilo.

Quanto a ela própria... Bianca não podia negar que sua mágoa estava desaparecendo rapidamente. Quanto mais Greta falava de seu infortúnio, mais chocados todos em Perúsia ficavam, mas Bianca em especial. Ela podia ver que cada palavra era como uma flecha no peito de Max; certa vez, ele chegara a se encolher fisicamente quando Greta descreveu como o dr. Hawes fazia seus detentos correrem por horas descalços no cascalho, incitados por vigias com chicotes.

Bianca se perguntava o que ela teria feito se fosse Cathy no lugar de Greta. Se ela temesse pela vida da irmã, mas não tivesse certeza de que qualquer outra pessoa se importaria com ela — ou se, talvez, até desejassem, silenciosamente, que ela estivesse morta. Segredos, mentiras, viagens desesperadas pelo país à meia-noite... Sim, ela achava que teria feito tudo aquilo e até mais para salvar a irmã do pesadelo que Greta descrevia.

Ela andava pensando muito na irmã nos últimos tempos. Além de aquele ser o maior período de tempo que elas passaram sem se falar, parecia que tanta coisa havia acontecido desde a fuga de Cathy que Bianca se sentia prestes a explodir por não ter contado nada a ela. A longa carta explicativa tinha sido escrita e enviada, mas não era a mesma coisa; sua irmã não estava lá para responder, questionar, provocar e sacudir o dedo no rosto de Bianca antes de a envolver em um abraço acolhedor. Mais do que nunca, ela precisava de um confidente e, dessa vez, Max não servia — pois ele era o assunto sobre o qual ela queria desesperadamente conversar.

Ele a chamava de amor todos os dias e fazia amor com ela todas as noites, com uma ternura tão apaixonada que fazia sua pele brilhar e seu coração se inflar. Ele lhe disse que errara e que lamentava mais do que palavras podiam expressar por não ter lhe contado tudo. Ela lhe disse que o perdoava e perdoou — verdadeiramente.

Ela o amava.

Mas, de alguma forma, as palavras nunca saíam.

Ela perguntava a si mesma o motivo daquilo enquanto esperava por ele depois que a trombeta ressoou, bem ao lado dos portões altos de Perúsia. Ele passara o dia todo trancafiado com Samuel, apresentando o plano para as Louças Fortuna. Ele havia perguntado se Bianca queria acompanhá-lo, mas ela rira e recusara; ela já tinha dito ao pai que achava a ideia brilhante, e tudo que Max precisava fazer era apresentá-la.

Até mesmo ela ficara chocada com a abrangência das intenções e do planejamento dele. Max tinha não apenas uma lista de produtos a ser produzidos, completa com esboços de cada peça, mas também listas de preços de amostras, listas de comerciantes em potencial que talvez quisessem vender a louça em Liverpool e Birmingham e sugestões de divulgação. Ele tinha uma lista dos empregados que redirecionaria para Fortuna e um plano para cadastrar e promover os funcionários tanto de Fortuna quanto de Perúsia.

E, ao final, ele propunha uma pequena produção de itens de porcelana, pequenos e delicados, voltados para as penteadeiras de mulheres com menos recursos financeiros. Lindos potinhos de ruge, pratinhos leves e simples para pó — com cabos de pincéis combinando —, até mesmo penicos que cumpririam seu propósito com beleza... e tampas bem fechadas.

Bianca sabia que a linha de porcelana era para ela. Seu pai desdenhava o material e, sem a aprovação dele, ela não podia trabalhar com aquilo. Mas, se seu pai aprovasse o plano, eles produziriam *sim* aquelas peças. E ela poderia fazer seus experimentos da maneira que quisesse.

Bianca ficara impressionada com como Max tinha pensado em todos os detalhes. O pai, que costumava aprovar uma nova ideia ou sugestão na hora, bastava uma amostra, ficaria estupefato.

Finalmente, ele e Max saíram do escritório, ainda absortos na conversa. Bianca ficou na ponta dos pés para vê-los por cima da multidão de trabalhadores que saía da fábrica e avistou o sorriso reluzente de seu pai.

Seu coração ficou leve, e ela colocou a mão diante da boca para não gritar de alegria. O pai estava contente. Max também estava sorrindo; Samuel tinha aprovado e dado seu aval. Depois de tantas semanas de discussão com Max, Bianca tinha quase chegado à conclusão de que ele já havia consentido, mas, naquele dia, percebeu como ela — e Max também, sem dúvidas — estivera ansiosa com relação àquilo.

Eles se juntaram a ela, e Bianca não conseguiu mais se conter.

— O senhor aprovou as ideias dele, papai?

Ele riu.

— Como eu poderia não aprovar? Nunca vi um plano mais completo de qualquer coisa, inclusive esta fábrica. É claro que aprovei. Apenas um idiota não estaria disposto a tentar.

Bianca riu, olhando para o marido.

— Parabéns — disse ela baixinho.

Ele pegou sua mão e deu um beijo em seu pulso; os olhos dele brilhavam.

— Pelo menos metade disso tudo se deve a você.

— Você é generoso demais — respondeu ela.

— Não, sou extremamente afortunado — afirmou ele enquanto se encaminhavam para casa, com seu pai na dianteira. — Eu contei a ele quais partes foram ideia sua.

— Nada melhor para fazê-lo olhar algo com olhos críticos — disse ela, corando, ao mesmo tempo, de satisfação.

— Senhor St. James! Senhor St. James! — John, um dos jovens trabalhadores da oficina de modelagem, estava correndo atrás deles.

— Vim chamá-lo, senhor, para ver se o senhor gostaria de ver os bules que pediu para eu e Bobby Jenkins moldarmos.

Max hesitou.

— Pode ir — incentivou Bianca, soltando o braço dele.

Ela sabia que ele estava ansioso para ver aqueles novos bules. John e Bobby estavam no topo de sua lista para migrarem para Fortuna, e a capacidade deles de fazer o que ele pedira seria essencial para o sucesso da empreitada.

— Apenas uma olhada rápida — garantiu ele, cedendo. — Vejo você em casa?

Ela confirmou com a cabeça e, para sua surpresa, ele se abaixou e deu um beijo leve e rápido em sua boca.

— Obrigado, meu amor — sussurrou ele, virando-se e caminhando novamente na direção da fábrica, com John trotando ao seu lado.

— Um trabalhador ferrenho, esse aí — comentou seu pai quando ela se juntou a ele na trilha do morro. — Há quanto tempo ele está arquitetando essa ideia da Fortuna?

— Imagino que desde que chegou em Perúsia. Ele decerto tinha a ideia totalmente pronta quando fomos a Londres.

Seu pai grunhiu.

— Eu sabia que estava certo com relação a ele! Fez Markham quitar toda a dívida e, ao final deste ano, as louças de Perúsia servirão um duque e dois condes. Ele tem fibra, você não pode negar.

Ela riu.

— E o senhor nem sequer mencionou a maior contribuição dele para Perúsia.

O rosto de seu pai se iluminou diante da menção provocativa dela ao vaso de barro conquistado na partida de críquete.

— Verdade, verdade! Eu faço carinho nele todas as manhãs e lembro, com muito prazer, que Mannox não tem um igual. Pretendo continuar com ele, você sabe. É melhor St. James praticar as rebatidas antes das próximas vigílias.

— Ele sugeriu montarmos um clube de críquete.

— Uma ótima ideia — exclamou Samuel. — Há um bom espaço para um campo debaixo do terraço de Frances...

Eles ainda estavam rindo quando chegaram à Mansão Perúsia, onde Hickson saiu para encontrá-los.

— A srta. Tate está em casa, senhor — disse ele, com o rosto iluminado de ansiedade. — Ah, não... peço perdão... O sr. e a sra. Mayne!

Bianca já tinha corrido na direção da casa, atravessando como uma tempestade o corredor na direção do som das vozes. Quando ela entrou, Cathy e o sr. Mayne ergueram os olhos da bandeja de chá diante deles.

— Bianca! — Cathy se levantou e abriu os braços, e Bianca enlaçou a irmã com um grito de alegria. — Ah, minha querida, quanto tempo... — disse Cathy, rindo e chorando ao mesmo tempo. — Me deixe olhar para você!

Bianca deu um passo para trás, ainda segurando as mãos de Cathy. Ela sabia o que tinha chamado a atenção de sua irmã.

— Gostou do meu cabelo? Jennie aprendeu a arrumá-lo assim em Londres.

— Está lindo. Jennie deve estar nas nuvens por finalmente ser a aia de uma senhora! Ela e Ellen discutiam tanto...

Bianca riu.

— Espere até ver os vestidos que adquiri na cidade! Eu afirmo que as modistas de lá são tão hábeis que conseguiram até me deixar bonita.

— Bi — disse Cathy, sem conseguir conter um sorriso de reprovação. — É claro que você é linda!

Bianca sorriu.

— E *você* parece feliz de verdade.

— Eu estou, Bi, eu estou.

Cathy realmente parecia estar. Havia um brilho em seu rosto que não existia antes. Por um momento, a alegria de ver a irmã outra vez quase fez Bianca chorar.

O rosto de Cathy congelou, e ela soltou a irmã. Bianca virou a cabeça enquanto dava um passo instintivo para o lado.

Seu pai estava à porta, com uma mão no batente, como que para se apoiar. O queixo de Cathy estremeceu. Ela deu um passo adiante, com as mãos estendidas.

— Papai — disse ela, com sua voz suave e suplicante.

Samuel desmoronou. Dois passos à frente e ele a envolveu em seus braços, abraçando-a com força. Os braços de Cathy se enrolaram no pescoço dele, e Bianca imaginou que sua irmã estivesse pedindo desculpas aos soluços no ombro dele. Diplomaticamente, foi cumprimentar o sr. Mayne, que permanecera silencioso de lado, e lhe desejou felicitações e boas-vindas.

Obviamente, Samuel perdoou Cathy na mesma hora. Após alguns minutos, eles foram juntos até a mesa, com Samuel procurando o lenço de modo atrapalhado enquanto as lágrimas marcavam as bochechas de Cathy.

— E o senhor precisa perdoar o Richard, papai — disse ela, incitando o marido a se apresentar.

— Mayne — disse o pai em um tom áspero, estendendo a mão. — Suponho que não há nada a ser feito além de lhe dar as boas-vindas à família.

A expressão do sr. Mayne suavizou.

— Obrigado, senhor. Lamento muitíssimo pela aflição e pela dor que causamos aqui, mas amo demais a sua filha. Espero termos sua bênção.

— Sim, sim — murmurou Samuel, enxugando os olhos e se voltando para Cathy. — Mas você deve estar se perguntando como Bianca está! E também vai querer encontrar o marido dela. Espero que você não esteja chateada com isso, Cathy, com o fato de sua irmã ter se casado com o rapaz.

Cathy mordeu o lábio. Mayne olhou para baixo. Bianca percebeu, com um sobressalto aflito, que sua longa carta, na qual explicava tudo, não havia chegado à sua irmã. Ela a enviara a Wolverhampton apenas no dia anterior. Amaldiçoou a si mesma por ter postergado tanto.

— Max deve chegar em breve — disse ela em meio ao silêncio. — Ele teve que ficar um pouco mais na olaria, para inspecionar umas louças novas.

Cathy moveu-se para a beirada do sofá.

— Bianca... Tenho estado muito aflita desde a carta do papai. Minha querida, quando você concordou em me ajudar, eu nunca... jamais sonhei... ah, eu sinto muito!

— Besteira — disse Bianca, inquieta. — Não há nada por que se desculpar! Não lamento por tê-la ajudado a fugir...

— Mas olhe o preço que você pagou! — exclamou Cathy. — Coagida a se casar com aquele cafajeste conivente, caçador de fortunas!

Bianca piscou. Samuel franziu a testa e abriu a boca, mas Cathy se voltou furiosa para ele.

— Você sabia que ele era, papai, na primeira vez que ele apareceu aqui! Quando ele me quis, seu principal argumento a favor dele era o parentesco dele com o duque de Carlyle. Ele não tinha fortuna, não tinha profissão, nada a seu favor além daquele único parente!

O pai se mexeu, sentindo-se desconfortável.

— Bem... Não fale assim, Cathy...

— E, em troca, você vendeu sua filha para se casar com um homem que ela não conhecia, que nem sequer a queria!

Cathy estava totalmente irada, agitando as mãos e com os olhos lampejando.

Bianca baixou o tom de voz.

— Cathy, deixe-me explicar... As coisas estão diferentes agora...

— Sim, eu sei. Ellen estava me contando tudo sobre como a tia dele é uma lunática delirante e que ele a trouxe para cá, fazendo com que o marido da pobre mulher viesse até aqui e ameaçasse tanto a tia Frances como Bianca!

Bianca amaldiçoou a língua solta de Ellen.

— Essa não é a história toda...

— Bianca — disse Cathy, pegando suas mãos novamente. — Não importa. Assim que o pai me contou o que aconteceu, conversei com Richard. Ele é um clérigo e sabe exatamente quais perguntas fazer. Conte a ela, Richard. Conte a ela como ela pode se livrar daquele homem.

O queixo de Bianca caiu com o choque.

— *Cathy...*

Richard Mayne inclinou-se para a frente. Ele era um homem alto e muito magro, quieto e reservado. Seu cabelo castanho desgrenhado caía sobre sua testa como o de um garoto, mas ele tinha uma maneira calma e tranquila de falar que demandava atenção.

— Não se trata de um casamento legal.

Bianca ficou literalmente sem palavras.

— Como é? — rosnou seu pai.

— O casamento de Bianca com Maximilian St. James não é legal — repetiu Mayne. — Eu expliquei a situação ao meu superior, o sr. Williams, de Wolverhampton, e ele concorda. A licença foi emitida para St. James e Cathy. — Ele não conseguiu evitar olhar com ternura para a esposa. — O fato de ele ter se casado com Bianca significa que não havia licença válida e, é claro, nenhum proclama foi apregoado, visto que tudo aconteceu no calor do momento.

O coração de Bianca parecia um tambor silencioso dentro do peito. Meu Deus. Ela nunca tinha pensado por esse lado. Ela mal conseguia falar, de tão secos que sua boca e garganta tinham ficado. Ela desvencilhou as mãos das de sua irmã.

— Mas desde então... Cathy, nós nos casamos na *igreja*. Todos compareceram ao café da manhã do casamento. Nós vivemos como marido e mulher...

Em todos os sentidos. Sua pele enrubesceu ao se lembrar de como ela e Max tinham se tornado íntimos.

Tudo aquilo era falso? Eles não eram realmente casados?

Richard ainda estava falando.

— É um obstáculo, mas não intransponível. Uma reivindicação de fraude resolverá, e o sr. Filpot testemunhará que pediram a ele que casasse St. James e Cathy, não Bianca. Ouso dizer que a licença também deve exibir sinais de ter sido alterada.

— Mas Cathy fugiu — protestou Samuel. — E Bianca concordou!

— Isso não importa — afirmou Richard sobriamente. — A falta de uma licença verdadeira invalida o casamento.

Não. Ela não queria que seu casamento fosse invalidado. Bianca sacudiu a cabeça, seus pensamentos estavam em polvorosa.

— Não... espere... tem certeza? Isso é mesmo verdade?

— Pelas leis da Igreja, sim — confirmou Cathy, pegando a mão dela novamente. — Ah, Bi, eu me lembro de como você o desdenhava! Lembro-me de você imaginando como seria uma casamento com ele... Como eu deveria subjugar meus desejos aos *dele*, aturar o temperamento *dele* e satisfazer as vaidades *dele*, do instante do casamento até o dia em que eu morresse! Sei que você jamais desejaria isso para si mesma. Você, que jurava que o casamento não era para você! Nenhum dos cavalheiros gentis e amáveis que quiseram cortejá-la a agradaram, e então você foi coagida a se casar com um homem que é tudo que você despreza!

Bianca se contorceu ao ouvir as próprias palavras raivosas sendo usadas contra ela.

— Cathy, não...

— Coagida! — berrou Samuel, indignado. — Dificilmente!

— Papai, conheço o senhor e conheço Bianca — declarou Cathy com uma expressão severa. — Você disse a ela que ela perderia Perúsia, não disse? Perúsia, a única coisa que ela realmente ama.

Bianca se sobressaltou, perplexa. Aquilo não era verdade. Minha nossa, era isso que sua irmã pensava?

Mas Cathy prosseguiu acaloradamente.

— O senhor estava zangado, papai, e *a* deixou zangada, e ela concordou em se casar em um momento de fúria. Eu conheço os dois, por favor, não argumentem — disse ela, erguendo a mão quando os dois abriram a boca para fazer justamente aquilo. — E naquele acesso de raiva, nenhum dos dois estava disposto a olhar para trás e admitir derrota, e Bianca teve de se casar com um estranho cujo maior interesse é Perúsia. Papai, o senhor não vê?

Cathy se voltou para Bianca, enquanto o rosto de seu pai ficava vermelho.

— E, Bi, eu sei que você fez isso por mim. Nunca quis que você pagasse esse preço! Não, eu jamais teria ido se pensasse que isso aconteceria! Teria ficado e me recusado a dizer os votos na igreja. — Lágrimas empoçaram nos olhos dela por um instante. — Mas não se preocupe. Nós vamos consertar as coisas para você. Richard já falou com todo mundo, e todos partilham da mesma opinião. O casamento é inválido e pode ser revogado como se nunca tivesse existido.

Em meio ao silêncio repentino e congelado após aquele discurso, os sentidos vacilantes de Bianca captaram o som de um passo silencioso. E mais um, e mais um, afastando-se da porta. Com o coração apertado, ela soube que era Max e que ele tinha ouvido tudo.

Ela se desvencilhou da irmã.

— Você está enganada, Cathy, *totalmente enganada*!

E então Bianca saiu correndo atrás do marido. Seu coração era como chumbo dentro do peito.

Capítulo 33

MAX TINHA SUBIDO o morro praticamente saltitando. John e Bobby haviam produzido uma série de bules de chá que eram exatamente o que ele queria: simples, singelos e perfeitos. Àquela altura, ele já sabia quais defeitos chamariam a atenção de Tate e ficou satisfeito por não haver identificado qualquer um deles. Tate ficara impressionado com seus planos para Fortuna, mas o alertara de que ainda precisava de provas de que os empregados podiam produzir peças boas o bastante para colocar seu nome nelas. Samuel só aprovaria se Max conseguisse demonstrar que os trabalhadores conseguiam produzir louças de boa qualidade.

Os bules de John e Bobby significavam que poderiam dar início às atividades das Louças Fortuna.

Hickson o encontrou na porta e informou que o sr. Tate e a sra. St. James estavam na sala de visitas, com o sr. e a sra. Mayne.

— Ah — exclamou Max, contente.

Ele sabia que Bianca sentia falta da irmã e todos ansiavam pela chegada deles. Ele se dirigiu à sala, onde a porta havia sido deixada aberta.

— ... não é um casamento válido — disse uma voz masculina.

Max parou.

— Como é? — exclamou Samuel.

— O casamento de Bianca com Maximilian St. James não é legalmente válido — repetiu o homem desconhecido.

Os pés de Max se fixaram no chão enquanto o homem — presumivelmente, o pároco de Catherine Tate — explicava a falha na licença, os requisitos da lei, os argumentos para invalidar o casamento de Max.

Ele não conseguiu encontrar falhas no argumento do homem. Mas, pior que isso: ele não ouviu Bianca protestar que *era* um casamento válido, que ela não dava a mínima para uma licença, que ela queria estar casada com ele agora, independentemente do que tinha dito semanas antes.

Seu tolo infeliz, pensou ele. Max ficara cinicamente divertido na época ao ver Samuel subornando o vigário visitante para emendar a licença; nem sequer notara que aquele seria o alçapão que libertaria Bianca de seus votos.

Pronto. É isso, pensou seu cérebro febril. Samuel subornara o vigário, tornando os dois cúmplices de qualquer irregularidade. Certamente, ninguém iria querer causar transtornos agora...

Mesmo assim, ele aguardou a explosão de Bianca, mas não ouviu nada além de perguntas confusas da parte dela, testando o argumento.

Ele se afastou devagar, sem querer ouvir mais, mas incapaz de tapar os ouvidos. *Lembro-me de como você o desdenhava... Um homem que é tudo que você despreza... Perúsia, a única coisa que você realmente ama... O casamento é inválido e pode ser revogado como se nunca tivesse existido.*

Finalmente, ele deu as costas e escapuliu pela porta do jardim. Ele estava na metade do caminho para casa quando o impacto total o atingiu.

A Casa Poplar, que se erguia diante dele, com sua acolhedora porta azul, não era sua "casa", nunca fora. O acordo tinha sido assinado depois do casamento, devidamente emendado com o nome de Bianca nos lugares certos. Mas se Samuel Tate pretendia invalidar o matrimônio em si, o acordo — com a posse da Casa Poplar e sua parte de Perúsia — seria o próximo.

Max ficaria pobre novamente, sem teto e rejeitado. E, dessa vez, com o coração partido em pedacinhos pequenos demais para serem colados.

Já tinha sido despojado de tudo antes, quando tinha pouco a perder. Ele ria, praguejava o Destino, retornava beligerantemente às mesas de jogos na noite seguinte, decidido a mudar sua sorte. Mas dessa vez... dessa vez, ele estava amortecido. Tivera tudo que sempre quis — não, muito mais — e perderia por causa de um erro estúpido que nem sequer era culpa sua. Como é que um homem se recuperava disso?

Ele entrou e dispensou Lawrence. Ele o avisaria que o valete estava novamente sem emprego no dia seguinte, despedido por outro empregador que arriscara o que não podia e perdera tudo.

Max estava parado no quarto — aquele que costumava ser o quarto *deles* —, olhando pela janela, quando Bianca finalmente chegou em casa. A voz dela ecoou na escadaria, e então seus passos ressoaram nos degraus. Será que ela estava vindo mandá-lo embora? Caçador de fortunas, mentiroso, lunático... Do que ela o chamaria?

— Max! — Ela escancarou a porta e soltou o ar com força. — Graças a Deus. Você está aqui.

— Sim.

Nuvens ralas de fumaça subiam acima do morro, brancas diante do céu do crepúsculo. Eram as fornalhas, queimando as primeiras peças da encomenda de Wimbourne. Ele se perguntou se a própria Bianca a entregaria ao duque. Wimbourne ficaria contente.

— Cá estou.

— Achei que você tivesse ido ver Greta... Hickson disse que achava que você tinha seguido naquela direção, mas ele estava errado... — disse ela, arfando para recuperar o fôlego entre as palavras. — Eu corri até o Chalé Ivy, e então vim correndo para cá...

— Não — sussurrou ele.

Céus. Será que a sra. Bentley permitiria que Greta ficasse lá, ao menos até que Max pudesse arranjar algum lugar decente? Ele precisaria agir com rapidez, antes que Croach ficasse sabendo das notícias e percebesse que Max não tinha mais como impedi-lo de reivindicá-la de volta.

— Você ouviu... Eu sei que você ouviu o que Cathy falou — disse Bianca, vindo em sua direção.

— Sim.

Ele tinha conhecimento suficiente de direito para suspeitar que Richard Mayne estivesse correto. A licença fora alterada de maneira indevida, e aquele fato provavelmente era suficiente para invalidar o casamento. Tudo o que Bianca precisava fazer era dizer que não quisera se casar com ele.

E, talvez, ele não devesse lutar. Todas aquelas coisas que a sra. Mayne tinha dito sobre Bianca — que Max era tudo que ela desprezava, que ela só se casara com ele para manter o controle de Perúsia, que ela tinha tomado aquela atitude em meio a uma fúria inconsequente — eram verdade.

Silas Croach também falara a verdade quando disse que Greta pertencia a ele, perante a lei. Max não se importara. Greta não queria viver com ele, e Max estava disposto a fazer picadinho de Croach para impedir que sua tia fosse forçada a retomar um casamento que não queria. Certamente não podia pedir a Bianca que ficasse com ele se ela não quisesse.

— Ela tem razão, você sabe... — Max observava a fumaça se dissipar ao vento. Havia um fogo ardendo lá embaixo, mas, algumas centenas de metros acima, não restava nada dele. — Quanto à validade da licença e, portanto, do casamento.

— Bem, isso é ridículo — exclamou ela. — Estamos casados há mais de três meses! Como isso pode ser inválido?

— A lei não se importa, minha querida. Se você quiser que nosso matrimônio seja varrido para longe, como tantos cacos de cerâmica quebrada — disse ele, estalando os dedos para ilustrar a situação —, assim será.

— Max... — disse Bianca, segurando-o pelo braço e o fazendo virar. — Do que você está falando?

Ele a encarou, tão linda e amada, toda corada por ter corrido atrás dele.

— Se você quiser invalidar o casamento, não vou protestar.

— O quê? — Bianca parecia indignada. — Por que não? Maldito seja, não me diga que você não se importa!

Delicadamente, ele colocou a mão no rosto dela. Ela segurou seu pulso como se estivesse se afogando.

— Eu me importo — afirmou ele baixinho. — Eu me importo demais para prendê-la, se você quiser se livrar de mim.

Ela afastou a mão dele.

— Então espero ver algum sinal de que você quer ficar!

Max sentiu sua raiva crescer e, dessa vez, imprudentemente, não se obrigou a se acalmar.

— Você precisa de mais? Eu não demonstrei esse tempo todo?

— Demonstrou, sim — concordou ela, irada. — E você tem sido extremamente paciente, esperando eu superar a mágoa por causa de Greta...

— Você viu Croach — esbravejou ele. — Ouviu o que ele disse sobre ela. Sobre mim. A loucura corre nas veias da família! Como eu poderia contar isso a você e trazer esse tipo de escuridão para a sua casa, para a sua família?

— Bem, agora estou percebendo que você não acha que sou forte o suficiente para ouvir uma notícia dessas sem surtar!

— Forte o suficiente! Você! Você, que poderia gerir esta fábrica inteira sozinha e ainda vencer a partida de críquete!

— Eu realmente poderia fazer tudo isso, maldição! E *você* não confiou em mim — berrou ela.

O sangue de Max estava correndo furiosamente por suas veias. Ele nunca deixava a raiva tomar conta dele daquele jeito.

— Você não me ouviu? Eu não contei a *ninguém* sobre a demência na minha família. Eu não escondi de você por diversão, escondi porque pensei que você sairia correndo e gritando na direção oposta!

— Eu nem sequer acho que ela é demente! Você, no mínimo, deveria ter me contado sobre ela!

— Eu não podia suportar perder você — retrucou ele. — Eu queria adiar até você gostar de mim e conseguir relevar a situação. Que tolice a minha!

— Sim! — disse ela, batendo no braço dele. — Porque você é idiota demais para ver que eu te amo, sim, mesmo depois de você ter roubado uma parte da minha fábrica, e de ter ideias mais inteligentes para ela do que eu, e de ter arriscado sua vida para salvar Greta, e de ter marcado quarenta e cinco pontos no críquete, e de ter me dito que sou linda, sendo que não sou…

Max ergueu as mãos.

— Não sei por que me dei ao trabalho! Você, claramente, é tão louca quanto eu! É a única explicação possível para eu permitir que você me provocasse a entrar nesta discussão ridícula aos berros sobre como estou desesperadamente apaixonado por você, e sempre estarei, e, se você está pensando em invalidar nosso casamento, *você* é a louca, e pretendo lutar até o final dos meus dias por isso, porque nós fomos feitos um para o outro!

— Essa é a primeira coisa sensata que você disse esta noite!

Ela segurou a cabeça dele e o puxou para um beijo feroz.

Imprudentemente, Max a beijou de volta. Com dois passos, ele a colocou contra a parede, erguendo suas saias. Ela puxou a calça dele, fazendo um botão voar longe antes de pegá-lo em sua mão, com tanta firmeza que ele arfou.

— Minha — grunhiu ele, engatando a perna dela em torno de sua cintura e puxando-a mais para cima.

— Meu — retorquiu ela, puxando a fita do cabelo dele e entrelaçando a mão nele.

Ele cerrou os dentes e a penetrou. Bianca enrolou as pernas na cintura dele e arqueou as costas. Ele não precisou de mais motivação.

Depois de toda a excitação e da paixão fomentadas pela briga, ambos estavam no limite. Max sentiu-a gozar em poucos instantes, quente e apertada em torno dele, e ele chegou ao próprio clímax na mesma hora, de forma tão violenta e repentina que sua visão escureceu.

— Eu disse — arfou Bianca, tremendo nos braços dele — que um dia gritaríamos um com o outro...

Max soltou uma risada sibilante.

— Nossos criados devem estar amontoados debaixo da mesa, morrendo de medo.

— Ora, eles que fiquem lá — disse Bianca com os olhos brilhando, e então o beijou. — Eu te amo. Eu te amo, Max, amo mesmo. Cathy me pegou de surpresa...

— Eu sei.

Ele a beijou de volta.

— Eu devia ter dito antes — continuou ela enquanto a boca dele passeava por suas sobrancelhas e têmporas. — Eu fiquei muito magoada por você não me contar sobre Greta e morri de medo naqueles dois dias em que você não esteve aqui...

— A culpa foi toda minha. Nunca mais farei aquilo de novo.

Ela puxou o rosto dele até o seu.

— Eu errei em ser tão fria com você no começo. Concordei com o casamento por impulso, mas, assim que foi concretizado, deveria ter tirado o melhor proveito das coisas. Em vez disso...

— Eu não a culpo por nada — garantiu ele, colocando um dedo em seus lábios. — Nada. Não tenho pedras para atirar, depois de ter guardado um segredo tão importante.

Ela sorriu hesitantemente.

— Então, vamos recomeçar?

— Recomeçar? — perguntou ele, arqueando uma sobrancelha. — E perder tudo o que já conquistamos? Não, acho que deveríamos continuar deste momento em diante, cientes de nossas próprias falhas e atentos às sensibilidades do outro. O que me diz, meu amor? Você vai continuar comigo, mesmo com a nossa licença matrimonial falsa?

Um sorriso lento e fascinante curvou os lábios dela.

— Vou. Desta vez, entregando todo o meu coração a você, com amor verdadeiro e honestidade.

— E eu também entrego a você todo o meu coração e a minha honestidade — disse Max, repousando a testa na dela. — Até o fim dos tempos.

Ela o beijou.

— É um belo começo.

Capítulo 34

Cinco semanas depois
Castelo Carlyle

ELES AVISTARAM O castelo bem antes de entrarem na propriedade.

Bianca alternava entre se debruçar na janela da carruagem, maravilhada, e olhá-lo furtivamente. Max, que já tinha visto o castelo antes, estava contente em observar o fascínio dela.

— Você realmente é herdeiro disso tudo? — perguntou ela por fim, acomodando-se no banco ao lado dele.

Eles estavam na propriedade Carlyle havia quase uma hora, e o castelo em si ainda estava distante deles.

— O segundo na ordem — corrigiu ele. — Um primo distante, um militar, é o primeiro. As chances de que um dia eu herde o ducado são infimamente pequenas, meu amor.

— Já é muito mais perto do que eu um dia pensei em chegar — disse Bianca, olhando pela janela de novo. — Cá estamos.

De perto, o castelo era ainda mais impressionante. As paredes de pedra cinza se erguiam acima deles, e eles logo atravessaram um arco estreito de pedras, adentrando um pátio imenso com um jardim muito bem-cuidado no centro.

Max desceu, esperando pelo ataque de tensão e apreensão por encarar a duquesa outra vez, e sentiu… nada.

Bem... não exatamente "nada". Ele sentiu um orgulho imenso quando Bianca desembarcou com seu lindo vestido creme de Londres. Eles haviam parado em uma hospedaria a alguns quilômetros dali para se arrumarem, e Max estava com sérias dificuldades em manter as mãos longe do corpo dela desde então. Ela estava inacreditavelmente linda, mesmo antes de lançar um olhar maroto na direção dele e franzir o nariz de leve, fungando.

Ele só conseguiu sorrir de volta para ela.

Com a mão dela em seu braço, subiram os degraus baixos até o mordomo parado diante das portas abertas. Depois de levá-los até um quarto de hóspedes mais bonito do que o que Max tinha ocupado em sua última visita, o mordomo os conduziu por corredores elegantes, silenciados por carpetes exuberantes, depois por um grande saguão revestido de painéis e decorado com tapeçarias e pinturas, e por uma enorme escadaria de pedra complexamente esculpida, até o cômodo a que Max se referia, apenas para si mesmo, como Câmara de Audiências.

A duquesa estava esperando ali, tão roliça e grisalha quanto Max se lembrava. Sua acompanhante estava sentada em silêncio atrás dela, com um grande gato ruivo no colo.

— Então — disse a duquesa depois que as apresentações foram feitas —, você certamente não perdeu tempo, sr. St. James.

Ele curvou-se em uma reverência.

— Não, Vossa Graça.

O olhar dela migrou para Bianca.

— A senhora deve saber do parentesco de seu marido com Carlyle.

— Sim, Vossa Graça — confirmou Bianca, que se manteve ereta e encarando diretamente o olhar intimidador da duquesa. — Sinto muito pelo falecimento do seu filho. Meus mais sinceros sentimentos por sua perda.

A duquesa piscou, surpresa.

— Sim. Obrigada. É muita gentileza sua, sra. St. James — disse a duquesa, e então virou a cabeça para lançar um olhar feio a Max. — Suponho que você esteja aqui para comprovar que se tornou um homem mais respeitável.

Ele sorriu.

— Eu vim para agradecê-la, Vossa Graça. Sua oferta generosa proveu os recursos de que eu precisava para tal. E venho para informar que não preciso mais de seu auxílio.

— O quê? — exclamou ela, após um momento de choque. — O que você está me dizendo, sr. St. James?

— Estou decidido a não ser um estorvo, Vossa Graça. A senhora não precisa me pagar os subsídios que ofereceu na última vez que estive aqui.

Ela contraiu os lábios em descontentamento. Max tinha certeza de que sabia o motivo: sem isso, a duquesa não teria mais controle sobre ele.

— Como desejar, senhor. Longe de mim forçar uma renda a um homem! — disse ela, e então se virou para Bianca. — A senhora é uma Tate de Staffordshire, não é?

— Sim, Vossa Graça. Meu pai é Samuel Tate, de Perúsia.

A duquesa a fitou com um interesse relutante.

— Meu advogado me disse que a senhora trabalha na fábrica.

Max podia ver como Bianca estava surpresa, mas duvidava que a duquesa também pudesse estar. Sua esposa parecia inabalável, respondendo com confiança às perguntas da mulher mais velha.

— Trabalho, sim, senhora. Eu formulo os esmaltes utilizados em nossas melhores louças.

— Esmaltes!

— Recentemente, desenvolvi um esmalte vermelho-escarlate brilhante. Começamos há pouco a aceitar encomendas.

Novamente, a duquesa apertou os lábios.

— E qual é o seu papel nessa empreitada, sr. St. James?

— Eu assumi a missão de providenciar exibições para os interessados em encomendar jogos de jantar — explicou ele. — Sua Graça, o duque de Wimbourne, recentemente encomendou trinta jogos. — Max parou por um momento, então acrescentou: — Wimbourne e eu estudamos juntos em Oxford.

— Wimbourne! — exclamou a duquesa, com uma careta. — Nem sequer é casado! Que utilidade ele tem para um jogo de jantar? Quero ver essas louças. Se vocês vieram até aqui, imagino que tenham trazido algumas peças.

Max sorriu.

— Sim, Vossa Graça. De fato, nós trouxemos um jogo de chá no nosso novo esmalte escarlate e esperamos que a senhora o aceite como nosso agradecimento por sua generosidade.

Aquela tinha sido ideia de Bianca. *Sem ela, nós não estaríamos aqui, juntos*, ponderara ela, e Max empacotara o jogo sem dizer mais uma única palavra. Se era necessário agradecer à duquesa por permitir que ele abordasse Samuel com sua audaz proposta comercial e matrimonial, Max mandaria um novo jogo para Carlyle todos os anos, e ele mesmo bancaria os custos.

O gesto pareceu surpreender a duquesa.

— Bem... — disse ela, e então repetiu: — Bem. Isso é muito atencioso de sua parte. Senhorita Kirkpatrick, vá buscar.

A acompanhante levantou-se silenciosamente e saiu. Max tinha deixado o baú, com cada peça vermelho-rubi brilhante aninhada em uma caixa de veludo preto, com o mordomo. Max e Bianca foram convidados a sentar, e a duquesa fez perguntas sobre a fábrica, a família de Bianca e o papel de Max na empresa.

Espontaneamente, Max contou a ela sobre Greta. Durante o mês seguinte a seu resgate, sua tia tinha melhorado muito. Ela passou a falar inglês na maior parte do tempo, tinha ganhado peso e fazia longas caminhadas pelo campo com Frances e dois dos criados bem-apessoados. Ela estava voltando a ser a mulher que Max recordava, e ele sabia que era por causa de Bianca e sua família, que a tinham acolhido com apoio e bondade inabaláveis.

A duquesa ficou extremamente furiosa com o tratamento recebido por Greta.

— Um hospício! — exclamou ela, indignada. — Como ele ousou? Se ele retornar e lhe causar qualquer problema, mande o sr. Edwards atrás dele. Edwards sabe como destruir uma pessoa sem deixar marca alguma.

— Obrigado, senhora. Eu me lembrarei disso.

A sra. Kirkpatrick voltou algum tempo depois, seguida por um criada que trazia uma grande bandeja com o novo jogo de chá, repleta de bolos e doces.

— Ah! — A duquesa examinou com atenção as xícaras e o bule, um dos mais belos que Perúsia tinha produzido na história, com borda canelada e alça trabalhada. — Meus cumprimentos, sra. St. James. Eu juraria se tratar de rubis de verdade.

Bianca sorriu modestamente.

— Obrigada, Vossa Graça.

Depois que deixaram a duquesa — notavelmente mais bem-humorada —, eles fizeram uma excursão pela casa. Max tinha pensado em fazer apenas uma visita rápida, mas quando os olhos de Bianca subiram pelas janelas altas e estreitas da sala de jantar — uma relíquia do passado normando do castelo —, ele pensou que talvez também pudesse aproveitar um pouquinho. Eles visitaram o retrato do ancestral de Max, e Bianca concordou que ele parecia ser um pouco cafajeste.

— Por outro lado — sussurrou ela enquanto eles saíam da galeria —, agora sou muito afeiçoada a cafajestes...

Eles não viram o sr. Edwards, o advogado, até o dia em que foram embora. Enquanto a bagagem estava sendo colocada na carruagem, caminharam pelo pátio do castelo até o jardim de rosas, montado na porção sul ensolarada da pradaria. O sr. Edwards solicitou um minuto do tempo de Max, então deixaram Bianca admirando as rosas.

— Sua Graça me informou de que você se recusou a continuar recebendo os pagamentos propostos por ela — disse o advogado quando chegaram no escritório.

Max curvou-se.

— É isso mesmo, senhor.

— Se me permite a ousadia — disse o advogado —, não seja estúpido.

Max ergueu as sobrancelhas.

— Como é?

— A despeito do que talvez pense, Sua Graça não ofereceu a renda para controlá-los — disse Edwards, erguendo as mãos diante da expressão cínica de Max. — Não totalmente — corrigiu. — A maior esperança dela era que isso despertasse seu interesse por Carlyle também. Tornar-se um duque seria um desafio enorme, e ela não queria vê-los se debatendo diante de tamanha pressão. Qualquer preparação prévia seria inestimável.

Max franziu a testa.

— Nós dois sabemos que as chances de eu herdar o ducado são infimamente pequenas.

O sr. Edwards tossiu de leve.

— Sabemos *mesmo* disso, senhor?

— Sim — disse Max devagar, olhando para ele. — Eu sei que a saúde do duque atual está em declínio, mas o capitão St. James é forte e robusto.

O sr. Edwards uniu as mãos em cima da mesa.

— Sim. Você está certo quanto à saúde de Sua Graça, lamentavelmente. Contudo... eu não perderia todas as esperanças, senhor.

— Por quê?

— Não temos notícias do capitão St. James desde que ele foi para o Norte — contou o advogado. — Ele pretendia visitar a Escócia para informar a mãe e as irmãs de sua boa fortuna e retornar em seguida. Nós o esperávamos semanas atrás. Infelizmente, ele não retornou nem mandou notícias.

O cérebro de Max congelou. A árvore genealógica da família St. James surgiu e sua mente, rígida e esparsa, com todos aqueles galhos raquíticos, desprovidos de herdeiros.

— Entendo — murmurou ele.

O sr. Edwards sorriu.

— Fico aliviado em ouvir isso. Sua Graça ficou positivamente surpresa com sua visita. Administrar uma fábrica, embora de fato não se compare a um ducado, ao menos é um passo na direção certa.

— Você me avisará, certo? — pediu Max, ignorando o menosprezo à sua nova profissão. — Se tiverem notícias do capitão.

Edwards confirmou com a cabeça.

— É claro, senhor. E continuarei pagando seus rendimentos.

Embasbacado, Max voltou para sua esposa. Sob a luz do sol, naquele jardim magnífico, ela estava insuportavelmente linda, com o cabelo brilhando como mel debaixo do chapéu de palha, as mãos encobertas pelas luvas contornando as últimas rosas do verão.

Quando ele se aproximou, ela abriu um sorriso.

— Quais são as novidades? Decidiram nos banir de volta a Staffordshire?

Ele não retribuiu o sorriso.

— Eles não têm notícias do capitão St. James há semanas. Ele retornou à Escócia e não voltou para cá conforme o planejado.

Os olhos dela se arregalaram.

— Mas, então... isso significa...

Sombriamente, ele confirmou com a cabeça.

— Isto tudo pode ser nosso.

— Não! — exclamou ela, assustada. — E o salão de exibição em Londres? E a loja em Cheapside? E as Louças Fortuna?

— Receio que, se não conseguirem localizar o capitão e o duque partir deste mundo mortal, não haverá escolha.

Juntos, em silêncio, eles analisaram o castelo. Do lado de fora, ele se erguia, medonho e inexpugnável, antigo e imponente. Max nunca o desejara, embora costumasse pensar que o poder e a riqueza que acompanhavam o castelo não seriam inoportunos.

Agora, contudo... ele realmente tinha tudo o que queria. Sua tia, quase totalmente recuperada. Um lar para chamar de seu, nem de longe tão grandioso quanto aquele, mas feliz e confortável. Um propósito de vida, ao lado de pessoas que o respeitavam e dependiam dele. E Bianca, que superava tudo que ele um dia imaginara que uma esposa poderia ser, ao seu lado e em seu coração.

O que diabo ele faria com Carlyle se o capitão tivesse tido um final infeliz e acabasse cedendo seu lugar na sucessão?

— Bem... — disse Bianca, após uma longa pausa. — Para mim isto aqui parece uma prisão. Você tem muita sorte por eu amá-lo tanto.

Max riu, interrompendo sua sobriedade.

— Essa é, de fato, a melhor coisa da minha vida, meu amor. E, se eu tiver que herdar esta monstruosa pilha de pedras e me tornar tão irritadiço e pedante quanto Wimbourne, eu só suportarei por sua causa.

Ela riu, e Max a beijou.

— Acho melhor fugirmos enquanto ainda há tempo — sugeriu ela.

Max olhou novamente para as imponentes paredes de pedra enquanto seguiam para a carruagem. Uma prisão, de fato.

— E rezar muito pela saúde e pela segurança do capitão St. James.

Este livro foi impresso pela Lisgráfica,
em 2021, para a Harlequin.
O papel do miolo é pólen soft 70g/m²,
e o da capa é cartão 250g/m².